Best Time

白马时光

夜蔓 / 著

如果他知道

百花洲文艺出版社
BAIHUAZHOU LITERATURE AND ART PRESS

图书在版编目（CIP）数据

如果他知道 / 夜蔓著. — 南昌：百花洲文艺出版社，2018.1
ISBN 978-7-5500-2479-3

Ⅰ. ①如… Ⅱ. ①夜… Ⅲ. ①长篇小说－中国－当代
Ⅳ. ① I247.5

中国版本图书馆 CIP 数据核字（2017）第 259395 号

如果他知道
RUGUO TA ZHIDAO
夜蔓 著

出 版 人 姚雪雪
出 品 人 李国靖
特约监制 燕 兮
责任编辑 杨 旭
特约策划 凉小小
特约编辑 凉小小 黄紫橙
封面设计 小茜设计
版式设计 王雨晨
封面绘图 李淡淡
出版发行 百花洲文艺出版社
社 址 南昌市红谷滩世贸路 898 号博能中心 1 期 A 座 20 楼
邮 编 330038
经 销 全国新华书店
印 刷 河北鹏润印刷有限公司
开 本 880mm × 1230mm 1/32
印 张 10.75
字 数 330 千字
版 次 2018 年 1 月第 1 版第 1 次印刷
书 号 ISBN 978-7-5500-2479-3
定 价 32.80 元

赣版权登字 05-2017-429

发行电话 0791-86895108
网 址 http://www.bhzwy.com

Contents

目录

Contents

目录

第一章

久别重逢

叶然是被噩梦惊醒的。

白色的宝马车和货车相撞，宝马车盖冒着热滚滚的白烟，白烟越来越大。周围声音嘈杂，消防车、救护车，还有医生的呼喊声。

驾驶座上的那个人，脸上都是血，被人抬上了救护车。

她想要叫，可是无论怎么挣扎都发不出声来。

断断续续的梦，等她终于梦醒，后背满是冷汗，睡衣都湿透了。

“叶然，你又做噩梦了？”是个小女孩在说话，声音清脆，“乖，不怕，我给你拍拍。”

小女孩四五岁的样子，模样和她有五分像，尤其是那双眸子，像黑珍珠一样，又圆又大。

叶然掀开薄被，轻轻抱着她，“吓到你了？”

小女孩摇摇头，抬手擦了擦她的额角。

“姐姐没事。”叶然扯了扯嘴角，不是一次两次做到这样的梦了，“起床吧。”

“今天是周六，不用上幼儿园。”小女孩摇摇头。

叶然起身，走到一旁拿过衣服放到床边，“叶笙小朋友，今天是初一，我们要去天鸣寺。”

叶然有个习惯，一年里有时间便会去寺里住上几日。

有些事，自己救不了自己，只能求佛。

天鸣寺是宁城最古老的寺庙之一，素来有“南朝第一寺”之称。初一这一日，市里有不少香客前来上香。叶然请了三炷香，叮嘱叶笙：“一会儿不要乱跑，跟着我知道吗？”

“嗯，我知道，我又不是小孩子。”

叶然在香炉边上点燃香，走到香台前的大平台，朝着东南西北四个方向各朝拜一次。她闭着眼，神色肃然，眉宇间带着一股说不明的忧伤。

约莫一分钟，叶然才睁开眼，眸色已经恢复了清明。

叶笙安静地站在一旁，静静地看着，“姐姐，佛祖能听到我们的愿望吗？”

叶然应了一声：“会的。”

“那你许了什么愿望呢？”叶笙奶声奶气地问话，一旁的香客听到后回头，“小朋友，和佛祖说的话可不能说出来，要记在心底，不然就不灵了。”

叶笙吐吐舌头，一会儿她要悄悄告诉佛祖，她想要有吃不完的糖果和巧克力，当然不要让她蛀牙。

叶然绕着药师佛塔走完最后一圈，拉过叶笙的手，“我们去吃饭。”

叶笙嘀咕了一句：“你要带我去吃青菜豆腐吗？”

叶然弯着嘴角，“这样佛祖才能帮我们呀，叶笙小朋友。”

“我想吃肉肉。”

“嘘，忘了我和你说过的话吗？不能在寺里说肉啊，不然佛祖会生气的。”

叶笙立马捂住了嘴巴。

在寺里用完了斋饭，两人才离去，叶然又捐了点香油钱。

顺着台阶出寺，禅院深深，叶然回头，不知道佛祖有没有听到她刚刚说的话。

佛祖，请让我快点见到傅延北。

叶笙走不动了，闹着要抱。叶然哪有力气，“听话，再走几步，我们去打车。”

“走不动啦，走不动啦。”叶笙重复着，“你就让我吃了一颗糖，我现在没力气了。”

叶然这会儿真后悔了，她真不是故意忘了拿糖的，“回去一定给你吃。”

“你骗过我三次了。”叶笙举起手指，义愤填膺。

“都说了不是骗，是忘。”叶然拉着她的手，想把她拖走。

就在这时候，一位穿着僧袍的师父停在她的前方，“叶施主——”

“慧能大师——”叶然松开叶笙，朝着大师合掌还礼。二十岁那年，她曾参加过寺里组织的禅修班，认识了眼前这位慧能大师。

慧能大师点点头，“叶施主，近来可好？”

叶然沉默一瞬，最终弯弯嘴角，有几分无奈，“师父，我忘不了，放不下。”所以她回来了。

慧能大师脸色淡然，“切莫强求，万事随缘。”

万事随缘？

叶然不想再听这样的话了，她相信事在人为。

叶然出生在宁城，两岁多随着家人搬到青城。多年后，她又考到了宁城大学。时隔多年，如今她再次回到宁城，却早已不是当年的那个小丫头了。

周一早晨，一阵忙乱。

叶然将叶笙送到幼儿园，一再保证下午会准时来接她放学。小丫头瞬间收了眼中快要掉下来的泪珠，“那你可要早点来接我，我进去了。”小丫头走到小伙伴旁边，高高兴兴地开始和小伙伴一起玩玩具。

叶然总觉得自己的段数比不上一个四岁的小丫头。她看了看手表，发现时间快来不及了，今天要和深海大厦的徐经理签租约合同，于是她急匆匆地往深海大厦赶去。

深海大厦是傅氏集团的产业之一，也是她回到宁城的目标所在。

叶然特意换了一套深色的职业套装，略显成熟。电梯在 26 层停了下来，她一步一步走出去，双手不自觉地握紧了包，心里突然间充满了期待。

傅氏集团的徐经理接待了她。

“叶小姐，合同您再看一遍，如果没有异议的话，我们今天就可以签约。”

叶然翻着合同，想着傅氏有着专业的法律顾问团，肯定不会在合同上刁难她这等小人物的，“徐经理，上个月我在杂志上看到，深海换了新的总经理？”

“叶小姐，请放心，小傅先生回来也不会对合同造成什么影响的。”

叶然犹豫着，该怎么说呢，“徐经理，冒昧地问一下，您和这位小傅先生熟吗？”

这位徐经理愣住了，显然没想到叶然会提出这个问题。他轻轻咳了一声，“叶小姐，请您看看合同——”

叶然扯了扯嘴角，知道从徐经理这里打探无望。她无意间转过头，玻璃墙外，阳光璀璨，一行人正走过来。为首的那人，一身深色的西装，衣冠楚楚，一旁的人不知道在和他汇报什么，他一直绷着脸，偶尔点一下头。

叶然的心跳都停止了。是他！佛祖一定听到她的愿望了。

以前的板寸换成了大背头，五官分明，一脸正气，气势压人，抬手间，袖口熠熠生辉。

叶然痴痴地望着，慢慢地转动着头，直到他们快要走过去。叶然几乎没有思考，嗖的一下拉开门就跑了出去。

一个月前，傅延北刚从美国毕业回来，正式接手傅氏在宁城中心的两座商业大厦。半个月下来，他要实施的计划，无一不遭到反对。

“傅总，您看下——”

“傅延北——”

很久没有人会这么直接叫他的名字了，女孩子的声音，清脆悦耳。他停下脚步，循声望去。

傅延北眯了眯眼，冷眼看着她。女孩子长着一张娇俏可人的脸蛋，双眼眨也不眨，只是定定地看着他，深沉如海，如同在看一件失而复得的宝贝。一瞬间，他觉得好像在哪里看过这双眼睛，可是在哪里？

她到底是谁？

叶然紧张地攥紧手，掌心满是汗渍，一步一步地往他的方向走过来。她穿着高跟鞋，尽量控制着步伐，可是大概是太紧张，脚下突然崴了一下，狼狈不堪。

“傅延北——”

傅延北眼眸微微转动，声音暗哑，“你是？”

叶然眼里满是无奈，她轻轻动了动干涩的嘴角，却感觉发不出声音，

“傅——”

徐经理后背都是汗，连忙拉着叶然，“傅总，不好意思。叶小姐是过来签合约的，真是抱歉，打扰你们了。”

傅延北目光从她身上掠过，平静无波。他慢慢走过去，最后从她的右侧擦肩而过。

叶然咬着唇角，只是望着他，望着那个熟悉的背影，恍恍惚惚。

徐经理气愤地拍着桌子，“叶小姐，你知道你刚刚在做什么吗？”

叶然失魂落魄地坐在那儿，眼神空洞。没有错，她没有认错人。纵然四年没见，可她不会认错的。

“你知道你刚刚在和谁说话吗？”

“傅延北啊。”叶然有气无力地回道，苍白的脸色渐渐好了一些。

徐经理倒吸一口冷气，“你真是——整个傅氏没有人敢当着他的面叫他名字的。”

“名字只是一个标签，况且名字就是让人叫的，否则起名字做什么？徐经理，我们签合同吧。”叶然累了，大脑乱得很，她想快点离开这里。

合同签完了。

叶然舒了一口气，“徐经理，麻烦您了。”

徐经理望着她，“叶小姐，新店大吉。”不过，他这心怎么隐隐有些不安的感觉呢，活了三十多年，在傅氏十多年了，还是第一次遇到这样的情况。

叶然莞尔一笑，“谢谢您，以后欢迎您到我店里来，徐经理，我给您最佳优惠。”

徐经理咬牙，“好。”顿了顿，他疑惑地问道，“叶小姐你是不是认识小傅总？”

叶然收起合同，目光悠远，“认识。”

从大一九月，到大二三月，经历了两个寒冬。

十八岁到二十岁，他们认识了七百零七天。

傅延北开完会，已经过了两个小时，他从会议室出来，遇到徐经理。

徐经理上前跟他打招呼：“傅总，您忙完了。”希望这位小傅总能忘了上午的事。

傅延北瞥了一眼左侧，那间办公室已经没有人了。

徐经理是个眼力见儿十足的人，解释道："叶小姐租了深海大厦一楼的一间门面，今天过来签合约。"

傅延北的脑海中不自觉地浮出上午那张面孔，略略沉吟道："深海大厦八月份就会进行二期改造。"就在刚刚的会议上，他已经说服了几位股东。

徐经理傻眼了，"这——这——可是这份合同已经签好了。"

"解约。"傅延北丢下这两个字便走了。

徐经理抹了抹额角的虚汗，解约意味着三倍赔偿金，一百多万！这位小傅总真是土豪一枚，不差钱。

此时，叶然还沉浸在与傅延北重逢的激动中，她不断安慰自己，见着了就好。他暂时忘了自己不要紧，以后见面多了，他会慢慢想起来的。

在街角的蛋糕店买了抹茶蛋糕，叶然准时去幼儿园接小叶笙。

幼儿园门口满是车辆，老师带着孩子排着队伍，叶然一眼就看到叶笙了。

小丫头长得高，站在队伍的最后，和她拉着手的是个帅气的小正太。

小正太说："叶笙，这周到我家来玩吗？我妈妈会做好吃的蛋糕。"

叶笙答："我不爱吃蛋糕。"口是心非的人啊！

小正太继续说："那巧克力呢？我爸爸从国外给我买的。"

叶笙低下头纠结中，她最爱吃巧克力了，去不去呢？

"叶笙，你姐姐来了。"老师在前面喊道。

叶笙抬头看到了站在人群中的叶然，松开小正太的手，"我要回家了，拜拜。"

"叶笙——"小正太真心想要结交这个新朋友的。

叶笙露出一口小白牙，"我再考虑一下吧。"

小正太立马笑了，"好。"

叶然牵着叶笙的手走在林荫道上，"今天乖不乖？"

"当然。"叶笙回道，"我这么乖可以多吃一个巧克力吗？"

"我就勉为其难地答应吧。"叶然心情好。

叶笙抬首望着她，眸光闪烁。

“怎么了？”叶然停下脚步，摸摸脸颊。

“姐姐，你在笑什么？”叶笙看出来了，叶然的心情很好。

叶然蹲下身子，“姐姐的愿望完成了一半。”佛祖一定看到她虔诚的心愿了，让她再次遇见了傅延北。

叶笙张大了嘴巴，“真的啊。”

叶然理顺她的头发，目光温柔。真是神奇的事，当年还在襁褓里的婴儿一转眼就长大了。妈妈说，小孩子长得快，昨天还在爬呢，第二天就会走了，再过不久上小学，眨眼就长大结婚了。

可是人生，如果是这样一帆风顺就好了。

晚饭过后，叶笙画画，叶然做书雕。家里堆满了各种大块头的旧书，叶家人对叶然的期望是希望她能成为一名画家，然而，期望越高落差越大。

叶然一直在找感觉，可惜雕刻半天，一本书算是废了。

叶笙跑到她的身边，揉揉眼睛，“我困了。”

叶然放下手中的东西，帮叶笙洗了澡，哄她入睡后，她又回到工作室。

两居室的家，一间卧室，另一间就当工作室用了。

临近十二点，她的手机响起来，突兀得很。叶然握着刀，烦躁地嗷了一声，手机又锲而不舍地响了两遍。

她终于在包里找到手机，屏幕上闪烁着时轶的名字。

叶然连忙接通，她未开口，那边却先问道：“还没睡？”

“睡着了听到手机响又醒了。”

时轶轻轻一笑，“又在熬夜？”两人认识四年了，他怎么会不了解她。

叶然听见他那边声音有些嘈杂，“你在哪儿？”

“伦敦机场。”时轶抬首望了一眼电子大屏幕，“十五个小时后，宁城见。”

叶然还没有反应过来，“你不是要到年底才能走吗？”

“这边的项目已经进入正轨。”时轶捏着机票，手骨节分明，“我也该回去了。”

“要我去接你吗？”时大公子要回来了，他的那些朋友肯定要去给他接风洗尘。

“如果你能来——”

叶然一时无话，“我可能去不了。”

“真没良心啊。”时轶打趣道，“算了，有人来接我，我本来也没指望你能来。”

“等你回来，我请你吃饭。”

时轶摸了摸口袋里的盒子，嘴角含笑，“好。早点睡吧，等我回来再约。”

挂了电话，叶然站在窗前，看着对面的楼，零星的几户还亮着灯。

大三出国后，她一直在英国。在英国的第一年，她认识了时轶。时轶是剑桥的学生，学霸型的人物，和叶然这种艺术生完全不一样。

这几年在英国，也多亏了时轶的帮忙。

叶然决定回国前，她告诉时轶，她要回去找一个人。

时轶沉默了许久，“叶然，如果找不到那个人，记得回来找我。”

叶然眸光沉寂，满是坚持，“我会找到的。”因为他们曾许诺过，要过一辈子。

叶然一夜未睡，作品只完成了三分之一。书雕对技术要求极高，一个小细节出了差错，前面做得再好也没有用了。

早上，送叶笙去幼儿园后，她接到徐经理的电话。

“徐经理，您好——”她捂住嘴巴打了一个大大的哈欠。

“叶小姐，今天有时间吗？关于合同的事，想和你商谈一下。”

“是合同有什么变动吗？”她的第六感向来很准。

“是的。”

“我现在就过去。”

徐经理头大，叶然也是经人介绍来的，听说是个艺术家，他也不想得罪啊。

二十分钟后，叶然来到深海大厦。

徐经理已经在办公室等着她了，“叶小姐，快请坐。”

叶然见他笑得比上次还要热情，心里有种怪怪的感觉，“徐经理，是有什么事吗？”

“叶小姐，不好意思，关于合同有些变动。”

“是不是要提高租金？”

“是这样的，深海二期很快会启动，所以合同要终止。”

叶然猛地站起来，“你们要违约？”

“违约金，傅氏一分不会少的。”

叶然脸色沉了下来，“是不是傅延北要解约的？”

徐经理连忙解释：“深海商城是小傅总负责的项目，这个二期装修在我们签约之前，没有任何风声。”深海商城是宁城的商业中心，一直以来都是面向高端消费群。可惜，这两年对面另一座商业百货大厦的崛起，令深海商城受到了严重的威胁。傅延北接手深海后，大刀阔斧地重新规划了深海。

叶然紧绷的脸色慢慢缓了几分，她重新坐下来，思考了半晌，“我要和你们小傅总谈一谈。”

徐经理眉心一凛，“叶小姐，恕不相瞒，我们小傅总决定的事不会改变的。”

叶然抿了抿嘴角，“徐经理，您知道我是千挑万选才选了深海商城，我都和装修单位定好了，明天就可以开工了，而且您也知道这将是国内第一家进驻高档商场的书雕店，意义不一样。”

“叶小姐，您行个方便吧，就不要为难我了。”

叶然咽了咽口水，苦涩惆怅一点一点地堵在她的心口，除此之外，她还有什么机会重新接近傅延北呢？“我再想想。”

“您尽快给我答复。”徐经理见她态度有所缓和，就知道这事好办了，随后，他亲自送叶然下楼。

叶然抬首看了一眼深海大厦，目光深远，大脑中不时浮出她和傅延北的两年时光。

那时候在学校，她和他刚刚确认关系。有次他去找她，她在宿舍楼，没接到他的电话，当时正好她们宿舍老大周瑞雪经过楼下。

傅延北礼貌地打了招呼：“钱菲，麻烦你上去叫一下叶然。”

叶然永远忘不了老大周瑞雪气呼呼地进了宿舍，“叶然，你家那位怎么回事？不是都吃过饭了吗？怎么把我认成了钱菲。”

叶然连忙道歉，为了安慰老大，胡扯道：“他大概是有脸盲症……”

老大失笑，“叶然，你就偏着傅延北吧！”

“哪有啊——”她小声应道。

后来下楼，她教训他，没想到那人倒是很委屈，“我记得我女朋友就行了，要记得别的女生做什么。”

可是现在他却把她忘了。

叶然这几年很少去想以前的事，想多了都是泪，总觉得，自己以前对他不够好。

如果上天再给她一次机会，她一定全心全意地爱他。

只是，她还能有这样的机会吗？

晚上，几个人约在城南会所，傅延北到得最迟。

“延北，最近晚上还是睡不着？”周斯南开口问道。

四年前，傅延北出过一场车祸，当时他昏迷了一个月。后来命捡回来了，不过也留下了后遗症，从那以后他时常头疼，睡眠更是困难。

“前些日子换了中药，睡眠比以前好了很多。”他的脸上有掩不住的疲惫。这些天他一直忙着深海商城二期规划方案，几个董事顽固得很，他为了达成目的费了一番周折。

“你的身体该多休息的。”周斯南沉声说道。

“工作不差这一时半刻，何况有延林大哥在。”坐在边上的沈贺开口道。

这几人从穿开裆裤起就认识，傅延北和周斯南同龄，沈贺比他们小上一岁。沈贺初中随父工作调动去了北方，周斯南在国内读完高中出国留学，傅延北考入宁大念了两年大学。要不是那场车祸，也许傅延北也不会去美国。

关于傅延北的车祸，傅家人讳莫如深。

傅延北揉了揉太阳穴，这几年傅延林把傅氏做得越来越大，大家渐渐都忘了，傅氏是傅延北的父母打下来的，他才是真正的继承人。

沈贺压着声音，“斯南这都快结婚了，你也该谈个女朋友了。”

傅延北面无表情，也不知道有没有听进去。

“难道你真准备和苏韶言在一起啊？”

“胡说什么？”

苏韶言似乎察觉到他们的目光，“斯南、沈贺你们又在说我什么？”

“苏大小姐，你想多了。”周斯南喝了一口酒，若有所思地笑笑。

苏韶言自然不信，端了一杯葡萄酒递到傅延北手边，“你睡眠不好，平时别老喝咖啡了。”

傅延北把玩着酒杯，摇曳着那深色的液体，“谢谢。”

苏韶言目光渐渐深沉。苏、傅两家是世交，苏韶言和傅延北儿时就认识，苏韶言从少女时代起就爱慕傅延北。傅延北出车祸后，她更是寸步不离。可四年了，她发现她好像一点也不了解面前的男人。他变了很多，越来越沉默寡言。

傅延北坐了一会儿，起身走出了包厢。

天气预报说，傍晚会有雷阵雨。叶然出门的时候忘了这事，她从徐经理那里高价买来的消息，知道傅延北今晚在城南会所，所以她来了。可惜，没有卡根本进不去。

叶然在门口徘徊了一个小时，人又累又饿。

看着雅致的会所，她突然有些担心。四年了，她很怕提到一个词——物是人非。在她决定回宁城的时候，她已经做过最坏的打算。

保安小哥已经过来找了她两次，“小姐，如果您没有卡请您离开。”

雨水又大又急，她的后背被打湿了一半，“我在等朋友，他一会儿就出来。”

保安皱皱眉，“这雨越下越大，给你朋友打个电话，这么干等着算什么事儿。”

叶然苦笑了一下，她没有他的电话，“我和我男朋友吵架了。”

保安小哥明白了，也不忍心赶她走了。

叶然站在廊檐下，雨势渐小，她眨巴着眼，静静地站在那儿。等待了四年，又何须在意这一时半会儿呢？

傅延北一行人结束时，已经十一点了。夜色如墨一般沉，雨滴答滴答，蒙上了一层薄雾。他们出来就看到一个清瘦的女生站在廊下，女孩穿着白色连衣裙，一头长发随意地披散着。

叶然察觉到身后的目光，猛地回头，眼底瞬间盛满了惊讶与欣喜。

傅延北没有想到会是她，前些日子见过的那个女生。

叶然突然扯了一抹笑，目光灼灼地看着他，“傅延北——”

傅延北的心又被这猝不及防的叫声没来由地撞了一下，他静静地看着她，心脏在那一瞬间变得柔软，“你是谁？”大脑转动，可终究搜索不出信息。

叶然蒙了。

黑夜中突然闪过一道白光，紧接着雷声滚滚而至。

你是谁?

你是谁?

……

这一刻，她是真的确定傅延北把她忘了。

叶然的眼睛胀胀的，疼痛一点一滴地钻进了心底。她都快忘了四年前医生说过的话：他撞到了右脑，醒来的话也许……

也许会忘记以前的事。

原来，他只是忘记了她。

她专注地看着他，明亮的眸子里充满忧伤，一时间哽咽难言。

傅延北的司机已经到了，车子停在前方，“抱歉，我该走了。”

“等一下——”叶然努力使自己平静下来，“我是深海商场一楼租客，关于你单方面解约，我不同意。”

他的脚步一滞，似乎对她的话有了兴趣，过了几秒，他缓缓回道：“抱歉，公司规划，你的损失公司会赔偿的。”

她委屈道：“谁稀罕你的钱。”

傅延北听到她的话音里带着隐忍的哭腔，“深海二期工程结束后，你还可以回来重新签约。”

可那至少是半年后，她等不了那么久。

陆风撑着伞赶过来，“傅总——赶紧上车吧，这外面下着雨，您的身体——”

傅延北面无表情地接过伞，黑色的折叠伞很大，足以遮挡正在下着的雨。

他要走了。

“我们的事还没有谈完呢。”叶然不管不顾地跑到他的伞下，一下抓住了他的手。

傅延北被那只冰冷的手冻了一下，“小姐，请自重。”

他薄凉的目光直直地盯着她，靠得近，低着头看到她又长又密的睫毛，根根分明。

叶然被他的冷然气势折服了，慢慢松开手，“我是真心想和深海合作的。”

“抱歉。”

真是固执的傅延北风格。

叶然失魂落魄地站在那儿，“你真的不记得我了吗？”当年，她以为他只是生气，所以这四年不再过问她的一切。四年了，她按着约定回来，才知道原来他是彻底把她忘了。

“延北——”一个温婉的女声从他们身后传来，伴着高跟鞋踩在地砖上发出的清脆的声音，苏韶言缓缓而来，亲昵地挽着傅延北的手，“怎么了？她是谁？”

周斯南和沈贺站在一旁，不动声色。沈贺直性子，“站了半天了，延北你不给我们介绍一下？”

傅延北云淡风轻道：“商城的租客。”

叶然的手瑟缩了一下，神情萎萎的，眼底浮着说不清的忧伤。

他往前一步，拉开和她的距离，“走吧。”

傅延北和苏韶言上了车。

苏韶言望着窗外叶然的身影，喃喃低语：“外面还下着雨呢。”

傅延北合着眼，“陆风，开车。”

叶然站在原地，一动不动，默默地看着那辆银色宾利，傅延北坐在后座，那个漂亮的女生坐在他的身旁。三毛曾这么写过：

或许，我们终究会有那么一天，

牵着别人的手，遗忘曾经的他。

沈贺冲她笑笑，“别介意，他就是这样的性格。”

她怎么会不知道他的性格呢？臭脾气拽上天，当初可是他死皮赖脸地追求她的，可是他厚着脸皮牵起她的手的，可是他趁着旅游偷走了她的初吻的……

叶然懒懒地看了他一眼，“她是傅延北的女朋友？”

沈贺就喜欢信口开河，“是啊。深更半夜，陪在他身边的不是女朋友难道是妹妹啊？”

叶然眯了眯眼，望着远方，漆黑的夜空更加灰白了，“噢。”一个字就将沈贺打发了。

银色宾利从她身边驶过，画面越来越模糊。

以前，傅延北是不会这么对她的。

可是现在她还能做什么？

周斯南敛了敛神色，“这么晚了，我们送你。”

沈贺难以置信地望着周斯南。

叶然抿抿嘴角，“不用了，谢谢。”

周斯南想了想，“韶言是我们的朋友。”

叶然神色瞬间一变，“谢谢，我先走了。”

沈贺沉着脸，“这什么人啊。”

周斯南抿嘴一笑，似乎早已洞察了一切，“特别的人。”

翌日，叶然带着叶笙去给时轶接风。时轶穿着休闲装，一点儿也不像个商业人士，气质温和干净，他早已将英国绅士的精髓渗入到一言一行中。

叶笙以前没有见过时轶，乖乖巧巧地坐在那儿，打量着时轶。

“我妹妹，叶笙。”四年前，叶父叶母重修旧好，后来叶笙出生。

时轶在叶然的钱包夹里看过叶笙的照片，“她长得很像你。”两人都留着过肩长发，只是叶然是侧分，叶笙是齐刘海，走出去，说是母女都有人相信。

叶然含着笑意，“很多人都这么说。”

时轶浅浅问道：“是哪个 sheng？”

叶然脸色微微一僵，还没有开口，叶笙却脆生生地回道：“悄悄是别离的笙箫，沉默是今晚的康桥，就是我的笙。”

时轶微愣，眸色中充满了怜爱。时轶准备了一套芭比娃娃，瞬间俘获了叶笙小朋友的心。

叶然精神恹恹。

时轶关切地问道：“感冒的话今天我们可以不见面的。”

“我都答应你了，也不知道昨晚雨怎么下得那么大。”

他问：“昨晚去见你要找的人了？”

叶然喝了一口白开水，嘴里什么味道都尝不出来，她点点头。

时轶目光一暗。

“可惜，他已经不记得我了。”叶然的语气中有掩不住的失落，“你说失忆的人还能恢复记忆吗？”

时轶很快明白了，“这个医学上有很多情况。”

叶然撇撇嘴角，“我以前如果学医就好了。”

他忘了她，可是她忘不了他。

这顿晚饭，时轶和叶笙吃得还不错，江南炒菜，精致入味，让人食欲大开。而叶然因为感冒只好喝粥，食之无味。

“你要找的房子找到了。”

叶然眼前一亮，“时轶你太厉害了。”

“房主一家出国，房子空着。你的情况他们知道，愿意将房子租给你，要求就是帮他们把房子维护好。”

“太好了。什么时候能签合同？”

“我和房主约一下。”

“滨江茂苑的房子我提前三个月就在找了，还是你厉害。时轶我太感激你了。”对她来说能搬到茂苑去住，是个天大的好消息。

因为傅延北住在那儿。

谈恋爱的时候，叶然根本不了解傅延北的家庭。她在美术学院，他在经管学院，两个人八竿子打不着。有一天，傅延北来画室找人，叶然把他当成同学找来的裸模，面不改色地来了句，“你来了啊，坐那儿吧，把衣服脱了，脱光吧。”

傅延北灼灼地盯着她，心想女孩子气质干净纯粹，这样的话怎么会出自她的口中呢？

叶然无数次后悔，如果早知道我会如此爱你，我一定对你全心全意。

原以为感情之于她是可有可无的调和剂，不承想她高估了自己。

现在她做的一切，疯狂、痛苦，可是她又甘之如饴，只盼傅延北能早些恢复记忆，想起他们之间曾许诺的约定，还有一个刻在她心尖的名字——傅叶笙。

第二章

住到他身边

叶然的父母在她十二岁时离婚，叶父叶母都坚持要女儿的抚养权，为此两人发生了有史以来最激烈的争执。叶然也是在那段时间性格大变，她不写作业、不与人说话，后来甚至逃学。老师找叶父叶母谈话后，两人才发现叶然的问题，他们终于不再争吵，可是对叶然造成的伤害却无法挽回了。

后来，叶然跟着外公外婆生活。外公是国画大师，而外婆也是高中模范教师，两位老人用心照顾着叶然。好些年，叶然才慢慢从那段不愉快中走出来，只是有些东西改变不了了，比如，叶然的爱情观，父母失败的爱情导致她早已对感情不抱丝毫希望。

傅延北追求她的时候，她没有一点女孩子该有的惊喜或者娇羞，只是冷漠地回道："抱歉，我不想找男朋友。"

傅延北短暂沉默后，随即笑了笑，他笑起来非常好看，浅浅的眸子，像夏天的阳光一般灿烂，"叶然，我要是你的男朋友，你可以有免费的模特，一辈子。"

叶然迎视着他，眸色清淡，"不稀罕。"

可是骄傲的傅延北没有放弃，他整整追了她三个月，风雨无阻，连视男人为粪土的钱菲都说："叶然，你要是不接受傅延北你会后悔的。"

呵——

后来，她真的后悔了。是谁说的，后悔的人唱《后来》，才会明白什么叫痛彻心扉。

那是他们在一起的第二年，他生日，她忘了。等她找到他时，已是第二天。

她在傅延北的眼里看到了深深的失望，他克制着自己的脾气，只问了一句："叶然，这两年你到底有没有爱过我？在你心里，我是不是可有可无的存在？"声音低沉、压抑、暴躁。

那是她第一次在傅延北身上看到了悲伤，还有绝望。

周末，叶笙要去上舞蹈班。回国后，叶然从叶父叶母那里接手叶笙，他们两位开始世界旅行。叶母临行前，在征求叶笙的意见后，才给叶笙报了舞蹈班和围棋班。叶然觉得小孩子小时候就该快快乐乐地玩。

孩子们在教室练舞，家长们坐在门口的椅子上等着。

窗外的阳光打进来，落在地上，留下稀稀落落的光点。一旁几位年轻的妈妈聊起来。

"傅延林和那小明星的事是真的吗？"

"估摸着是真的，狗仔都拍到照片了。"

"听说傅家老爷子暴怒，要让傅延林去国外。"

"还不是小孙子回来了，傅氏可是傅延北的父母发展起来的。"

……

听着两个女人说着八卦，叶然的思绪渐渐飘远，她想到了傅延林。傅延北和她提过傅延林，他很崇拜他的这位堂哥。

这时候正好下课，叶然赶紧去找叶笙，帮她换好衣服。

小丫头今天梳着丸子头，露出修长的脖子，一张脸圆乎乎的，"方老师说，要带我们去参加表演。"

"你想去吗？"叶然觉得要从小让孩子有自主选择的权利。

叶笙其实骨子里特别不喜欢表现，她想了想，"那我去吧。"真是勉强啊，这一点倒是和叶然很像。

"好。"叶然牵着她的手下楼。

进了电梯。

"叶笙——"小正太激动地叫着她的名字。

"你好啊，傅恒宇。"

姓傅——

叶然望着他，小男孩的母亲也在，两人相视一笑，“傅太太，你好。我是叶笙的姐姐，叶然。”

“你好，叫我明桦。恒宇回来提了好几次，他很喜欢叶笙。”

傅恒宇打量着叶然，“叶然姐姐，下周我生日，我可以邀叶笙来我家玩吗？”

叶然弯下腰，“当然可以啊。”

傅恒宇立马转头，“叶笙，你姐姐答应了哦。”

在傅太太的盛情邀请下，四人一起去吃了儿童套餐。

叶然不着痕迹地打量着傅太太，总有种熟悉感。

傅太太微微一笑，“乍一看，我还以为你是小笙的妈妈。”

叶然赧然，“很多人都这么说。”

吃过点心，两位小朋友依依不舍地分别。回去的路上，叶然终于想起来，她曾经见过明桦，她是傅延林的妻子啊。

晚上，叶然接到经纪人桑珊打来的电话。

桑珊声音里有掩不住的激动，“叶然！叶然！《初恋》被人买走了。你猜猜什么价？”

叶然向来不在意价格，她的作品只要能遇到真正喜欢的人就对了。

“三十万。”桑珊激动不已，价格比预期的多了两倍。

“买家是什么人？”

“目前没有透露任何消息，不过可以肯定是中国人。”原本看上这件作品的买家最终没有成功，“你什么时候回来？后续手续还要你签字。”

叶然挺舍不得《初恋》的，那件作品是以她和傅延北的爱情故事为原型的。“不了，我暂时不回去。合同国际快递给我吧。”

她得留下来，得找回自己的初恋啊。

叶然花了三天的时间将东西整理好，才知道东西竟然这么多，光是那些书雕搬过去就是一项浩大的工程。

但是她迫不及待地想要搬到茂苑去。

周六搬家，时轶因为临时有个重要会议，不能亲自过来，不过他还是派了搬家公司过来。

叶然牵着叶笙的手，坐上车，车子开往茂苑，她们的新家。

傅延北这两天有点感冒，可能是那天晚上淋了一点雨。沈贺来看傅延北，发现隔壁那栋有工人进进出出。

滨江茂苑都是两层联排别墅，依山傍水的黄金地段，早已有价无市，这些住户是不会轻易卖房子的。

沈贺进了门，问道："周教授不是去法国了吗？我刚看到今天有人搬进去了。"

傅延北回道："可能是他家亲戚吧。"

"是个女孩子，你认识？"

傅延北对这个不感兴趣，邻居也不是天天都能见面，"你最近很闲？"

"我好心来看你。"

傅延北挑挑眉，"我喜欢清静。"

"那你去做和尚吧。我听说碧霞寺每年都会有免费的禅修班。"沈贺越说越好奇，上下瞄了几眼傅延北，不怀好意。

傅延北有些不舒服，"说！"

"延北，那个——"沈贺语塞，支支吾吾，咽了咽口水，"我一直有个疑问啊，你是不是还是处男？"尽管傅延北在国外待了好几年，可他完全没有被西化，男女关系上有着严苛的警戒线，除了苏韶言，好像也没见他有什么女性朋友。他们一直认为，傅延北在感情上还是一张白纸，"我不是怀疑你的身体，你别多想啊——我本着关心朋友才问的。"

傅延北的脸色沉下来，一双俊眸如锋利的刀刃，"滚。"

沈贺嘿嘿笑了两声，"我建议你找个人试试。"

傅延北拧起了眉，侧着脸看着窗外，薄唇微抿，下颌线条性感。许久，他才开口，声音喑哑，"贺子，你有没有做过那种梦？"

室内一片沉寂。

沈贺简直不敢相信自己的耳朵，"那啥，高中梦到过，那个——是这样的。"

傅延北十指握紧，梦里的一切太过模糊。他根本看不清她的脸，只是听到她一声声地叫着他的名字。

延北——延北——

缱绻、缠绵。

醒来的时候，他的大脑一片空白，灵魂都被抽空了。

沈贺嗅到了一丝不寻常的味道，“你梦见和谁了？”

傅延北眯了眯眼，嘴角浮出一抹意味不明的笑意，他不知道。

沈贺缓缓说道：“日有所思夜有所梦，你可能是缺乏——性生活。”

傅延北的眉角抽动了几下，现在明白“对牛弹琴”的深意了。隔壁传来叮叮咚咚的声响，他慢慢平复了下躁动的心情。

对门搬家足足搬了一天，夜幕降临，终于恢复了平静。

第二天，傅延北下班回到家，在门口发现了一盆多肉。白色的长陶瓷盆，里面种了三株多肉植物，绿意饱满，然而他一个都不认识。

盆里插着一个粉色爱心牌：我刚刚搬过来，住在你家对门，昨天打扰了。

很漂亮的字迹，难能可见的行书体，还有一个可爱的笑脸。

新邻居很和善。

傅延北将花盆带回家，搁在了二楼的窗台。

叶然收拾好东西后，累瘫在沙发上。叶笙正在和叶父叶母视频，叶笙的语言能力发展得特别好，将最近的事一一都告诉叶母。

叶母嘱咐道：“小笙，你要替妈妈好好照顾你姐姐。”

叶笙顿时把自己当个小大人，回道：“妈妈，你放心吧。”

叶母很欣慰，“你最乖了，等回来，妈妈给你做好吃的。”

叶笙吐槽道：“妈妈那你到宁城来好不好？姐姐做的菜难吃死了。”

叶然忍不住说道：“坏东西，有的吃就不错了。”

叶母在那边喊道：“叶然！让你找个做饭的阿姨，怎么还没有找？”

“就找了，我们刚刚搬家。妈妈，你没看到叶笙都被我养胖了吗？”她嘻嘻一笑，“再这样下去，叶笙就像年画里的福娃了。”

叶笙哼了一声，“坏姐姐。”

叶母要是在这里，肯定要给她两巴掌，“就知道欺负小笙。有时间多带她出去玩，别总闷在家里。”

“知道。你和爸爸注意安全。”

“然然，有些事顺其自然吧。”

叶然沉默片刻，开口道：“妈妈，我知道，现在挺好的。”至少她已经见过他了。

天色已被夜幕笼罩，清清冷冷的。陆风开着车，傅延北坐在后座。从美国回来后，大部分时间独自住在茂苑，周末有时间才回去陪母亲。

陆风提醒道：“周五晚上，盛世的时总约了你一起吃晚餐。”

“哪个时总？”

“是时老爷子的二儿子。”盛世早些年都是他在掌权，现在时家名正言顺的继承者回来，这位二叔有些不淡定了。

傅延北嗯了一声，“时轶的二叔？”

“是的。”

“推了。”傅延北闭上了眼睛，“大哥和时轶相识。”

宁城的几大商业中心，时家也有一份。说起来，时轶是他高中学长。听说大哥已经和时轶签了合约，明年他们要合作开发滨江新城。傅延北知道大哥和时轶关系匪浅，时家二叔这时候来找他，无非想拉拢他而已，他不想蹚这浑水。

车子突然刹车。

傅延北的身子往前一冲，头磕了一下。

陆风一脸紧张道：“小傅总，有没有事？”

傅延北话语低沉：“不碍事，下去看看。”

陆风上前检查，呼了一口气，“是只泰迪。”小狗躺在地上，痛苦地嗷嗷直叫。

傅延北拧了拧眉，“去问一下谁家的狗，处理一下。”

陆风向来自诩车技好，没想到会出这种事。

“呜呜呜，狗狗好可怜——”是个小女孩的声音。

傅延北看到了她，小女孩蹲在车前，一双大眼睛直溜溜地盯着他，似乎在谴责他。

陆风连忙解释：“我们不是有心的，是它自己突然跑出来的。”

小女孩吸吸鼻子，说道：“你们为什么不送狗狗去医院？它都快死了。”

傅延北看了一眼陆风，吩咐道：“送狗去医院看看。”

小女孩双手合十，轻轻念了一句：“希望菩萨能保佑狗狗渡过危险。”

陆风眼角抽了抽，看了一眼傅延北，说道：“小傅总，我先送您回去。”

“我走回去，你先送狗去医院。”傅延北说完，看了一眼小姑娘，“陆风，明天和她父母商量一下赔偿。”

说完他便往家的方向走了。走了一截路，傅延北发现小女孩一直跟在他的身后。

他停下来，“你的狗我会赔偿你的。”

小女孩脆生生地回道：“那不是我的狗啊。”

傅延北失笑，“那你还让我送它去医院？”

“狗狗受伤了，难道不该送医院吗？”

傅延北哑口无言，“你该回家了，不然你的爸爸妈妈会着急的。”小孩子有一双漂亮的眼睛，那双眼让他有种似曾相识的感觉。

小女孩眨眨眼，指着前方一栋房子，“那就是我的家。”

傅延北了然，原来是隔壁新搬来的邻居。

“叔叔，你住哪里？”

傅延北指了指旁边那栋，“你家隔壁。”

“我知道了。叔叔，你好，我叫叶笙。”

夜深？叶深？真是个奇怪的名字。

他笑笑，“你好，小朋友，我叫傅延北。好了，回家吧。”说完，他的手被拉住了。

叶笙苦着脸，“叔叔，我姐姐去超市买垃圾食品了，我没钥匙。叔叔，你能陪我一会儿吗？”

真是神奇的夜晚。傅延北陪着叶笙站在院门口，一高一矮。

小丫头不认生，语言表达能力强，傅延北从她的话中得知，隔壁邻居是一对姐妹花。姐姐是个艺术家，妹妹刚上幼儿园。

傅延北陪她站了十分钟，看到一个急匆匆的身影跑过来。“叶笙，那是你姐姐吗？”

叶笙仔细看了一眼，“是啊。是我的笨蛋姐姐。”

傅延北目光定了一下，原来是她。“好了，我先进去了。”

叶笙咧着嘴角，“叔叔，谢谢你陪我。明天我送你我自己做的小饼干，可好吃了。”

傅延北弯了一下嘴角，“好。”等他到家，依稀听到门外的动静。

叶然找到叶笙之后狠狠地打了她两下屁股，“说过多少次了，不能乱跑。”她只是拿了一瓶酱酒，转眼就不见小笙的身影。

叶笙很委屈，眼里包着泪，决定一周不和叶然说话了。

第二天早上，叶然拿了一套叶笙最不喜欢的衣服。

叶笙哭了，“好丑。”

叶然眯眯眼，“你不是说一个星期不和我说话的吗？”

叶笙抽着鼻子，“我怎么这么可怜啊。”

叶然正色问道：“以后还乱跑吗？”不给她一点教训，这孩子真的要上天了。

叶笙人小鬼大，会看人脸色，立马保证：“不跑了。”

叶然假装板着脸，“再这样，就把你送回青城。”

叶笙把“邻居叔叔”收留她的事告诉了叶然，小丫头强调了多次——“那个温柔帅气的叔叔”，有机会她一定要谢谢这位邻居。

叶然应了一声，有机会要谢谢隔壁邻居。不过眼下最重要的还是先找到傅延北的住所。茂苑向来注重隐私，叶然根本打听不到任何有关傅延北住所的消息。

上午，她在做书雕，小电磨突然失灵，捣鼓了半天也没有修好。叶然只得出门去买新的。

进入夏季后，天气一天比一天热，太阳火辣辣的。一直以来，她都不喜欢撑伞，嫌麻烦。和傅延北在一起的两个夏天，每次外出，傅延北都会为她撑伞。

后来分手，她才明白，傅延北那个冷漠的性子一生能为几个女人撑伞？

想到过往，双眼一阵酸涩。她仰着头，看着刺眼的太阳，眼前一阵恍惚。

傅延北，你在哪儿啊？

锁好门，走了几步，隔壁的车正好出门，汽车发动，叶然往一旁移了几步，站在那儿，让汽车先走。那辆银灰色的宾利再次从她身边驶过。

几秒后，她猛地想到了什么，眼底满是难以置信，怔怔地望着那辆车，随即小跑追上去，那是傅延北的车！

原来住在她隔壁的那户是傅延北。

原来小笙口中的“叔叔”是他。

原来他们靠得这么近。

叶然用尽全力地追着。

傅延北昨夜失眠，早上医生过来给他做了个身体检查。他休息了一会儿，比平时晚走了半个小时。

陆风看见了一路跟着他们跑的人，刻意放缓了车速，“傅总，后面有人在追我们。”

傅延北转头，看到了叶然。没想到这么快又遇到了，他的嘴角浮出一抹笑意，“加速。”

叶然傻眼了，一边追一边喊：“傅延北——停车啊——”

陆风忐忑，“小傅总，她在叫您。”

傅延北回头看了一眼，“不管。”

车子渐渐开远了。

叶然跑不动了，气喘吁吁地停下来，眼泪啪啪地掉下来。

陆风看了一眼，“她没有追了。”

傅延北静默了几秒，突然开口：“停车！”

幸好陆风开车技术好，车子稳稳地停了下来。

傅延北轻轻拧了一下眉角，“慢慢倒回去。”

陆风腹诽：小傅总，您又在考验我的技术吗？

车子靠边停下，傅延北端坐在那儿，面部线条绷着，一言不发。时间过了五分钟之久，叶然一动不动地蹲在那儿。他心底满满的疑问，终于按捺不住，走下车，朝她走过去。

叶然的头埋在膝盖里，沉浸在自己的思绪中。好像回到了很多年前，她也是眼睁睁地看着他上了车，离自己越来越远。

傅延北沉声开口：“地上有宝藏？”

叶然像被雷劈了一般，那声音她再熟悉不过。她怔怔地抬头，红红的眼睛直盯着他，眼底是控诉，是委屈，是不甘，是温柔。

傅延北看着一脸呆滞的她，语气淡漠，“为什么追我的车？”

叶然看了他半晌，也不说话。明明是那个人，可是怎么就和以前不一样了呢？

暑气逼人，马路上不是一个说话的好地方。

燥热的风吹在脸上，傅延北的话语好像不受控制了，“上车。”

可是叶然依旧不动。

傅延北转身要走。

叶然讷讷地开口，“傅延北——”

他停下脚步。

叶然咬咬唇角，“腿麻了，你拉我一下——”

“陆风——”傅延北喊道，“拉她起来。”

叶然：“……”

陆风委屈，傅总怎么能这样？他是有女朋友的人。

叶然深吸一口气，圆鼓鼓的眼睛直勾勾地看着傅延北。真是心狠！她晃晃悠悠地站起来，双腿似有蚂蚁在啃食。

陆风暗暗舒了一口气，“小傅总，走吗？”

傅延北看了他一眼，一言不发地上了车。

叶然赶紧跟上去，真怕傅延北不管她了。现在的他，她根本无法掌控。就算失忆了，人的本质也不该改变啊，他对她真的一点感觉都没有？

终于上了他的车，坐在他的身旁。叶然小心翼翼地往他的身旁挪了一点，心扑通扑通地跳动。

傅延北皱了皱眉，“去哪儿？”

“延北——”叶然思绪不知道飘到哪里了。

陆风扑哧一声闷笑。

傅延北低沉地咳了一声，“叶小姐——”

叶然瞬间清醒了，“延安北路啊。”

傅延北直视着前方，不再多言。

叶然纠结着，掌心都冒汗了。她看到座位上摆放着杂志，封面是中国台球高手。曾经叶然也陪着他去玩过，奈何她始终不懂规则，陪他去了几次后，便以功课为由不再去了。那两年，傅延北渐渐地玩得也少了。

叶然拿过杂志，“你也喜欢丁俊晖啊？”

傅延北抬眸，一双眸子里闪过什么，问道：“叶小姐喜欢丁俊晖？”

“有时间我也会看他的比赛，他是中国台球的骄傲，曾经 11 次获得排名赛冠军。”嘿，这些都是傅延北当年告诉她的，没想到有一天，她能用他教她的在他面前显摆。

傅延北点点头，“看来，叶小姐不光是书雕大师也是台球高手。”

“哪里哪里，只是略知一二。”

傅延北唇角抿成一道线，不说话，可是不再像刚刚那么冷峻了。

叶然寻思着要不要这周约他去打桌球呢？

车子已经开到了延安北路。

车子停在路边。

叶然低喃了一句，“这么快。”

傅延北看着她，陆风也回头看着她。

她再也不能厚着脸皮了，不情不愿打开车门，“谢谢。”

“叶然——”是傅延北在叫她。

叶然的心重重地跳动着，似乎要跳出来了。四年了，她做梦都想听一遍他叫她的名字。

顷刻间，她的喉咙酸涩难言，“嗯——”

傅延北手里拿着那本杂志，话语温和，表情淡然，“既然你喜欢台球，这本杂志送给你。”

天哪！这不是梦吧，一个丁俊晖就拉近了他们之间四年的距离。

傅延北不紧不慢说道：“其实我觉得傅家俊和丁俊晖长得不像。”他凝视着她的眼睛，“这张封面是傅家俊。”

叶然只看着他的嘴角张张合合，一股热气直冲大脑，明显有几分恼怒，可是她还是忍住了。

这是失忆的傅延北啊。她不能计较，不能计较。

叶然走了，被傅延北气走的。

陆风没忍住，笑了出来。陆风跟着傅延北三个月了，一直以来，他都觉得小傅总有些严肃，平时不苟言笑。其实，小傅总挺幽默的。

嗯，这种人可以定义为——闷骚。

“小傅总，这个叶小姐真逗。”

傅延北看着窗外，那人已经跑到对面了。很奇妙的感觉，明知道这么做太不绅士，可他还是忍不住戳穿她，看着她窘迫地落荒而去，心里又莫名有些异样。

陆风定定地说道：“小傅总，我觉得叶小姐想泡您！”

傅延北自然能看出来，叶然在接近他，那副自来熟的言行，让他迷惑了。主动接近傅延北的女生有很多，而叶然是第一个这么明目张胆，又不让人讨厌的。

那一天叶然在傅延北面前丢了脸，隔了几天都没有再见到他。

叶笙做好小饼干，打算送给傅延北。

叶然瞄了一眼她手中的盒子，说道：“他不爱吃。”

“你怎么知道？”叶笙气呼呼的，这是她的心意，姐姐怎么能这么说呢？

叶然轻轻理了理叶笙微乱的发丝，轻轻一笑，笑容中含着几分苦涩，“我知道啊。”关于他的事，她知道的可多了。

他挑食，不爱吃蔬菜，香菜、胡萝卜碰都不碰。

他还是国家二级运动员，擅长游泳。

而这些都是她从舍友那里听到的，他从来没有在她面前说过他以前的事。

大二选课，她运气差，选中了游泳课，一直担心学分，傅延北说可以教她。

叶然随意问了一句：“她们说你游泳很厉害真的吗？”

傅延北含笑地说道：“教你不成问题。”

傅延北教了她一个学期，真的是，全身心投入。学期结束，叶然这门课拿了一个不错的分数，说要答谢他。

傅延北笑道：“下学期我报游泳课，你来陪我。”

“不要。”叶然果断拒绝，豆腐都被他吃光了，这人就是披着羊皮的狼啊，根本表里不一。

可惜现在她再也没有机会和他游泳了。

叶笙捏着她的耳垂，小丫头睡觉时就喜欢摸着别人的耳垂。这是什么怪癖好？

“叶然，你还没说你怎么知道叔叔不爱吃小饼干呢？”

“噢——”叶然扬了扬声音，“男人都不太喜欢这些，你看外公、爸爸都不吃啊。”

叶笙叹了一口气，“那我要送叔叔什么呢？”

“小笙可以画一幅画送给他，嗯，就画我和你吧。”叶笙的绘画水平可不一般，不光形似，还很神似呢。

“好吗？”叶笙怀疑。

“当然，谁不喜欢我们小笙的画啊？”

“明天我不出去玩了，我要留家里画画。希望叔叔快点回来。”

叶然皱了一下眉角，“小笙，你看叔叔和姐姐差不多大，我觉得你应该叫哥哥。”

“哥哥？”

“对啊，叫哥哥。”

叶笙花了两天时间画了一幅画，叶然厚颜无耻地起名为《美人图》，特意拿到店里装裱了，希望傅延北能够将画挂在墙上，多看看说不定就想起来了呢。

叶笙带着画去敲了傅延北的门，可惜傅延北不在家，小丫头失落地回到家中。

叶然安慰道：“他可能出差了。”

“可是好多天没见到哥哥了，他是不是和我们一样搬家了？”

叶然不敢往这方面想，咬了咬牙，“明天早上我帮你去送礼物。”

周日的八点，叶然不知道傅延北在不在家，围着两栋房子跑了三圈，最后停在他家大门口。

手上下几回，她犹豫着要不要敲门，还有一会儿要说什么。

这时候大门突然打开了。

傅延北一身灰色休闲装，笔直地站在她面前，望着她的眼眸像染了一层雾，淡漠清冷。

叶然咽了咽口水，“早上好，我在散步。真巧，原来你住我隔壁。”

傅延北在监视器里早就注意到她了，她在他门口已经站了十多分钟。“散步？”他的声音懒懒的，“我家门口不是散步场所。”

第三章

为他而来

叶然知道自己这个理由太过牵强，面对不苟言笑的他，她现在再也没有以前的沉着冷静了，所有人都说她变了。“傅延北——”她咽了咽口水，“你最近好吗？好几天没有看到你出入。”

傅延北的神色依旧没有波澜，“谢谢关心，我很好。叶小姐，如果没事的话，我进去了。”

“等一下。”叶然一手撑在门上。

“还有什么事？”傅延北皱了一下眉，手搭在门上。

叶然拿出那幅画，“上次的事我还没有谢谢你，这是小笙画的，一直没有机会送给你。”

傅延北接过来，“谢谢。”

叶然的眸光从他的脸上慢慢滑落到他的手上，他的左手腕上——一道三四厘米长的疤，那么突兀。这是车祸留下的吧，他们在一起的时候，这里什么都没有。

她曾经问过傅延北：“你到底喜欢我什么？我不温柔，不可爱，也不够贴心……”甚至心理还有问题。

当时他竟然改了钱钟书的名言：遇见你之前，我从未想过交女朋友。

叶然情不自禁地伸出手，指尖刚刚触碰到他的肌肤，她的手轻轻抖了几次。

傅延北迅速抽回手，一种奇异的感觉突然间从他的心头掠过，他敛了敛神色，“叶小姐，请回吧。”

叶然的心扑通扑通地跳动着，心底深处有一个人在挣扎，告诉他，告诉他你是谁，快告诉他！

她的脸色很不好看，咬着唇紧张地看着他，“傅延北——”

“延北——”一个温柔的声音打断叶然的话，“你怎么在门口？”

叶然回头，是那天晚上陪着他的女生，还有其他几个人。

“你感冒还没好怎么出来了？要是给田阿姨知道，她肯定要担心了。”

田阿姨——

叶然有印象，那个气质卓然的女士，傅延北的妈妈。

苏韶言亲昵地站在傅延北的身旁，这样熟稔与默契，她望着叶然，“我们上次见过。”

叶然抿了抿唇角，“你好，我是叶然，住在隔壁。”

“你好，苏韶言，延北的朋友。”

叶然扯了一抹笑，“不打扰你们了。”便匆匆而去。两年了，傅延北的生活圈早已变了，不再单单属于她一人。

苏韶言望着叶然的背影，“我说错什么话了吗？”

周斯南意味深长道：“不是你。”他看着傅延北，笑了笑。

傅延北拿着画，往屋内走去，“沈贺呢？”

“他啊，前天晚上喝酒开车，把一截护栏撞翻了。早上被他爸抓回去了，估摸着一会儿就到。”

“人怎么样？”

“酒醒了被交警大队的女警官带回去关了一夜。电话里的声音听起来没事，不过，车被他爸全部收回，禁车三个月。”周斯南向来喜欢看戏，从小就这样，看他们出丑，最后帮他们收拾残局。

大家走进客厅坐下来。

周斯南拿过傅延北带进来的画，“小孩子画的？”

傅延北神色缓和了许多，“隔壁的小朋友。”

周斯南端详了片刻，说道：“画中人有几分熟悉，我想想——”

傅延北伸手拿过来，放进了茶几的抽屉里。

周斯南双臂打开，闲适地靠在沙发上，“刚刚那位美女家的女儿？”

“不是，是她妹妹。”

周斯南笑着，“你和这位叶小姐也真是有缘，她想租深海门面，现在又成了你的邻居，缘分匪浅啊。”

傅延北眼角上扬，“你和时安呢？从小相识，青梅竹马，什么时候把你和时安的事解决呢？”周斯南有一个从小就订下婚约的未婚妻，城北时家的女儿，时安。

“你比我大，我不着急。”周斯南自然不想那么早就把自己套进婚姻的围城。

傅延北笑笑，他对爱情对婚姻同样没有期待。

这时候苏韶言从厨房出来，大呼道：“天！延北，你家怎么什么都没有？你早上吃的什么？”

“咖啡。”傅延北简洁地回道。他怕麻烦，一杯咖啡足以。

苏韶言要疯了，“医生说了多少次，你得把咖啡戒了。你怎么这样不爱惜你的身体？”

“好了，不用那么麻烦，今天出去吃饭。”

苏韶言有备而来，她这几年早已练就了一手厨艺，自然不想出去，便说道：“外面的东西太油腻了，你们先说会儿话，我去做饭。”

周斯南问道：“要不要帮忙？”

“不用。”苏韶言看了一眼傅延北，微微动了动嘴角，最终什么都没说，转身回了厨房。

周斯南压着声音，“韶言对你还是没死心啊？”

傅延北神色绷着，没有再说什么。

叶然回到了家，叶笙问道：“哥哥喜欢我的画吗？”

“喜欢。”

叶笙乐了，又开始作画了，这次她要画一幅《动物世界》。

那天中午，叶笙吃了一大碗米饭，而叶然只吃了一小口，食不下咽，如同嚼蜡。

午饭后，叶笙在卧室睡午觉，叶然在书房做书雕。大概是化悲愤为力量吧，那一天下午，她的灵感和手感超级给力，做了件园林书雕。

叶然从书房出来，没想到已经晚上七点多了。

叶笙没有来找她，她突然间有些慌乱，到房间一看，叶笙还在睡觉。

“小笙——该起来了——”

叶笙没有回应，叶然伸手抱起她，发现叶笙浑身滚烫，“小笙——”

叶笙喃喃地说道：“姐姐——我好难受。”

叶笙体质不好，小感冒都容易引发肺炎，所以到了冬天，家人便不让她去上幼儿园。

“小笙，我们得去医院。”

“我不要去医院。”叶笙哭闹起来。

“乖——听话——”

“不要——我不要打针。”

叶然急得不行，万分后悔没有早一点发现，安慰道：“不打针的。”她赶紧弄来一条半湿的毛巾盖在叶笙的头上，她得赶紧送小笙去医院。

叶然收拾好包，抱着叶笙出门，在门口等车，可惜半天也没有人接单。茂苑这里打车太难了，叶然急得满头大汗。

傅延北站在二楼，目光落在楼下。叶然来来回回地走着，他慢慢发现了不对劲，下意识地握紧了手。

他大步走过去，“叶然——”

暮色如墨。

叶然猛地抬首，“傅延北——”她叫着他的名字，仿佛抓到了最后一根救命稻草。

他走过去，“怎么了？”

“小笙发烧，我在等车。”

傅延北拧着眉，“这里很难打车。”

叶笙喃喃低语：“姐姐，我肚子疼。”

叶然内疚了，心疼得无以复加。也许，她不该回来的，不该强求她和傅延北的缘分。第一次，她感觉到了绝望。

傅延北伸手抱过叶笙，“你去开我的车。”他摸了一下孩子的温度，很烫。

叶然的脸白了几分，她讷讷地回道：“我不会开车。”

傅延北一愣，“稍等。”他给陆风打了电话。

挂了电话，傅延北看着叶然，语气平静，“陆风还有一会儿才能来，先回去吧。”

他跟着来到客厅。

叶笙被暂时安置在沙发上，整个人蔫蔫的，看到傅延北，她笑了，“傅哥哥——”

傅延北应了一声。

“傅哥哥，你出差回来了啊，我送你的画你喜欢吗？”

傅延北眸光柔和，“我很喜欢，谢谢你，小笙。”

叶笙笑了，“我就知道你会喜欢的。”

二十多分钟后，陆风急匆匆地赶了过来。

到了医院，挂了急诊，检查之后，医生赶紧给叶笙降温。

等一切忙好，叶然才松了一口气。

傅延北发觉她的脸色有些不对劲，问道：“怎么了？”

叶然脸色苍白，小腹一阵绞痛，她用力地掐着掌心，“没事。”

这一刻安静得仿佛世间只剩下他和她。

叶然眼眶热热的，她深深吸了一口气，硬是把眼泪给逼下去了。再相视，一切都变得平静下来。

“今晚谢谢你。”她的声音微微沙哑，不紧不慢地说道，“小笙出生时体质偏弱，感冒发烧经常引起别的问题，我们一家人都很紧张。你别见怪。”

傅延北有些看不懂她了，为什么一瞬间，她又变了？变得疏离。他缓缓开口：“叶笙是你的妹妹？”

灰暗的灯光将他的影子拉得斜长，他漆黑的眸子紧锁着她，带着几分疑惑。

叶笙会走路后，叶然只要回国，就会带着她出去玩，小花园、超市、游乐场、餐厅……

很多人都会说：“你的女儿真可爱——”

就连她的经纪人桑珊第一次看到叶笙都惊住了，“天，叶然你什么时候生的孩子？”

她是怎么回答的？

“叶笙，我的小妹妹。”

叶然被很多人问过这个问题，只是没想到有一天，傅延北也会问她。

叶然浅浅望着他，恍惚间，好像又回到了四年前，她和他还在谈着恋爱，她喜欢正儿八经地叫他的名字。

“傅延北，明天我和钱菲要去逛街。”

“傅延北，周末我得回趟老家。”

“傅延北——傅延北——”

……

傅延北怒了，“然然，你是我女朋友，傅延北是给别人叫的，你可以叫我延北，当然叫我北北我也不介意。”北北是他的小名，只不过在他上学后，这个小名再也没有人叫了。

二十岁的大男人被叫“北北”，他不觉得丢人，只是，她还喊不出口。

傅延北静默地等着她的答案，他有几种猜想。叶然迟迟不回，也许是他的问题唐突了。可是这个女人为什么总是用那种眼神看着他，那是恋人的眼神，充满了浓浓的爱意，还夹杂着说不清的悲伤。

叶然勾了勾嘴角，笑容不达眼底，“小笙是我的妹妹，亲妹妹。”她云淡风轻地挑眉，“你是不是也以为她是我的女儿？”

傅延北抿着唇角，“抱歉。”

叶然耸耸肩，“很多人和你一样。”她犹豫了一会儿，“我单身，没有男朋友。”漂亮的眸子如星辰一般瞅着他。

世界又静了。

她只听到她不安的心跳声，还有他均匀的呼吸声。是的，这一次，她为他而来。

傅延北眯了眯眼，眼中闪过一抹笑意，这姑娘又在撩他了。他平静地说道：“这个年纪可以谈男朋友了。”

叶然要吐血了，真是糟糕的回答，她装作没有听出他的揶揄，说道：“我听你朋友说，你也单身，你的年纪也可以谈女朋友了。”

朋友？周斯南还是沈贺？

傅延北轻轻一笑，“男人和女人不一样。”

叶然瞪着他，“你怎么会有这样的思想？”

傅延北逗弄着她。这是两人相遇以来，相处最长的时间。

夜渐渐深了。

叶然看了看时间，“你们回去吧。”

傅延北敛了敛神色，“你一个人？”

“输液要三四个小时，我一个人没问题。”

傅延北看了一眼站在五米之外的陆风，陆风不停地看着手机，应该是在和女朋友发微信。傅延北朝陆风那边走去，叶然眉宇间有微微的失落，她收回视线。

没想到，傅延北再次折回。

叶然惊诧，“你怎么没走？”

傅延北说：“我没有说要走。”

叶然找寻陆风的身影。

“他回去了。”傅延北回道。

叶然犹豫地问道：“陆风年纪好像不大。”

“比我小。”陆风大学毕业后，原本是要参军的。后来，在陆父的要求下，他成了傅延北的贴身助理。

傅延北闭上眼，想到刚刚他和陆风说的话。

“以后我谈恋爱了，你也要时刻不离地跟着我？”

叶然见他有几分疲惫，“你渴不渴？我下楼买点喝的。”

傅延北轻轻应了一声，靠在座椅上休憩。

等她买好喝的上来时，傅延北正坐在床沿，和小笙说着话。叶然从来没有见过他和小孩子相处，没想到他这么有耐心。

叶笙咯咯笑着，“那等我好了，你带我看狗狗好不好？”

傅延北的声音充满了温柔，“好。”

叶笙发现了她，“姐姐——”

叶然心疼地摸了摸她额角的碎发，“肚子不疼了吧？”

“不疼了，我好了。”叶笙眉眼弯弯，“延北哥哥说星期天带我去看狗狗。”

叶然余光扫着傅延北，小声道：“那能带我去吗？”

叶笙回道：“这个我不能做主啊，得问延北哥哥。”

叶然的下巴都要掉了，这就是叶家的小白眼狼啊。就当她没说过吧，她递了一瓶饮料给他。

绿茶。

傅延北抿着嘴角，含着笑意，“谢谢。”

两瓶水，一瓶绿茶，一瓶红茶。

傅延北除了矿泉水，只喝绿茶，而且他已经很久没有碰过这些饮料了。

叶然见他不动，“你不喜欢喝绿茶了？”

傅延北默了一下，“没有，只是很久不喝这些东西了。”

双人间的病房，昏黄的光线笼罩下，那双漆黑的眸子盯着绿茶。

叶然不安地看着他，他是不是想起什么了？

“傅延北——”温雅的声音在他的耳边响起，他的心田竟然泛起了涟漪。

“周末我可以和你们一起去看狗狗吗？”

傅延北抬眼望着她，“可以。”

叶笙的点滴一直挂到夜里零点。

傅延北精神不济地靠在沙发上休息，光束停留在他的脸上，蒙上了一层柔和的光泽。叶然将自己的外套披在他的身上，动作很轻，生怕吵醒了他。

她慢慢蹲下身子，小心翼翼地掀开他的袖口。

那道疤颜色已经变成了浅白色。

叶然颤着手，指尖轻轻触摸到那块疤痕，心脏瑟缩了一下，眼泪无法抑制地溢满了眼眶。她在心里轻轻念着，“延北，对不起——”

眼泪一滴一滴落下来，落在了他的肌肤上，带着灼热的触感。

其实傅延北没有睡熟，从她靠近自己的那一刻，他就知道了。他缓缓睁开眼，眉目清明，嗓音清澈，“叶然——”

傅延北灼灼地看着她，似乎要将她看穿。

“我——我——”叶然又卡词了，“你醒了？”

傅延北有几分好笑，“没睡着。”

叶然咽了咽口水，“我怕你冷……”

傅延北拿下她的衣服，见她闪烁其词，只是轻轻提醒她：“你先起来。”

叶然站起身来，眼前虚晃了一下，她贫血，蹲一会儿起来头就晕。

傅延北扶着她的手臂，掌心有力，说道：“我们聊聊。”

叶然愣住了，“聊什么？”

傅延北的脸色平静得像一潭池水，没有一点儿波纹。他说：“为什么要接近我？”

叶然的心难受极了，“接近”这个词并不是什么褒义词。她的眸子像深沉的湖泊，一望无底。叶然深深吸了一口气，尽量让自己的语气轻快一些，“我说过，我单身，没有男朋友。接近你，是因为我有点喜欢你。”她专注地看着他，眉目如黛，情真意切。

叶然面上镇定得很，实则后背早已浮上了一层密密层层的薄汗。原来主动告白需要这样大的勇气。

他抿着唇角，一副高深莫测，“叶然——”

“嗯——”

傅延北看着她脸上的彷徨，一时间有些心软，不过也只是一时。他和叶然相识太短，叶然也不足以让他立刻就爱上。他缓缓说道：“我暂时不想谈恋爱。”

“为什么？”

傅延北突然笑了，“事业为重。”算是理由吗？他望着远方，眸色深沉。

因为他常常梦到一个女孩……

叶然的脑袋耷拉着，眼底的光彩瞬间黯淡了。这个结果真的和当初他追求她时如出一辙。这就是因果循环？

“我可以等的。”声音越来越低，带着隐忍的鼻音，直到话音湮灭。

她已经等了四年了，不差一时半会儿。

傅延北没有回复她，只是提醒道：“早点休息吧。”

这时候她能睡着吗？

叶然嘟囔了一句：“睡不着。”

后半夜，两人都没有睡着。天亮了，叶笙的精神已经恢复了。

叶然抱着她，“回家吧。”

傅延北拿着她的包，还有她的外套，带着淡淡的幽香，不是香水的味道，莫名有种熟悉感。

傅延北一步一步跟在她的身后，目光落在她的背影上。这样的画面，估计人人都会觉得这是一对母女。他移开目光，大步上前，“叶然——”

叶然停下脚步，“怎么了？”

“我来抱。”

叶然有短暂的错愕，“不用，我抱得动。”

这哪里是抱得动抱不动的问题？

“我来吧。”傅延北抱过叶笙，换了个怀抱，小叶笙咯咯直笑。

傅延北小心翼翼地扶着叶笙的背，“走吧——”

叶然还在愣怔中，浑浑噩噩地说道：“傅延北，你很会抱孩子。”

“我小侄子和小笙一样大。”

叶然知道他说的是傅恒宇，看着他抱小笙，她莫名有些惆怅，却提起精神说道：“你以后一定会是个好爸爸。”幽幽的话音像一阵风飘到了傅延北的耳边，他笑了笑。

傅延北一路抱着叶笙。

叶然侧着脸，一脸沉静。又是新的一天，充满生机的一天，而她的眼前一片模糊。

她只能在心里不断地告诉自己。

慢慢来，至少他还活着，一切都是好的。

叶然嘴角弯起了一抹无奈的笑容，恰好落入了傅延北的眼底。

傅延北不动声色，事情的发展总是出乎他的预料，现在似乎越来越有趣了。

到家后，叶然心里暖暖的，安置好叶笙，她下楼来。

傅延北站在客厅，一面墙壁上挂满了各种各样的画，每一幅画都有署名：叶笙。而客厅的另一角，一个巨大的胡桃夹色书柜，每一格都摆着一件书雕。书雕是艺术品，是智慧和灵感的结晶。不得不说，叶家两姐妹有一双巧手。

叶然轻轻咳了一声。

傅延北转身，眸光清和，“很漂亮。”不仅仅是漂亮，匠心独运。

叶然开口：“想喝什么？”

“不用麻烦了。忙了一晚上，我先回去了。”

“那好吧。”叶然咬咬牙，“能不能留一个电话？今晚的事我得谢谢你。”

傅延北挑了挑眉，不紧不慢地报了一串数字。

叶然厚着脸皮，“你私人的号码。”不是对外办公的号码。

傅延北若有所思地望着她，还是报了号码。

叶然找出手机，可惜手机关机。“没电了。等我一下，我记在纸上。”她的手机是几年前的一款，已经很旧了。

她又重复了一遍：“傅延北，回头我请你吃饭。”她扬着眉眼，藏着自己的狡黠。

两天后，叶笙的身体全好了，叶然寻思着赶快请傅延北吃饭。她捏着那张卡片，卡片已经皱巴巴的了，她还是舍不得扔掉。

“小笙，想不想去吃牛排？”选一家安静的西餐厅，享受一下烛光晚餐吧。

“我不想吃牛排，我想吃肯德基。”

叶然揉了揉眉心，“你的延北哥哥不喜欢吃肯德基。”

叶笙不说话了，“随便吧。”

“那我给他打电话啦。”叶然眸光熠熠。她存下了他新的号码，备注延北。

两人在一起的两年，快乐总是多过小摩擦的。叶然在男女感情上心大，傅延北又惯着，偶尔因为一些事，比如约会时叶然迟到一个小时，他气，可总等不到她先道歉，他倒是先哄着她了。

傅延北让她改称呼时，趁她不注意改了她手机上的备注，北北。

有一次她在洗澡，手机响了很久。钱菲替她看了一下，喊道：“北北的电话——”

宿舍陷入了短暂的沉默，随即爆笑。

北北，真的无法和那个一贯清冷的傅延北画上等号。

以至于后来，钱菲总会故意拖长声音，“你家北北——”

你家北北——

现在的傅延北什么时候能再次成为她家北北呢？

叶然还没有拨打电话，手机铃声响起来，是时轶打来的。

“嗨——”

时轶听出她的声音含着愉悦，“新房子住得怎么样？还习惯吗？”

“时轶，我得谢谢你，帮我找了这么好的房子。”叶然依旧难掩激动，终于明白什么叫无巧不成书。

“那就好。”时轶轻笑，“对了，有件事想请你帮忙。”

“尽管开口。”

“公司的晚会，我需要一个女伴。”

叶然苦恼，“我不适合吧。”

“叶然同学，你刚刚的豪言壮语呢？”

“我尽力，要是给你丢脸不要怪我啊。”

“不怪你。衣服我会让人准备好的。下周三，我去接你。”时轶一贯的风格，什么事都安排得妥妥当当。

“到时候联系。”

这个小插曲过后，叶然终于拨通了傅延北的电话。

手机彩铃轻轻响着，是那首经典的钢琴曲《致爱丽丝》。可惜，电话一直没人接。

叶然说道：“可能在开会。”

叶笙望着她，“姐姐，你在紧张？”

是啊，谁让男朋友失忆了呢？难道她记错了电话？不会啊，当时和傅延北确认了。

“你好——”斯文悦耳的男声传来，可是不是傅延北。

叶然的心咯噔了一下，难道傅延北骗了她？不，就算失忆了，本性不会变。

手机那端的人又问了一句：“哪位？”

叶然挂了电话，她不想叶笙知道这个令人悲伤的结果，嘴角依旧带着笑意，“小笙，姐姐真笨，记错了号码。”

叶笙重重地叹了一口气，一副“我就知道”的表情，又是惋惜又是无奈，

“等下回见到延北哥哥，我再重新要号码。”

傅延北从会议室出来，边走边和几个经理交代：“深海二期装修三个月内一定要完成，材料严格把关，不能出任何问题。”

等他回到办公室，沈贺坐在沙发上，大长腿闲适地伸直在桌上。沈贺凉凉地开口：“工作狂终于开完会了。”

傅延北看了他一眼，“沈叔放你出来了？”

沈贺老脸一抽，“你的手机响了，一个女人打来的。我喂了两声，她就挂了。”

傅延北拿过手机，看了通话，本市的电话。忽然间猜到了是谁，指尖滑过屏幕，刚想拨回去，最后又放下了。

沈贺八卦地等着答案。

傅延北回道：“打错了。”

沈贺：“……”

第四章

今天是我生日

隔了三天，傅延北的手机再也没有接到那个“打错了”的电话来电。

叶然这段时间，除了接送叶笙，几乎不再出门，化悲愤为动力，她做了几件书雕。转眼到了和时轶约定的日子。

那天下午，时轶早早地就来到茂苑。叶然还穿着工作服，头发松散，一脸倦容。

时轶一身黑色的西装，剪裁合身，每一个细节都是经过精心处理过的。他不着痕迹地拧了拧眉，“还在赶工？”

叶然有些抱歉，“等我一会儿，十分钟就好。”

时轶的助理将礼盒放在一旁，便出去了。

时轶温和地说道：“去试试。”

叶然洗了一把脸，将头发简单地梳了一个马尾，飞快地换上了礼服裙。白色蕾丝刺绣及膝连衣裙，上面绣着粉色风信子花束，简洁优雅。

她走出来，开口道：“让时大公子破费了。”这件衣服不光大小合适，还是她喜欢的风格。

时轶正坐在沙发上，翩翩一笑，又拿出一个精致的盒子，是一对耳环，“戴上看看。”

叶然脖子细长，戴上去正合适，流苏长款满钻球耳环，钻球一晃一晃的，甚是可爱。“要是给小笙看到，她肯定不会还你了。”

时轶笑道：“回头我问问有没有儿童款的。”

“她还是小孩子，哪能戴这么贵重的东西？”

时轶想给的东西从来不在乎价格，他要给的是心意。

路上堵了半个小时，时轶和叶然到达公司酒店时，早已宾客云集。盛世集团的周年晚宴，邀请了不少生意上的伙伴。

叶然穿着七八厘米的高跟鞋，走路不稳，时轶挽着她的手走进来。

她轻声道：“好久不穿高跟鞋，有点不习惯。”

“实在不行，你往我身上倒。”他微微低着头靠着她的耳边道。

在外人看来，这两人就在说着情话呢。

周斯南端着红酒杯，神色悠然地看着前方，“世界真小。延北，你的新邻居。”

傅延北自然也看到了，从他们进来的那一刻他就注意到了。那通电话之后，叶然就再也没有出现在他面前。

她忽然闯进他的世界，又无声无息地消失。

傅延北不动声色，端起酒杯，不知不觉喝了半杯。

周斯南浅浅说道：“不是有传言，时轶在英国有个女朋友，这么多年，他不回来，也是为了她。现在看来传言可信度很高。”

傅延北咽下口中的酒，唇齿留香，“斯南，你什么时候这么八卦了？”他故意停了一下，“不过关心你未来大舅哥，不算八卦。”

周斯南收起笑意，“延北，我不信你不好奇。”从叶然进来，他已经看了五次了。

傅延北意兴阑珊，突然在人群中看到一个身影，他沉声喊道：“时安——”

一个漂亮的女孩子看到他们，雀跃走来，“你们在这儿啊，让我好找。”

傅延北笑笑，“我去吃点东西。”临走时，他看了周斯南一眼，嘴角扬起了一抹笑意。

时安身材高挑，脸小小的，五官精致。“斯南，你刚刚看到了吗？大哥带女朋友来了。”

周斯南挑眉，“可能是女伴吧？”

时安嘟嘟嘴，“才不是。大哥第一次带女孩子出席公司活动。走，我带你见见她。”

叶然陪时轶见了一些人，她恰到好处的言行，让一众人不由得吃了一惊。

一圈走下来，时轶感动，“叶然，今晚谢谢你。”他是时家长子，从小就肩负接手时家的重任，这样的场合，他游刃有余，可他知道，叶然并不擅长。

“时轶，我现在明白了，你们这些人活得真累。”叶然一手撑在餐桌边，站久了小腿又胀又酸。

“要不要上去休息一会儿？”他在酒店有固定的房间。

“不用，你先去忙吧，不用管我，我自己去吃点东西。”

“叶然——”他想要带她去见一下爷爷。

“时轶，那边的人在等你。”

“等我一会儿，有事找我。”

叶然忙不迭地点头。

时轶离开后，叶然端着餐盘安心地喂饱肚子。晚宴的自助餐相当丰富，叶然满足地享用着，没有注意到一旁走近的人。

“蛋糕这么好吃？”说话的声音是她再熟悉不过的。她端着餐盘的手微微抖了几下。

桑珊说，男人不能惯着，你主动，他就觉得你轻浮，越发不会将你放在心上。叶然以前觉得这话不对，因为桑珊从来没有谈过恋爱，而她是有恋爱经验的人，不过现在她信了。

她抬头，不咸不淡地回道：“你在质疑五星级酒店大厨的手艺？”

傅延北西装笔挺，沉默了片刻，“小笙身体好了吗？”

“谢谢关心，好多了。”叶然鼻子冒酸，摸不准他现在到底什么意思。

两人之间陷入沉默。叶然也没有食欲了，她低着头，耳边的耳坠轻轻晃动。

傅延北觉得眼睛迷乱，大脑一抽一抽地疼，一些模糊的光影在大脑中闪烁着。

叶然心里有小人一直在打架，这么好的机会她不想错失，可是她又不想那么轻易原谅傅延北。她瞅着他，发现他拧着眉角，十指紧握，好像很痛苦，“你怎么了？是不是头疼？”

傅延北回道：“没事了。”

叶然满脸担忧，抓住他的手臂，“我陪你去外面透透气。”

傅延北向来吃软不吃硬，面对她的关心，他无法拒绝。

酒店的后花园，有一个喷泉，池中还养着很多锦鲤。晚风悠悠，月亮挂在天空，像弯弯的眼眸。

傅延北走在前面，叶然恨恨地走在他的身后。她陷在自责中，他这样是不是车祸后遗症？这几年他是不是经常会头痛呢？越走越累，她慢慢停下来。

傅延北又走了一段路，发现刚刚跟在他身后的人站在远处。他清清嗓音："叶然——"声音中掺杂着些微倦意。

叶然眸光一亮，却傲气地别开脸，"傅先生，抱歉，我走不动了。"她穿了一晚上的高跟鞋，实在走不动了。

傅延北似笑非笑地看着她脚上的高跟鞋，那意思好像在说她自作自受。

叶然坐在一旁的石凳上，脱了高跟鞋，脚指头解脱了。

傅延北目光短暂地从她脚上掠过，快速地拧了一下眉眼。

叶然凉凉开口："我刚刚听说深海的装修要搁置了。"傅延林不同意，她瞅着他，傅延北的压力可想而知。

傅延北微微侧首，"时轶告诉你的？"

叶然耸耸肩，"如果深海不装修，我们是不是可以继续合作？"

他勾勾嘴角，没有回复她。

"我是真心想要和深海合作。难道我的诚心你还没有看到？"

"你的诚心？"傅延北下意识地瞄了一眼她的胸前。礼服裙胸口稍低，露出了一片细腻的肌肤，"在哪儿？"

叶然错愕，随即笑起来。

四年，她和他都变了。

月亮躲进云层里，天色暗下来。

"那你要不要看一看我的诚心？"她压着声音，仰着头对上他的眼睛，脸颊火辣辣的，幸好这时候光线昏暗不明。

他的心扑通跳动了一下。

傅延北的生活是枯燥的。在美国除了治病，就是学习，后来是为了家业。这几年，除了苏韶言，他都没有接触过别的女性。叶然的出现，就这样打破了他平静如水的生活。

他站在暖橙的灯光下，长身玉立，声音清越，"叶然，或许我们可以试试。"

四周万籁俱寂。过了好久，叶然才反应过来他的意思。

“你说什么？”她不确定，不放心，不敢相信。

傅延北却转身往回走。

叶然也顾不得穿鞋了，跟了上去，抓着他的手臂，“你是那个意思吗？”

傅延北抿着唇角，步履也慢慢放缓了，只是浅笑。

叶然高兴坏了，直瞅着他。

傅延北抿抿嘴角，“叶然，我要回去了。”语气中隐约带了一丝让人不易察觉的温柔。

叶然轻轻嗯了一声，“正好，我和你同路。”

傅延北的语气似乎带着笑意，“你不要和时轶说一声？”

叶然嘻嘻一笑，“我给他发条信息。时轶这会儿肯定忙着招呼客人，我就不麻烦他了。”

陆风将车开过来，眼睛都要瞪成铃铛了。

“嗨，陆风，晚上好。”她上了车，娴熟地和他打着招呼。

陆风震惊，难以相信，一个晚上，他的小傅总就这样被搞定了？

傅延北什么话都没有解释。

车子开走了。

她坐在他的身旁，和吃了糖一样开心，不掩饰自己的喜悦，双腿搁在他的腿边。

傅延北眸光扫到她光着的脚，暗暗一笑，她是有多么迫不及待啊，再一想，他的心就软了。

“陆风，在前面的百货大楼停下。”

不一会儿，车子停下来。

陆风道：“傅总，您要买什么？我去就好了。”

“你们在车里等一下。”

叶然想去，可是她缩了缩脚，鞋子丢在酒店了。刚刚一时激动，她鞋子都忘了穿，一会儿下车不要被他们看到就好。

不多时，傅延北回来了，手里提着一个盒子。

这一晚，陆风再次震惊，他觉得自己的心脏需要吃药了。

傅延北把鞋盒递给叶然，什么话都没有说。

叶然觉得这一切像在梦里，傻愣愣地问道："给我的？"

他眯了眯眼，"女鞋，难道给陆风的？"

陆风："……"

叶然眼睛瞬间酸了，"谢谢。"她慢慢打开，是一双白色系带帆布鞋。

帆布鞋配礼服裙？有没有搞错？她真的越来越看不懂傅延北了。

傅延北面不改色地开口："陆风，开车。"

车子开进了茂苑，万家灯火，橙光里透着家的温馨。湖边灯影绰绰，这样的晚上真是美好得像梦一般。

叶然磨磨蹭蹭地下了车，走到他那边，"谢谢你。"

傅延北轻笑。

叶然咬咬牙，问道："傅延北，你为什么给我别人的号码？"

傅延北挑眉，睨着她，"你给我打过电话？"

叶然想到那天就恨得咬牙切齿，"打了呀，是个陌生男人接的。"

傅延北右手搁在膝盖上，指尖轻轻动了动，"你可以再打一次确定是不是我。"

叶然心里想骂人，你就端着吧。她拿出手机，"我打了啊。"

傅延北的手机铃声响起来，他笑着，"我没有骗你。"

叶然哼了一声，"我一会儿去你家找你。"不等他回答，她便跑了。

傅延北嘴角含着笑意，左手轻轻按了按酸涩的眉角。

陆风回头说道："小傅总，我觉得你今晚和以前不一样了。"

傅延北抬起眼皮，"嗯？"

陆风干干地笑了笑，"以前的你不苟言笑。好像遇见叶小姐之后，你变得像个正常的男人了。"

正常的男人？

傅延北起身下车，走到前面，敲了敲车窗，"陆风，今年公司福利，为了减少开支，我决定提议取消带家属的福利。"

深海七月份有一个去夏威夷度假的福利。陆风已经和女朋友约好了，这时候要是变卦，女朋友会杀了他的。

“小傅总，我什么都没有说。我先回去了。”识时务者为俊杰，陆风迅速开溜了。

叶然到家之后，叶笙正在练字，背脊挺得笔直，“姐姐，你看我写得好不好？”

叶然点点头，满是赞许，“进步很大。”

“我长大了字会写得比你还漂亮。”

叶然会心一笑，有这个心就好。外公该高兴了，小笙可以继承他的衣钵。

“好了，小笙明天再写吧。”周姨拿来一瓶牛奶让小笙喝。她是叶家的远房亲戚，叶母亲自托人请她来帮忙照顾叶家姐妹。

周姨看到她脚上的鞋子，微微一愣，“然然，这鞋子怎么换了？”

叶然抿嘴一笑，从钱包里抽出几张毛爷爷，“周姨，我出去一下。”

“这么晚了去哪儿啊？”

“去还钱。”男人给女人送鞋不吉利，她可不要他送她的鞋。

傅延北听到门上传来几下敲门声，信步走过去开门。

一张分别还没有十分钟的笑脸出现，“傅延北——”她上身微倾，又露出那一片白皙的肌肤。

傅延北探究着，她到底是有意为之呢，还是根本不自知？对他好像相熟的老朋友。他移开目光，“进来坐。”

她摇摇头，开口问道：“你怎么知道我的尺码？”36码的鞋，难道他潜意识里对她的事还有印象？

傅延北回道：“目测加感觉。”

叶然默了一下，慢慢伸出手，几张红票子被她卷起来握在手里。

傅延北不解。

“鞋子的钱啊。”叶然的眼睛似乎比晚上还要亮，“你难道不知道男生给女生送鞋，会让女生越走越远？”这是钱菲以前告诉她的，当初她们听到这些觉得太可笑。可是等到经历了一些事，叶然也信了。这次她可不会走了。

傅延北恍惚了一下，轻笑出声，“叶然你是英国回来的留学生，还这么迷信？”

叶然郑重道：“我宁可信其有。”她的表情肃然，“我怕啊，万一成真呢。”她不敢赌一分，她不敢拿失去他来赌了。

向来，她的运气并不好。

傅延北有些意外，她为什么对他就这么认真？可是她从第一次见到他，就对他表现出超乎寻常的热情。

叶然紧张地看着他。她足足等了四年，等得心都空了。

傅延北看着手中的“毛爷爷”，哭笑不得，“难道你不能换个思路，送鞋就是让你跟着我走？”

叶然当即笑了，“好啊。无论天涯海角，我都跟着你走。”

晚宴结束了，时轶回到了顶楼房间。

助理汇报道：“叶小姐是坐着深海的小傅总的车走的。当时我们准备拦下的，周斯南先生说，叶小姐是傅延北的邻居。”

时轶看着沙发上那双裸色高跟鞋，目光一动不动。

“时总——”

“时安呢？”

“安小姐和周先生走了。”

时轶点点头，“你回去吧。”

时轶喜欢高处，高处不胜寒，他怕孤单，又享受这样的感觉，让人更加清醒。巨大的落地玻璃窗，映着城市五彩斑斓的光影，而此刻他的侧脸是那么孤寂与忧伤。

他倚在办公椅上，许久终于拿出手机拨通了叶然的电话。

晚上，叶然按照惯例要给叶笙说睡前故事。叶笙聪明，有着超乎同龄孩子的睿智，可是她也幼稚得很，她喜欢《白雪公主》《青蛙王子》《海的女儿》这样的童话故事。故事讲了一半，她的手机响了。

叶然起身，“小笙，你先睡，姐姐要接个电话。”走到卧室外，“喂——”

“不告而别，嗯——”他的话尾微扬。

叶然连忙道歉：“不好意思。”

“他们说你坐傅延北的车离开的，你们什么时候认识的？”

叶然深吸一口气，“我一直没有告诉你，我要找的人就是傅延北。他现在住我隔壁。”

时轶的声音依旧温和，“那真是太巧了。”

“是啊。我得谢谢你。”

时轶沉默。

叶然的语气有几分无奈，“只是他已经完全记不得以前的事了。”

时轶开口：“和他好好谈一谈。”

“等时机成熟吧，现在我没有把握。好了，时间也不早了，今天晚上你都在忙着应酬，早点休息吧。”

“晚安。”时轶放下电话，目光沉寂，就这样坐了一宿。

周一，《经济时报》头版，盛世集团和深海集团两家将联合共建滨江商业中心，打造宁城最繁华的商业广场。

傅延北盯着报纸，脸色发沉。

陆风轻轻叫了一声：“小傅总——”

傅延北舒展开了眉头，“大哥胃口太大了。”

自从傅延北回来之后，傅延林的动作越来越大了。他从大学毕业就到深海，从基层一步一步走上来。而傅延北从美国研究生毕业后，空降到公司出任公司副总。所有人都知道傅家今天的一切，都是傅延北的父母一手打造出来的。

只是由于后来的一些变故，傅延林才接手深海，现在傅延林会轻易把他的东西还给傅延北吗？

傅延北放下报纸，陷入沉思中。大哥是在给他下马威吗？是不是觉得自己威胁到他了？

手机的短信铃声响了一下，过了好久，他才拿过手机，看到了那条短信：

傅延北，这是我的号码，记得要存下来——叶然。

叶子叶，然而然，很好听的名字。

傅延北的表情松动了些许，他低着头打了一个字：好。

他刚发过去没有三十秒，又有新的短信来了。

叶然：晚上一起吃饭吧？我知道一家新开的烤肉店。

傅延北目光定在屏幕上，来来回回打了几个字，最后都删了，重新编辑：抱歉，今晚有事。

他没有心情去吃饭。

后来，叶然没有再给他发信息。

叶然看着手机，好久她都维持着低头的动作，长发遮住了她大半张脸，掩盖了她此刻浓浓的悲伤。

“姐姐，走啦，要去拿生日蛋糕啦。”叶笙兴奋地喊道。

叶然深吸一口气，抬手擦擦眼角，声音含着几分哽咽，“好，就来。”

这是四年来，叶然第一次过生日，这次是为了纪念她和傅延北的重逢，纪念两人新的开始。

如果刚刚她直接告诉傅延北，今天是她的生日……那么结果会怎样呢？

她不敢想，想太多又怕失望。以前她很少流泪，好像自从傅延北从她的世界离开后，她总会莫名地掉眼泪。

叶笙看到她哭了，“姐姐，你怎么哭了？”

叶然连忙收起眼泪，“姐姐开心啊，这是小笙第一次陪我过生日呢。”

叶笙抬手轻轻地擦着她的眼泪，“以后我都陪着你过生日。”嘻嘻，她最爱吃巧克力的蛋糕了。

“好。”叶然赶紧收拾好心情。

新开的烤肉店，叶然提前了一天预定。她点了一桌菜，周姨直摇头，“就我们三个人，点太多吃不完。”

“周姨，难得嘛，今天我胃口好。”当时考虑到傅延北能来，这时候再想想，她总是将一切想得太顺利了。

现在的傅延北早已不是以前的那个人了。她不敢把傅延北的事告诉周姨，万一周姨告诉了叶太太，到时候叶太太肯定杀回来。

周姨笑，“那一会儿多吃一点。这家烤肉店，装修得还真可爱，都是你们小年轻喜欢的风格。”

叶笙看得目不转睛，“好多猫猫，我太喜欢这里了。”

叶然摸摸她的头，“那把你留在这里？”

叶笙连忙摇头，“不要，我更喜欢姐姐，还有周阿姨。”

周姨脸上满是笑意，“来，点蜡烛，姐姐要许愿了。”

蜡烛已经插好了，叶然点燃五彩的蜡烛，火焰明亮。

“姐姐，快许愿。”

她的愿望啊……

叶然闭上了眼，十指紧紧地交握。她不贪心，只许了一个愿望。“吹蜡烛吧。”

叶笙和她一起吹灭了蜡烛，小小的脸蛋上挂满了笑容，还是小孩子好，没有烦恼。“姐姐你许的什么愿望？”

叶然给她切了一块蛋糕，小丫头对什么都充满了好奇。

周姨说道：“你姐姐自然是要快点找个男朋友啊。”

叶笙吃了一口蛋糕，“姐姐该结婚了。”

叶然眉角抽了抽，这么忧伤的话题非要在这个日子提起吗？男朋友现在不听话呢，她还是化忧伤为食欲吧。痛痛快快吃一顿，暂时忘了傅延北。

晚上，傅延北被沈贺叫过去了。沈贺解禁了，叫上了几个朋友聚聚。

吃过饭，大家凑了一桌开始打牌。沈贺今晚的运气超级棒，赢了不少，嘚瑟道：“哥们儿几个心疼我，今晚都让着我啊。”

傅延北抬了抬眼皮，放下了手中最后一个炸弹，“不打了。”

沈贺不满地嚷嚷：“还没有十点啊！”

苏韶言和傅延北打对家，她看了一眼傅延北，从见面起她就发现傅延北有心事，“贺子，改天吧。”

“韶言，你们这是夫唱妇随啊。”

傅延北脸一沉。

苏韶言抿唇一笑，“下次再约吧，陆风有事，我送延北回去。”

沈贺眨眨眼，“那你慢慢送啊。”

苏韶言长得娇小，可偏偏选了一辆越野车，而她驾驭得游刃有余，平添了几分英气。

傅延北一路沉默，闭着眼养神。

她侧头看了他一眼，“是不是老毛病又犯了？”

傅延北拧了拧眉心，最近他老会做一个梦。梦里有个女孩子一直在哭，坐在他的床边抽泣着。

苏韶言一脸忧心，“抽个时间去见一下许镇，你已经好久没去医院了。”

傅延北抚额，他可能真的需要去见一下许镇。

车子开进了茂苑，停在了他家门口。苏韶言同傅延北一起下了车。

夜灯明亮而温和，苏韶言漂亮的长裙随风紧紧地贴在身上，曼妙的身材展露无遗。

傅延北歪着头，“路上小心。”

苏韶言望着他，目光流转。他们认识了多少年了，为什么一直以来她就无法走进他的心呢？她苦笑，“贺子给了我两张画展票，这周末你有时间吗？”

傅延北应道：“好。”两人在美国的时候，他也常陪她去看画展。

“那到时候我来接你。”苏韶言语气立马就变得活泼起来。

傅延北原本是想让陆风送他过去的。

“你别叫陆风了，他周末也要陪女朋友的。”苏韶言微微一笑，“我回去了。”转身，长裙被踩了一下，她整个人都要往地上倒去。

傅延北连忙拉住了她，而她也顺势抱住了他。

姿势暧昧，就像一对依依不舍的情侣。

如果这一刻就此停止……

不远处，有孩子哼着歌缓缓走来：

Bonjour mes amis bonjour

Bonjour mes amis bonjour

Bonjour mes amis bonjour mes amis bonjour mes amis bonjour

Bonjour mes amis

Hello my friends hello

……

声音清脆，歌声悦耳。

叶笙拉着叶然的手，轻轻吟唱着，稚嫩的法语，糯糯的声音。

叶然远远地就看到了那辆越野车，再看到傅延北和苏韶言深情相拥的一幕，她的脸色瞬间就白了。

生日惊喜吗？

她用力地咬着牙，生生地别开脸，挡住叶笙的视线，匆匆往家里走。

心太疼了，像是被撕裂了，鲜血淋漓。

原来，是佳人有约啊。难怪不肯和她吃饭了呢。

傅延北放开苏韶言，“有没有事？”

苏韶言的脸上有一闪而逝的失望，“没事。”她又问道，“那是叶然吧？”

傅延北自然也看到了叶然。叶然看过来的时候，眼里像蒙上了一层薄雾，朦朦胧胧的，只是一瞬又像点燃了一束火光，火势猛烈，充满了愤怒。

“她的女儿都那么大了。”苏韶言恍然说完之后，才意识到自己失言了。

傅延北却回道：“不是，那是她的妹妹。”

苏韶言轻轻嘘了一口气，“是妹妹啊。”她瞬间止住了话，“我先回去了，你也早点休息。”

傅延北回到家，打开了客厅里所有的灯。他倚坐在沙发上，拿出手机，没有短信。他将手机放在茶几上，闭眼休息了一会儿。

不多时，手机响起。傅延北立马睁开眼，伸手拿过手机，屏幕上显示是他妈妈的电话。

“妈——”

“小北，你已经两周没给我打电话了，最近公司很忙吗？”一个月前，傅母去了澳洲看望傅延北的大舅一家。

“还好。”

“你总是这么说。”傅母叹了一口气，“延林的事我都知道了，时家老大也不是省油的灯。延林这几年在公司根基深，你别急。”

傅延北不想再讨论有关公司的事，“妈，你这几天怎么样？”

“你舅妈天天带我去潜水，拍了好多照片。”听得出来，她很开心，“校霖交了一个女朋友，这次也带回家了。小北，弟弟又赶在你前面了。你什么时候带个女朋友给我看看呢？”

傅延北头疼，“妈，我还有一份文件没看完，有时间再给你打电话。”

“你这孩子，每次都这样。好了，你早点休息吧。”

挂了电话，傅延北上了二楼，来到阳台。联排别墅，两家的阳台只隔了一米的距离。要翻过去也不费力。

叶笙今晚玩疯了，回来洗了澡就睡着了。叶然的头发没有干，她开了一瓶啤酒，走到阳台想吹干了头发再睡。她的手撑在栏杆上，长发披散着，幸好她穿的是粉色的睡裙，要是白色，晚上还是挺吓人的。就着夜光，她喝了几大口啤酒。

傅延北也不知道，原来她还是个酒鬼。他默默地站在那儿，嘴角上扬，叶然真是有趣。她到底有多少面？大咧咧的她，忧伤的她，到底哪一个才是真正的她？

等她喝光了一瓶啤酒，他才开口：“这么晚了还在喝酒。”

叶然吓了一跳，手里的啤酒瓶都掉了，“你怎么在这里？”

傅延北侧身，吹着夜风，他的头也不疼了，相反还有一股畅快，“我家。”他笑笑，轻轻打开了阳台的灯。

叶然渐渐看清楚了他，他还穿着那套西装，衣冠楚楚。傅延北是天生的衣服架子，以前他给她当模特时，她就知道。她扯了抹笑，她那里还藏着他的几张限制级的画呢，哪天傅延北真把她惹伤心了，她就去微博爆照，让全国人民都来观摩他的好身材。

啤酒没了，她要回房间了。

他的脸色一如既往地平静，“叶然，今天晚上我和朋友早已约好了。”

叶然的脚步停了下来，声音闷闷的，“你不用解释。”她明白，即使他答应和她试试，也只是试试，他现在并不爱她。

叶然的生日在五月，大一入学，她的生日已经过去了。傅延北第一次陪她过生日，是在大一第二学期。她对过生日这事并没有放在心上，如果不提，她都会忘了这个日子。

傅延北说过，以后，他会陪她过每一个生日。

然而，没有以后。

傅延北开口道："陪我喝一杯——"

叶然侧头，"你怎么不叫你的朋友陪你？"

傅延北是狡猾的，听到笑了一下，"你不就是我的朋友？"

"我家没酒了。

"等一下。"他进了屋，不一会儿拿着一瓶红酒出来。

"尝尝。"他倒了一杯给她。

叶然抿了一口，唇齿留香。她懒洋洋地靠在栏杆上，看着夜空中最亮的那颗星。

两人谁也没有说话，静静地享受着这一刻的安宁。

直到一瓶酒见底。

叶然眯着眼，双颊绯红，睡裙随风飞舞，露出小腿一截雪白的肌肤。就是穿着这普通的睡衣，也依稀可见她的好身材，比那晚上的礼服还要好看。

傅延北眯了眯眼，声音沙哑，"烤肉的味道怎么样？"

叶然动了动喉咙，转身，将酒杯还给他，翩翩一笑，"很好。"干净利落，说完转身要回去。

走到门边，她的脚步又停下了，"今天是我生日，谢谢你的酒。"声音浅浅淡淡的，带着不知名的情绪。

第五章

我最喜欢你

有些话能说出来，心里也就没有最初那般难受了。叶然才知道自己不知不觉间练就了这样的好本事，难受也能笑着。

静默了一会儿，傅延北的表情快速地变了又变，心也跟着沉下来，最后只能说一句："生日快乐。"

叶然笑笑，笑容淹没在夜色中，开口道："谢谢。"曾经有多爱，现在她的心就有多痛。她深吸了一口气，"我和深海的合同，违约金不必给我了。我已经找了新的地方。"默了片刻，她说了一句，"晚安。"

"叶然，为什么会是我？"

叶然掐着手指，"你相信一见钟情吗？"说完这句，她便进了卧室，合上了移门，拉上了窗帘。

傅延北一个人待在阳台上，只觉得心口被什么堵住了，沉静地看着远处，目光一动不动。

夜越来越深了，傅延北不知道站了多久，本该睡觉的时间，他的大脑却越来越清醒了。或者说，今晚的事给他带来了太大的触动。

那晚之后，傅延北有好几天没有再碰到叶然。一周后的早晨，陆风来接傅延北，在楼下遇到叶笙。小丫头刚刚吃过早饭，背着小书包在门口散步。

傅延北出门就看到陆风和叶笙蹲在地上，两人在研究蚂蚁，傅延北出声："陆风——"

陆风起身，"小叶笙，我上班去了。"

叶笙看到了傅延北，眸光一亮，"哥哥——"

傅延北这个年纪，四五岁的孩子叫他哥哥，他着实有些不适应。

“哥哥，你说带我去看狗狗的呢？”

傅延北想了一下，“明天可以吗？”

叶笙直点头，“这次可不能再骗我了。说话算话，我们拉钩。”她伸出了小拇指，亮晶晶的眸子直瞅着他。

傅延北不动声色，慢慢伸出了左手。一大一小，小拇指勾住了。

叶笙严肃地说道：“拉钩上吊，一百年不许变，谁变谁是小狗。”

傅延北低沉地嗯了一声。

陆风憋着笑意，“我帮你们做证。”

叶然收拾好东西正好出来，看到傅延北，脚步一滞，目光从他身上轻轻飘过。她穿着碎花裙，外面套了一件中袖牛仔外套，和叶笙一样的打扮，青春活力。

她微微一笑，“小笙，再不走，你今天又要迟到了。”

若无其事，才叫人彷徨不安。

叶笙冲着傅延北和陆风摇摇手，“我去上学啦。”

陆风觉得奇怪，“傅总，叶小姐今天怎么了？”

傅延北知道叶然生气了。他瞥了陆风一眼，那眼神冻得陆风瑟缩了一下，“我们也出发吧。”

陆风腹诽，两人这么快就分手了？

难道真是应了那个传说：男人不能给女人送鞋？

陆风发动车子，一会儿就追上了叶然，他故意放缓车速，说道：“傅总，叶小姐在前面，要不要叫她们一下？这里走到外面也要十五分钟。”

傅延北抬手抚了一下额角，“你叫一下她们。”

车子停了下来，陆风扬声喊道：“叶小姐，傅总请你们上车。”

傅延北：“……”

叶然微微弯了弯嘴角，“不用了，我和小笙要锻炼身体。”

傅延北目光落在她的身上，抿了抿唇角，“陆风，开车。”他收回视线，心里琢磨着，自己还不是太了解女人。也许贺子说的对，他需要谈一场恋爱。

叶然看着车子渐渐消失在视线里。

叶笙歪着头，“姐姐，你和延北哥哥吵架了？”

叶然嗯了一声，“没有。”

叶笙仰着小脑袋，“你不要觉得我年纪小就骗我。爸爸和妈妈每次吵架，妈妈都这么说。”

叶然：“……”

傅延北到了公司，几个经理一直都在等他。

“傅总，因为深海二期装修，这个月商场的销售额已经掉了 20%，现在商家们都表示不满，希望——您取消二期装修。”

傅延北脸色沉沉的，“告诉他们，二期装修后，他们未来的年收益额将提高 30%。”

“商家提出今年要免租。”

傅延北嘴角微微一动，“他们如果不能等，解除合同。深海有选择合作商家的权利。”他的意思很清楚，想走可以走，以后想进来绝没有机会。

几个经理忐忑道：“傅总！”

傅延北厉声说道：“二期装修的事加快动工。谁还有异议，直接请他离开深海。以后这样的事，不用再和我汇报了。”

经理们知道劝不了他，只得离去。办公室又恢复了沉静。

傅延北打开电脑，翻看着深海二期的设计图纸。深海商城是宁城早期发展起来的购物商场，这些年一直维持着不温不火的状况。随着周边两家大型高端购物商场的崛起，深海商城的下坡路越走越深。这也是为什么傅延林轻易愿意将深海商城和深海酒店交给他的原因。

傅延北仔细地研究图纸，一张张图片翻过去，突然跳出一张书雕照片。

数本厚厚的书雕刻而成一个“石窟”。中国的石窟原本就让世界称奇，谁能想到书雕石窟更是鬼斧神工。

这个作品的设计者就是——叶然。

他计划在商城二期打造一家文艺书店，如果书店旁边是书雕店，也相辅相成。

当天叶笙上学迟到了，没有得到老师的小星星，晚上回来之后气得不理叶然。小丫头觉得要是坐傅延北的车她就不会迟到了！

叶然只好安慰她："明天给你买更漂亮的贴画小星星。"

叶笙气鼓鼓的，"那不一样。"

叶然看着她的小嘴气得噘得老高，"哎呀呀，这小嘴可以挂水壶了。"

叶笙双手抱臂哼了一声，背过脸去，"明天延北哥哥要带我去看小狗，贴画可以星期天买。"

叶然一愣，"那不是上个星期的事吗？"

"今天早上，我和延北哥哥重新约定了。"

叶然思绪飘远了，傅延北真要带小笙去看小狗啊。她可记得，他不喜欢小狗小猫。

"姐姐，你去吗？"

"姐姐有事不去了。你的延北哥哥又没有邀请我。"叶然语气微酸。

"那我就自己去了。"末了她又加了一句，"你就不怕我被拐卖了吗？"

叶然抚了抚额角，现在的小孩想象力都这么丰富吗？

临睡前，叶笙自觉收拾好自己的小背包，连衣服都选好了。

"叶然，你觉得我穿背带裤好看吗？"

"那这条裙子呢？"

"……"

"早点睡吧，不然明天早上起不来。"

也不知道是不是这话起作用了，叶笙不一会儿就睡着了。

叶然替她盖好小毛毯去了工作室。这几天，她的状态不好，作品都不尽如人意。

她总是控制不住去想他，傅延北对她的影响太大了。

叶然看着手上的这个作品，正在雕刻的王子都依稀带着他的影子，一个失神，刻刀突然戳到了她的手，留下了一道口子。

叶然掐着伤口，看着血珠流出来，却没有一点疼的感觉。她放下工具，默默坐在一旁。许久，手机突然响了。这时候还有谁会给她打电话？她拿起手机。

屏幕上闪烁着傅延北的名字。

叶然怀疑，她眼花了吗？还是他的手机被盗号了？

她颤着手接通了电话，“喂——”

“是我。”傅延北默了一刻，“我答应叶笙明天带她去看上次受伤的泰迪狗。”

“噢。”冷冷淡淡的语气。

傅延北轻咳一声，“明天你有时间吗？”

如果在生日前几天，叶然一定会高兴得疯掉的。可是现在，她一再强压着自己，“小笙和我说了，明天麻烦你了。”

傅延北也听出了她的意思，回道：“好。”

“那再见了。”挂了电话，叶然整个人都靠在墙上，失去了所有的力气。

他只是傅延北，不再是她的男朋友。她想要靠近他，又不知道该如何靠近才能让他爱上她。

第二天早上，叶然给叶笙选了一件白色T恤，胸前有一只可爱的折耳猫图案，配着一条藏青色的连裤裙。

傅延北一身休闲装出现在她家门口。

叶笙拉开门，甜甜地说道：“延北哥哥，再等我几分钟，姐姐正在帮我灌水。”

叶然拿着她的小水壶走过来，“不好意思，久等了。小笙这两天有点咳嗽，麻烦你提醒她多喝点水。”

看来她是真的不准备和他们一起去看小狗了。

傅延北再次被冷落了，狐疑地打量着她。叶然对他的态度变化太快了，忽然之间，一天一地，一冷一热。

叶然又叮嘱了叶笙几句，便放心地让他带叶笙走了。

贺子说女人生起气来很可怕。

傅延北不禁摇摇头，果然。

今天还是陆风开的车，傅延北有开车恐惧症，出行只能辛苦陆风了。

叶笙一脸兴奋，“我给小狗带狗粮了，一会儿我们可以喂小狗。”

陆风问了一句：“小笙，你姐姐为什么不来啊？”

叶笙回道："姐姐要约会啊。"

陆风尽量控制着自己的诧异，"约会？"

叶笙点头，"姐姐要和时轶哥哥约会。周姨说，这叫谈恋爱。"

傅延北眼皮抬了抬，若无其事道："陆风，专心开车。"声音却又硬又冷。

小孩子都喜欢小动物，叶笙尤甚。

周末，宠物医院的人比较多，大都是女性或者孩童，傅延北的出现顿时让人眼前一亮。

叶笙拉着他的手，"哇，小猫——"

傅延北向护士咨询了一下："前几天送来的那只泰迪狗怎么样了？"

女医生带着他们来到笼子前，那天小泰迪被撞断了后腿，现在还在恢复期，可怜兮兮地待在笼子里。泰迪狗是茂苑一位户主的宠物，陆风已经上门道歉了。

叶笙"汪汪"叫了两声，"狗狗，我来看你了。延北哥哥不是故意撞你的，你看他也来看你了，你要原谅他啊。"

傅延北嘴角抽了抽，"叶笙，不要摸它，它身上有细菌。"

"我知道了，我就轻轻碰碰它。"明显是在敷衍。

没一会儿，叶笙就忘了他的话。

"叶笙——"傅延北总是不厌其烦地提醒她。

叶笙终于忍不住了，"哥哥，你怎么和我姐姐一样啰唆啊？我会洗手的。"

这话惹得周围的人都笑了。

趁着傅延北不注意，叶笙伸手要摸一只雪白的大型犬。

傅延北眉头直跳，"叶笙——"大步走过去抱起了小丫头。

"让我摸摸——"

傅延北板着脸，"太危险了。"

"我想摸摸嘛。"

傅延北将她抱在怀里，"听话，我们该回去了。"

医生连忙解释道："傅先生，您不要担心，萨摩耶看着大，但是性格非常温驯，不会主动攻击人的。"

有了宠物医生的保证，傅延北也没有再坚持，静静看着叶笙，小丫头的一双眼睛像极了叶然，不高兴的时候鼓鼓的。

“傅先生，您女儿这么喜欢小动物，可以领养一只。”

傅延北一愣，原来，他们这个年纪带着孩子，真的会让人误以为是孩子的爸爸妈妈。不过有个这么大的女儿一定非常美好。

他没有解释。

叶笙可怜巴巴地望着傅延北，眼含期盼。她一直想养一只小狗，可是爸爸、妈妈、姐姐都不同意。

傅延北不觉失笑，小丫头太聪明了，原来在打他的主意啊，“回去问问你姐姐。”

叶笙耸耸肩，“姐姐肯定不会同意的。”

“噢？”傅延北挑眉。

“姐姐说，家里她已经养了一只了。”叶笙食指指着自己，“就是我咯。哎，等爸爸妈妈回来，我回去之后自己养。”

“你要走？”

“我要回青城。你有没有去过青城？”

“没有。”

“哥哥你以后可以来青城，我带你去吃烧烤。”

傅延北应了一声，叶笙要走，那么她呢，她也要走吗？

看完狗，傅延北带叶笙去了一家餐厅用餐。

“陆风哥哥呢？”

“他去见朋友了。”嗯，女朋友。

陆风有个女朋友，在大学谈的，毕业之后，女孩子跟着陆风来到了宁城，两人准备明年结婚。

傅延北眼神温和，“你想吃什么？”

叶笙眨眨眼，“冰激凌可以吗？”

傅延北点头，“一个。”

“好。”

这家餐厅主打甜品，适合孩子的口味。

叶笙已经会自己吃饭，但是很挑食，蔬菜几乎没有碰一下。

“吃点蔬菜。”

叶笙皱了皱眉，“小孩子真可怜。”

“嗯？”傅延北尾音上扬。

“总有大人逼我们。姐姐不吃蔬菜，爸爸妈妈不说她；姐姐晚睡，我就不可以；姐姐不上学，我也不可以。”

“你姐姐还要上学？”

“你不要告诉别人啊。我姐姐不喜欢读书，家里的书都被她划破了。”

傅延北忍着笑意，好像很喜欢听叶笙说她的事，回道：“原来你姐姐这样啊。”

“妈妈要姐姐去相亲呢。”叶笙的嘴角沾了一点奶油，傅延北注意到了，拿过纸巾，“小笙，脸抬起来。”

叶笙听话地配合着。

这一幕落在刚刚走进餐厅的一对母子眼里。

“小叔——”傅恒宇激动地跑过来。

傅延北起身，“大嫂，吃过饭没有？”

明桦道：“刚准备来吃饭，就看到你们了。”

傅恒宇一脸惊讶地望着叶笙，“叶笙你怎么在这里？”

“我来吃饭啊！”两个小朋友一脸笑容。

明桦坐下来，解释道：“叶笙和恒宇是同学。”

傅延北说：“世界真小，她是我的新邻居。”

明桦微微一笑，目光落在叶笙的脸上，“这就是缘分吧。”

两个孩子兴奋地说着话，叶笙将上午去看小狗的事告诉了傅恒宇。

傅恒宇一脸羡慕，“小叔不带我去。”

傅延北轻咳一声，“以后有机会的。”

吃过饭明桦还有事便带着傅恒宇先离开了。离开前，她开口道：“有时间回来，爷爷很想你。你大哥现在是糊涂了。”

“我知道。”傅延北不回家，也是为了避免和傅延林碰面的尴尬。

叶笙吃饱了，又开始犯懒了，不肯走路。

傅延北抱着她，说道：“你平时也让你姐姐抱着你？”

叶笙肉乎乎的手臂揽着他的脖子，摇摇头，“姐姐抱不动啊，我都自己走。”

所以啊，小丫头是看人下菜碟啊。

叶然把小笙交给傅延北，她今天和时轶一起去看门面。时轶帮她找到了金汇国际商城里的一间门面，金汇则是宁城最顶端的购物商城。最重要的是，对面就是深海商城。

时轶问道：“怎么样？”

“非常满意，只是这里的租金很贵吧？”叶然小声问道。黄金位置，左右相邻的都是世界顶级奢侈品牌。

“我有内部折扣。”时轶弯着嘴角。

叶然看着他，想了想，“时轶，我不确定会在这里待多久。”

“你和傅延北怎么样了？”叶然是个不太会隐藏情绪的人，其实他也感觉她今天有些闷闷不乐。

叶然摇摇头，“如果你曾经爱过一个人，你会把她彻彻底底地忘了吗？”

时轶眼底隐隐含着一簇光，目光沉郁，“不会，我会把她放在心中。”一辈子，默默地喜欢。

叶然笑笑。

最终，叶然定下了这间门面，当下签了合约，交付了半年的租金。她和时轶商量了一下，六月一号开业。现在她迫切需要转移视线，不能再把精力都投在傅延北身上了。

一直忙到下午两点，两人又去了宜家定了一组黑桃木柜子，简洁又大气，到时候摆上书雕一定会非常好看。

等她忙完一切回家已经到傍晚了，没有傅延北的来电，甚至连短信也没有，也不知道他们今天怎么样。

时轶见她心不在焉，问道：“怎么了？”

“小笙今天去看小狗，到现在也没有给我打个电话。”

“玩得太开心了。”

车子开到茂苑。叶然下车，“有时间再联系。”

时轶点点头，“对了，有件事需要你帮忙，我妹妹要订婚了，想请你陪她去挑一些礼物。”

“好啊。什么时候？”

“我让时安联系你。”

“好。”两人相视一笑。

傅延北一直站在二楼的阳台上，默默看着这一幕，他的心情似乎如同落日一般慢慢沉下去。

叶笙小跑过来，“哥哥，我姐姐回来了吗？我听到汽车的声音了。”

“回来了。”傅延北云淡风轻道，“我送你回家。”

两人下楼时，时轶已经离开了，叶然还在原地目送着。

傅延北扯了扯嘴角，走到她身后，看着她的背影，纤瘦有度的轮廓深深地印在他的脑海中，总有种似曾相识的熟悉感。

“姐姐——”叶笙开心地大叫着。

叶然回头，看到他，四目相对，有几分尴尬，“今天玩得开心吗？”

叶笙忙不迭地点头。

叶然笑笑，望着傅延北，“谢谢你了。”真是难为他了，不喜欢小狗小猫还能陪着小笙。

傅延北眸光浅浅的，“是我答应叶笙的。”他将手中的一个餐盒顺势递给她，勾了一抹笑，笑意不达眼底，“叶笙给你带的。”

叶然愣住了，这一幕完完全全和她记忆中的一些片段重合。许多次，傅延北给她送早餐，就是这样的画面，“然然，给你买了咖啡和蛋糕。”

她爱吃甜点，这一点小笙和她一样。

“谢谢。”鼻子酸涩。她打开一看，竟是抹茶蛋糕。唉，这个不是她喜欢的，是小笙的最爱。

不怪他，他忘记了吗？反正不会是特意给她买的。

树在，山在，大地在，岁月在，我在，你还要怎样更好的世界？

叶然只想要有傅延北的世界。

这四年，叶父叶母不敢在她面前提起傅延北，小心翼翼地避开这个话题。直到今年，她主动提起：“我想回宁城，我想……我想去找他。”

话落，叶母沉默了许久，“既然你决定了，我们也不拦你。”

原以为，时间是最好的感情淡化剂，不承想，叶然始终没有放下。

抹茶蛋糕让叶然重新燃起了希望，如同熄灭的蜡烛再次点燃。她来到他家门口，敲响了那扇门。

傅延北打开了门，站在那儿，大背头微微凌乱，嘴角微微上扬，“又来散步了？”

叶然眸光盈盈地望着他，声音清脆，“傅延北，你听好了。我喜欢慕斯，喜欢喝摩卡咖啡……”我最喜欢你。

失去的那些记忆不要紧，我们可以慢慢找回来。

傅延北默不作声，漆黑的瞳仁聚焦在叶然身上，见她脚上还穿着拖鞋，露出莹白的脚趾。他的嘴角微微上扬，话语简洁，“我记性不好。”

叶然的唇角慢慢绽开，露出一口白白的牙齿，“那我慢慢说给你听可好？”

傅延北别开眼，喉咙动了动，神色郑重，“叶然，也许我并不像你看到的那么好。”

叶然笑着，你是什么样的我会不知道吗？她抓住他的手，轻轻说道：“人无完人，我也有很多缺点。傅延北，这一次我们好好谈恋爱。”说着，她慢慢地踮起脚，在他微凉的唇角印下一吻。

傅延北紧了一下手，他并不那么排斥她的靠近，反而还很喜欢。他弯起了嘴角，“来而不往非礼也。”

他揽着她的腰，轻轻松松地亲吻着她的唇角，呼吸交融。原本他只是打算给一个普通的吻而已，可碰到她，一切都失控了。

叶然蒙了，她的手自然地抱住他的脖子，慢慢张开嘴，让他顺利地进去。

傅延北动作一滞，目光打量着她，她闭着眼，微微仰着头，没有一丝拒绝……

叶然闭着眼，藏起了眸中的泪，这一切太熟悉不过了。

傅延北的喜好还是没有变，他吮着她的舌尖，追逐着。

许久，他松开她，她靠在他的胸口，听着他扑通扑通的心跳声。这个回礼真是大啊。

她感谢老天给了她这次机会，佛祖啊佛祖，谢谢你的成全。

“初吻？”傅延北的声音在她头顶响起。

叶然咬了一下唇角，“不是。”

傅延北勾了勾嘴角，笑容寡淡。年轻漂亮的女生，从国外归来，二十四岁，有过男朋友也是正常。

“你呢？你是第一次吗？”两人都不是第一次，只是叶然明白，傅延北却一无所知。

他一直没有回答她，许久，叶然以为自己得不到答案了。

“是。”他说。

是你个头啊！要是第一次，能有这么熟练的吻技吗？

叶然回到家，叶笙正在和叶母视频通话。

叶母听见声音，让叶笙把手机给叶然。

叶然道：“妈——”

“然然，你今天让你隔壁邻居带小笙去看狗？你怎么可以把小笙交给陌生人？”

叶然舒了一口气，幸好小笙没有告诉妈妈陌生人就是傅延北。“他人挺好的，是时轶的朋友。”

叶母眉心松下来，“那就好。”默了片刻又道，“有没有找到他？”

他，当然是指傅延北了。

叶然想等她和傅延北之间的事尘埃落定后再告诉他们，也免得他们担心。“嗯，已经见过面了。”

叶母还想问什么，叶然连忙扯了一个理由挂了电话。

叶母看着屏幕轻轻叹了一口气。

一旁的叶父问道：“怎么了？”

“然然这一回宁城，我心里就不踏实。”

叶父拍拍她的肩，“她又不是小孩子了，放心吧。”

“可我的心慌得很，不行，我们早点回去。”

叶父连忙拉住她，“你想去宁城？然然的性子你又不是不知道，我们现在只要静观其变。毕竟已经过了四年了，孩子也长大了。”

叶母慢慢冷静下来，“当年要是不让然然去宁城读大学就好了。”

叶父喟叹，“也怪我。”叶然的事，他们有着不可推卸的责任。

这周末，傅延北陪苏韶言看画展，不巧，那天叶然也带叶笙去看画展了。

人生处处充满了毫无预兆的狗血。

当叶笙在馆内清脆地喊了一声：“延北哥哥——”

就见叶笙抱住了傅延北的腿，“延北哥哥，我刚刚说看见你了，姐姐非说我看错了。”

傅延北弯腰抱起她，目光却看向叶然，“昨天怎么没告诉我？”

叶然平静地回道：“我忘了。”其实今早她是打算去找他的，只是看到了苏韶言的车，想想就算了，“苏小姐你好。”

苏韶言点点头，“如果知道你们也来，早上我就带你们过来了。”

傅延北开口问道：“你们看完了吗？”

叶笙高兴地说道：“看完了，我们要去吃饭。”

傅延北看看叶然，“一起吧。”

苏韶言开着车，傅延北坐在副驾。

叶然和叶笙坐在后面，车子开了一个多小时过了江，“这是什么地方？”

“浦南。”苏韶言回道，“这一片是前两年开发起来的，现在成了周末度假的热门场所。”

“宁城变化太大了，离开宁城四年，地铁都开了几条线了。”

傅延北微愣，“你在宁城读的大学？”

叶然弯着嘴角，“是啊。读了两年，后来去英国了。”

苏韶言道：“真巧，延北也在宁城读了两年大学，不过后来他去美国了。”

叶然声音很低，“是很巧啊。”

“叶小姐，你平时不开车吗？”

叶然的笑容沉了下来，“我恐车，不敢开。”

苏韶言不再说什么。车子转弯，进了一个类似景区的地方。

沈贺、周斯南都来了，还有一个女孩子，叶然觉得有几分熟悉，却怎么也想不起来。

沈贺说道："你们终于到了，等了你们一个多小时。"

叶然笑笑，"不知道你们有聚会，打扰你们了。"

周斯南面无表情，目光落在叶然身上，眼神玩味，"人多才有意思。"

这顿饭是沈贺精心准备的，沈贺最擅长的就是吃喝玩乐，有什么好地方就约大家过来。

叶然小心翼翼地给叶笙剔着鱼刺，并且叮嘱道："吃鱼的时候不要说话，鱼刺要吐出来。"

大家都若有所思地看着她，差了二十岁的姐妹花，其实他们更愿意相信，这是母女。

苏韶言又给傅延北夹了一块鱼肉，傅延北的脸色终于沉下来，"韶言，我自己会夹。"

苏韶言脸色一白，"抱歉，我习惯了。"

这句话太有深意了，饭桌上的气氛变得怪异起来。

叶然只当不知。傅延北惹的桃花债，他自己解决。

沈贺的眼睛都要瞪出来了，这女人没发现问题吗？

叶笙吃完了嘴里的鱼终于可以说话了，"延北哥哥是大人了，大人就不要夹菜了。"

真是个小天使啊。

沈贺也跟着附和道："是啊，这么多菜，大家继续吃。今天这鱼可是小爷我亲自钓的。"

叶笙左手托着下巴，"我爸爸给我妈妈夹菜，因为他们是相爱的人。"

沈贺的筷子差点掉了，这孩子……

叶然扑哧一声笑了，"小笙，朋友之间表示友好，也可以相互夹菜。"

"噢，是吗？"叶笙皱了皱眉，"我在幼儿园也和小朋友表示友好，每次把菜夹到别的小朋友碗里，老师都会批评我。"

傅延北嘴角上扬，"把自己不爱吃的菜给别的小朋友，这不是表示友好。"说话间，他和叶然的视线在空中交会，叶然很快别过脸去。

大家不约而同地笑起来，一顿饭吃得也算愉快。

吃过饭，叶然带着叶笙去湖边玩，几个男人坐在院子里。

沈贺踢踢傅延北的脚，一脸难以置信，“你和叶然在一起了？”

傅延北眯着眼，“如你所见。”

“这也太快了！什么速度！”

傅延北也觉得这件事超过他的控制范围，解释不清楚，笑笑，“感觉来了。”

“这就是缘分。只是苏大小姐要伤心了，毕竟她喜欢你这么多年了。”沈贺说道。

傅延北望着远处，叶笙在阳光下一路奔跑，他的目光也情不自禁地追随着叶然的身影。

沈贺憋了半天，“可我觉得，叶笙不像她的妹妹啊。”

傅延北不动声色。

沈贺连忙改口：“不过也不可能，她怎么可能二十岁生孩子？叶然是伦敦大学的学生，二十岁生孩子又太早了。”他自说自话，“斯南，你怎么看？”

周斯南慢条斯理道：“延北也该谈一场恋爱了。他需要滋润——”

沈贺咂嘴，坏笑道：“你是被滋润过头了。”

周斯南笑而不语。

第六章

重新在一起

五月天，风和日丽，天湛蓝如洗，空气中都带着紫薇花的馨香，几个女人漫步在河边。

时安一脸喜悦，“叶然，很早之前，我就听哥哥说过你，上次公司晚宴，哥哥说要介绍我们认识，结果找不到你，他当时急死了。我从来没有见过哥哥急成那样。”

叶然不好意思地笑笑，“上次临时遇到了一点事。”

时安看明白了，那天叶然是遇到傅延北了吧。她低下头，看着前面蹦蹦跳跳的小叶笙，心里叹口气。哥哥第一次喜欢上的女孩子，可是她已经有了心爱的人。

叶笙看到河里的鱼，惊喜地巴望着，“姐姐，这里有鱼，好多鱼。”

“小笙，不要靠近河边，小心掉下去。”

“知道了。”软软糯糯的声音。

时安笑道：“小笙真可爱。”

叶然道：“有时候调皮得很。对了，时轶说你要订婚了，恭喜你们。”

时安脸色有些羞涩，“我一出生就认识他了。叶然，我结婚的时候让小笙给我做花童吧。”

“好啊，不过小笙她——”叶然的话还没有说完，抬首就看到叶笙拿着柳枝往河里探去，叶然倒吸一口冷气，“小笙——”

话落间，只听扑通一声，小丫头就掉进水里了。

时安惊恐地大叫起来。

叶然立马跟着跳下去。

几个男人匆忙赶来。傅延北喊了一声："叶然——"

他准备下河时，苏韶言抓住了他的手臂，"你不能下去。"

傅延北重重地拂开她的手，跳了下去，游到叶然身旁，"把小笙给我。"

叶然满脸是水，一脸惊恐，她望了一眼傅延北，心慢慢踏实了。叶然的游泳是他教的，有他在，她不怕。

傅延北伸手抱住叶笙，"别怕——"

苏韶言咬着唇角，脸色惨白地看着水里的一切。

还好湖边度假村的工作人员很快赶来，几个人安全上了岸。

叶笙喝了几口水，人倒是没事，就是吓到了，可怜兮兮地哭起来。

叶然终于松了一口气，"小笙！"她气极了，现在是满满的后怕，手一直在抖。

时安拿来干净的毛巾，给几个人擦脸上的水。

夏初，原本就穿得单薄。经水这么一泡，大家身上的衣服都皱巴巴地黏在身上。

周斯南安排道："我们先出去，让他们把湿衣服换了。"

时安有些不放心，"要不要我留下帮忙？"

周斯南拉起她的手，"不用，延北在。"

时安看着他主动拉自己的手，乖乖地嗯了一声。

叶笙裹着大浴巾坐在沙发上，精神已经恢复了，只是怕叶然骂她，怯生生地不说话。

傅延北看看小丫头，再看看叶然，有些为难。叶然板着脸，明显有些生气。

"叶然，去把衣服换了。"他清晰地看到了她内衣的形状，尴尬别开眼。

叶然怔了片刻道："我去下洗手间。"声音哽咽。

等叶然进去，傅延北和叶笙对视着。

叶笙弱弱地说道："延北哥哥，我是不小心的。"

他揉了揉叶笙的小脑袋，"姐姐不是生你的气，只是担心你，她吓坏了。"

叶笙点点头，"那你快去安慰姐姐吧，姐姐胆子小。"

傅延北走到洗手间，就听到里面传来抽泣的声音。他轻轻敲了敲门，"叶然，我可以进去吗？”

叶然打开了门，眼睛红红的。

傅延北没有想到叶然的反应会这么大，打趣道：“没想到我的女朋友胆子这么小啊。”他抬手将她揽到怀里。

叶然顺势一头埋进他的胸口，湿漉漉的头发贴在他的脖子上，酥酥麻麻的。“我刚刚怕死了。”

“已经没事了。”

“你不明白——你不明白——”她抓着他的手臂。

她害怕死亡。

很怕。

这个世界除了生和死，没有什么让她惧怕的。

“我怕，很怕，延北——”当年，她就是亲眼看到他满头是血躺在那儿……

傅延北感觉到胸口灼灼的热泪，拍拍她的肩头，“已经没事了。”

这一刻，他已经感觉到一种莫名的情愫——心疼。原来，自己比想象中还要在乎她。

有些苦过去了，她也不想再尝。

有些痛，她一个人承受就够了。

“好了，我们该出去了。小笙在外面等我们呢。”

叶然叹了一口气，“你先出去，手机进水了，我用吹风机吹一下。”刚刚跳河时完完全全忘了口袋里的手机。

这个手机对她来说太重要了，里面装了许许多多有关那两年的东西。她想留着以后给傅延北看呢。

手机到底被水泡坏了。

叶然皱着眉，“不知道能不能修好。”

傅延北表情一愣，“这个手机这么重要？”

“嗯，一个很重要的朋友送的。”叶然固执地又试了一遍开机，结果还是不行。

傅延北眸色深沉，“回头让陆风找人修一下。”

叶然的反应很大。“不，不用了，手机太老了，估计也修不好。算了，我买部新的吧。”她不敢看傅延北的眼睛，生怕自己会露馅。

傅延北勾了勾嘴角，不再多说什么。

傅延北出来的时候，沈贺冲着他举起了大拇指，“我们的游泳健将，今天真威风。”

傅延北喝了一杯温水，身体渐渐有了热度。

沈贺继续道：“不过，叶然真是让人刮目相看。到底是亲姐啊，二话没说就跳进河里了。”

时安柔声回道：“我听我哥说，叶然游泳挺厉害的，业余选手里算是拔尖的。”

沈贺附和道：“那和延北一样，延北游泳也很厉害的。”

她游泳很厉害啊，傅延北没说话，好像自己一点不了解她。

暮色渐渐降临。

傅延北独自站在树下。今天叶然的反应让他心里莫名地泛起了一丝疑惑。每个人都有过去，叶然的过去，他有些好奇，不过以他的性子自然不会主动去问。

骄傲的男人在感情上总会自恃聪明。

苏韶言走到他的身边。短短一天，于她好像过了一个世纪，有种时空都变了的沧桑感。

“你和叶小姐在一起了？”

傅延北没有开口。

苏韶言要哭了，可她还是强忍着，“为什么是她啊？”

“总归要谈恋爱的。”他回答。

“为什么？为什么？爷爷他们都说好了。”

傅延北正视着她，“我一个死过的人，家族想要强加给我的，我不会接受他们的安排。”

苏韶言捂着唇，良好的修养让她无法在这个男人面前哭出来，“那你有没有想过阿姨会同意你和叶小姐的事吗？”

傅延北紧抿着唇角，面容紧绷，双眸含着慑人的光泽。

夜幕完全笼罩了整座城市，霓虹灯一盏一盏地点亮，城市瞬间变得五彩斑斓。

大家也踏上回程。

叶然抱着叶笙，叶笙也不说话了，任沈贺怎么逗她，她都一脸淡淡的。

沈贺挫败。

车子淹没在车流中，电台里正放着林忆莲的歌：

若是爱已不可为你明白说吧无所谓

不必给我安慰何必怕我伤悲

就当我从此收起真情谁也不给

我会试着放下往事管它过去有多美

也会试着不去想起你如何用爱将我包围

……

静谧的气氛中，傅延北的手机响起来。

“喂，妈——”

叶然立马浑身绷紧，如同小学生上课的坐姿，呼吸的频率都变了。

“我在外面，一会儿回去。”

叶然依稀能听到电话那端傅母的声音，“延北，你和韶言怎么回事？我刚刚和她通话，她的情绪很不对劲，再问她，她什么都不说了。”

“妈，我和她不合适。”

“什么不合适？还是你有喜欢的人了？”

傅延北沉默了，“妈，我有女朋友了，改天带她去见你。”

“你和韶言在一起是最好的选择。”傅、苏联姻，强强联手，傅延北才能有十足的把握拿回深海的掌控权。

“我们见面再说吧。”傅延北挂了电话。

叶然看着窗外，视线一片模糊。他的妈妈现在能接受她吗？她一直没有想这个问题，也不敢想。

车里的空气闷闷的。

宁城的方言，和附近其他几个市的吴侬软语相比，已经趋向普通话了，外地人几乎都能听懂。

叶然轻轻地叹了一口气，不知道将来见到他的母亲会怎样。

“伯母？”她歪过头，嘴角挂着淡淡的笑意。

“嗯。”傅延北不咸不淡地回道。

“你妈妈是不是在催你早点定下来？”她小心翼翼地问道。

傅延北怎么会不明白她在试探他呢，他握着手机，想到她珍视那个旧手机的样子。

“什么时候有时间和我去见见我妈妈？”他直直地看着她，要将她所有的表情都收入眼底。

叶然的脸色瞬间僵住了，手不自觉地颤抖。

正在开车的沈贺默默关了广播，竖起了耳朵。

叶然紧张得不知道该说什么，过了好半响，她才开口：“会不会太快了？”他们之间还没有稳定下来，现在就去见他妈妈，她没有那个勇气。

当初是他提出分手的，他已经放弃她了。如果他知道以前的事，他会怎么做？

傅延北挑挑眉，“紧张了？”他话锋一转，“我开玩笑的。”

这个玩笑真的一点都不好笑。

叶然苦着脸，“傅延北，你在试探我？”她不傻。

傅延北没有否认，牵了牵嘴角，“到了，下车吧。”

两人一下车，沈贺也不像平时那么聒噪，立马掉头就跑了。

叶然嗤笑了一下，“你觉得我别有居心地接近你？”

傅延北皱了一下眉心，“先回家。”

叶然终究不想他误会，解释道：“我说过的，我只是喜欢你。”

傅延北抱着睡熟的叶笙进了门，把小丫头放到沙发上。小丫头不知道梦到了什么，轻轻呢喃：“爸爸——妈妈——”

傅延北摸了摸她的头，起身要离开。

叶然随他走到大门口，她的心情坏到了极点。“傅延北——请你不要那么想我。”她的声音在抖，她害怕，怕他真的会放弃她。

如果他始终想不起她，那么就这样给自己一个机会，也给他一个机会。

如果最后，他还是无法爱上她，她将带着两人曾经的记忆活下去。

傅延北探究地望着她，终于开口："叶然，时轶各方面的条件并不比我差，为什么是我？"

叶然扯了一抹悲凉的笑，"喜欢一个人，能说得那么清楚吗？"最终，脸上那零星的笑意一点点地消失。

她带着歉意回来，她对他的爱早已低若尘埃。卑微、执着，她的爱到底还有什么存在的意义？

那天晚上，傅延北一夜梦魇。他梦到了叶然，更可笑的是他竟然梦到和叶然一起去游泳。梦里，叶然穿着保守的泳衣，款式超土。

早上，陆风来接他，见他的脸色不是很好，问道："小傅总，昨晚没睡好？"

傅延北冷飕飕地看了他一眼。

陆风立马沉默不语，现在的小傅总不是他能懂的。

车子拐弯的时候，傅延北看了一眼叶然的房子。今天早上没有听到姐妹俩的动静，他都有些不习惯了。

叶笙那天落水后晚上就发起了高烧。幸好有周阿姨，急忙送叶笙去了医院。

第二天，叶然去买了一个手机，刚插上卡几条短信就进来，都是时轶发来的。

她赶紧给时轶回了电话。

时轶问："你在哪儿？"

"医院。"她语气里净是疲惫。

"怎么回事？"时轶紧张地站起来，脸色吓人。会议室的经理们都看着他，正在演说的经理吓死了，不知道自己说错了什么。

"小笙发烧了。"

"我一会儿过去。"

“别来了，小笙已经退烧了。”

“有什么事给我打电话。”时轶挂了电话，让副总替他主持会议，他匆匆赶到医院。

叶然看到他眼睛一热，“你怎么来了？”

时轶问：“怎么样了？”

叶然声音沙哑，“转到肺炎了。”她自责不已，都是自己昨天没有看好小笙。

时轶拍拍她的肩头，“小孩子抵抗力弱，生病是正常的。”

“我知道，小笙是早产儿，体质比平常的孩子要弱一些。”

“怎么就你一个人？”

“周姨熬了一夜，我让她先回去休息，晚上过来。”

“你早该给我打电话的。对了，上午打你的电话，怎么一直关机？”

“手机昨天掉水里了。”

叶笙醒来看到时轶，“时轶哥哥，你怎么来了？”

时轶拉拉她的手，“想你了。”

叶笙笑了，说了一会儿话。小丫头想吃蛋糕，又想喝养乐多。

叶然看着她手上扎的针头，心疼得不行，“一会儿我去买。”

时轶的手机响了几回，他最近事情多，公司很多事都等着他回去处理。

“你先回去吧。”

“我让时安过来陪你。”

“不用了。”叶然摇摇头，“周姨下午就过来，还有我爸妈明天可能也回来了。”她苦笑，“我要挨骂了。”

“这是意外，谁也不想这样的。”

“我宁愿他们骂我。”叶然语气满是无奈，“我和你一起下去，顺便给小吃货买点蛋糕。”

时轶说了一句：“叶然，你将来一定非常疼爱孩子。”

叶然身形一顿，“也许吧。对了，你认识会修手机的人吗？刚刚去买新手机问了一下，可能修不好了。”

时轶接过手机，“我帮你问问。”

叶然犹豫了一下，“如果修不好就算了。”

时轶认识叶然时她就用这款手机，以前他觉得叶然对手机没有多大的兴趣，现在想来这款手机一定是有故事的。

傅延北晚上回来，发现隔壁一直都没有亮灯。他来到二楼阳台，笔挺地站在那儿，隔壁静悄悄的。

手机响起来，他有些小激动，像被什么敲了一下。他连忙走进卧室找手机，看到屏幕上的电话时，可能连他自己都没有发现他竟有些失落。

“喂，大哥——”

“爷爷叫你明天晚上回来吃饭，你应该有时间吧？”

傅延北回道：“好。”

傅延林在电话里笑道：“听说你交了一个女朋友，也可以带回来，爷爷见了肯定会高兴的。”

“时机到了，我会带她回去的。”老爷子喜欢做艺术的人，如果带叶然回去，爷爷应该会喜欢她的，“大哥，你有时间多陪陪大嫂。”尽管傅延北的话是真心实意，可还是把傅延林噎住了。

这一晚上，他的手机也没有其他的来电或者短信。

傅延北知道自己那晚说的话伤了叶然，他的怀疑，让她缩回壳子里了。

第二天，叶家父母九点到达宁城机场。叶然已经将叶笙住院的事告知他们了。叶母气得不行，当天在电话里就把她骂了一通，最后放下话，这次要将小笙接回青城。

趁着这件事，她也想冷静一下，暂时不和傅延北联系了。

飞机晚点，叶然找了一家咖啡厅坐下来，无所事事地翻着新手机，突然接到傅延北打来的电话，叶然怔了片刻。

“你在哪儿？”凭空消失了两天，这个女人是故意的吧。

“机场。”叶然声音涩涩的。

“你！”傅延北以为她和小笙要离开了。

叶然抬手撩了一下头发，对面的老外，二十多岁，问她对面有没有人。

叶然捂着话筒，回了一句：“Please！”她深吸一口气，平静下来，“你有什么事吗？”

有什么事？她还好意思问。

“你家淹水了！”他慢条斯理地说道。

叶然吓了一跳，“我走的时候水龙头都关了。”很快她就想明白了，如果淹水，物业早就给她打电话了。“淹就淹吧，等我回去再处理。”

傅延北听到她那边有人在说话，“你那边有人？”

“蓝眼睛帅哥。”叶然不知道他打电话的目的。反正，现在他总伤她的心，总是她在一厢情愿，最后落得遍体鳞伤。

叶然望着远处，声音空荡荡的，“傅延北，如果有一天，我真的离开了，你就别再给我打电话了。”依着她对过去的他的了解，他给她打这个电话，其实他心里是有她的。

她在赌。

叶然等了一个多小时，终于接到人了。

叶母一脸担忧，“小笙现在怎么样了？”

“好多了。”

“然然，让我说你什么好？不让你带小笙走，你非坚持。这才多久，小笙都去了两次医院。”叶母齐耳短发，一脸精干的样子，虽然快五十岁了，但是看着比实际年龄要年轻许多。

叶然眸光左右躲闪，向叶父求救。

叶父低咳了一声，“你看然然这几天可能累坏了，我们先去医院看看小笙。”

叶母又是心疼又是气恼，憋了一路的话，还是咽了下去，“你就惯着你女儿吧。”

叶父弱弱地反驳，“也是你女儿。”

到了医院后，叶笙见到爸爸妈妈开心极了，精神也好了很多，一直黏着叶母，爸爸妈妈叫个不停。

叶母心里松了一口气，等小笙睡着后。她看了一眼叶然，“和我出去。”

叶然冲叶父眨眨眼，意思是一会儿帮帮她。

清静幽深的走廊上，母女俩站在角落里。

叶母道："瘦了，最近过得好不好？"

好不好？这个问题，她没有想过。回宁城之前，她已经做了最坏的打算。现在的一切，还没有那么坏。

"妈妈，我还好。"

叶母嗤笑，自然不信，"见着人了？"

叶然一五一十地回答。

叶母看着远方的夜色，她的手在颤抖，心底满是苦涩，心疼自己的女儿。

叶然勾了勾唇角，表情淡然，"妈妈，这是我欠他的。来生我不管，此生我想还。"

叶母心疼地将她揽到怀里，声音哽咽，"然然，你又是何苦呢？"

叶然沉默。

叶母终于松口："改天带他来，我们见见。"

几年前，傅延北一直想见叶父叶母，却没有机会。

"再等等好不好？等我和他稳定了，我带他去见你们。"她不敢说傅延北失忆的事。

叶母皱了一下眉，"随你吧，妈妈只希望你以后能幸福。不过，这次我要将小笙带回去，你好好做你的事。"

叶然低下头，沉默了许久，"妈妈，对不起，我没有把小笙照顾好。"

叶母终究软下心来，"你已经做得很好了。"

晚上，叶父让叶然回去休息。

叶然挽着父亲的手臂，"我要陪着你们。"

"走走走。"叶母连连挥手，"你看看你现在的形象，蓬头垢面的，我都不想说你是我女儿。"

"护士和医生都以为你是我姐姐。"

叶母弹了一下她的脑袋，"你赶紧回去睡个觉。"

叶父附和："我和你妈在，你在这里也帮不上什么忙。"

什么叫帮不上忙啊？她撇撇嘴，这些日子她不是把小笙照顾得好好的。叶然也不敢再顶撞太后娘娘，“那我明早过来。”

回去时她顺便去了一趟文具店，上次定的一套刀具已经到了，老板让她过去拿货。这段时间，她的灵感又枯竭了，作品出不来，估计参加不了国际书雕展了。

凉风习习，带走了一天的燥热。

叶然手上还抱着一套刀具，一步一步地走到家门口。进门前，她下意识地看了一眼隔壁，客厅的灯明晃晃的。

今天给她打电话的人在家啊。钥匙转啊转啊，大脑好像不受控制一般走到了他的家门口。

站在他家门口又不进去，叶然觉得自己挺变态的。算了，还是回自己家吧。她现在这模样，真是怕污了他的眼。

叶然刚转身，那扇大门突然打开来。

那人站在门边，表情冷峻，“我家门口有宝贝？”

叶然咬牙，仰起头直视着他，最后无奈地笑笑，“我眼前可不是站着个大宝贝？”

“想见我？为什么不敲门？”他迎着她的目光。

叶然勾勾嘴角，“万一你不给我开门呢？”

傅延北怔了几秒，让开了身子。

叶然有种受宠若惊的感觉，“傅延北，要不要换鞋啊？”

傅延北丢了两个字，“随便。”

叶然还是脱了自己的鞋子，地上铺着浅色的地砖，走在上面脚心凉凉的。房型和她住的一模一样。单身男性居住的地方，风格简单，线条冷硬，给人感觉就像参观样板房一样，没有居家的气息。

傅延北正在拼飞机模型，茶几上摆着零零散散的小零件。

她知道傅延北对飞机模型很感兴趣，“你都多大的人了，怎么还对小孩子玩的模型感兴趣？”她的语气娇俏，好像在说一个熟悉的朋友，更像是对亲密的人说的话。

傅延北总会有这样的错觉，他抬眼看着她，“你手上是什么东西？”

叶然给他展示了一下，“刀，雕刻工具。”

傅延北看着她介绍刀的表情，兴奋热情。他有些好奇，“什么时候开始做书雕的？”

叶然想了想，“初中。我爸妈离婚后，心情烦躁，没事干，偶然间看到的，有点兴趣，就随便学学。”

傅延北看过她的作品，她口中的“雕着玩”真的是谦虚了。

“你喜欢吗？”她轻轻问道，小心翼翼地隐藏着悸动，“喜欢的话，我下次送你。”

傅延北挑挑眉，“送我会不会太亏了？”他知道叶然现在一个书雕作品价格不低。

“我的书雕只送有缘人。”以前她送过他，只是不知道那件书雕现在在哪里，被扔了也不一定。

傅延北眯着眼，突然揽住她的腰，眸子紧紧地锁定她，“我总觉得你是个有故事的人。”

她不慌不忙，弯着嘴角，双眸亮晶晶的，“每一个艺术家都有故事。”

“那么，叶大艺术家，你有什么样的故事？”傅延北慢慢欺近她。隔着一层薄薄的衣服，他火热的掌心像热铁一般发出灼热的温度。

叶然没有躲闪，似乎非常习惯，“以后我慢慢告诉你。”

“为什么不是现在？”傅延北直视着她。

“你现在是不是有一点点喜欢我了？”她狡黠地笑着，笑容中带着点满足。

他没有说话，却用行动回答了她。

这是他第二次吻她。

她的唇好像涂了蜜糖，惹人上瘾，让人尝过一次还想要第二次。

沈贺说，喜欢一个人的感觉，就是你有冲动想占有她。

叶然今天穿着短袖和短裤，太方便某人了。他的手滑进了她的衣服内，一点一点摩挲着她的腰。她怕痒，咯咯直笑。

傅延北一眨不眨地注意着她的表情，似乎她早已习惯了这一切，如此自然。

纠缠间，两人倒在了沙发上。叶然在下，傅延北在上。

叶然双手搂着他的脖子，目光贪恋地望着他。

傅延北眯着眼，“小骗子——”吻蔓延而来。

叶然自然而然地回应着他。她爱极了他的吻，只有这样，她才觉得这一切是真实的，她重新和他在一起了。

他慢慢地掀开了她的上衣，一大片莹白的肌肤映入他的眼帘。

叶然眨眨眼，今晚的一切发生得太快了，快得她有些措手不及。

他才是彻头彻尾的骗子。上次还不要脸地和她说他是“第一次”，第一次就能吻技娴熟吗？第一次就能这样熟练地解开她的内衣吗？

叶然羞怯，抬手遮住了眼睛。

傅延北的动作停下来，目光落在她的小腹上。修长的食指缓缓而下，从心脏到小腹，在她的肚脐上绕了一圈，最后停在她的低腰裤上。

裤子的纽扣不知不觉间已经解了。

那片莹白的肌肤上，有一道道疤痕，颜色淡淡的。傅延北的指尖划过，突然想到了一个词——妊娠纹。

这个位置的纹路应该是妊娠纹吧。

听说女人怀孕时才会留下妊娠纹。

他的额头上布满了细微的汗，脸色微微潮红，燥热的心一点一点地冷却下来，最终理智赢了，他轻轻拉下她的衣服，别开眼去，“抱歉，我逾越了。”

第七章

守着秘密

傅延北虽然在美国待了几年，但他一直洁身自好，所以沈贺私下偷偷叫他“老处男”。

他的眼睛恢复了清明，替叶然拉好衣服。好像遇见她之后，他总会做出一些不受控制的事。说喜欢她，他觉得不可能，毕竟他对她并不了解，而且一切太快了。

可是为什么总会情不自禁地想要靠近她，甚至有这样的举动?

难道说叶然给他下蛊了？他暗暗吸了一口气，鼻间还残留着她洗发水的味道，淡淡的花香，意外地很好闻。

叶然目光悄悄地打量着他，这太不像傅延北了。

真是尴尬啊。

这时候他还能暂停，叶然有些担心他的身子了，可是她总不能让他继续吧。

以前的他可不是这样的。难道说失忆后，他连欲望都消失了，还是说这几年他在美国忙于学业，现在又去公司，压力太大了，所以……

他们在一起的时候，他才二十一岁，年纪轻轻。

傅延北在学校附近有一套公寓。想当初，多少个周末，她和他在那儿厮混，可没见他那时候说什么“逾越”。

傅延北声音低哑：“叶然，你肚子上的纹……”

叶然正陷在自己的内心戏中，猛然听到他的问题，她一脸茫然，眸色由浅到深，最后深不见底，“你说那个啊？是不是吓到你了？”她咽了咽口水，喉间似有血的味道，心脏的跳动都变慢了。

那些记忆不知不觉间被她掩埋在盒子里了。她都快忘了小腹上的纹路，一道一道的。虽然前两年，她试过一些药膏，可是终究不能再恢复到以前那样的肌肤了。

她望着他，嘴角绽开了一丝浅笑，“如果我说，那是我发胖时留下的，你相信吗？”

静默无声。

她掐着掌心，一片生疼。

傅延北有一双漂亮的眼睛，双眼皮，微微凹进去。钱菲说，傅延北的眼睛特像韩国的李东旭。

“我信。”傅延北缓缓开口，他信。虽然刚刚有一刹那，他有过一个念头，只是刹那。

他相信自己的感觉。

叶然终于呼了一口气，轻轻换了一个舒适的坐姿，目光温柔地看着他，“四年前，有一段时间，我很胖，足足胖了二十斤。”那个样子，她至今都不敢想。

“你减肥很成功。”傅延北调侃道。

“是啊。我怕那么胖，以后找不到男朋友啊。”

就让一切重新开始吧。从现在开始，她只希望，他知道，她爱他就行了。

傅延北笑笑，“每一个胖子都是一支潜力股。”

叶然心情大好，“所以不能小看胖子啊。小笙刚刚生下来的时候，也很胖，手臂像藕节。我的手机坏了，不然给你看照片了。”

“怎么不见小笙？”

叶然默了一下道，“她住院了。”

傅延北拧起了眉，“怎么回事？”

“那天落水，后来肺炎。”她的声音越来越低。

他的眉心越皱越紧，只是看着她，也不说话。

叶然头大，“我怕打扰你休息。”当时两个人在冷战期，她不想来找他，“那个，我爸妈过来了——”

傅延北抿了一下嘴角，“叶然，我现在是你的男朋友，以后有事记得第一时间找我。”

回来这段时间，她第一次感觉到安心。

他说，他是她的男朋友。

那个晚上，叶然和傅延北说了很多话，有关叶笙，有关书雕，还有她总好奇地问他，他在美国的时光。

傅延北一边拼着飞机模型，一边耐心地和她说着话，总觉得这样的时光，好像经历过，可明明没有。她的一颦一笑竟然勾起了他深深的留恋。

他这心啊，真是百转千回。

第二天，傅延北去深海二期现场。

监工负责人向他保证：“傅总，您放心，三个月内肯定能完成。”

傅延北每层楼都走了一下，“安全、质量、速度，一步不能少。”深海是他的开始，他不是要用这个和大哥比什么，而是他童年最美好的记忆都在这里。

从深海商城出来，傅延北看到金汇打了一个很显眼的广告标语——宁城第一家书雕店六月一日正式入驻金汇店。

陆风顺着他的目光望去，“书雕？那会是叶小姐的书雕店吗？”

无疑是她。

“后来”，这样的店名是有什么特别的意思吗？

傅延北眯着眼，“金汇是梁家的产业。”

“是啊。”陆风回道。

时轶是梁景添的亲外甥，这件事可能知道的人并不多。

“陆风，帮我去金汇买一份礼物，送给小朋友的。”他吩咐道，走了几步，“算了，我去买吧。”

傅延北去金汇，这要是让金汇的人知道，也不知道会说什么呢。

陆风拦不住他，“傅总，咱们深海商城一期还在呢，那里有很多礼物的。”

傅延北瞥了他一眼，“陆风，你去过金汇吗？”

去过。上个月还陪小林去过，里面的东西太贵了。尽管他现在的收入也不低，可小林还是舍不得啊。

“去看看吧。”

深海到金汇，虽然只隔了一条马路，过去还得走地下通道。金汇几年前就改成国际高端奢侈品牌定位，一到六楼是购物中心，七八楼是餐饮，餐饮选择也是全国著名的连锁店。

玻璃门自动打开。

书雕店在一楼，正大门左侧。店里正在装修，整体布局已经形成，简单明朗，看得出来，是经过精心设计的。

巨大的透明玻璃上倒映着他的身影，傅延北稍稍驻足。

工人看到两人站在这儿，说道：“还没开业呢。”

陆风问道：“老板是不是一个年轻的女孩子？”

“是个年轻的女孩子，来过一次，不过，还有个男人也来过两次。”

陆风问：“是什么人？”

“和你们差不多，西装笔挺。”

傅延北弯了一下嘴角，抬腿往楼上走去。

陆风莫名觉得他的小傅总今天有些高深莫测。他完全跟不上老板的节奏，再这样下去，他该自动辞职了。

傅延北买了一个小熊玩偶，“陆风，泰迪熊，四五岁的小女孩会喜欢吗？”

“现在的孩子不会喜欢这么幼稚的玩偶的——”

傅延北一记冷光。

陆风呵呵了两声，“要不打个电话问问叶然？她肯定知道小笙喜欢什么。”

傅延北别开眼，“谁说我送给叶笙的？”

陆风：“……”难道不是吗？

叶然下午去医院看小笙，让叶父去附近的酒店休息，叶母也是一脸疲惫，可还是留在医院。

“妈，你和爸去我那里休息，今晚我陪小笙好了。”

“你那里又不是你的家，我和你爸住酒店过来照顾小笙也方便。”

叶然低头小心翼翼地盛稀饭，“好啊，那过段时间，我就去看房子。”

叶母的目光突然落在叶然的脖子上，那处有一块青紫，应该不是撞的。女儿心大，竟然没有注意到。

“小心烫——”叶然把碗递给她。

叶母慢慢挪开视线，搅动着调羹，不着痕迹地叹了一口气，“然然，一会儿去买条丝巾吧。”

叶然连忙尴尬地捂着脖子，“妈，我去下洗手间。”

“去吧去吧。”

叶然看着镜子，吻痕清清楚楚在那儿。她轻轻叹了一口气，“丢脸丢到家了。”

这时候她的手机响起，是时轶打来的。

时轶站在办公室的落地窗前，举目眺望，俯瞰着整座城市。夜幕渐渐暗下来，霓虹灯一盏接着一盏亮起。

站在高处，总有种灯火阑珊的感觉。

叶然的手机修好了，唯一的问题是相机坏了。维修师傅花了很多功夫，“这款手机太老了，零件现在也配不到，修不好了。照片都给你找回来拷到U盘了。”

时轶点头，“好。”

师傅打开U盘，“您看一下，照片都在这儿，这是您妻子和女儿吗？女儿长得很像妈妈啊。”

时轶抿着薄唇，没有说话。

只是，他没有想到会看到这么多东西。他的手紧紧地握成拳头，眼底掠过一丝幽深的痛楚。

“时轶——”叶然的声音很好听，轻轻的，柔柔的。明明在北方长大，却带着江南女孩的软糯嗓音。

时轶深吸了一口气，“叶然，有没有时间？我们见个面。”

“现在吗？我现在在医院。”叶然回道。

“你的手机我找人去修了，师傅说修不好，手机里的照片找回来了。”时轶的话语一字不落地传进她的耳朵。

叶然的后背突然惊起了一阵汗意。

他无意间看到她的照片，一张张，有她，有傅延北，还有她穿着白色棉麻连衣裙，清瘦的她站在路边上，小腹微微凸起……

潘多拉的盒子被悄然打开，尘封的记忆一个接着一个慢慢回旋，那种心碎的疼痛感再次涌上来。

前几天，桑珊还在电话里和她抱怨，手机被偷走了，她的信息都要曝光了。她手机里还保存着好几本小黄文、美男照呢。要是人家想勒索她，肯定容易。

这个时代真是一点秘密都藏不住。

空气静默着，时间好像过了一个世纪那么漫长。

叶然指尖用力地掐着掌心，“我一会儿过去。”隐藏的小秘密终于被人发现了。

“我在‘云上咖啡’等你。”时轶挂了电话，站在窗前不动，背影寂寞。

叶然收拾了一下心情，重新回到病房里，心情微沉。她甚至现在都笑不出来，语气尽量轻松，“妈，我有点事，要出去一下。”

“你去忙吧，注意安全。”叶母点点头，却有些欲言又止。

叶然匆匆下楼，脚步飞快。

傅延北和陆风来医院看叶笙，从停车场出来往医院住院大楼走。

陆风停下脚步，“傅总，那是叶小姐吧？”

傅延北也看到了，叶然似乎很急。

陆风喊了一声，叶然根本没有听见。

傅延北说道：“陆风，你去车里等我，我自己上去。”

“好。”

傅延北来到病房门前，象征性地敲了敲门，才走进去。

叶母回头看到一个年轻帅气的男子，身形挺拔，五官俊美。她微微愣了几秒，“你找谁？”

小叶笙先激动地叫起来：“延北哥哥——”

叶母瞬间明白了，是他啊，女儿的前男友。叶母不着痕迹地打量着他，沉稳泰然，确实不错。

“伯母，您好。我是傅延北。”他彬彬有礼地介绍道。

叶母突然哼了一声。

傅延北眼中有一闪而逝的怪异，“伯母——”叶母看他的眼神似乎有些怨气。

叶母很快敛了敛神色，“谢谢你来看小笙，平时麻烦你照顾她们姐妹俩了。”

傅延北回道：“应该的。”他拿出礼盒，“小笙，送你的。”

叶笙接过泰迪熊，一脸笑意，紧紧地抱着小熊，“谢谢延北哥哥，我很喜欢。”

傅延北抬手揉了揉她的小脑袋，亲昵可见。

叶母没想到他和小笙竟然如此熟悉，她竭力掩饰着这一刻的情绪，“傅先生，是宁城人？”

“伯母，叫我的名字就好。我是宁城人。”

叶母点点头，“小笙和我提过你好多次，她很喜欢你。”

傅延北浅浅一笑，“可能这是我和小笙的缘分。”

叶笙眨眨眼，“延北哥哥，你前两天去哪里出差了？”

傅延北一愣，想来是叶然和小笙乱编了什么。他回道：“去很远的地方出差了。”天知道，他一直都是公司和家两点一线。

叶母心里满是感慨。叶然在大学谈恋爱，他们并不知道。那时候，她和丈夫还在和好前期，确实没太多关注女儿的生活，以至于他们在最后才知道发生了那么大的事。

如果当时两个孩子没有出事，或许这两人现在已经结婚了。只是人生哪有那么多如果啊?

只是造化弄人。

正是晚上下班高峰期，车子陷入拥堵中。

叶然无力地靠在车椅上，闻着汽车的味道，大脑一阵眩晕。她不喜欢车，周围的人都考了驾照，只有她没有。可能她这辈子都不会去学了，谁也不知道当初出事之后，她有多恐惧坐车，连看到车，她都会发抖。

她慢慢地抱紧手臂，大脑中突然浮现四年前的那一幕。

那是三月份，傅延北的生日，三月十二号，植树节。

很好记的日子，可是那天她却忘了。

那段时间，她和钱菲正在参加全国一个美术创意大赛，两人拼了命，每天都在忙，恨不得一天有 48 个小时。就这样，她把傅延北的生日忘了。

等到第二天，她打开手机时，发现有 32 条短信，44 个未接电话，都是傅延北的名字。

44，似乎预示着什么。

当时她就慌了，从没有过的慌乱。她立马打过去，可是傅延北的手机关机了。

她急切地跑到他的宿舍，找到他的同学，可他们告知昨晚他没有回来，还好奇地问道："他昨天不是和你去过生日了吗？"

叶然想起来傅延北先前和她说过的话，她试着去了那家餐厅，在 312 的包厢找到了他。

桌子上摆着一个生日蛋糕，他自己定的。空气里弥散着浓浓的酒精味，空酒瓶随意地摆在桌上。

前几日，他还告诉她，从他大哥那里偷了一瓶酒。

叶然不知道怎么走到他身边的。

傅延北抬首看着她，眼圈通红，布满了血丝，声音沙哑："你来了。"

她来了，来迟了。叶然说不出话来，"我——"

他说："叶然，这两年你到底有没有爱过我？在你心里，我是不是可有可无的存在？"

"延北，我——对不起——"连道歉都是无力的。

他说："叶然，我们分手吧。"

她怔住了，"延北——"一天一夜没有休息，她整个人都已经处在虚脱的边缘。

他说："我累了。"他放弃了，真的决定放弃他们的感情了。

"不——"叶然崩溃。她知道傅延北不是随便说说的，他是真的生气了。

"对不起，我不是故意的，我只是忘了——"叶然道歉。是啊，她一次又一次地爽约，连他的生日都能忘记，她算什么女朋友？

她用力地抱着他的腰，"延北，别这样，不要轻易说这样的话。我们说好一辈子的。"

傅延北的手慢慢握住她的手，只是他一点一点掰开了她，“叶然，我是认真的。我决定去美国了。”母亲一直都希望他早点去美国，而他为了她一直抗拒着。

傅延北离开了，开着车走的。

叶然留在了原地，她蹲下身子，抱头失声痛哭，如同一个被丢弃的孩子。

这是一个不完美的结局。

四年后，叶然希望以一个新的开始画上一个幸福的句号。这是她关于未来的最美好的憧憬。

终于到了“云上咖啡”，宁城一家颇有名气的咖啡店，听说老板是个作家。

在侍者的带引下，叶然找到了时轶。

他坐在那儿，面前的茶水冒着氤氲的热气。

叶然扯了一抹笑，“路上堵车。”她坐了下来，脸色如常。

咖啡馆装修得极其精致，环境清雅，如果接下来他们不是要谈论那些事，她大概可以心情愉悦地喝茶了。

时轶静静地看着她，隔着一张桌子的距离，光线晕黄，他的胸口闷闷的，“要喝点什么？”

叶然点了一杯花茶。

短暂沉默后，他拿出手机还有 U 盘，递了过去，“手机已经不能用了，照片都拷到 U 盘了。”

叶然扯了扯嘴角，灯光打在她的脸上，凸显着两排长而密的睫毛，像扇子一样。她用力地掐着掌心，喉咙瞬间涌上一阵难言的酸涩，声音缓缓而出：“这个手机是傅延北送我的。大一我生日，那时候我不用手机，他每次找我不是打电话到我宿舍，就是问我室友，后来就送了我这个手机。那时候刚出来，他买了两个一模一样的。”她慢慢抬起头，看着他的眼睛，“我和傅延北大一相识，我们曾经在一起过。”

时轶抿着薄唇，一时间不知道该怎么接着往下说。他可以谈几亿的合同，可这一刻却越发沉默。

“云上”随处都放着葱郁的绿萝，清新淡雅。舒缓的音乐绕耳，让人慢慢放下心中的防备。

叶然苦苦一笑，“大二下学期，他因为我出了车祸。车祸很严重，他撞到了头……醒来后忘了我。再后来，傅家把他送到了美国。”

四年，毫无联系。

她简简单单的几句话，时轶明白了，难怪她突然要回来，要去深海商城，都是为了傅延北。

以前她什么都不说，他秉着君子的礼节，也从来不问。

“为什么不告诉他你们之间的事？”时轶唇角干涩，他端起面前的水杯抿了一口，喉间的灼热才慢慢淡下去。

叶然也喝了一杯水，才说道：“很多次我都想告诉他。看到他对我无动于衷的时候，我也难受。那时候他是铁了心想和我分手。我也怕，我怕告诉他，万一他还是不接受我呢？我怕，我没有勇气。你知道吗？医生说，他这种情况是选择性失忆，他选择忘了我。”

时轶怔然，“也许，会和你想的不同。”

叶然摇摇头，那双眸子里盛满了无奈，“如果他一辈子想不起以前的事呢？”她叹了一口气，“当初我爱他，远没有他爱我那么多。”

“当初他昏迷不醒，我答应过他妈妈，我发过誓，四年内不再打扰傅延北。”

我发过誓，以傅延北的生命发过誓的。

咖啡厅的人越来越少。

叶然说着以前的事，她一直在说，傅延北为她做了什么，做了什么。

时轶是个很好的倾听者，他一言不发地聆听着，他明白了叶然的悔恨。

“所以，这一次就当是我和他重新认识吧。”叶然抬起沉沉的眼皮远眺着前方，万物都是模糊的。

这个夜晚，注定无眠。从“云上”出来，外面下起了淅淅沥沥的小雨。

她站在台阶上，呼了一口气，“我发现说出来真的轻松了很多。很抱歉，一直没有告诉你。”

时轶的眼底空落落的，他敛了敛神色，拍拍她的肩膀。

回去的路上叶然接到傅延北打来的电话，能接到他主动打来的电话，她的心情莫名开心。

“傅延北——”

“你在哪儿？”傅延北刚从医院回到家，等了一个多小时，发现叶然也没有回来。

“我在外面有点事，刚要回去。你呢？”她的声音满是雀跃。

“在家。”傅延北摸了摸鼻子，自己这是做什么，查岗啊？“注意安全。”末了加了一句，“打车的话，把车牌发给我。”

嘴硬的傅延北其实还是很关心她的。

叶然抑制不住地笑了。虽然当着时轶的面，她有些不好意思，可是她太高兴了。

时轶轻飘飘地说了一句：“好了，想乐就乐吧。”

叶然歪着头，娇俏一笑，“佛祖庇佑啊，以后我还是坚持初一十五吃素。”

时轶提醒一句：“你觉得现在的傅延北和以前还一样吗？”

叶然的笑容止住了，她默默摇摇头。或者是现在的他没有真正喜欢上她，又或者是他以前对自己太好，现在这么对她，对比太强烈，她有些不适应。

“感情是两个人的事，坦诚平等，缺一不可。你不能因为他失忆忘了你，就一直让自己处在弱势的地位，去迁就他，委屈自己。”时轶一字一句地说道。

叶然沉默，是啊，桑珊已经无数次提醒过她这个问题了。

可是傅延北不一样啊，如果你真的和他说再见，那就真的会是再见了。只要傅延北再次爱上她，这些都不是问题。

半个小时后，到了茂苑。雨越下越大，噼里啪啦地落下来。

时轶撑着伞，将她完完全全挡在伞下。如果可以，就这样和她一直走下去也不错。一路将叶然送到大门口，他沉声说道：“好好休息。”

叶然勾起嘴角，“谢谢你，还请你帮我保守这个秘密。”

时轶似有深意地看着她，开口说了一个字：“好。”他竟然羡慕傅延北。

叶然回到家，洗了一个澡，手机上没有傅延北新的消息和电话。

外面下着雨，她披了一件外套，来到阳台上，左顾右盼，隔壁的灯还亮着。

“傅延北——”她轻轻地喊了一声。

等了十多秒都没有反应，她准备回去，就在这时候隔壁的门打开了，傅延北缓缓走出来。

今夜，无星无月，雨水溅在裸露的肌肤上，带着微凉。他刚洗完澡，头发还没有吹干，半湿半干地贴在脑袋上，这样子哪里还有平日里的凌厉感。

“还没睡啊？”叶然伏在栏杆上，眨眨眼，真想揉揉他的发。

傅延北敛了敛神色，静默如水的眸子望着她，渐渐清明，“事情办完了？”

叶然郑重地点点头。

傅延北静静地看着她，“我发现你和你妈妈长得不像。”

叶然一愣，猜到他晚上去过医院了，“我像爸爸。”

茂苑里一片宁静，只有雨水滴答的声音。

傅延北勾了勾嘴角，“宁城有句话说，女儿像爸爸有福气。”

“那你呢？”叶然紧张地问道。

“我一半一半吧。”傅延北淡淡地说道。他和父母在一起的时间少，小时候父母都忙着公司，他是爷爷奶奶带大的，那时候有傅延林陪着他，再后来父母离婚……

叶然想到他的母亲，明丽高贵的妇人，做事风格果断又狠厉。夜深凉意重，她不自觉地打了一个寒战。

“很晚了，早点休息。”傅延北开口道。

叶然应了一声：“傅延北，我妈妈今天有和你说什么吗？”

傅延北脚步微顿，故意拖长了尾音：“对我很满意。”

真是不要脸。

而她藏在夜色中的脸却是笑靥如花。一切都在朝着好的方向发展不是吗？

叶然嘻嘻地笑着，露出一口小白牙，“你可不可以多喜欢我一点点？”

傅延北低沉地笑了，“好啊。”他应了一声，眸光被夜色淹没。其实她回来的时候，他一直站在二楼，看到时轶将她送回来。

各自回房后，傅延北在电脑上翻看着叶然的作品。原来叶然在英国获得过不少奖。最新的消息是今年四月的，她的作品“初恋”以高价被一位不知名的华人收藏家买走了。

鼠标慢慢滑动，她的百科上，有详细的介绍。

叶然，二十四岁，出生于宁城，成长于青城。

大学：宁城大学艺术学院。

宁城大学——

傅延北的目光紧紧地落在这四个字上。叶然说过她在宁城念的大学，没想到她是宁大的学生。当初他也在宁大，可惜后来他去美国念书了。

不然，或许他们能早点认识。

时轶回到家中，发现时安还没有睡。

时安手里端着半杯酒，冲他勾了一抹淡笑，“哥哥，你回来了啊。”

“怎么还没有睡？”时轶皱皱眉，拿走了她手中的酒。

时安娇笑，“哥哥，才十一点。夜生活刚刚开始啊。”

时轶解开领结和衬衫扣，“嫌弃我了？嫌我管得多了？安安，再过一年，只有斯南可以管你。”

时安的眸色恍惚了一下，“他才不会管我，他只会管他的公司。”

“斯南事业心比较重，你要理解他。”

“哥，你就不要为他说话了，我认识他也不是一两天了。”时安心里有些苦涩，她同学的男朋友有时间就陪她们，一起吃饭旅游。可是她和斯南呢？如果她不找他，他可以一个星期甚至更久不联系她。

有时候她都怀疑斯南到底爱不爱她，还是为了责任？

“安安，有时候生活需要睁一只眼闭一只眼。”知道太多并不见得是好事。如果他没有看到那些照片，他已经向叶然表白了。

时安叹了一口气，“哥，要是能做到这样就好了。”时家的担子都肩负在他身上。她常想如果她是个男孩子就好了，可以帮大哥，大哥就不会这么累了。

时轶揉了揉眉心，“订婚的东西都准备好了吗？”时父时母在时轶十岁那年去世，在飞往法国的那架飞机上。

此后的几年里，时父时母留下的家产一直被家族的亲戚霸占着。时轶隐忍多年，在他羽翼没有丰满前，一直努力学习，同时肩负着保护妹妹的责任。多年后，在舅舅梁景添的帮助下，他拿回了属于他们兄妹俩的一切。

“于妈妈都准备好了。”时安心疼时轶，“哥，你以后不要再这么累了。”

时轶拍拍她的手，“早点休息，别再偷偷喝酒了。”

时安吐了吐舌头，“哥，你是不是喜欢叶然啊？”

时轶眉色未变，只是轻轻勾了勾嘴角，“我很欣赏她。”善良可爱，又充满才气灵气，这样的女孩子他很欣赏。两人在伦敦时，相互陪伴的日子，让他体会到了很多年没有的温暖。

“你知不知道，叶然喜欢傅延北？”时安不喜欢哥哥在这段感情中受伤。

他的笑容还是和以前一样，“我知道。”

“我上楼去睡了，你也早点休息。男人老熬夜容易谢顶，我可不希望我英俊帅气的哥哥变成秃顶大叔啊。”

时轶哭笑不得，连连摆手，让她赶紧去睡觉。

傅延北一夜好梦，早上睡到自然醒。陆风来接他的时候，他还没有收拾好。陆风觉得这事太神奇了，可是他也不好八卦老板的事。

傅延北的心情很好，公司上下都知道了。

几个女同事悄悄向陆风打探：“二少是不是有情况啊？”女士们不管已婚或未婚的，习惯称呼傅延北为二少。

陆风摸摸嘴角，这些女人真是贼啊，怎么看出来的。他打着太极，“我可不清楚。”

“你天天和二少在一起，你会不知道？”

“要不你们自己去问问小傅总？”

大家相互看看，自然不会去问，可忍不住八卦之心啊。原以为傅家二少的未来那位会是苏家小姐呢，可最近苏家小姐都不出现了。

这苗头不好啊。

公司里早有人私下讨论过了，二少可能有情况了。

傅延北这一天见了三家国际奢侈品牌的国内经销商，与他们谈妥了合作方案。为了吸引高端品牌，深海商城这次给予了最大的优惠力度。

同样的地段，这些经销商也不傻，自然愿意合作。

“合作愉快。”

“合作愉快。”

大家一一握手。

果然是长江后浪推前浪，傅延北的远见和谋略让人折服。宁城的中心区，不久后又将掀起一场没有硝烟的战争了。

盛世和深海，似乎注定是对头。

助理将煮好的咖啡送进去，“傅总，您的咖啡。”

“谢谢。”傅延北默了片刻问道，“闻秘书，你知道哪里有卖雕刻用的美工刀吗？”

“文具店应该有吧。”

傅延北道：“前两天我去文具店看过，没有找到。”

“傅总要刻什么？”

“书雕。”

闻秘书为难了，她对书雕并不是太了解，“傅总，一会儿我去看看。”

“不用了，你去忙吧。”傅延北在网上搜了一下，大概知道了书雕需要的工具，这个得去艺术学院附近买。

叶然的生日虽然过去了，作为她现在的男朋友，他还是应该补上一份礼物的。

金汇书雕店的装修已经接近尾声，六月可以如期开业。看着店里的装饰布局，她很满意。从金汇出来，她想了想，打算去深海大厦。

见一下傅延北，给他一个惊喜。

十五分钟后，叶然站在了深海大厦的 26 楼。偌大的办公层，她的出现似乎有些突兀。

“小姐，请问你找谁？”终于有人发现了她，对方是个清瘦眼镜男。

叶然尴尬，“我来找一位朋友。”嗯，男朋友。

“我帮你去叫一下。”

叶然犹豫着要不要报上傅延北的名字，“谢谢，我和他联系过了。”

眼镜男默默离开。

叶然等了十来分钟，一直都没有收到傅延北的回复。难道他今天不在公司？

她突然想到了以前，那时候刚和傅延北确定恋爱关系，她终日忙于学业，傅延北给她发信息打电话，十次她有八次不能及时回复。

现在的一切都是还债吧。

这时候突然有人叫她，“叶小姐——”

叶然回头，见是陆风，她扬起笑脸，“陆风，傅延北今天不在公司吗？”

“您没和小傅总联系吗？”

“发了信息，他没有回我。”

陆风笑道：“傅总在办公室。我带您过去。”

傅延北的办公室和他的家完全是一个风格，简洁冷硬，就像现在的他，有点让人觉得难以接近。

“嗨——”叶然打着招呼。

逆着光，傅延北抬首间有一瞬的错愕，大脑里好像有一个片段倏地闪过，是一张女性的笑脸，他的心跳异常快了几下。

叶然一步步走过去，“我正好在附近，顺便上来看看你，给你带了生煎。”

傅延北以前很喜欢吃学校附近的一家生煎包，每次去买都会买好几份，给她，还有她的舍友。

“这家生煎包排队的人可多了，我排了 40 分钟的队。”

傅延北望着她，上次是绿茶，这次是生煎包，一切真的都是巧合吗？他轻轻动了动嘴角，“也该下班了，去吃饭吧。”

“那这个呢？”叶然举起袋子。

“带回去，做夜宵。”

叶然抿嘴直笑，“好啊。”他什么时候有吃夜宵的习惯的？

叶然和傅延北从办公室出来的时候，该下班的人都没有下班。已经六点半了，大家都坐在各自的位置上。

叶然微微诧异，“你今晚要加班？”

傅延北扬了扬嘴角，“他们主动加班。”

叶然不明白。

傅延北幽幽说道：“想看你。”

叶然：“……”

两人去了深海一期的火锅店。叶然点餐。

服务员推荐道："我们今天到了一些新鲜的羊肉，都是从内蒙古空运过来的。"

叶然摇摇头，"我们不吃羊肉。"

傅延北望着她，"你不吃羊肉？"

叶然笑笑，"我不吃。"因为他，后来她不吃羊肉了。

两个人在一起后，很多习惯都随之改变了。

他说："这一点我们很像，我也不爱吃。"

"那真好，我们很搭啊。"叶然眨眨眼，一脸喜色。

傅延北抿了一下唇角，这个小骗子，一定打听了很多。他微微一笑，问道："你和金汇签了几年合同？"

广告那么醒目，她知道瞒不过他。她比画，"三年。"

金汇管理层也真是胆大，竟然把黄金门面签给了她。书雕是艺术品，价值难以估价，容易卖高价，也容易砸在手里。

叶然望着他，"你会不会生气？"

"嗯？"傅延北拖长了尾音。

"我的店开在你的竞争对手那里啊。"叶然一脸坦然，说话时嘴角微微翘起。

他笑笑，瞟了她一眼，"你觉得呢？"

叶然摇摇头，"真是让人失望啊。"

吃饭的时候，傅延北又接了几个电话。他现在真是累，都不能安安静静地吃顿饭。

挂了电话，傅延北望着她，"深海年中旅游，你有时间吗？"

叶然怔住了，简直不敢相信自己的耳朵。她迫不及待地问道："你要带我去？"

看到她眼中闪闪跳跃的光芒，傅延北眸光闪烁了一下，"我有名额。"

"去去去，我有时间。"叶然的兴奋溢于言表，"小傅总，你这算是带家属了吗？"她的话语一字一字敲击着他的心脏。

傅延北沉思着，叶然的那幅书雕作品"初恋"，是纪念她初恋的吧。

第八章

口是心非

叶然在傅延北面前没有一丝扭捏，她的食欲已经很久没有这么好了。

傅延北发现，叶然很喜欢吃年糕这类的面食，紫薯年糕、芝士年糕，看着她吃饭的样子他都有些食欲大增。

不过傅延北向来不爱吃这些。

叶然见他望着自己，轻轻一笑，夹了一个紫薯年糕放到他碗里，“味道还不错，你尝尝。”她当然知道傅延北不爱吃年糕，现在她就当作什么都不知道吧。

傅延北咬了一口，轻轻皱了一下眉。

“怎么样？”她期待地望着他。

“还可以。”他回道。

叶然静默一秒，心里发笑。这人什么时候学会口是心非的？“那你多吃点啊？”她又夹了几个给他。

“不用了。”傅延北对着她的视线，“我不爱吃。”

叶然一直绷着笑，“那你喜欢吃什么？”

傅延北夹了一根青菜放在碗里，“我吃素食比较多。”

这个习惯还真是多年未变啊，也不知道他这样会不会营养不良。

叶然弯了弯嘴角，“我喜欢吃肉，不过——初一十五，我吃素。”

傅延北抬眸，“信佛？”

叶然点点头，眸色澄净，“我有求于佛。”她歪着头，脖间的坠子轻轻晃动。那是一款设计很简单的链子，坠子是树叶状，小巧精致。

傅延北愣怔看了几秒，才移回视线。

吃完饭，傅延北拿出钱包结账，叶然眼睛一眨不眨地看着他。他换了钱包，以前的那个钱包估计被处理了吧。

“先生，今天有抽奖活动。”服务员拿出一个抽奖盒，“一等奖、三等奖都还在，祝你们好运。”

傅延北本不打算参加的。

叶然似乎有兴趣，“试试吧，看看运气怎么样。”

傅延北扯了扯嘴角，“你替我抽——”

“好啊。”叶然幸不辱命。大概是她最近运气爆棚，竟然让她抽到了一等奖，“这是真的吗？”

一等奖奖品是一对银戒指。

“傅延北，你的戒指。”她伸出手，是他请客的嘛。叶然小心打量着他，他会怎么处理呢?

“你抽中的，留着吧。”

叶然心中的失望一闪而逝，“那我先帮你收着啊。”

真是笑话。深海集团的小傅总，还需要一对银戒指?

傅延北狡黠地没回话。

戒指，实在太微妙了。

叶然陷入自己的思绪中，漫不经心地迈着步子。街上车来车往，傅延北拧着眉，一把拉住她。

“叶然，专心走路。”现在他已经习惯叫她的名字，而不是亲昵地叫她——然然。

叶然踢了踢空无一物的马路，偏过头看着他，“对了，我妈妈想邀请你一起吃个饭。”

傅延北眼底毫无波澜，“好啊。”

傅延北在路口招来一辆出租车，两人坐在后座。

城市的灯光明亮耀眼，叶然安静地靠在他的身旁。

傅延北心生感慨。他一直以为自己不会谈恋爱，到了一定的年纪，或许会和一个适合的人结婚，如此过一生。不承想叶然的出现打破了一切。

车子猛然刹车，速度又快又急。

叶然像受惊的鸟儿，反应异常强烈，她抱住了他，抑或是用自己瘦弱的身子护住了他。

司机师傅摇下车窗，用着宁城特有的方言，狠狠骂着那个突然冲出来的年轻人。

叶然一脸慌张，“你没事吧？”她的脸上写满了担忧，那双眼此刻毫无隐藏，与他相距仅有五厘米。

“傅延北——”她紧紧地抓住他的手。

傅延北浑身的血液都在窜动，“没事，我没事。”

她松了一口气，“没事就好，没事就好。”她又坐回了原来的位置，可是手却没有松开。

傅延北一动不动，感受着她掌心的温度。这突如其来的停车，叶然的反应让他太意外了。她的第一反应，不是保护好自己而是他。

他慢慢握紧了她的手，她的手指非常漂亮，十指纤细修长，软软的，握在手里有种永不想放手的感觉。大概是长期雕刻的缘故，她的食指和拇指有着薄薄的茧。

他情不自禁地摩挲着她的茧，手上痒痒的，这种感觉太过缠绵了，内心充满了令人怦怦直跳的爱意，叶然顺势摸到他手上的那道疤。

“当时是不是很疼？”她的声音尽量平和。

傅延北转过头对上她的眼睛，目光清明，“记不清楚了。大二时发生的车祸。”听说是一辆卡车，他的车彻底废了，而他差点没命。他整整躺了半年，身体才好转起来。

后来，他再也没有开过车，有心理阴影。可是很奇怪，他对车祸一点印象都没有。

他说得如此简单，叶然神色恍惚了一下，尽量克制着自己的情绪，“很疼吧——”她拿起他的手，细细看着那道疤痕。

傅延北一双俊眸没有什么情绪，“当时昏迷，什么感觉都没有。”见她一直盯着疤，他慢慢抽回手，“没事了，都过去了。”

是啊，过去了。他把以前的事彻彻底底忘光了。

那真是一场惨烈的车祸。

叶然弯着嘴角，“这是一个印记。”

傅延北先送叶然去了市儿童医院，随后他才回了茂苑。

叶然依依不舍地望着他，“路上小心。”说完了还是不想分开，“你什么时候注册一下微信吧，现在大家都是用微信联系，很方便。”

傅延北扯了扯嘴角，“好。”

叶然站在那儿，仿佛听到烟花盛放的声音。在这个燥热的夏夜，她的心一片自在。

车子淹没在夜色中。

叶父正在给叶笙说故事，叶母坐在一旁，偶尔说上一两句话。病房的灯暖黄暖黄的，这画面温馨极了。

叶然都不忍心打扰，她以前一直渴望的家就是这样的。

叶母见她站在门边，轻声喊道：“然然，怎么不进来？”

叶然笑笑，“爸，你什么时候这么会讲故事了？我记得小时候，你给我讲童话故事，十句话不到，一个故事就结束了，现在可是绘声绘色啊。”

叶母摇摇头，“你爸以前也是这么敷衍我的。”不然当初，两人也不会走到离婚的地步。

小笙抱着泰迪小熊，这两天她的气色好了很多，医生说过两天就可以出院了。

叶母有话要说：“然然，我和你爸商量了一下，后天我们就回去。”

“这么快？”

“我们离家太久了。我和你爸商量了，小笙我们带回去。”叶母拍拍她的手，“你外公可是一心一意要将小笙培养成祖国未来的国画大师呢。”

叶然沉默。

“傅延北我也见过了，人挺不错的。这回，你好好和人家处。”当年两人的事，叶然有责任，傅延北也有，都是年轻气盛。最后天意弄人，给了一个最坏的结果，让所有的事都走进了一个死胡同。

叶父噙着笑，往日和女儿的距离就这样在岁月中慢慢消散。“然然，如果他对你不好，我可不会同意的。”

叶然抿着嘴角，光线打在她的侧脸上留下一层阴影，最后她笑着回道：“放心吧。”

晚上，叶然留在医院陪叶笙。

叶笙白天睡多了，这会儿一点儿也不想睡觉。叶然和她挤在一张床上，压着声音说着话。

小笙习惯性地摸着她的耳垂，“姐姐，我舍不得离开你啊。”

“姐姐有时间就回去。”叶然亲亲她的额头，“小笙，姐姐很抱歉，这次没有把你照顾好。”

小笙的手不知不觉地就滑到叶然的小肚子上，揉啊捏啊，像在玩橡皮泥。

叶然连忙拿下她的手，这里她始终不习惯被触碰。

“那你要和延北哥哥一起来看我。”

“好。”叶然承诺着。

“姐姐，你会和延北哥哥结婚吗？以后我可以做小花童。”

叶然：“……”

“姐姐，你以后生了小宝宝，还会这么喜欢我吗？”

“会！”叶然搂过她，“小笙在姐姐心里是特别的存在，是姐姐最美的礼物。”

五月底，宁城的夏天已经悄然到了，蔷薇花盛开着。

深海二期招商已经进入了白热化阶段，而这段时间傅延北也频繁出差。

陆风拿着合同匆匆来找他，“小傅总，我刚和爱丝蕾联系了，他们不打算入驻深海。我打听了一下他们有意在等滨江新城。”

傅延北略略沉吟，“爱丝蕾是英国贵族品牌，时轶曾留学英国，James和时轶是旧识。”

“原来如此，那我们要放弃爱丝蕾？”

傅延北勾了勾嘴角，“我去和James谈一下。”

“James要坚持选择盛世呢？”

他轻轻敲了敲桌子，“盛世能给的优惠，深海同样能给，甚至更多。”

陆风神色微沉。

傅延北又问道："旅游的事弄好了吗？"

"人事部已经把酒店和机票都定好了。这种小事，他们会处理好的。"

"加个人吧，一会儿我把身份证件发给你。"

"谁？"

"叶然。"

陆风道："叶然不是公司的人啊？"

傅延北抬抬眼皮，嘴角掠过一丝轻笑，"难道我不能带女朋友去？"

Oh, my God! 傅二少这次要带女朋友参加公司活动！

傅延北打开微信，找到她的号。叶然的头像是她的书雕作品，一个立体的家，温馨精巧，有床有灯有书柜。

小骗子确实有才。

他发了一条信息：把你的身份证发给我。

午后的时光，傅延北坐在沙发上，看着叶然的身份证图片。

大学时代的她，素面朝天，清汤挂面的发型。十八岁的年纪，眉眼清淡。也许是学艺术的缘故，她的身上总有一种孤傲的气质。

傅延北承认，自己一开始也有些被她的这种气质所吸引。

办公室的门被推开，周斯南走了进来。

傅延北放下手机，问道："不是说后天才回来？"

周斯南解开领带，一脸烦躁，"我妈一直催我回来。"他上周去香港，刚谈妥了一笔生意。

傅延北扯了扯嘴角，"订婚戒指买好了？"

周斯南慢条斯理地回道："我非得在香港买吗？"家里催得紧，他现在一个头两个大。

"既然决定订婚，就收收心吧。"

周斯南神色清冷，"随他们便吧，让我在你这里清净一下。"他张开双臂倚在沙发上闭上眼，似睡非睡。

傅延北的手机信息响了，是叶然发来的微信。

叶然：我的护照在家里，晚上拿给你。

傅延北弯了弯嘴角。

周斯南探身过来，“你看什么？还偷笑。”

傅延北手疾眼快地收起了手机，“没什么。”他正视着周斯南，“时轶是护妹狂魔，你要是不能保证给时安幸福，趁早做出决定。”

周斯南愣了一下，“你怎么突然这么关心我的感情了？”

傅延北走到办公桌前，拿起了一份资料，扔给他，“自己看。”

周斯南快速地扫了那两张纸，重重地说道：“他疯了！”时轶将盛世20%的股份转赠到时安名下。

“他和时安相依为命多年，现在重掌盛世，给20%股份怎么了？”他只是要提醒自己好友，路不能走错。

周斯南拧了一下眉，“我要是现在解除婚约，时轶也会撕了我。”

傅延北勾了勾嘴角，“早撕晚撕都一样。”

周斯南绷着脸，静默半晌，“你别笑啊，早晚轮到你。”说完，他也不想留在傅延北这里休息了，“我先走了。”

陆风拿着收集到的资料走进来，和周斯南打了一个照面，“周总，这么快就要走了？”

“陆风，你们小傅总最近心情很好吗？”

“大概是谈恋爱的关系。”

周斯南了然一笑，“有好戏看了。我先走了。”

陆风把资料交给傅延北，说道：“James是伦敦大学毕业的。叶小姐也在伦敦留学。”

傅延北翻着材料，“你记得倒是清楚。”

陆风憨憨一笑，“说不定叶小姐和James认识。”

傅延北眸光微动，“James喜欢中国画。”

“是这样，他喜欢何成言的作品。”

“你去找找何成言的水乡画。”傅延北敲了敲桌面，这是他思考问题的习惯。

何成言，青城人士，毕业于中国美术学院，现任Q大美术学院客座教授。

陆风在网上搜到何成言的画，他觉得与其看画，不如直接带着James去乌镇周庄走一走。可是现在他该怎么联系上这位何成言老教授，又或者怎样能买到何成言的画呢？

叶父给叶笙办完了出院手续，叶母在病房收拾东西，叶笙抱着傅延北送她的泰迪熊。

叶母也舍不得这么快就走，不承想老爷子早上摔了一跤，他们得赶回去，“等小傅空下来，你们一起回来。”

叶然道：“嗯。”

叶母失笑，“不过你外公的拐杖粗着呢，让小傅做好挨打的准备。”

叶然吐吐舌头，“等放假我可以接小笙过来玩。宁城好多地方，小笙都没有去过呢。”

叶母望着叶然，一眨眼工夫，女儿都这么大了。她喟叹，“这次怕是也不能和傅延北吃饭了。”

叶然眼中泛起了湿意，喉咙酸得说不出话来。

十八岁，她独自来宁城，什么都没有放在心上。

二十岁，他离她而去，自此，当一个人时她时常感到莫名地彷徨不安。

“我给他打个电话，看看他有没有时间过来送送你们。”她想让父母安心。

叶父颇为理解地说道：“别那么麻烦了。”

叶然摸摸鼻子，还是拨通了电话。

“叶然？”

叶然咬着唇角，“傅延北，你能来趟医院吗？”她的声音轻轻的，带着委屈。

“出了什么事？”傅延北拧着眉，左手不自觉地握紧了，手背青筋清清楚楚。

“小笙一会儿出院，我爸妈要带她回去了。”叶然说不下去了，深吸一口气，满嘴的消毒水味，她的胸口泛着痛。

他那边一片安静。

“傅总，会议还继续吗？”陆风走过来问道。

叶然大脑炸了，“你在开会？对不起，打扰你了。”

“叶然——”傅延北的话还没有说完，她就挂断了电话，电话里只有嘟嘟的忙音。

她是怕自己不去，所以才这么快地挂了电话吧。追他的时候，胆子不是挺大的吗？

傅延北正对着窗外，她总是这么出其不意啊！偏偏在这时候。他转身，对陆风说道：“会议改到明天早上，我出去有点事。”

陆风也是第一次遇到这种突发情况，赶紧去会议室通知大家，随后和傅延北一起下楼。

上了车，傅延北说道：“去医院。”

陆风眸色一紧，儿童医院，是小叶笙出了什么事？

傅延北捏着手机，正在给叶然发微信。叶然说得没错，微信联系起来确实方便。

傅延北：二十分钟后到。

几分钟过后，傅延北也没有收到叶然的回信。

叶然有掩不住的失落，和父母解释道：“傅延北在开会。”

叶母理解，轻笑地理了理她的头发，“有时间去把头发剪一下，太长了。”

叶然的眸子酸酸的，“好。”

出院手续都办好了，叶父抱着叶笙，叶母拎着行李。一家四口下楼，出租车已经等着了。

“然然，不要送了。这些日子你也累了，早点回去休息。”叶母拍拍她的手。

叶父的脸色也沉着，“好好照顾自己。”

叶然唯有点头。

“姐姐，你要回来看我啊。”

“过段时间我就去。”叶然低头吻了吻她的脸颊。

“我们走了。”

她孤独地站在原地，目送着他们的车越走越远，失落层层叠叠填满她的心，周围的一切好像都与她无关，终于又剩下她一个人。

傅延北，你在哪儿呢？

……

一路疾驰终于赶到了医院。

傅延北绷着脸，他已经看了五次腕表、三次手机了。

叶然始终没有给他回复。

车子正要拐弯开进医院。

陆风视力好，远远地发现了叶然的身影，“傅总，是叶小姐。”

有一瞬，傅延北似乎在她的身上看到了浓浓的悲伤。她背着包，缓缓走着。

之前她出现在他面前，总是充满了活力，一双眸子笑起来弯弯的，带着小小的试探，还有调戏。

他轻叹了一口气。

陆风应了一声，打个左转弯，车子停下来，“傅总，前面有停车场，我在那边等您。”

“不用了，你先回去。”

傅延北下了车，热气滚滚袭来。他大步走上去，跟上了叶然的节奏。走了近二十米，叶然也没有发现他的存在。

他轻轻咳了一声，“叶然——”

叶然被这突然出现的声音吓了一跳，她瞪大了眼睛，眼底是满满的惊喜，随后又淡了下去，慢慢冷静后，开口道：“你怎么来了？”

傅延北挑了挑眉，“不是有人给我打电话让我过来的吗？”

叶然脸红，像染了胭脂一般。她有些不好意思，“我以为你不会来了。”

她对自己太没信心了。以前对他太过肆意，以至于现在根本不敢放肆了，只能小心翼翼，战战兢兢。

因为她爱他啊，很爱，爱得不敢轻易靠近。

傅延北轻笑一声，“伯父伯母出发了？”终究还是迟了一步。

叶然点点头，“嗯，赶飞机。早上我外公跌了一跤，他们急着赶回去。”

“以后还有机会。”傅延北回道。

两人漫步在大马路上，边走边说着话，就像刚刚谈恋爱的年轻男女。

曾经错过的，如果上天再给你一次机会，你愿意重新开始吗？

叶然的答案是愿意。

为了安慰小骗子，傅延北当天晚上请她到家里吃饭。

她先回去拿了证件，家里空荡荡的，想着以后她要一个人在这里生活，心情一瞬间跌落谷底。

还好，傅延北在隔壁。

叶然从家里的冰箱拿了仅剩的土豆、青椒，还有面条，带去傅延北家。

简洁的厨房，橱柜都是米白色的，欧式风格。叶然算是第一次真正造访这里，她一手拎着食材，一手抱着礼物。

傅延北的白衬衫袖口卷了几道，站在水池边。屋顶的灯光打在他的身上，平添了一种居家男人的气息。

这是四年后的傅延北啊。叶然惊讶，他什么时候会做饭的?

“我带了一点菜。”叶然短暂地失神，“第一次来，小小礼物。”她要一点一点地侵占他的地盘，让她的东西摆在他的角落，让他每天都能看到，睹物思人。

傅延北擦干了手上的水，接过礼物，“什么？”

叶然憨憨一笑，“我能拿得出手的，只有书雕了。”

礼物早就准备好了，礼盒是她去礼品店精心挑选的，只是他们之间缺一个适当的时机，她需要一个送出礼物的机会。

傅延北打开盒子，是由一本厚厚的英文书雕刻而成。一栋带着烟囱的房子，几棵落了叶子的水杉树，一个撑着伞的女孩子站在屋前。他问道：“什么名字？”

叶然眸光一转，“《冬天的童话》。”

“很漂亮。”只是书雕中的人物，似乎和她有几分相似。他看着她，眼中含笑。

叶然假装不懂的样子，“你看适合摆在哪里？”

傅延北勾着嘴角，“书房。”

他在书房办公的时候，随时可见她的东西。

叶然站在他的身后，打量着他的书房，格局简单，流线冷硬。这个家，真的一点家的感觉都没有。

不过她意外地发现，那张胡桃夹办公桌上，摆放着一盆多肉植物。原来他还养着啊。

傅延北回头，有种被抓包的尴尬。

叶然忍着笑，多年后的他特别会装。“多肉不是这么养的，你是不是都没有浇水？你看这株蓝石莲的叶子已经蔫了。”

傅延北有些无奈，“第一次养，请多多指导。”

晚饭，他做了两个菜，青椒炒土豆、西红柿鸡蛋，真的是很家常的菜。土豆条切得整整齐齐，不硬不软，吃到嘴里味道鲜美。

两人一人一碗白米饭。叶然有些感动，嘴里都是酸酸的味道。

“你怎么会做饭的？”她缺失的四年，他到底经历了什么呢？

“在美国的时候，西餐吃腻了，开始自己学着做。”

叶然点点头，眸光清亮，“男人不肯下厨只是懒而已，真正的大厨都是男士啊。”

傅延北笑着，也不反对。

叶然又问道：“苏小姐和你是同学吗？”

傅延北直视着她的眼睛，“韶言比我早去美国，我出车祸后去美国治疗，她一直很照顾我。”

就这一点，叶然感激苏韶言。苏韶言和他是青梅竹马，怕是傅、苏两家人都希望傅延北和苏韶言能在一起吧。

两人要在一起的话，孩子名字都好起。

傅苏。

多好听的名字，寓意非凡。

不过她还是喜欢傅叶笙啊。

“苏小姐似乎很喜欢你？”

傅延北抬首，轻笑出声，“叶然，从小到大，喜欢我的人很多。”

真是够不要脸的。

叶然很想告诉他，当年是你死皮赖脸追的我。

“那你以前有喜欢过的人吗？”

餐厅的三盏吊灯，从高到低依次排列，光线柔和。

傅延北含着笑意，从小到大主动追他的女孩子真的不少，可从来没有一个像叶然这样的。

“喂，别光笑，说话啊。”

“这个问题我需要好好想想。”

叶然咬牙，不满地哼了一声。

晚餐结束，叶然主动去洗碗。

傅延北倒了两杯茶，是斯南从香港带回来的，饭后喝上一杯，有助睡眠。

茶水冒着热气，他有片刻失神，近来他的睡眠确实好了一些，趿着拖鞋站在厨房门口。

水哗哗流动，她认真地洗着碗，手上沾满了洗洁精的泡沫。

叶然的头发已经长到了腰下方，头发保养得很好，又黑又密，还很硬。据说头发硬的人脾气也很硬。

这么看，叶然的脾气并不如此，软软的。

她的刘海落了下来，手上沾着泡沫，只得用手腕往后挡了一下。没一会儿，刘海又落了下来。

傅延北看着这一幕，心底一片柔和，内心许久没有这样的悸动了。这样的光景，太容易让人沉沦了。

“别动，我来。”他轻轻抬手把那碍事的几缕发丝别到她的耳后，触摸到她的耳垂，他才发现，她的耳垂软软的，还有耳洞，而且是一边两个。

“谢谢。”两人靠得近，她清晰地闻到他身上散发着淡淡的馨香，像什么茶的味道，令人心旷神怡。

她静静地擦干了最后一个碟子放好。

回头，对上他的眼睛。

这个明目俊朗的男人，是不是该主动给她答案了呢?

“我泡了茶，尝一尝。”他说得云淡风轻。

叶然依旧执着刚刚的问题，纠结得抓狂，她发现傅延北越来越喜欢吊着她了。

茶很香，颜色像蓝墨水，从浅到深，不知不觉间又变成紫色了。

叶然觉得神奇，“这里面加了什么？”

傅延北耸耸肩，表示也不知道，“下次可以问问斯南。”

叶然捧着茶杯，慢慢喝着茶。

“叶然——”傅延北总是喜欢突然间说话，这一刻安静得只有他们的呼吸声，“你是第一个让我想吻的女孩子。”

叶然一口水差点喷出来，水呛进了气管，她剧烈地咳嗽。

傅延北一脸歉意，拍着她的背。

叶然的心扑通扑通地跳着，“你是故意的吗？”

他笑，他并非故意，只是没有想到他说那句话的时候，她刚好在喝水。

叶然咳得眼睛湿漉漉的，一眨不眨地瞅着他，“流氓。”

他正视着她的眼睛，只是笑笑。没有谈过恋爱，现在工作又忙，他不敢保证，他和叶然接下去会怎么样。

现在他是认真的。

过了几天，叶然收到时安的电话。

“叶然，你明天有空吗？一起喝杯咖啡吧。”

叶然和她约定好时间，第二天如期而至。

时安开车来接她，两人直接去了金汇。星巴克咖啡馆难得人少，两人坐在窗边。

时安开口道：“我现在有些紧张，好像什么都还没有做，就要订婚了。”

“你和周斯南认识了这么多年，需要做什么？你只要做个漂亮的新娘子就好了。”

时安抿了一口咖啡，眼里闪烁着几分无奈，“我和斯南虽然是青梅竹马，更像朋友，不像恋人。叶然，你谈过恋爱吗？”

时安戳着吸管，“你说两个人在一起多久会发生那种关系？唉，你以前没谈过问你你也不知道。”

叶然眨眨眼。她和傅延北谈了一年，他们的第一次是在初春的夜晚，他带她出去旅游……

时安继续说道：“两年前，周家就和哥哥商量了我们的婚事，我们算是正式确定关系了。可是——”她咬了咬唇角，有些难以启齿，“我和他之间除了牵手，礼貌地亲吻，再无其他。”

这也太不正常了。

叶然想了很久，才犹豫地问道：“是不是周斯南有问题？”

时安没忍住笑了，随后摇摇头，“我觉得他并不爱我。”她想了很久，终于想到了这个答案。爸爸妈妈走得早，哥哥承担的压力那么大，她无人说这些事。

叶然不知道该说什么。时安是个小公主，所有人都宠着她，包括周斯南。周斯南爱不爱她，只有他自己知道吧。

“既然你知道，为什么不去问他？”

“他不给我答案，我还能有些憧憬。我怕问了，我连做梦的机会都没有。”

真是个傻女孩。

叶然喝了一大口咖啡。今天的咖啡一定没有加糖，喝到嘴里一片苦涩。如果现在傅延北不能再次爱上她，她要怎么办？

“是不是我吓到你了？”时安歉意地看着她，“不说这些了，陪我去买点东西。用周斯南的卡，我要刷爆他的卡，谁让他去香港一周没联系我。一回来就去见傅延北，我真怀疑，傅延北才是他的真爱。”

叶然：“……”

两人去了二楼男装。金汇卖的衣服，没有大几千买不到。一会儿时间，时安已经买了不少，刷卡时眼睛眨也不眨。

叶然算是见识了。

“这套衣服好看吗？”时安已经买了三套男装了。

叶然点头，“好看，挺适合周斯南的。”

“谁说给他买的啊，送我哥的。我哥孤家寡人，都没人给他挑衣服。”时安意有所指，“你觉得我哥怎么样？”

叶然额角冒汗，“挺好的。”她赶紧走到一边，对面一排男士内裤。

时安也凑过来，“你要买这个？”

叶然尴尬，“没，随便看看。”

时安微微红着脸，“这家男士内裤质量不错。”

“你怎么知道？”

时安嘀咕了一句：“我看周斯南穿过。”

叶然：“……”

“叶然，买两套可以打八折。”

时大小姐在乎这点折扣吗？最后鬼使神差地，叶然买了一套三件装的——男士内裤。

时安冲着她眨眨眼，睫毛又长又卷，她压着声音：“你可以送给傅延北呀。”

叶然：“……”真是烫手的山芋，她赶紧将东西装进包里。

从男装店出来，两人上了三楼。三楼是女装，最近几家上了新装，款式很好看。两人刚踏出电梯，时安拉了拉叶然，小声道：“叶然，是韶言。”

叶然顺势望过去，苏韶言正陪着一个妇人。

第九章

生日礼物

四年前，叶然第一次见到傅延北的母亲，她一辈子都不愿意再想起那个场景。有时候她也想做个催眠，把这段记忆抹去。可是她不能，这是她欠下的债啊。

那天的环境异常混乱，叶然恍惚地站在医院走廊上，人来人往，她不知道自己飘零在何处。

傅母一身旗袍，雍容贵气，她刚刚从一场晚宴赶过来，高跟鞋踩在地上发出清脆的声响，语气急切，“延北怎么样了？”

医生说了什么，叶然什么都听不见，她只是看到傅母摇晃欲倒的身子。

“怎么会这样？”她的声音充满了悲痛，“小北——不要，我的儿子——”

断断续续的哭泣声，一字一字敲碎了叶然的心。

叶然缩在角落里，那一刻她很想上前，很想告诉她，延北会没事的。只是她双腿像灌了铅，沉得迈不动一步。

不知道多久后，又有人来了，一个高瘦的年轻男子，和傅延北有几分相似，眉目清俊，只是更加内敛与沉稳。他一直在和医生交谈，随后安慰傅母，他的出现让混乱的局面稍稍平静了几分。

后来，叶然才知道那个人是傅延北的堂哥，傅延林。

傅延北伤得很严重，手术一直做了二十二个小时。

这二十二个小时，叶然滴水未沾，也没有人和她说过一句话。她不知道傅家人到底知不知道她的存在。

她孤零零地站在那儿，灵神早已不知去了哪里。

天亮了。曙光照亮整片大地，万物迎着阳光，生机勃勃，可他还在死亡线上挣扎着。

手术室的门终于打开了。

医生满脸疲惫，“病人还在昏迷，你们做好心理准备。”

傅延北被推进了监护室。

叶然那一刻终于感觉到了什么叫痛彻心扉，喉咙像被呛了辣椒水，疼得失去了言语能力。

傅母终于坚持不住，痛哭起来，“小北——小北——”

叶然哭不出来，她只是痴痴地看着。此后，叶然再回忆起这段，才明白她这一生所有经历过的悲痛，都不及傅延北躺在监护室的那一刻。

钱菲和周瑞雪从学校匆匆赶过来，一脸慌张，“叶然，怎么回事？我听说傅延北……”年轻的女孩子无措地看着她。

叶然双眼毫无焦距，空洞地看着她们，“他会没事的。”

钱菲和周瑞雪交换了一下眼神，两人陪着她留下来。

叶然不吃不喝，嘴角干得起了一层皮。

“叶然，你不能再这样下去了。”

“我不想吃。”她皱了皱眉，“钱菲，你们回去吧，让我一个人冷静一下。”

“你冷静得还不够吗？叶然，谁也不想这样的。傅延北如果醒来，他也不想看到你这样。他那么爱你……”

叶然干涩的眼角终于落下了泪，她哽咽着，“如果他没有爱上我就好了。”没有爱上她，就不会发生这样的事。

“别这么说。”钱菲和周瑞雪紧紧把她抱住，这一刻任何语言都是苍白无力的。

到了第三天，傅延北还是未醒。叶然站在病房的窗前，身后传来轻轻的脚步声。她回头，视线和傅母的视线在空中交会。

一时间，她不知道该说什么，只是歉意地看着他的妈妈，目光复杂。

傅母淡淡的目光在她身上停了十几秒，没有一点愤怒的情绪，慢慢挪开，夹杂着一声轻若无闻的叹息。

叶然站在这如同深潭一般沉寂的走廊上，她用力地掐着掌心，“伯母，对不起，是我——”

傅母扯了扯嘴角，一张脸再也没有那天晚上的光鲜了。短短三日，她像一下子老了十岁。“以后不要再来找他了。”

这是傅母对她说的第一句话，每一个字都凝成了寒冰的冷度，如同刀子一般戳着叶然的心。

不要再来找他……

也许是这场突如其来的车祸，让傅母就这样放弃了叶然。

……

“叶然——”时安拉了拉叶然的手臂。

叶然恍惚地收回视线，后背已经冒出了一层冷汗，她快速掩饰着自己的慌张，“走吧。”

时安没有发现她的异样，继续说道：“那是傅延北的妈妈。”

叶然低着头看着地上的石砖，讷讷地问了一句：“她们关系好像很好？”

“是啊，傅阿姨很喜欢韶言的。”说完她有些后悔，“不过傅延北不喜欢她，不然他们早就在一起了。”

叶然笑笑，时安真是个善良的姑娘。

“傅延北以前出过车祸，这些年一直在美国做康复，和韶言关系近些。”

叶然手一紧，“他的身体还没有好吗？”

时安皱皱眉，“我也不是很清楚。我们当时都不在宁城，也不知道为什么，傅家人对这事也从来一字不提。”

因为傅家人希望傅延北忘了车祸，忘了她这个人。傅家人已经花了很大的力气，把叶然从傅延北的生命中彻彻底底地抹去。

傅母从澳大利亚回来之后就开始送礼物，给苏韶言带了一条雪花项链。苏韶言来拿礼物顺便陪着傅母去买了几套衣服。

傅母微微笑着，“没想到今天买了这么多，还是你的眼光好。”

“阿姨，是您身材气质好，衣服配您。”

傅母眼底满满的爱怜，“你和延北都二十四了，这个年纪结婚刚刚好。”

苏韶言沉默着，落花有意流水无情，她何尝不想和他早早定下来呢？

傅母叹了一口气，“延北现在心思都在深海二期上，我也劝不动他。延林给他的压力太大了。”

“阿姨，您别担心，我爸说深海二期很值得期待，也许未来不久，深海二期将会超过金汇现在的位置。您要相信延北的眼光啊。”

傅母轻笑，“那你相信他吗？”

苏韶言扯着嘴角，“我一直都相信他。”

“好孩子，走吧，我们去看看他，晚上一起吃个饭。”

苏韶言知道傅母这是在为她和傅延北制造机会。她的心有些难受，明知道感情勉强不来，可她还是控制不住自己。

陆风正在向傅延北汇报工作，“小傅总，何成言先生已经不再作画了。”

傅延北挑眉，“陆风，你要想想办法。”

“小傅总，我想不出来。”他直接说道，反正伸头还是一刀。

“你亲自去见过他了吗？”

陆风摇摇头。

傅延北淡淡地说道：“宁城飞到青城只要三个小时。”

陆风望着他，“你的意思是我过去？”

傅延北嘴角上扬，“难道你要我陪你去？”

“不敢。”陆风可怜兮兮地回道。他早就打听过了，何成言根本不会给他画的，怕是这趟要白跑了。明明叶然和James认识，为什么要舍近求远啊？

从办公室出来，陆风就看到迎面走来的太后和苏小姐。

“陆风，延北在忙吗？”傅母问道。

“夫人，小傅总在办公室。”陆风又朝苏韶言点点头打了招呼。

傅母从包里拿出一个礼盒，“也不知道你们年轻人喜欢什么，给你带了一条领带，小林的是手链。”

陆风笑嘻嘻地接过，“谢谢夫人。”

傅母点点头，“去忙吧。”陆风这孩子从小的志向是做一名军人，如果不是延北出事，她也不会去请求陆风的父亲，让陆风进公司跟着延北了。

傅母的到来打乱了傅延北晚上的计划，原本他是想带小骗子去吃饭的。城南新开了一家餐厅，沈贺提过两次，说那地方挺有味道的。

叶然那个小吃货应该会喜欢。

既然两人都决定谈恋爱了，那么这段时间就彼此增进一下了解。

“妈，你怎么突然来了？”傅延北蹙了一下眉头。

傅母气，“怎么了不欢迎我啊，那我走了。”

苏韶言解释道：“我和阿姨出来逛街，正好在楼下。”

傅延北看了她一眼，自从那天看完画展，他们已经很久没有见面了。

傅母打趣道：“小傅总，晚上抽个时间一起吃顿饭吗？”

“你们想吃什么？我让陆风去定包厢。”

苏韶言眸光闪烁了一下，提议道：“桂满陇怎么样？”

傅延北点头，“我让陆风去安排。”

叶然和时安站在桂满陇的门口。时安说为了感谢她的陪伴，邀请她一起共进晚餐。

两人排了一个小时的队，终于进去了。

时安说道：“每次来金汇，我都喜欢来这里吃饭。”她可没少带朋友来这里用餐。

进去之后，叶然才明白时安为什么带她来这家了。古意深深的餐厅，雕梁画栋，凉亭扁舟，如同穿越到另一个时代。

“不错吧。”时安眨眨眼，“这里的菜也还不错，不过我觉得是环境让人吃饭的心情加分了。”

叶然观望着那两把巨大的油纸伞，古朴雅致，让人不知不觉想到了江南的小桥流水。

叶然喟叹：“真想不到，宁城最热闹的地方还藏着这一处。”果然是大隐隐于市。

时安把菜单递给她，“下回你可以带傅延北来这里啊。不过，金汇是深海的头号劲敌，他可能不会来。”

叶然笑笑，“要多学习对手的长处嘛。”

这时候餐厅经理走了过来，“时小姐，不知道您来，包厢刚刚准备好了，您要不要换一下？”

叶然：“……”

时安那张漂亮的脸蛋弯起了一抹恬雅的笑容，“不用麻烦了，我们就坐这里吧。”

“您有什么需要叫我。”经理转身离开。

叶然望着她，“不要告诉我，这是盛世的产业？”

时安一脸无辜，吞吞吐吐道：“整个金汇都是我舅舅的。”

叶然一手托着下巴，“土豪，你来金汇买什么衣服？”

时安吐了吐舌头，“我想和你多接触一下嘛。”

叶然默默叹了一口气，她飞快地想到了书雕店，她又欠了时轶一个大人情。

估计是经理的安排，她们点的菜很快就上来了。

菜色和分量都不错。

时安说的这家店零差评看来也是货真价实。

叶然打量手边的瓷碗，淡蓝色的底，一朵盛开的牡丹花，古色古香，真像回到了明清时代。她抬头的瞬间目光恰好落在前方，隐隐约约地看到傅延北的身影，陪同他的还有下午她看到的两位女士。

真是说曹操曹操就到啊。

叶然收回视线，“这里的生意真好。”

“是啊。每天都有很多人来排队。”时安望了望四周，几乎都坐满了人，“斯南就不喜欢来这里。”

叶然笑笑，掉入爱情陷阱的女人啊。她拿出手机，给傅延北发了一条微信：傅先生，下班了吗？

没有期待，傅延北能很快回复。

没有期待反而有了希望。

五分钟后，手机响了一下。

傅延北：在外面吃饭。

叶然：真巧，我和时安也在外面吃饭呢。

傅延北没有再回复她。叶然收起手机，在心里面轻轻叹了一声，目光却一直望着前面那间包厢。苏韶言和傅家的关系真的很好啊。她竟有些羡慕了，自己连面对傅母的勇气都没有。

叶然心里腹诽道，傅延北惹上的这朵桃花什么时候能彻底折断啊？

晚上，她先回了茂苑。两栋房子，黑沉沉的，没有一点灯火。

她索性坐到了他家门口的台阶上。从一数到一千，不知道经历了多少个来回，耳边终于传来了汽车的声音。

那辆越野车，前车灯明晃晃的。叶然抬手遮住了眼睛。

苏韶言和傅延北走下车来，不可避免地看到了她。

叶然站起身，"晚上好啊——"

夜色静静的。

傅延北冷着脸，一言不发。

叶然瑟缩了一下，难道因为她当场抓住他们"约会"，他不高兴了？

气氛凝固了。三个人的感情就是一场没有硝烟的战场。

叶然扯了一下嘴角，"你们聊，我先回去了。"且当她是逃兵算了。

傅延北没有出声。

叶然的心里有短暂的失望，鼻尖酸酸的，不再看他。从他身旁走过，突然间手臂被拉住了，他的手，温柔充满了力量。

傅延北不动声色，"韶言，你回去吧，我和叶然有些事要谈。"

苏韶言的脸色一阵青一阵白，"延北——"嗓音尖锐，充满了不甘心。今天她已经放下了女孩子的矜持，把话都说清楚了。

"今晚谢谢你送我回来。"傅延北沉声回道。

苏韶言知道她已经没有机会了，"好——好——我回去了。"一直以来都是她自作多情，都是她一厢情愿，都是她不自量力。

越野车直直地开走了。

叶然悄悄用余光轻轻打量着他，这两人之间出了什么问题吗？她按捺不住自己的好奇终于问出来："你和苏小姐吵架了？"

傅延北圈着她的手腕，才发现她的骨架真的很小，他的手轻轻一握就圈住了。

“喂，说话啊。”叶然不满，“你不准备向你的女朋友解释一下吗？”

傅延北轻轻一笑，“怎么坐在这里？”

“等你呗。”

“和时安一起吃的饭？”

晚风吹动，香樟树枝叶随风沙沙作响。叶然应了一声。

傅延北默了一秒道，“桂满陇的菜好吃吗？”

“你怎么知道我们去那里吃饭了？”

傅延北眸色微沉，时安喜欢那里，他们几个都知道。

“小傅总，你觉得哪个菜好呢？”她仰着头，说话的时候，脖子上佩戴的叶子吊坠一晃一晃的。

傅延北微微低着头，静静打量着她，似是被她的坠子吸引了，缓缓沉吟道：“我觉得清炒菠菜最好。”说完拉着她的手朝他家门口走去。

打开开关，明亮的光泽瞬间照亮了屋里的每一个角落。

叶然突然发现，门口摆着一双女士凉拖，眼眉弯成一道弧度，“给我买的？”

“阿姨买的。”

“阿姨真厉害，知道我多大的码。不过今天我得回去，下个月得交作业。”还是保持距离，才能产生美感。若即若离，让他慢慢重新爱上她。

傅延北眼角有一闪而逝的讶然，“我送你。”

这段不足一分钟的路，是她这四年来，走得最幸福的路。他们之间好像又回到了大一那年。傅延北刚成为她的男友，每天晚上，他也这样把她送到女生宿舍楼下。

那时候，叶然一派冷冷的模样。“傅延北，我到了，你回去吧。”

他不说话，拉着她的手，望着她的时候，满眼都是不舍。

“明天就见面了。”叶然心里觉得谈恋爱都没有自由了。

“一日不见，如隔三秋。”说完，他的吻就落下来。

叶然到家了，回头看了他一眼，真的舍不得他走啊。

傅延北眼含笑意，是你自己要回家的。

叶然知道现在不可能反悔了，按了一下开关，灯未亮，又按了几下，她恍惚道："灯坏了。"

傅延北随她走进去，"看看其他地方的灯是不是好的。"

又去了厨房，结果灯还是没有亮。

叶然借着手机电筒的光，苦苦一笑，"看来老天今晚是不想让我加班啊。"

傅延北打开电箱，细细一看，"没有跳闸，可能是哪里的线路出了问题，明天找人来修。"

两人靠得近，他闻到了她身上淡淡的香草味。

那么她今晚要怎么办？这真是不幸。如果她提出去他家过夜，他会不会误解？

"柜子里好像有蜡烛。"上次过生日留下的蜡烛。

傅延北轻轻拧了一下眉，"一个人没问题吗？"

叶然硬着头皮回道："没问题。"

傅延北凝思了一瞬，"有事叫我。"

他走了。要是以前的傅延北，绝不会在这时候丢下她的。

叶然没有找到蜡烛，一个人坐在沙发上。

其实她很怕黑夜，很怕一个人面对黑夜。她想起了那个夜晚……好像进入了无穷无尽的压迫中。曾经有过一段无法入睡的岁月，每一个夜晚，她都只能靠工作麻痹自己，甚至有一段时间，她要靠着安眠药才能入睡。

不知道坐了多久，她拿起手机，拨通了傅延北的号码。

电话响了一会儿，才接通。

"是我——"

"嗯，什么事？"声音清清淡淡的。

叶然咬了一下唇角，声音微弱："你能不能收留我一晚？"

半晌他才开口："你出来。"

叶然冷冷地问道："什么？"

"你出来，我在门口。"

叶然飞快地跑过来开门，他笔直地站在那儿，背对着她，一手拿着手机，一手抄在裤子的口袋里，姿态优雅，身影伟岸。

院中的路灯发出的灯光，朦朦胧胧的。

她的心扑通扑通地跳着，紧紧地握着手，努力控制自己，怕自己会冲上去扑倒他，最后叫了一声他的名字："傅延北——"

傅延北回头，逆着光，表情不清楚，"东西收好了？"

叶然深深吸了一口气，"等我几分钟。"

傅延北勾了勾嘴角，他的女朋友喜欢嘴硬。刚刚发现家里断电，害怕得身子都抖了，明明想要求助自己，偏偏让他走。看看时间，还好等了半个小时。

叶然很快收拾了一套换洗衣物，"好了，可以走了。"

他笑着，伸手拿过她的袋子。

今晚的月色真美，有什么东西在蠢蠢欲动，渐渐地要破土而出了。

傅延北带着她去了客房，"先去洗澡吧。"他顿了顿，"家里没有吹风机。"

"我也很少用吹风机，怕伤头发。你去忙吧，不用管我。"叶然把袋子放在桌上，东西放在一旁。她还没有收拾，上面一个包扑通一声掉了下来。

一个长方形的盒子掉了出来。

傅延北弯下腰捡起了盒子，拿起来的那一瞬，脸色僵了一下。

叶然尴尬地站在那儿，有一股血液直冲大脑，她比画着，"这个——那个——"

傅延北隐忍着笑意，"送我的？"

叶然火热的喉咙哽了下，"送我爸的。"她快速抽回了盒子，塞进了自己的包中。

傅延北挑眉一脸不信。

"哎哟，给我爸准备的生日礼物。"叶然一本正经回道，"我去洗澡了。"

"原来伯父喜欢紧身款啊——"走了几步，他又停下来，回头望着叶然，眉眼含着笑意，"这个 size 和我的一样。"

叶然当场石化，急匆匆地跑进了洗手间。关上门，她喃喃低语："没关系，没关系。内裤而已。"两人在一起时，更限制级的事都做过。叶然对着镜子拍拍脸颊，突然间意识到今天穿的绿色连衣裙，恍然间明白了他说的"菠菜"是什么意思……

他的意思她像菠菜？

他爱吃菠菜？

傅延北很快洗好澡，回到书房办公，他的手机突然响了，一看是傅母打来的，他蹙了蹙眉，“妈——”

“延北，韶言回去路上车撞到护栏了。”

“有没有事？”

“人没事，额角被撞了一块。延北，韶言是个好孩子。当年你在美国复健，都是韶言无怨无悔地照顾你。”

“妈，我知道。你不用再提醒我。”母亲的用意，他清清楚楚。其实，就在今晚，苏韶言也把话挑开了。

她孤注一掷地抓住了他的手，“延北，我想问你，我喜欢你你知道吗？”

“韶言——”

“难道你对我一点感觉都没有？一点都没有吗？”

“很久以前我就说过，我不想谈感情。”他也不喜欢她利用他的母亲对他施加压力。

苏韶言嗤笑，“你说谎——叶然呢？”

傅延北眸色沉沉，“大概是意外吧。”连他自己都想不明白。对他来说，确实挺不可思议的。

苏韶言别过脸，眼泪缓缓滑落，“延北，她不爱你。叶然根本没有心。你不了解她。”

傅延北的脸色不再温和，“韶言！我叫陆风来接我。”

苏韶言拉住他，“你不要走。对不起——我失态了。”她悲凉地笑笑，“这里不好打车，我送你回去。”

两人一路无话回到了茂苑。傅延北一路绷着脸，直到看到坐在他家门口的叶然，一瞬间，郁结的不快都烟消云散了。

傅母的声音拉回他的回忆，“明天去看看韶言。”

他说：“作为朋友，我会去。”

傅母轻轻叹了一口气，“延北，这几年我一直盼着你和韶言能早日结婚。”

挂了电话，傅延北的目光聚焦在书柜上的那个书雕上。

结婚——

似乎很遥远的事。

门外，传来了细微的动静，叶然应该是洗好澡了。

这一晚，叶然做了一夜书雕，她枯竭的灵感再次折返。这次的作品叫《重逢》，她准备作为自己的毕业设计。

晨光熹微时，她撑不住困意趴在桌上浅浅入睡。

八点整，傅延北已经收拾好了，坐在沙发上等待着，客房的门始终没有打开。还有十五分钟，陆风会过来。

又等了一分钟，他起身走到客房门口，轻轻敲了敲门，“叶然——”

叶然做了一个梦。她被一个火热的身子抱在怀里，她听见一个温柔的声音在叫她：“然然，醒醒，我们今天要去爬山——”

是傅延北在叫她啊。

她呢喃着：“不想去爬山，你背我……”

傅延北慢慢缩回手，她在做梦。梦到谁了？他轻轻地退出了房间。

叶然恍惚地睁开眼，刚刚好像有人在叫她。窗外的阳光透过纱帘洒进来，室内一片灿烂的光泽。她看着紧闭的房门，或许是她做梦吧。

叶然换好了衣服，走到客厅，发现陆风已经来了。

陆风一脸惊愕地看着她，好像看见了外星人，“叶小姐？”

幸好叶然的衣物整整齐齐的，要是衣衫不整，肯定引人遐想了。

傅延北今天换了一件浅灰色的衬衫，打着黑色领结，妥帖合身，现在的他再也没有一丝学生时代的气息了。

“我家里停电，过来借住一晚。”叶然解释着。

这个理由在陆风看来完全不可信。只见他似笑非笑，“我懂。”

傅延北顺势问了一句：“昨晚睡得好吗？”

叶然硬着头皮说道：“还行。”

傅延北看到她翘着嘴角藏起了笑意，他眸色一变，“陆风，联系一下物业公司，叶然家里的电路断了，找人修一下。”

陆风点头，又提醒道：“小傅总，我们该出发了。”

傅延北一动未动，不知道在想什么，只是眸色沉沉的。

叶然歉意地说道："我先回去了。"她回了房间，收拾好东西，把床单拉得整整齐齐，浅蓝色的四件套，让人的心都静了。她情不自禁地轻抚着，喃喃道："傅延北，你什么时候能想起我呢？"

等她出来的时候，陆风正在说话，语气有些焦急："小傅总，夫人说了，让您九点前务必到医院看苏小姐，您看这都几点了？"

叶然脚步一顿，悄悄缩回了步子。

傅延北的声音无波无痕："陆风，到底谁给你发工资？"

"夫人说您要是不去，她就让我爸来接您。小傅总，您忍心我被我爸骂吗？"

傅延北那张英俊的面孔有些寒意，母亲在逼他。

叶然听清楚了，他们这是要去医院看苏韶言，昨晚不是好好的吗？见他们不说话，她赶紧走出来，"我好了。"

傅延北点点头，"一起走吧。"

她回家，他去医院。

叶然扬着笑脸，她觉得自己现在和傅延北正处于渐入佳境的状态。虽然中间有一个苏韶言，不过她深信傅延北能抵得住诱惑。

叶然回到家一个小时后，竟然收到了一份外卖。

叶然诧异，"我没有叫外卖。"

小哥看看地址，"没错啊。是一位姓傅的男士订的。"

叶然抿唇一笑，接过来，"谢谢啊。"

是小馄饨，还有荷包蛋，配了一碟酸萝卜，香味诱人。

吃过早饭，电路工人到家里来，检测之后，才发现是厨房的一截线路断了，换了新的电线，电来了。

叶然有点惋惜，今晚，她不能去他家借宿了。

午后，她继续雕刻着《重逢》，桑珊给她打来电话，和她视频。

桑珊在酒吧，又吵又闹，画面模糊。她喊道："你和前男友怎么样了？"

"一切顺利。"叶然说话时眼睛弯弯的。

桑珊扯着嗓子说道："近水楼台，你该直接点，把他睡了，追回来了事。"

叶然忍不住翻了翻白眼，"怎么突然给我打电话？"

“你在忙什么？”

“毕业设计。”

“有灵感了？”桑珊明显振奋了。

叶然漫不经心地点点头。

“果然是爱情的力量啊，你枯竭这么久终于有灵感了。”桑珊越说越激动，“对了，我查到买《初恋》那人叫——傅延林。”

“谁？”叶然好像没有听清楚。

“傅延林，和你前男友名字很像。”

叶然愣住了。

“哎，不会这么巧吧，他们真的是亲戚？难道是兄弟？”

叶然扯了扯嘴角，“他是傅延北的堂哥。”

“噢，天！他这是什么意思？花几十万买你的作品，他不会是看上你了吧？”

叶然哭笑不得，“傅延林已经结婚了，有个四岁的儿子。”

桑珊松了一口气，“那他这是什么意思？”

叶然摇摇头，“我也不知道。”猜不出来，“算了，不想了，过段时间，我回伦敦。”

桑珊挂了电话开始她的夜生活。叶然的心里百转千回，想了想给傅延北发了一则消息：谢谢你的早餐。

医院。

苏韶言精神恹恹地看着窗外。昨晚的车祸发生太突然了，她现在还有些后怕，不自觉地想到了四年前，明明他已经彻彻底底忘了那两年的事，忘了叶然，为什么还会和叶然在一起呢？

门上传来几声敲门的声音。

她敛了敛神色，“进来。”

傅延北走进来，她面色一喜。

傅延北礼貌地问道：“怎么样了？”

“死不了。”说完，她就后悔了。

车祸是傅家心头的刺，傅延北当初差点丧生。

她扯了一下嘴角，软下了语气，“只是撞破了一块皮，没多大的事。”

傅延北默了一下，“好好休息。昨晚——”

苏韶言打断了他：“你想说什么我都明白。”她的脸色苍白无力，让人心怜，“许镇早上来看过我，他说你已经一个月没有去见他了。”

傅延北拧起了眉头，“我的情况已经好了很多，也许，以后不用再去见他了。”车祸之后，他一直都在看医生，而且是心理医生。这也是为什么，傅老爷子将公司大部分交给了傅延林的原因。

苏韶言脸色瞬间一白，“去看看也是好的，就当和朋友聊天。”

傅延北没有说什么，陆风走进来，“傅总，James今晚有约，要改约下周。”

傅延北凝思了一下，“就这样办吧。你和何成言联系了吗？”

陆风一脸惆怅，“联系不上。”

老一派的画家，清高孤傲，轻易见不到面不说，更是一画难求。

苏韶言开口道：“何成言？山水画的那位吗？”

“你认识？”陆风惊喜。

苏韶言摇摇头，“我父亲前两年收藏了他那幅《夏末》，你们也要收藏他的画？”

“只是一位朋友喜欢老先生的画。”傅延北解释道。

“那可惜了，何老爷子几年前就不画了，现在是一画难求。”她想了想，“延北，我让我爸把家里那幅拿过来。”

傅延北想都没有想直接拒绝：“不用了。你好好休息，我们先回去了。”

苏韶言眼底满是失落。

傅延北一走，她还是给苏父打了电话：“爸，你以前摆在书房的那幅画在家吗？”

“哪幅？”

“《夏末》。”

苏父问道：“怎么无缘无故问那画？我收起来了。”

“爸，那画能不能送我？”

“你怎么突然要那画？”

“是延北，他在找何成言的画。爸，你把那幅画送我好不好？就当是我的嫁妆吧。”

苏父轻叹了一口气，“我一会儿让人送过去。”

“不——你帮我一个忙，直接送到延北那儿。”

苏父愣了一下，“好，我明白了。延北去看过你了吗？”

“他刚刚走。”

苏父笑笑，“我说呢，真是女大不中留啊。你好好休息，我让人去办。”

傅延北没想到会见到许镇。许镇三十多岁，国内著名的心理咨询师。他一周会来医院坐诊半天，今天是因为听说苏韶言出车祸特意过来探望她。

许镇穿着白大褂，身形高挺，站在走廊边的窗口，似乎在等他。他说：“我知道你会来的，好久不见。”

傅延北回道：“没事谁想见你。”

“别这样说。”许镇打量着他，“气色不错。”

“谢谢。”傅延北不冷不热。

“近来怎么样？”

“韶言没有告诉你？”

“她说了，不过我更想听你说一说。”

傅延北不喜欢许镇，大概是这几年，他已经窥探了他太多的秘密，在他面前他就像是一个透明人。他动了动嘴角，“抱歉，我很忙，没有时间。”

许镇不禁摇摇头，表情不明。

傅延北回到公司，苏父已经让人送来了何成言的《夏末》。

何成言的作品《春》《夏》《秋》《冬》尤为出名，老先生的画豪气中又有一分婉约，笔力恰到好处。傅延北细细看着，突然想到了叶笙。

陆风开口：“我是外行说不出哪里好，可看着就觉得特别。”

傅延北把画卷好收在画筒中，“收好。”

“要不要联系 James？”

“不用。”傅延北指尖轻轻地敲了敲桌面，他不想和苏家有太多牵扯，这画改日他会亲自交还给苏父，有些事他得当面和苏父说清楚。

傅延北一连两日会议不断，公司的财务报表出来了。这半年，深海二期投资了五千万，现在还在加钱。公司大会上，数位股东都提出了意见，觉得不能再往这个窟窿里砸钱了。

傅延林坐在上面，面色冷峻，不露声色，“延北，你接下来有什么计划？”

傅延北坐在他的右手方，不急不缓地回道：“我会继续投资。”

会议室的气氛凝滞了，有人觉得这位傅二少根本就不懂得做生意。

傅延林挑眉，“你是不是有什么好的计划？”

傅延北冷目扫过众人，“二期正式开业后，半年时间，所有的投资都会收回。”

“漂亮话谁都会说。”有人嘲讽道。

傅延北慢慢起身，笔直地站在那儿，勾了勾嘴角，一字一顿，“如果无法兑现，我离开深海。”说完他毫不犹豫地走出了会议室。

留下的人不觉摇摇头，这个年轻人太过自负了。

傅延林不动声色，“就这么办吧。”

“傅总，您不能这么惯着二少！”

傅延林失笑，“他想干就让他干。”

叶然过来的时候，会议刚刚结束。她悄悄地往傅延北的办公室走去。途中，一大拨人正从会议室出来，她的脚步微微一滞，目光突然停住了。

傅延林停下了和旁人的交谈，望着她，对她弯了一下嘴角。

叶然一个激灵，他认出了自己。

还好，傅延林没有和她说话的意思，叶然稍稍舒了一口气，看着他走进电梯。她这次去找傅延北。

傅延北抬首看到她，微微一愣。这两天两人各自忙着，不曾见过一面。

叶然走到他的身旁，“你们刚刚开完会？”

“嗯。”他扬了扬尾音，突然握住她的手腕，靠得近，他就这么看着她，她脖子上的叶子吊坠又晃了一下他的眼，像是触动了什么开关。

傅延北慢慢贴近，手轻轻地揽住了她的腰。

第十章

你喜欢我吗

叶然今天出门特意化了一个淡妆，涂了浅浅的唇彩。颜值加分，是不是因为这样让某人心动了？

她怔怔地看着他，“延北——”那近在眼前的眼眸中倒映着她的脸庞。叶然情不自禁地抬手轻抚着他的脸，如同对待失而复得的宝贝。

又是那种眼神，爱恋中带着细微的哀伤。

傅延北好奇了，她到底在看什么？手上的劲一点一点加大，“我是谁？”

叶然笑了一下，调皮地捏了一下他的下巴，“你是傅延北，我的男朋友。”

大脑还算清楚。她要是敢说什么别的话，他掐死她。

傅延北用力地吻住了她的唇角，很熟悉的感觉，他甚至有些上瘾了。明知道这个女人肯定隐瞒了他什么，可他还是陷进去了。

叶然靠在他的胸前，心脏剧烈地跳动，她咯咯地笑着，“延北，你喜欢我吗？”

他沉默着，手依旧停留在她的后背上，“又想我吻你？”

叶然莞尔，他不说没关系，只要心里有她就行。毕竟现在的他傲娇得可以上天了。

叶然轻轻叹了一口气，这条路真不好走。

我终于找到了你，可是偏偏你却忘了我。

傅延北冷静下来，“书雕店装修好了？”

“已经在收尾。改天我要去花草市场买一些绿萝摆到店里。”叶然回道，“对了，刚刚我在外面看到一个人，他和你长得挺像的。”

傅延北抬眸，“我堂哥，傅延林。”

“他平时也在这里？”

“偶然开会过来。”

原来如此。以前傅延北没有和她说过家里的事，她对傅延林了解得并不多。傅延林到底为什么买她的作品？

难道说他对书雕感兴趣？

“怎么了？”傅延北见她说话有些奇怪。

她连忙解释：“上次我见过你大嫂，她人很好。”

傅延北默了一下，“大嫂是外语学院毕业的，本来她可以成为一名外交官。和大哥结婚后，她放弃了自己的事业。”

叶然感慨，难怪总觉得明桦有些不开心，放弃自己的梦想想必很难受吧。“她和你大哥结婚是父母的安排？”

“不是，他们是在一次饭局上认识的。”

没有爱情的婚姻只是一个空壳，轻轻一敲就裂了。

一旦沾上了爱情这棵毒草，都会变得疯狂。

陆风敲门进来，看到叶然也不避讳她，“小傅总，已经托人联系上了何成言。”

何成言……

叶然眨眨眼。

傅延北考虑了一下，“后天我和你一起去。”

叶然激动了，“你们要去青城？”

陆风点头，“叶小姐你老家好像是青城？”

叶然忙不迭地点头，看着傅延北，“我可以同你们一起回去，做你们的向导。”

傅延北抿了一下嘴角，“我们去见人，这次可能没有时间游玩。”

“没关系，有我在可能会对你们有帮助。青城不大，说不定你们要找的人，我也认识呢。”她扬了扬眉眼，漂亮的大眼睛像繁星一样璀璨，“你们要找何成言？”

傅延北目光炯炯地看着她，“你认识？”

叶然轻笑着，老天真有意思，处处给她制造机会呢。“我的好朋友和何老先生很熟。”

陆风一脸喜色，“那真是太好了。叶小姐，你不知道为了联系何成言，我费了不少功夫。”

“你们小傅总没告诉我啊。”

怪谁啊。

叶然还要去买书，便先离开了。

出了大厦，夕阳还没有落山，挂在天边，像是一片熊熊燃烧的火光。

一辆黑色轿车停了下来。

“叶小姐——”车里的人在叫她。

叶然抬首，一双沉着的眸子正望着她。她的双腿定住了，眉心慢慢聚拢，一时间不知道该说什么。

“好久不见。叶小姐，方便聊一下吗？”傅延林看了看腕表，礼节性地说道，“二十分钟。”

叶然艰难地吐了一个字：“好。”

上了他的车，坐在他的身旁。

叶然主动开口问道：“傅先生，有什么事吗？”

傅延林笑了一下，“不用这么见外，随小北叫我一声大哥就好。”

“不敢。”她没有忘记，四年前在医院的事。

“如果今天没有看到你，我以为你还在伦敦。”傅延林侧目望着她，“你的作品很漂亮。”

叶然揪着手，“傅先生，我听说是您买了《初恋》？为什么？”

傅延林眸色悠然，“延北现在不好相处吧？”

叶然沉默。

“你不用担心。我买作品，也是为了他。他忘记了，总不能让别人把他的‘初恋’买走吧，万一哪天他想起来会发疯的。”

车内沉寂着，只有空气在浅浅流动。

“你为什么要帮我？你们不是该恨我吗？”

傅延林笑出了声，“当年我们只是担心小北的身体，没有顾及你的感受，我们有错。”他轻轻抚了一下额角，“我希望小北幸福，而你是不是能给他幸福的人，就看你们自己了。”

叶然愕然，她想不明白。傅延林和傅延北现在的关系很微妙，为什么他要帮她？

车子不知不觉间停了下来。

叶然回头，竟是在华南饭店。

傅延林抱歉地说道：“我还有事，让助理送你回去。”

“不用了，这里很方便，我坐地铁回去就好。”叶然郑重地开口，“傅大哥，谢谢你。”

傅延林点点头。

助理提醒道：“先生，夫人在那边等您。”傅延林望过去，他的太太明桦今晚穿了一件V领蓝色长裙，衣裙再美也不及她本人美。傅延林眼神柔了几分，除了宴会，平时她都穿得极其日常。

明桦转头，目光和他在空中相视，她提着裙角走过去，正好看到了叶然离去的身影。“叶然？她怎么和你在一起？”

四年前，明桦也只是远远看过叶然，现在一眼就能认出她。傅延林开口问道：“你们见过了？”

“恒宇和她的妹妹是同学。”

“怎么没有告诉我？”

“你当时在出差，后来，我忘了。”

偏偏她的话毫无漏洞。傅延林望着她，两人结婚五年了，明明是最亲密的人，如今又好像回到了多年前刚认识的时候。

“明桦——”

明桦不给他发话的机会，“一会儿你要提醒我，有些人我不太熟。”她从来不过问傅家的生意，自然不认识他生意上的朋友。

明桦怀孕后就辞职了，后来生了恒宇，为了多一点时间照顾孩子，也就没有再去上班。再后来生病……这几年，说来可笑，她一直都用着自己翻译赚的稿费，从没有花过他一分钱。

傅延林偶尔在想，如果当初不是她父亲生病，他趁机走近她的身边，她当时也不会接受他吧。有时候他倒是有几分羡慕他的失忆傻弟弟了。

明桦见他没说话，转过头望着他，见他一直看着自己，问道："怎么了？"

傅延林收回了眼神，"这条裙子什么时候买的？"

明桦脚步一顿，"不知道，你让助理送到家里的。不妥吗？"

傅延林抿抿嘴角，"不妥。"他一低头就能看到她胸口的莹白。明桦不是丰满型的，可是身材也是恰到好处，他很怀念许久不曾有过的手感了。可现在他只能看看而已，傅延林更加嫌弃这件衣服了。

明桦拉拉他的手，压着声音说道："时轶也来了。"

傅延林挑眉，"你倒是记得他。"

"我听说时轶和叶然关系不错。"明桦一直以来都知道叶然和傅延北的事，当年她就为这一对感到可惜，现在叶然回来，她自然希望看到圆满的结局。

傅延林说道："你倒是关心小北。"这语气酸得连他自己都没有察觉。

明桦敛了敛神色，"叶然挺不容易的，那个孩子都四岁了。"

年轻的时候不成熟，有些事不经历岁月是想不明白的。

傅延北很可怜。

所有人都知道这件事，只有他不知道。

叶然也可怜。

如今的她再也没有当初肆意了。她对他的爱，包含了太多的东西。

傅延北亲自去了苏家，把《夏末》还给了苏父。

苏父沉着脸，"延北，你这是什么意思？"

"叔叔，我怎么能夺人所爱？"

苏父皱了皱眉，"你该知道，这是言言的意思。"

傅延北语气坚决，"我知道您很喜欢这幅画，这画得之不易。我不能收下。"

苏父还在斡旋，"一幅画而已，能帮到你，我们都很高兴。"

"苏叔，我准备去青城。"

苏父笑笑，"我得提醒你，那位何老爷子性格古怪，你可能见不到他的人。"

"不管怎样，我会试一试。"

苏父的脸色冷下来，“延北，言言对你的心意我们都看在眼里，将来苏家会是你的后盾。”

傅延北弯了一下嘴角，“韶言她值得更好的人，这个人不会是我。苏叔，我先告辞了。”

苏韶言一直在楼上，客厅发生的事她看得清清楚楚。

苏父叹了口气，抬起头，“言言，你都看到了。”

苏韶言咬着唇，双眼空洞，“爸爸，他怎么就看不到我对他的好呢？”

苏家就这么一个女儿，苏父自然舍不得女儿受一点儿委屈，他连忙安慰：“你傅爷爷上回和我提过准备今年让你和延北订婚。延北再任性，也不会违逆老爷子的。”

叶然买了很多宁城的特产，整整十袋桂花鸭。她还没有告诉家人回去的事，就想明天给他们一个惊喜，还有外公，他见到傅延北会怎么样？

手机铃声响起来，叶然以为会是傅延北，没想到是一串陌生号码，也不像是广告，她迟疑地接通，“喂——”

“我是苏韶言。”

叶然心里咯噔了一下，“有什么事吗？”

“关于延北的事，我想和你聊聊。”

叶然觉得好笑，她们之间有什么好聊的，“抱歉，我不感兴趣。”

苏韶言的声音不似往日的娇柔，冷冰冰的，“你应该知道延北已经忘了以前你们的事了。”

叶然大脑一阵空白，苏韶言知道了？她咬牙反问道：“那又如何？”

苏韶言深吸了一口气，“以前他有一个女朋友，他们也曾很相爱。”

叶然左手掐着掌心，“对不起，我没有时间听你说故事。”

“你听我说完——”苏韶言不紧不慢地说道，“大一进校，延北就喜欢上了那个女孩子，他对她很好。一贯清冷的他变了，终于有点大男孩的样子。可是那个女孩子似乎并没有那么爱他。他烦躁地给在美国的我发来邮件，问我女孩子喜欢什么。后来女孩子成了他的女朋友。他们的第一次是在一次旅游，女孩子很怕，缩在他的怀里。

女孩子问他：‘要是怀孕了怎么办？’

他笑着说：‘那就生下来，正好带着孩子一起参加毕业典礼。’他想，毕业后，两人就结婚，生一个可爱的孩子。

‘然然，我们的孩子就叫傅叶笙好不好？’”

……

叶然大脑一阵嗡鸣，“你怎么会知道这些？”这是属于他和她之间的小秘密，苏韶言怎么会知道？

苏韶言事无巨细，很多事一一抛了出来，“我怎么知道的啊。那是他亲口说的。他说了一遍又一遍……很早以前我就知道你了。延北他是选择遗忘的，医生给他做了催眠。”

她的话像一把刀狠狠地扎进了叶然的心头。

“请你离开吧，不要再来打扰他了，难道你还想他想起那些痛苦的过去吗？你为什么一定要强人所难？延北已经忘记你了。”

“苏小姐，对不起。如果不来找他，我怕他将来想起来，会后悔，会怪我。”

“你忘了你当年怎么答应傅阿姨的吗？你的誓言呢？”

叶然深深呼了一口气，“是的，我说过，四年之后，我会去找他。如果他依旧单身，无论他在天涯海角，我都会回来找他。”

“你可知道，我们两家是准备让我和他订婚的？”

“我不知道。”叶然替她心疼，“我只知道他不爱你。”她知道这话说得有点过分。

苏韶言有四年的机会，可他们还是没有走到一起。

“对不起，我先挂了。”

窗外，一道闪电忽然而至，紧接着雷声滚滚。下雨了！

叶然紧紧地抱住自己的双腿，缩成一团。苏韶言的话一遍一遍回荡在她的脑海里。

第二天，见到傅延北时，她的精神恹恹的，一路上总在走神，连傅延北都发现了。

“昨晚又熬夜了？”

叶然揉了揉眼角，“看了一部电影。”

“什么电影？”

叶然看着他，他今天穿着白色的衬衫，剪裁修身，英俊的五官近在她的眼前，可是为什么她有一种不真实的感觉呢？这种感觉很可怕。“*Random Harvest*，1942 年的片子。”

“好看？”

叶然应了一声：“很感人。男主角查理斯在第一次世界大战中失去了记忆，忘记了以前的身份，这时候他邂逅了舞女波拉。波拉细心地照顾着查理斯，查理斯渐渐康复了，两人相爱结婚，后来查理斯成为一名作家。”她停了下来。

傅延北侧首，“结束了？”

叶然摇摇头，“查理斯在去拿稿费的路上出了车祸。”

傅延北拧了拧眉，“他失忆了？”

叶然点头，“醒来时他想起了以前的事，独独把波拉忘了。他的身边出现了另一个女人，他们也差点订婚。”她嗤笑了一声，“结局当然是好的。波拉找到了他，以秘书的身份再次靠近查理斯，查理斯被她吸引，再次爱上了她，最后他也想起了他和波拉的事。”

叶然很喜欢这部电影，不知道看了多少遍。每一次看的时候，她都在想她和傅延北是不是也能这样。

傅延北察觉到小骗子今天似乎有点不对劲，回家还不高兴，是不是遇到什么事了？

叶然笑笑，“你说现实中要是遇到这样的事，会怎么样？”

傅延北沉默了一下，说了四个字：“各自安好。”

叶然轻轻呼了一口气，“怎么可能轻易做到？”

“如果失忆的那个人一辈子无法恢复记忆，不能再爱上那个人，不如各自安好。”这就是他的回答啊。

叶然转过脸，看着窗外飞逝的树木，侧脸拂过一抹浓浓的哀伤。

她的心疼得在滴血了，他说的没有错。

三个小时后，终于到了青城，他们在市中心一家酒店入住下来。

叶然说：“我先回家，晚上再来找你们。”她开着玩笑，“傅延北，要不要和我回去？”

傅延北脸色郑重，“等事情办妥，我再去拜访伯父伯母。”

这是他对她的承诺。

他们发展得太快，但是该有的礼数，傅延北不会丢掉。

叶然弯着眉眼，“好啊。”她踮起了脚，亲吻了一下他的脸颊，“我怕见了我爸妈，他们就要催婚了。”虽然她很急，急得上火，可是不行，她也不想他日后为难。

傅延北刚到房间放下行李，门上就传来敲门声。

他打开门，陆风站在门口，一脸无奈，“小傅总，苏小姐来了。”

傅延北拧了一下眉，“她人呢？”

“在楼下办手续。”

傅延北丢下一句，“你好好招待她。”

陆风脸色郁结，“小傅总——”

说话间苏韶言拖着行李箱已经到了。

苏韶言脸色也不是很好，额角还贴着隐形创口贴。她走到傅延北的面前，“一直都听说青城空气好，知道你们在这里就过来了，不介意吧。”

傅延北回道：“我们下午要出去。”

苏韶言笑笑，“延北，我的房间还在收拾，能不能先去你房间坐一会儿？”

傅延北看了一眼陆风，陆风连忙开口：“我先回去了。”

苏韶言跟着傅延北进了房间，他的东西整齐地摆好了，她站在一旁，“何成言的画我带过来了，我爸说了，你想见他难。”

傅延北眼神淡漠，“明天叶然会陪我一起去。”骨子里，他是叛逆的，喜欢就是喜欢，不喜欢谁也没办法。

苏韶言脸色一白，“她有什么好？”

叶然有什么好？傅延北也说不出来。

叶然坐着16路车到福海巷下了，这一片都是老房子，独门独户平房，每家都有一个小院子。

推开那扇熟悉的铁门，院子里的花儿盛开着，一片馨香。

葡萄藤下，一个白发老人正在午睡，蒲扇有一下没一下地拍着。她轻轻走过去，蒙起了老人的眼睛。

“猜猜我是谁？”粗里粗气的嗓音。

“呵呵呵，知道回家了？”老爷子抓住她的手。

她松开手，“一点意思都没有——”

何成言坐起来，满脸慈爱地看着自己的外孙女，“和你妈妈一样，长大就不着家。”

叶然吐吐舌头，“外公，你的身体怎么样了？”

“年纪大了就这样，不碍事。”

“小笙呢？”

“你妈妈这两天有演出，你爸带小笙陪她一块儿去了。”

叶然掩不住地失落，“今天是周三啊，小笙这周不上学啊？”

何成言笑笑，“你小时候一点也不喜欢上学。”

叶然拿起一旁的茶壶，给他倒了一杯茶，“外婆呢？”

“打麻将去了，她不管我咯。”

叶然一直都羡慕外公和外婆的感情，一出生就相识，到了年纪就结婚，一辈子没有吵过架，恩爱有加。

“在宁城好吗？”

叶然说着在宁城的事，说她的书雕店，她的新朋友时安，就是没有说傅延北。

老爷子想问问，也没好意思。

午后的时光，老式座机电话响起来。家里的小阿姨接了电话，“青大的薛老师找您。”

老爷子起身，去接电话。

叶然猜到是傅延北要来拜访外公了，一会儿要不要吓吓他呢？还有她得帮他说好话，不然外公肯定不会帮他画的。

不一会儿，老爷子出来了。

叶然眨眨眼，“外公，怎么了？”

“小薛说有个外地的朋友要来拜访我。”

叶然期待地望着他，“然后呢？”

“我拒绝了，这两天得陪我孙女。”

叶然：“……”可以想象傅延北现在是什么样的表情了。

傅延北已经收到消息，今天无法见面。他一个人回到房间，待了一会儿，拿出手机，小骗子是不是见到家人，把他这个男朋友给忘了？

手机铃声突然响了，他手一颤，手机差点掉下来。

心有灵犀一点通吗？小骗子也想他了啊。

“傅延北，要不要出来转转？我带你逛逛青城。”

“好啊。”他欣然接受。

“我等你。”叶然有些不好意思，“酒店大堂。”

傅延北默了片刻，“你啊！等我。”

很快他就下来了，一步一步走到她的面前，“叶向导，要带我去哪儿？”

“去看海。”

青城是海边城市，海景是其一大特色。两人打车来到海边，天色渐晚，海浪一浪一浪地打过来，海风徐徐吹来。

叶然捡着贝壳，丢丢捡捡最后只留下了两个。她穿着裙子，手机包又太小，最后只好把贝壳装到傅延北的口袋里。

傅延看不出那两个贝壳和其他的有什么不同。

“傅延北，我带你去吃海鲜烧烤吧。”以前她就对他说过，以后带他来青城，要带他去海边捡贝壳，去吃烧烤……

现在她正在努力地完成。

她没有看菜单直接点了菜，“烤鱿鱼、爬爬虾、蛏子、羊肉串……再来两瓶青城啤酒。”

“你会喝酒？”他问。

“没喝过这里的啤酒，等于没有来过青城。”叶然一手托着下巴，“你们今天和老爷子联系上了吗？”

“老爷子今天有事。”

叶然默了一下，“要不要我帮忙？青城我很熟，说不定能帮你联系到老爷子。”

傅延北笑笑，“好啊，不过不用勉强。”

才不勉强呢。

这个晚上，叶然终于圆了多年前的梦。她看着他，目光克制，平静如波。时光如果可以倒退到四年前，她一定好好爱他。

晚饭后，叶然带着他去青城的江南街，这条街全是卖东西的小商贩，各种各样的小东西。人潮涌动，两人静静地走着。

“傅延北，那边有珍珠的，你要不要带些回去送人啊？”不时有人挤过来，叶然又被撞了一下。

“叶然——”傅延北伸出手。

叶然怔住了，一时定在那儿。

他别开眼，“人太多，牵着我的手。”

她握住了他的手。真好，真好，如果可以就这样走下去，如果时间就此停止。她侧着头，问道：“傅延北，你有没有觉得我们现在很像大学里谈恋爱的情侣？”

“二十四五岁还装大学生？”

叶然撇撇嘴角，真是没情趣的男人啊，可是她的心里美滋滋的。“我有点渴，去买点水。”

超市人不多，她很快买好了两瓶水。结账的时候，前面一对小情侣正在你侬我侬，男生一头黄发，手里还拿着两盒套套。

叶然目光不由自主地望着。

女孩子发现了，推推自己的男朋友。黄毛瞪了她一眼，“看什么，想要让你男朋友买去。”

叶然尴尬得不行，傅延北站在她的身边，隐忍着笑意。他不动声色，抬手拣了两包小盒子，“你要？”

叶然的脸色轰的一下烧了，大脑却情不自禁地说道：“不要这个牌子的。”

噢，天！这是她在说话吗？

叶然大脑瞬间一片空白，就让世界在此刻静止吧。

“我的意思是我们不需要，拿了也是浪费……”这样的解释能圆回来吗？总不能告诉他，你喜欢用 × × 牌。

傅延北一时间没反应过来，几秒过后，他别过脸，嘴角不由得划出一抹弧度，“现在不需要，以后也需要的。”

她有没有听错，一脸难以置信地望着他。

明亮的灯光下，他的脸上依稀有一抹淡淡的红晕。

叶然下意识地张嘴：“延北——”他是不是想起什么了？

傅延北轻轻推推她，“到我们结账了。”

叶然的脸上有一闪而逝的失落。

收银员看了看两人，还有台上的东西，微笑地问道：“一起的？”

叶然低着头，不想说话，有些矫情。

“是的，一起。”到底男人的脸皮厚，傅延北不轻不重地回道。

青城的夜晚，月朗星稀，凉风带着海腥味，空气甜甜的。她和他一起漫步在宁静的街巷，而她手里的袋子里还装着两盒暧昧的东西。

她说：“快十一点了。”

傅延北望了一眼夜空，那一轮明月挂在当空，“先送你回去。”

叶然心里万分纠结，要不要回去啊？可她嘴上还是说了：“我爸妈今晚不在家。”

傅延北没答她的话。

出租车停在他们身旁，两人默默上了车。

师傅问：“去哪儿？”

傅延北报了酒店名。

叶然嘀咕了一句：“不送我回家了吗？”

傅延北嘴角扬起，“送你回去怕你今晚失眠。”

叶然咬着牙，倏地又紧张了。刚买的东西今晚能派上用场吗？她没带睡衣啊，卸妆油都没有。怎么办？怎么办？

到了酒店，叶然觉得自己有点腿软。傅延北却带着她径直走到酒店大堂前台，“还有没有房间？”

叶然：“……”她想太多了。

套套白买了，委屈地只能装在袋子里了。

他拿了房卡，转身交给她，“走吧。”

叶然郁闷啊。

两人住在同一层楼，只是她的房间竟然在最里头。这个位置，是传说中最不安全的房间。

傅延北把她送到门口，“早点休息。”

叶然咬咬牙，拉住了他的手腕，一双大眼睛在昏暗的廊灯下越发楚楚可怜，“我怕——”她胆子小，不敢一个人住酒店。

傅延北见她紧张，他的心一点一点地被打败了。

“这层是大床房。”他得提醒她。

叶然双眸猛地亮了，她忙不迭地点头，“你放心，我不会乱来的。”

傅延北眼角抽了抽，“你就不怕我乱来？”

叶然：“……”

叶然坐在床沿，眼睛快速地环顾着这间卧室，心扑通扑通地跳着。

他们第一次，也是在酒店里。

他们报了一个俱乐部，因为是自由行，一路的居住环境并不是很好。到了下榻的酒店，叶然胆小不敢一个人住，最后只好去找傅延北。

他笑得狡黠，“然然，你确定要和我睡？”

叶然真想狠狠地咬他一口，拿过一个枕头放在中间，“傅延北，你老实一点啊，不要越线。”

可是当她躺下来，根本睡不着。这是两人第一次同床共枕，叶然轻轻转了个身，脸就贴在他的胸口，耳边是他均匀的呼吸声。

“延北——”她小声地叫着他，他没有理她。

些微的光点打进来，月光如华，夜里泛起了凉意。

叶然不由自主地靠近他，开始酝酿睡意。突然间一只手在被子里圈住了她的腰，她一声惊呼。

“然然，你干扰我睡觉！”

“我没有。”

“你有！严重干扰！”

她的话被他吞没了。他的唇他的舌那样火热，一点一点将她吞噬，他用力地吮吸着她身体的每一处，她又冷又热……

那是一个料峭的春夜，夜里的温度只有十摄氏度左右，而房间里像点了火盆，烈火熊熊燃烧。

傅延北穿着浴袍走出来的时候，头发上还沾着水珠，他边走边擦。

叶然双手盖着脸，正在床上滚来滚去，嘴里喃喃自语。听见他的声音，她立马爬起来，头发乱糟糟的，“你洗好了？这么快？”目光落在他的胸口，浴袍只是中间系了带子，露出他沾着水珠的胸口，若隐若现才引人遐想啊，也不知道他下面有没有穿。

傅延北头发凌乱，饶有兴致地看着她，“看什么呢？”毛巾嗖的一下盖住了她的脸。

叶然窘迫，脸红得滴血，“你的身材很好啊。”

傅延北往前几步，“要不要看看——”

叶然心里暗笑，以前她不知道看过多少次，有什么不好意思的。只是她目光左右闪烁，必须矜持啊。

傅延北笑了一下，“快点去洗吧，时间不早了。”

叶然也快速地冲了一个澡，用着傅延北自己带的沐浴用品，淡淡的清香。她套着白色睡袍匆匆出来。

傅延北坐在一旁的书桌前，“我还有点事要处理，你先睡。”

她理了理床单，拿起一个枕头摆在了中间，发现傅延北在看她，她露齿一笑，“我睡觉姿势不好。”

傅延北微微失神，合上了资料，走向另一边床沿。

大床微微晃动，他躺了下来。

叶然咽了咽口水，看着他，心里有一个声音在叫唤：扑倒他！扑倒他！可是她没那个胆量，轻轻拉开了一角被子钻了进去。

枕头在中间似乎起到了作用。两人各占一边，谁也没有越界。

叶然侧着身面朝外，十指紧紧地揪着被子。

“叶然——”傅延北叫了一声，嗓音微微沙哑。

叶然全身的细胞都在疯狂地窜动，“嗯。”

“把灯关了。”

叶然：“……”

啪的一声，灯关了，一室幽暗。

傅延北换了一个舒服的姿势，只是他的长腿不小心碰了一下叶然的小腿，叶然瞬间僵住了。他是故意的？

时间一分一秒地过去，谁也不知道现在的时间。

傅延北没有睡着。这是他第一次来青城，叶然带他去的那些地方，好像在他的记忆里存在过。软软的沙滩，海浪贝壳，铺满青石砖的街道，喷香的烤串……

“叶然，你第一次接吻什么时候？”

叶然的心脏猛地跳动了一下，“十八岁——”

“初恋？”

叶然掐着掌心，“嗯。”

许久，他轻轻说道：“睡吧。”

叶然如鲠在喉，“我和他是在大学里——”

傅延北却打断了她的话：“不用解释。我没有那么古板。如果不是我出了车祸，这几年忙于学业，我也会谈女朋友的。”

他的话却让她更加心酸了，“傅延北。”

“我不是刻意等谁，只是没有遇到合适的女孩子。”

“我明白。延北——”她轻轻地抱着他，“我明白。”

这一晚，两人都睡得深沉，没有失眠没有早醒。

陆风一大早就来敲门了，敲了几下，才听到傅延北沙哑的回复，“你先去楼下餐厅等我。”

陆风应了一声：“好。”他依稀听到什么声音，脚步一顿。

一旁的苏韶言脸色发沉，“叶然来了？”

陆风很是为难，“苏小姐，要不您先下去吃点东西？”

苏韶言冷冷地看了他一眼，抬手就敲门。人冲动的时候她也顾不得什么礼貌了。

叶然惊醒。

傅延北已经换好了衣服，“我去一下。”

傅延北打开门，看到门外的两个人，“有什么事？”语气冷然。

苏韶言的脸色比哭还难看，“延北，你疯了？你知道她是什么人吗？她根本就不爱你。”

傅延林冷着脸，眸色深沉如寒冰，“陆风，带她下去。”

陆风连忙拉过苏韶言，“苏小姐，走吧，您在这里也于事无补。”

叶然换好了衣服，走过来，笑着打招呼：“早上好。”

苏韶言瞪着她，眼底满是恨意。

叶然赧然，“我们昨晚回来得比较迟，我就在这里借宿了一晚。”

她的解释却让气氛更加凝滞了。

她看看傅延北，傅延北忽而一笑，一字一顿道：“叶然是我的女朋友，她住在我的房间有什么问题吗？”

陆风知道他这是到愤怒的边缘了，二话不说，把苏韶言拖走了。

叶然侧首拉了拉他的手，“别气了，她也只是喜欢你。喜欢一个人没有错。”她的声音越来越小。

傅延北沉默。

叶然突然之间有几分说不出的难受。

早餐吃过之后，大家的心情也平复下来。

叶然开口：“今天上午我们去见老爷子吧。”

陆风诧异，“你确定能见到他？”

叶然扬了扬眉眼，“好歹我在青城也活了十几年。”

陆风不管，只要能见到何成言就好。

傅延北却没有太多表情，他沉声开口：“陆风，你一会儿送韶言回去。”

“我走了，你怎么办？”

傅延北看了一眼叶然，“完事之后，我们坐高铁回去。”

“好。”陆风看向叶然，“叶小姐，麻烦你照顾我们小傅总了。”

叶然点点头，“放心。”

不一会儿，傅延北收拾好，叶然见他拎了东西，微微笑道：“其实不用带什么礼物的。”

“第一次见面，他是老人家，不管事情能不能成，这是礼数。”

叶然笑笑，“那换个礼物吧。”毛笔，家里很多。

“嗯？”

“换份礼物。”她转了转眼珠，“要不围棋？”

外公要教小笙学围棋，这个礼物最及时了。

傅延北还是选择相信叶然，去了当地一家店，挑了一套汉白玉的棋子，棋子手感细腻，木罐是金丝黄楸木制成的。

叶然觉得这套给小笙用太奢侈了，小笙你可一定要好好学围棋。

傅延北问道：“你和何教授认识？”

叶然抿嘴一笑，“跟他学过几天画，不过我没什么画画天分。”

傅延北的心情也莫名好了很多。

“傅延北，我和你说啊，何教授有个孙女，长得可漂亮了，还是单身。他一直想给他的孙女介绍优秀的单身男士呢。”

傅延北瞅着她翘起的唇角，“你担心他看中我？”

“要是他看中你呢？”

傅延北轻笑一声，“我会认真考虑一下。”

叶然瞪着他，眼睛圆鼓鼓的。

半晌，傅延北慢慢道：“我会像杨宗保智取降龙木一样。”东西要，美人也要。

明知道他在开玩笑，可是叶然还是有些心疼。不是因为他的回答，而是杨宗保的结局。

相爱的人生离死别，是人世间最大的无奈。

二十分钟后他们到了海福巷，傅延北见到了何成言。

老爷子七十多岁，精神矍铄，一脸亲切，“然然来了啊。”

叶然腼腆地笑着，“外公、外婆，这是傅延北。”

他们说的是青城话，有点拗口，傅延北听得不是很明白。

傅延北打了招呼。

老太太一身简单的民族风的裙褂，和蔼地说道：“快坐吧。”

茶几上摆着一盘枇杷，这个季节，叶然最喜欢吃枇杷了。

何老爷子板着脸，一脸严肃。终于见到这个臭小子了，他的拐杖还在门口呢，一直留着，要狠狠把这个臭小子抽一顿。

叶然挑了一个黄灿灿的枇杷给傅延北，“刚摘的。”

老爷子端坐着，脸色吓人。

叶然连忙眨眨眼，“这是傅延北买的围棋。”

老爷子抿了抿嘴角，“傅先生，破费了。”

“一点心意。”傅延北浅浅说道。

何老爷子这才打量着他，心里默默叹了一口气，“然然说你是来求画的。”

傅延北不卑不亢，“是的。”

“我四年前就不画了。”四年前啊，他的外孙女发生那样的事，他已经没有心情作画了。

叶然轻轻咳了一声，“今年的枇杷真甜。傅延北，我们回去的时候多带一点走。”

老爷子瞪了她一眼，伸手拿出棋盒，“会下吗？”

傅延北一愣，“会一点。”

“来一局，赢了再说。”

叶然不依，“傅延北赢了，你给他画画。”

老爷子瞪了她一眼。

老太太却笑了，“我去准备一下午饭。”

叶然也起身，“我去帮忙。”

老太太拍拍她的肩，“你坐着，有事我叫你。”

“好吧。”她也有点不放心外公呢。

傅延北的棋艺还算不错，竟然和外公对弈了一个小时。

叶然抬首望着他，大学的时候，她并不知道他也擅长围棋，她的心疼了一下，以前她真的对他关注太少了。

一盘结束，老爷子赢了。

叶然拍手，“姜还是老的辣。”

何成言目不转睛地望着棋盘，忽然一笑，“好啊，好啊。原来是长江后浪推前浪。我老了。”

叶然不解。

何成言摇摇头，“傻丫头。小傅这是让我呢。不容易啊，我都看不出来。”

傅延北尴尬，“何教授——”

“没事没事——”何成言摆摆手，对这个年轻人有了另一番看法。不骄不躁，谦虚谨言。“然然，帮我泡茶去。小傅喝得惯毛尖吗？”

“可以。”

叶然立马去泡茶了。

何成言正色问道：“你和然然现在是什么关系？单纯的朋友？”

傅延北正襟危坐，“我们现在是男女朋友。”

“准备结婚吗？”老爷子追问。

“如果合适，会结婚。”

“你父母的意见你会考虑吗？”

“婚姻是当事人一辈子的事，作为儿女我会尊重我母亲的意见。但是能不能走下去，适不适合过一辈子，这是两个人的事。”

“好，好啊。”何成言微微一笑，笑起来的脸上纹路清晰。

午餐，老太太亲手做了一桌子的菜。“小傅，你可能不太习惯我们这里的口味，菜的味道有些清淡。”

傅延北回道：“我平时吃素多。”

老太太关切道：“吃素好，不过也要加点荤。来——”她夹了一个鸡腿放在他的碗里。

傅延北短暂地失神，“谢谢。”好像是家人一样。

叶然笑道：“鸡汤阿婆炖了一早上了。”

他喝了一口，确实，鸡汤味浓浓的，味道鲜美。“阿婆，您的手艺真好。”

老太太开心，“以后有时间和然然多回来，我给你们做。”

傅延北道：“好啊。”

饭后，叶然帮着老太太收拾桌面。

叶然低着头，“阿婆，你觉得他怎么样啊？”

老太太笑着，“什么都好。”就是失忆了。

叶然认真地洗着碗，“阿婆，如果四年前我带他回来见你们就好了。”

“然然，婆婆活了几十年了，见多了大风大浪。你看，过了几十年，我和你大姨婆还能见面，老天的安排总有它的道理。”老太太有个大姐，解放前护送瑰宝去了台湾地区，此后再也没有回来，几十年和家人也没有联系，可是后来凭着一张照片，她们联系上了。

“今年冬天我们可以去看大姨婆，到时候我要带延北一起去。”叶然越说越美，“大姨婆肯定会说，然然的男朋友真帅，哈哈哈——”

“叶然——”傅延北的声音飘到她的耳边。

叶然手一滑，碗落在水里。

傅延北落落地站在厨房门口，“我——”

叶然问：“怎么了？”

老太太不说话咯，这画面真是有趣啊。

“我刚接到电话，我母亲身体不舒服，今晚我得回去。”傅延北神色透着担忧，陆风刚传来消息，母亲的心脏有些不舒服，已经住院了。

“我和你一起回去。”

傅延北敛起脸色，心里最冷硬的地方忽然间一片柔软。

真是来也匆匆，去也匆匆。

老爷子和老太太满眼的舍不得，“有时间就回来。”

叶然拎着老太太给她打包的枇杷，心里沉甸甸的，“好。”

青城到宁城的高铁班次很多，他们买了最近一班回宁城的票，还有 20 分钟发车。

在这嘈杂拥挤的候车大厅里，傅延北望着她，伸手握住她的手，叶然回头，四目相对，她勾着唇角，温婉地笑。

她安慰着他：“别担心。”

他慢慢抬手理了理她微乱的长发，指尖停留在她的耳边，细细研磨。叶然给他太多意外了。

她问：“怎么了？”

傅延北轻轻挑眉，“何成言的孙女？叶小姐，你不打算和我解释一下吗？”

第十一章

天生一对

“你是怎么发现的？”她自认为掩饰得很好，外公和阿婆都配合着她，到底哪个环节出了错？

“你熟悉何教授家的一切。”傅延北情不自禁地靠近她，咬牙切齿，“还有什么瞒着我？嗯——”

叶然发出一阵清脆的笑声，如银铃一般悦耳，“错了！不是孙女，是外孙女。”

他看过何成言的资料，他有一个儿子，北方某大学老师，还有一女，国内著名的小提琴师。“伯母是何知画？”

知画——

“是不是觉得我妈妈的名字很好听？”她笑着，“外公希望妈妈也能学画，可我妈妈偏偏选择了小提琴。我出生后，他又寄希望于我，可惜我也不是画画的料，现在大概只有小笙有希望了。”

“每个人要走的路不同。”

叶然看着他，“你呢？你家人对你有什么期望？”在一起的时候，她很少听他说起自己的家人，最多的就是傅延林。

傅延北的眸色发沉，如同黑墨，语气平静，“我十岁那年，父亲去了国外，我母亲生了一场病，公司全权交给大伯。我母亲这些年一直希望我能拿回公司。”

叶然心里一阵酸涩，慢慢握住他的手。

傅延北勾了勾嘴角。

“你什么时候学的围棋？”

“小时候跟我大哥一起学的，大哥很厉害，学什么都很快。”

“你都把我外公打败了，我外公的对手都是棋艺高手，傅延北，你也忒谦虚了。”

“和大哥比我差远了。”

“在我心里，你永远都是最厉害的。”谁也比不上你。

傅延北嘴角噙着笑意，这时候她这么会说甜言蜜语了，可是他喜欢听啊。

他们一到宁城，出了高铁，就见到陆风了。

傅延北神色焦急，“我母亲怎么样？”

陆风也不知道该不该说，支支吾吾，“太太没什么事，接了苏小姐的电话……”

傅延北拧了一下眉。

叶然觉得自己要回避一下。

傅延北拉着她的手，没让她走。

陆风咽了咽口水，“夫人说，你被狐狸精迷惑了。”

叶然扑哧一声笑了出来。

傅延北嘴角划出一丝冷笑，眼底闪着几分歉意。

叶然却不在意，“你赶紧去医院吧，改天我再去看你妈妈。”

傅延北承诺：“改日我再介绍我的家人与你认识。”

她眨眨眼，“我等着啊。”她期望能得到他母亲的祝福。

夏风悠悠，在人来人往的车站，傅延北心底那处的柔软正肆意蔓延着。他的手情不自禁地揉了揉她的发丝，低声开口：“晚上早点休息，不要熬夜了。”

他的动作却让叶然怔住了。

这是四年前傅延北习惯性的动作，现在他轻轻地揉着她的发，说着同样的话：“然然，你不要总熬夜。”

她努力扬起了微笑，“好。”

傅延北匆匆赶到医院。

傅母正坐在病房中，暮色早已降临，她还在等待着，从接到苏韶言的电话开始，她就坐立不安了。

是那个孩子回来了吧。

她怎么就没有发现呢？难怪延北最近有些奇怪。

房门从外面被推开，傅延北和陆风走进来。

屋内只留了一盏灯，灯光昏暗。

“妈——”傅延北喊了一声，“您怎么样了？”

傅母望着他，心里有太多的话，“延北，你去哪里了？”

“我去青城了。”

“青城？和谁一起去的？”

傅延北拿过一旁的披肩披在她的肩头，“一位朋友。”

“朋友？女朋友吗？”

傅延北眯了眯眼，“是的。我原本打算过段时间带她回来见你们的。”

傅母的脸色倏地一变，“我不会见她的。”

傅延北没有想到母亲的反应这么大。

傅母抓着他的手，“韶言怎么办？这些年她一直陪着你啊。”

傅延北的脸色一点一点冷下来，“她该找谁结婚找谁去，难道我要为她的一生负责吗？”

傅母惊恐地看着他，“你——你对妈妈发火？”

傅延北只觉得眉角直跳，生生将到了嘴边的话咽回去，他握住她的手，“妈，我从来就没有喜欢过韶言，我也和她说清楚了。我现在有喜欢的女孩子了，她很可爱，也很聪明，等下个月爷爷生日，我会带她来见你们的。”

“我不同意。你太让妈妈失望了。”傅母背过身，不再看他，“你回去吧。”

一旁的陆风小声道：“小傅总这件事急不来的，您先回去，让夫人消消气。”

傅延北点点头，“妈，我让何姨来陪您。”

傅延北和陆风一起下楼。陆风把苏韶言回来一哭二闹的事都告诉了他，“夫人向来疼爱苏小姐，所以受了刺激。”

傅延北抿着嘴角，隐忍着怒意。

陆风继续道：“小傅总，前些日子，我听说大少买了叶小姐的作品。”

傅延北抬眸，“大哥什么时候知道叶然的？”

陆风摇摇头，“不是很清楚。”

傅延北陷入沉思，或许他该和大哥好好谈一谈了。

过了些日子，书雕店装修工程结束，时安收到消息后，第一时间赶来帮忙。

叶然道：“你不是要忙订婚的事吗？我一个人也可以的。”

“婚礼的事都有周妈妈在忙，我也帮不上什么忙。”时安捧着书雕，小心翼翼地打量着，“叶然你真的太厉害了。”对比，她这个米虫真的太失败了，一直以来都靠着时家成长。

“各有所长，像你会弹琴，我就不行，我看五线谱头大。”

“叶然，我来给你打工吧。”

叶然一愣，“大小姐，你在开什么玩笑。”

“我是认真的，这样我们也可以经常见面。”

“你是不是和周斯南吵架了？”

时安抿抿嘴角，“他忙得见不到人，我哪有机会和他吵架啊？”

“那礼物没有送出去？”

时安的眼神有些失落。那天晚上吃过饭，她说想去他家见见他养的小乌龟。

在他家，她终于把礼物送出去了。

那么亲密的礼物啊，结果他还是把她送回家了。

时安很挫败，“他不爱我吧？我是他的未婚妻啊。为什么他从来都不碰我？”

叶然拍拍她的肩，“或许周斯南是尊重你，你们从小就认识，他从小把你当妹妹一样看待了，现在角色转换，他也要适应啊。”

时安咬咬牙，“那我问你，你和傅延北这次在青城有没有发生什么？”

叶然考虑着要不要把他们的事告诉她，其实她也挺挫败的，可惜那两盒套套了。

果然她说出来后，时安捧腹大笑，“哈哈哈，傅延北也是‘忍者’啊。你们都睡在一起了，工具也有，他还能忍住，哈哈哈——”

叶然苦笑，“其实我也觉得他不爱我。”

时安说不出安慰她的话，“我们输了，只希望到最后输得不要太惨。”

等两人忙完，时安给时轶打了一个电话，让他过来请客。晚上时轶做东，请她们去了楼上的餐馆。

叶然已经有好久没见时轶了，这段时间他似乎一直在忙。

“安安没有打扰你吧？”

“哥，我有那么笨吗？我已经和叶然说好了，回头我去给她打工。”

时轶诧异地看着叶然。

叶然笑着点点头。

时轶问道：“你是不是要回学校了？”

“最迟七月份得回去。”

时轶默了一下，“到时候一起走。”

“你也要回伦敦？”

“那边还有点事需要处理。”

时安默默地吃着东西，总觉得大哥有点不正常。叶然现在是有男朋友的人啊，难道他还没有放下吗？

饭局中间，叶然的手机响起来了，傅延北打过来的。

傅延北今天和James见面，双方谈得还不错。只不过James是只老狐狸，依旧未给出承诺。“忙完了吗？”

“忙完了，我在金汇七楼。”

“吃饭？”

“嗯。”

傅延北笑笑，“真巧，我也在金汇呢。吃完饭在楼下等我，一起回去。”

叶然答应，“那一会儿见，先挂了。”

时轶抬首，面对面望着她，目光孤寂，“傅延北？”

“他也在这里。”叶然的幸福溢于言表。

感情的事就是这样，缘分天注定。他和她，可能是月老牵线时牵错了。

吃过饭，三个人一起下楼。时轶提到一句傅老爷子下个月生日。

叶然眼睛一亮，某人是不是要带她见家长了？他们现在这样见家长合适吗？她沉浸在思绪里，没注意到台阶，脚下一个趔趄。

幸好，时轶手疾眼快，他的手温暖而有力，稳稳地握住她的手腕，“多大的人了走路还三心二意。”说话的时候，他微微低着头，眸子里有什么东西一闪而逝。

时轶松开她的手，坦然一笑，“和安安一样。”

叶然好像看到他眼中刚刚闪过的神色，恍惚地说道：“你们先回去吧。”

其实傅延北十分钟前就下来了，他没想到叶然和时家兄妹一起吃饭，再看到刚刚那个小插曲，他才明白，原来有人惦记着他女朋友啊。

傅延北本质上对感情很霸道，只见他一步一步走过去，不动声色喊了一声：“叶然——”

那三人同时回头，表情各异。

傅延北云淡风轻地打着招呼：“时总，你好。”

时轶点点头，“小傅总，你好。”

两个男人四目相视，表情清淡。

时安出来打圆场，“时间不早了，叶然，我们改天再聚。”

时轶沉声道了一句“再见”。

两兄妹走了。

傅延北握住叶然的手。

叶然回头，“你和时轶的关系是不是——不好？”

傅延北挑眉，“他是我大哥的伙伴。”

叶然了然。

傅延北倾下身子，靠近她的脖子，“吃的什么？一股子酸味。”

“有吗？”叶然撩了一缕头发认真地闻了闻，好像是有点味道，“什么味道？”

傅延北暗暗一笑，“醋味。”他压着声音，“叶然，我吃醋了，你和时轶关系那么好。”

叶然蒙了，“你乱想什么？我们是多年的朋友，要有什么早就发生了，哪有你什么事？”

“噢？”傅延北眨眨眼，“难道你是为了遇见我？”

叶然挽起他的手臂，“是啊。”

灯火通明的夜下，一闪一闪的灯光，让人渐渐迷惑。

这个晚上的一切发生得都是那么顺其自然。

叶然早已不是一无所知的少女，可她还是不由得紧张了。

她望着他，尽情而贪恋地看着眼前的他，那种失而复得的惊喜，填满了她每一寸的心田。

一切都是情不自禁。

就算是失去了记忆，可大脑潜意识存在的感觉还是在的。

那种默契，就算隔了四年，依旧存在。

傅延北长臂一伸，将她抱到自己的腿上，她贴在他的身上。

“叶然，你现在还可以说停。”他望着她，目光渐渐发沉，指尖触到她的肌肤，一点一点加上了热度。

叶然怔了几秒，双手缓缓勾住了他的脖子，迎着他的目光，嘴角弯起了一抹娇俏的笑容，她慢慢靠近他，亲了一下他的嘴角。

“傅延北，我爱你。”很爱很爱。四年前，她没有告诉他，以后她会常常告诉他。

卧房没有开空调，飘窗开了半边，凉风吹进来，纱帘随风飘动。

屋内只开了一盏床头灯，光线晕黄，平添了一种诱惑的朦胧感。

他察觉到叶然一直在看他，微微扬了扬嘴角。

叶然摸到了他的胸肌，硬硬的，虽然不像健美先生那么结实有力，可是多了几分性感，“你还有胸肌？”

傅延北笑笑，“我平时有锻炼。”

叶然的手一点一点下滑，摸着他的腹肌。平时穿上衣服根本看不出来，以前他可是没有的。

傅延北觉得叶然的手像火一般，所到之处，瞬间腾起了一阵热度，他捉住她的手，不再给她调戏自己的机会。

他的唇落下去，深深地吻住了她的唇角，火热的舌头亦是不放过她，缠着她。

可叶然还是害羞了，眼神四下瞟着，脸色不知道是热的，还是羞的，一片绯红。

傅延北压着她，胸膛剧烈地跳动，喉咙更是干渴，“叶然——”他在国外待了几年，有些东西早已司空见惯，可是还是第一次认真地打量女生的身体。

她眯着眼，双手摸着他的脸，“延北，叫我然然——我想听你叫我然然——”

“然然——”

叶然哭了，眼泪顺着眼角慢慢流下来。

傅延北深深地吻住她的嘴角，“好像会有点疼，你忍着——”

她没有再说什么，只是用热情回应着他。

他的指尖不再轻柔，揉弄着她的胸，有点疼，带着酥麻的感觉。

“呃——”她轻叫着。

难道他真的以为她这是第一次吗？

叶然抓住他的肩头，胸口胀胀的。果然，他还是和以前一样。

“然然，我想看看你——”

“然然，我想吻吻你——”

……

就这样，把她吃干抹净了。

“延北，痛——”叶然弓起了身子，双手慢慢地滑到他的腰际，她知道那里是他的痒痒肉。

果然，一碰到他，他的身子一僵。

她咯咯地笑着，与他近在眼前的眸子相视着，一脸狡黠。

他起身飞快地拆了一个小盒子，叶然余光瞥了一眼，原来被他带回来了。

她扯着笑，“傅先生，青城那晚你为什么——”不和她在一起？

傅延北很快戴好，“我想在属于我们的地方。”

室内的温度越来越高。

叶然一声一声地叫着他的名字。

阔别四年的身与心的交流，像一把钥匙，悄悄地打开了傅延北心底紧闭的那扇大门。

当一切结束，两人相拥在一起，各自休息，只是谁也没有睡着。

傅延北不知道怎么回事，刚刚情绪有些失控。明明是第一次，为什么在那个时候，他的大脑好像出现了另一个声音？

一个女孩子也在叫着他的名字。

叶然的半边脸埋在枕头上，渐渐发困，渐渐入睡。她又做了一个梦，回到了校园。

“延北，你不要走，不要走。”

四年前，傅延北总喜欢逗她，让她叫他老公，她偏偏不如他的意，两个人的时候，她总喜欢连名带姓地叫他。

叶然轻轻动了动身子，熟练地窝在他的怀里。

夜色宁静，窗外只有朦胧的灯光。

傅延北没有睡，他的身子还没有平复下来。

清晨，微光从窗外打进来。叶然不想醒，又缩在傅延北的怀里，双手紧紧地抱着他，嘴里喃喃道：“延北，我不想起床。”我不想醒来，怕一切都是梦。

傅延北拍拍她的背脊，“上午我有个会，你再睡一会儿。”他起床，穿衣服发出窸窸窣窣的声响。

叶然揉了揉眼睛，目光傻愣愣地望着他，眼神毫无焦距。

他背对着她，已经穿好长裤，光着上身，右肩头上有一道十厘米长的疤痕。

叶然猛地起身，突然从他的身后抱住了他，昨晚上她没有看清，“这伤是车祸留下来的吗？”

“嗯。”

她的唇落在他的疤痕上。

傅延北浑身一僵。

“疼吗？”

“早就好了。”傅延北发现叶然对他身上的疤痕很感兴趣。

叶然的眼睛瞬间被泪水浸泡了。

傅延北回头，没有错过她眸子里的晶莹，“然然，都过去了，我好好的。”

叶然吸了一口气，“嗯。以后你也要好好的。”

傅延北勾了勾嘴角，“大门钥匙在门口柜子上你留着，你出去记得带着，回头我让陆风再配一副。”

叶然露出一口小白牙，“嘿嘿，我那套房子白租了，签了一年的合同呢。”

傅延北轻笑，“好了，我去洗脸。”

“我和你一起去。”叶然跳起来，和他一起去洗脸刷牙。

新的一天总是充满了美妙，幸福就这样悄悄来到她的身边了。

男人洗漱总是简单快捷，傅延北洗完了便回房间拿手表。以往睡前他习惯性地放在床头，昨晚状况太激烈，不知道被他丢在哪个角落了。

他轻轻掀开了薄被，终于在床头左侧找到了，他的目光微微停在混乱不堪的床单上。

经过了昨晚，床上并没有出现红色的血迹。

一想到她的羞涩生疏，傅延北眼底清浅的光泽渐渐沉淀下来。

“延北，手表找到了吗？”叶然在门外喊道，声音透着难言的愉悦。

“找到了。”傅延北把床单都拿下了。

叶然走进来，脸色带着几分娇羞。

在经历过最亲密的事之后，傅延北对她的感情也随之变了。他低沉地问道：“然然，你以前认识我吗？”

叶然的表情凝固了，“怎么了？”

傅延北困惑，他们好像很熟悉，一切都配合得相当默契，甚至，他第一次和她，都是这么顺利。

叶然尽量轻松地说道：“陆风在外面等你。”

傅延北点点头，从叶然闪烁的眼神中，他看得出来，叶然有事瞒着他。“我先去公司。”

转眼到了六一，叶然的书雕店正式开业。可惜傅延北在北京出差，无法亲自到场。

门口摆满了各种漂亮的花篮，惹来了不少注目，一时间店里顾客云集。很多人并不了解书雕，走进这里真是大开眼界。

幸好，当初时安建议她多招几名店员，不然今天一定会手忙脚乱。

时安问道："叶老板，感觉怎么样？"

叶然呼了一口气，"压力山大。"

时安道："别紧张，顺其自然。对了，傅延北怎么没过来？"

叶然："出差。"

两人说话间，外面又有人来了。叶然没想到是沈贺和周斯南。

沈贺显然已经知道傅延北和叶然在一起的事了，"嫂子，我们来迟了。开业大吉。"

叶然一脸淡然，"谢谢。"别指望她会害羞不好意思。

沈贺没有看到他想看的，有些失望，"恭喜恭喜，双喜临门啊。"

叶然白了他一眼，"羡慕？"

沈贺拱手，"不敢不敢。"

一圈人忍着笑意。

周斯南开口："好了，贺子，小心延北回来和你算账。"他看着叶然，"恭喜了。"

"谢谢你们能来。"

一上午忙忙碌碌过去了。

叶然在宁丽酒店定了一桌，人都到齐了，只缺了傅延北。看来傅延北是赶不及回来。叶然微微有些失落，原本她还想今天大家一起聚个餐呢。庆祝"后来"开业，更是庆祝她和他新的启程。

沈贺第一次见到这么多书雕作品，不由得对叶然另眼相看了，一路上都在和她探讨。

到了酒店，时安奇怪地抢坐在叶然身边，把沈贺挤开了。

沈贺道："你坐斯南旁边去。"

时安白了他一眼，"你今天吵死人了，能不能安静一下？"

沈贺气，"周斯南能不能管管你老婆？"

时安的脸色瞬间就变了。

叶然赶紧开口："贺子，我有话和时安说，我们找时间再聊。"

沈贺也发现了不对劲，打着哈哈过去了。

叶然和时安坐下来，她悄悄问道："你是不是和周斯南吵架了？"

时安答："没有。"不是吵架，比吵架更厉害。时安不想在今天这个好日子让叶然也跟着难受，"傅延北今天不过来吗？"

叶然摇摇头，"估计来不及了。"

时安轻轻感叹一句："没想到你们发展得那么快。果然感情不是靠时间衡量的，二十几年也抵不上几个月的时间。"

叶然怕再说下去，时安更难受了，问道："你们要喝什么？"

时轶在她的对面，望着她，"果汁吧。"

沈贺不同意，"难得聚一起，喝果汁多没意思。喝点白的，女士喝果汁。"

男士们都倒上了酒，叶然和时安就喝鲜榨的橙汁。时安开口道："这么开心的日子，我也要喝酒。"

时轶的脸色沉下来，"安安别胡闹。"

叶然圆场，"我和你一起喝果汁。"

时安也不说话了。

三位男士喝光了整瓶酒，一点醉意都没有。时轶扬扬手，"再上一瓶茅台，52度。"

沈贺悄悄地凑到叶然面前，"完蛋了，时轶这是要整斯南啊。"

叶然皱眉，看来时安和周斯南这次真的出问题了。她只能劝说道："时轶，少喝点吧。"

"就是就是。"沈贺也劝道，"改天我们再喝。"

时轶眯了眯眼，看了一眼周斯南，语调深寒："那我们改日再聚，也不差日子了，你们订婚的日子就快到了。"他这是在提醒周斯南。

叶然暗暗呼了一口气，幸好这时候，她的手机响起来，"我妈的电话，我去接一下。"

叶父叶母和她说了一会儿话，把电话交给小笙。

小笙奶声奶气地念道："姐姐，祝你开张大吉，作品大卖。"

"谢谢啊！姐姐赚钱就给小笙买好多好多糖。"听到小笙的声音，她的心像被糖填满了。

小笙咯咯地笑着，"姐姐，外公在给延北哥哥画画呢！"

“那你帮我谢谢外公。”

小笙传递了她的话，老爷子哼了一声，念叨了一句：“年纪不小了，早点定下来。”

“知道了。改天我回去再说。”

挂了电话，叶然再进包厢，气氛不再像刚刚那般。

沈贺挑着眉，大咧咧地说道：“叶然，要不是我们知道叶笙是二胎，真以为她是你生的。”

叶然嘴角的笑容一僵，“我还没有这样的福气。”

时轶的目光望过来，眼底含着几分探究。

叶然端起杯子，喝了一口果汁，时轶看到她的手在抖。他起身，“时间不早了，撤了吧。”他拿出卡，“埋单。”

沈贺喊道：“你埋什么？这是叶然请客。”

时轶什么话也没有解释，只是冷冷地扫了一眼沈贺。

沈贺自觉地抿紧了嘴角。

叶然也说道：“我来吧。”

时轶突然拧眉，“我从来不会让女士埋单。”

叶然：“……”

当天晚上，叶然一直等到十点，傅延北没有回宁城，也没有收到他的信息。

一个人盘腿坐在客厅的沙发上，等待真是一件需要毅力的事。

到了十一点一刻，她的手机终于响起来，是傅延北的电话。

她急切地问道：“延北，你在哪儿？”

傅延北语气里充满了抱歉：“我还在北京。叶然，今天无法陪你。”

“没关系的。”虽然有些遗憾。

“还没有睡吗？”他轻轻地问道。

“我在工作室呢，刻完就去睡。”

“那早点休息。等我回来。”

她捏着手机，话音里带着鼻音，“你什么时候回来？”

他默了一下，“后天，后天就回来。”

“好，我等你。”

挂了电话，病房的门被推开来，陆风走进来，面露担忧，“小傅总，您不该瞒着叶小姐的。”

傅延北沉默了一刻，“我怕她担心。”

傅延北半闭着眼，声音低沉：“James 走了？”

陆风听到这个名字就气，“走了。”老奸巨猾的 James 一直都骗他们。

今天下午，小傅总在酒店等了他一个小时，他姗姗来迟。

那个金发碧眼的 James 云淡风轻地说道：“傅先生，你的诚意我很感动，只是我已经选择了盛世。”

那一刻陆风差点挥拳上去，James 是故意的。

傅延北目光如炬地望着他，表情依旧平静如波，“James，深海能给出盛世无法给的最大优惠条件。”

James 笑笑，“我和时轶相识多年。”点到即止，他不会轻易背弃时轶。

傅延北知道他早就决定，从一开始，James 就没有想过和他合作。盛世和大哥还有合作，James 选择时轶，并没有得罪深海。

“傅先生，有机会的话欢迎到伦敦玩。”

傅延北目光顿了半刻，轻轻动了动嘴角，目光微冷，“有机会的话，不送。”他对深海二期投入了大量的资金还有感情，而这些在别人眼底根本不值一提。

傅延北从酒店出来，暮色已经降临。

不知不觉间停在了一家店门口，傅延北透过玻璃，看到一个发卡。

那是一个叶子形状的发卡，碎钻在灯光的折射下发出熠熠光泽。

叶子……

和她的吊坠是天生一对。

傅延北走进店里，服务员看到西装革履的他走进来，一时间话都忘说了。

“帮我包一下中间那个发卡。”

“好的，请您稍等。”店员急忙取来发卡，“先生是要送给女朋友吗？需要代写卡片吗？”

他笑笑，笑容温暖，他一直在想送她什么礼物。

傅延北愣了一下，“是的。”

“这是 Wine 唯一一款，由著名珠宝设计师薛蘅亲自设计的，终身免费清洗。祝您永远幸福。”

傅延北拎着小盒子出来，郁结的心情一瞬而逝。

陆风笑嘻嘻地打探道：“小傅总，这是送给叶小姐的礼物？”

傅延北目光凉凉地扫了他一眼，“机票定好了吗？”

陆风点头，“小傅总归心似箭啊，想叶小姐了吧。”

傅延北：“……”

前方不知发生什么事聚集了很多人，一片拥堵。

陆风探身一看，“好像是车祸，我们换条路走吧。”

傅延北远远地望着前方。人很多，三辆车连环相撞，中间那辆车前后都变了形。他的脚步一顿，一抹尘封的记忆突然浮现在他的脑海里。

“延北——延北——”有人哭着在叫他的名字。

傅延北脸色越来越沉，大脑一抽一抽地疼，像要爆炸了一般。他紧握着双手，额角青筋暴起。

陆风连忙扶着他，“小傅总，您怎么了？”

傅延北在医院醒来时已到深夜。

“什么时间了？”傅延北声音沙哑。

“十一点了。”医生给他挂了带安定的吊水，他睡了三个多小时。

傅延北揉了揉眉心，坐起身来。

陆风纠结，“小傅总，我通知了大少，大少希望您回去之后立刻去见许医生。”

傅延北拿过手机，好像没有听到陆风的话，“我给叶然打个电话。”

陆风起身回避。

傅延北自然没有告诉叶然他住院的事，电话里明显听出了她的失望。“后来”开业，他知道她一直期待他能到场。

只是这次终究让她失望了。

他好像已经不止一次让她失望了，从第一次见面他的拒绝，他的冷漠。

傅延北摸了摸嘴角，以后不会了。

挂了电话，他的大脑依旧有些混乱，一些零碎的车祸画面一直充满着他的脑神经。关于那场车祸，他只有零星的记忆，他还忘了什么？那个在他耳边呼喊的女孩子是谁？

第二天，医生给他进行详细的检查。

一番检查后，医生嘱咐他："你的身体需要调养，不要过度劳累。"

傅延北敛了敛神色，"最近我的眼前老会出现一些断断续续的画面，没有见过，可是又有些熟悉。"

医生翻看着他的病历，"您在四年前出过一次车祸，车祸造成了部分记忆丧失。现在这种情况，是患者的一种自我保护。"

傅延北知道自己的情况，家人也和他解释过，车祸让他忘记了那两年的事，"我的记忆还能恢复吗？"

"有的人一辈子也不会再想起，有的人只能想起断断续续的片段，还有一部分会完全恢复记忆，只要不影响生活就没有大碍。如果想恢复记忆，可以找心理医生。"

傅延北沉默，母亲和他说过，他那两年并没有什么故事。因为住家里，和同学来往也不多。再后来，他去美国，再也没有和以前的同学联系了。

他笑笑，"心理医生？"他嘲讽地笑了笑，"不必了。"

过了片刻，傅延林打来电话，"傅延北，不要再耍小孩子脾气，回来立刻去见许镇。"

"大哥，我的身体我自己有数。"

"难道你要我亲自陪你去看医生？"

"我不稀罕，你要有时间多陪陪大嫂。"他挂了电话，直接关机。

傅延林沉着脸，脸色骇人。今天他抽空陪妻子和儿子过节日，还要操心弟弟的事。

不远处，明桦买了两个冰激凌，恒宇喜欢巧克力味，她则喜欢香草味。一回来发现傅延林的脸色不对劲，估摸着又是工作上的事，她没多问。

她把冰激凌递给儿子。

傅恒宇鬼灵精，"谢谢妈妈。"

傅延林看着母子俩一人啃着一个冰激凌，更郁闷了，"明桦，我的呢？"

明桦刚咬了一口冰激凌，舌尖一片冰凉的甜蜜，“你不爱吃，没给你买。”

傅延林睨着她，“谁说我不爱吃的？”真是越来越不把他放在心上了。

明桦歪过脸来，刚想说话，却发现她的腰被一个大力揽住了，隔着薄薄的布料，她几乎能感觉他掌心的汗意。

傅延林贴近她，压着声音道：“我爱吃你的。”说完，吻上她的唇。

她的唇角沾着奶油的味道，甜甜的。

明桦简直羞愧，大庭广众之下，他发什么疯?

“住口！”她抬起左手用力拍打着他的胸口。

傅延林见好就收，握着她的手，眸色深沉地看着她，“记住了，我很爱。”

明桦脸颊通红，气得咬牙切齿，也没多想，握着冰激凌的手，直接将冰激凌扔到他怀里去了。

天热，冰激凌早就化了一大半，奶油滴落在他那昂贵的手工裤上，惨不忍睹。

傅延林一脸错愕，完全不相信自己这个平日端庄贤惠的妻子竟然会做出这么幼稚的事来。

她瞪着眼，“爱就都给你。”

傅恒宇转过脸来，看见掉在地上的冰激凌，有些心疼，“妈妈，你的冰激凌怎么掉地上了？”

傅延林扯了一抹笑，“爸爸抢妈妈的，妈妈手滑掉地上了。”

傅恒宇叹了一口气，“妈妈，你吃我的。”

明桦弯起嘴角，“谢谢儿子。”她咬了一小口，“自己吃吧，吃完我们该回家了，晚上还有围棋课。”

傅恒宇乖巧地点点头，又将冰激凌递给傅延林，“爸爸，你别抢妈妈的，你是男人。小叔说，男人得让着女人。喏，给你吃一大口。”

傅延林尴尬不已，自己还被儿子说了。

明桦抿嘴忍着笑意。

傅延林余光望着她，一脸温柔。他就着她刚刚咬过的地方，咬了一大口。

这下傅恒宇难受了，爸爸怎么真的咬一大口，呜呜，都快被他吃光了，“爸爸，你怎么真的咬这么大口啊？”

傅延林："……"

傅延北从北京回来，下了飞机就去了"后来"。

书雕店的人气很不错，时安找人在宁城各大小资公众号上进行了宣传，吸引了一大拨文艺青年，渐渐地，有人提议开一个书雕班。

叶然被人围着，没有注意到站在门口的傅延北。

傅延北望着神采奕奕的她，嘴角噙着笑意。

叶然说话间抬起头，越过人群突然看到了他，她愣住了，"抱歉，我有点事，大家随意看。"

傅延北就站在那儿，离着八九米的距离。

她朝着他走过来，不自觉地加快了速度，张开手臂，用力地抱住了他，"什么时候来的？"

明明说去三天，结果硬是五天才回来。太久不见，甚是想念。

店里的人都看着这一幕。

傅延北拍拍她的肩，"有人——"

叶然不舍地松开手，"你的事情办完了吗？"

"办好了。我回来迟了，现在说一声恭喜不晚吧。"

"不晚，永远都不晚。"在我这里，只要你在我身边，说什么都不晚。

"这几天怎么样？忙不忙？"

叶然向他汇报："忙，非常忙。我恨不得一个人变两个人用，幸好有时安帮我。"她瞅着他，"你好像瘦了很多？"

"北京太热了。"

叶然皱了皱眉，"去了那么多城市，还是宁城最好。"

傅延北从口袋里拿出了丝绒盒子，放在她的掌心。

叶然咬着唇角，"是什么？"

他笑着，让她猜。

叶然咽了咽口水，"肯定不是戒指。"虽然这是她现在梦寐以求的，她想和他结婚，想和他在一起，想在二十六岁前生一个孩子。

打开来，发卡落入眼帘。

叶然怔怔地看着，这是巧合吗？他再次送了她一份叶子形状的礼物。

“和你脖子上的坠子同款。”

叶然眨眨眼，眼睛酸涩，“我很喜欢，帮我戴上。”

傅延北笨拙地夹在她左边的发丝上，确实很适合她。

叶然仰着脸冲着他笑，“傅延北，要不是在外面，我真想抱着你狠狠亲你一口。”

傅延北：“……”

傅延北回来之后，自然没有去医院见许镇。他决定的事，谁也改变不了，一如当年，他决定和叶然分手。

可是他不去，陆风急，急得上火。他不想面对傅延林的黑脸。

没过两天，盛世发布了James代表爱丝蕾和盛世正式签约的消息。

苏韶言收到消息后匆匆赶到深海，推开办公室的门，“延北，我看到消息了，怎么会是这样？”

傅延北轻轻抬了抬眼皮，“是这样。”

“要不要我去和James谈谈？”

“你拿什么谈？何成言的画？”

“延北，我只是想帮你。”

傅延北脸色肃然，“在你们的眼里，我就那么无用？需要靠着你们拿回深海？”他的语气冷到极点。

苏韶言愕然，被他的眼神惊得背脊一凉，“怎么会？”

“韶言，叶然现在是我的女朋友。”

苏韶言身子虚晃了一下，她惨淡地勾了勾嘴角，“有时候你也挺狠心的。”

是啊，他是挺狠的。

“傅延北，我要看看，你和叶然能不能长长久久。”

傅延北眯着眼，连他自己都没有想过这个问题。

周末，傅延北在家休息。周斯南跑到他家来，脸上清晰可见两处抓痕，已经结痂了。

傅延北目光落在上面，“被猫抓了？”

周斯南轻轻应了一声。

“难怪跑我这里来。”

周斯南脸色沉沉的，“我和时安要解除婚约了。”

傅延北脸色沉静，好像早已预料到一样，“想清楚了？”

周斯南抓了抓板寸头，“这不是我想要的婚姻。他们的约定是他们的，不能因为时伯伯和时伯母过世，就把我的一辈子赔进去。你说是不是？”

傅延北嘴角浅浅一动，向来运筹帷幄的斯南，竟然征询他的意见。他寻思道：“是谁提出解除婚约的？”

周斯南默了一下，神色晦暗不明，“时安。”他烦躁，“我同意了。”

这个问题存在许久，终于还是到了爆发的一天。

两人久久沉默，傅延北转头看窗外，突然开口，声音飘忽：“斯南，最近我的大脑里老会出现一个女孩子。”

周斯南还沉浸在自己的情绪里，冷不丁地听到傅延北的话，立马敛起了神色，“她是谁？”

“我也不知道。车祸的片段，断断续续的。”他看不清，似乎看到了那个女孩子，她穿着蓝色连衣裙，裙子上沾满了血。

周斯南咽了咽口水，“是叶然吗？”

傅延北凝思了片刻，动了动嘴角，“不是她。”

第十二章

一直都在

“你现在打算怎么做？”

傅延北起身走到落地窗前，目光沉沉地看着窗外，“忘了就忘了吧。”

“是不是头疼症又发作了？”

“偶尔。”其实不是偶尔，有时候发作起来，大脑都要炸了。

“许镇开的药也是为了你的身体，你别犟了。”

傅延北发生车祸半年后去了美国，许镇接手，全权负责傅延北的治疗。傅延北很信任他，心理治疗，自然无话不说。他把对傅延林的介怀一并告诉了许镇，直到有一天，傅延北发现许镇是傅延林的同学，他瞬间炸了，觉得自己被欺骗了。

周斯南也知道他的芥蒂，“要不换个心理医生？”

“我心理又没问题。”

周斯南默默地不说话了，唉，他的事还没解决呢。“咱俩是不是难兄难弟？”

傅延北睨了他一眼，“我女朋友又没和我分手。”

周斯南心头一痛，咬牙切齿，“你等着吧。”

转眼就快到傅老爷子的生日。傅延北和叶然提到这事时，叶然有些紧张，“爷爷有什么特别的爱好吗？喜欢什么？”

几年前，傅延北一直想带她去见老人家，都被她给挡回去了。没想到时隔多年，她还能有这样的机会。

“他喜欢我奶奶炒的花生米。”

叶然第一次和傅老爷子见面，她得争取一些好印象。

“我爷爷喜欢国画。”见她一脸为难，他还是好心提醒一下吧。

叶然面色一喜，“那他喜欢何成言的画吗？”

傅延北忍着笑意，“大概会喜欢。”

叶然鼓着嘴巴，抬手捏着他的脸，“傅延北你太坏了。”

傅延北的大脑里猛地闪过一个画面，有人在他耳边说着：“傅延北，你太坏了！我不想再理你了！”

他的身子猛然僵住了。

叶然见他一动不动，“你怎么了？我捏痛你了？”

“没事。”傅延北抿了抿嘴角，“只是想到一些事。”

她不安地问道：“什么事？你想到什么了？”

傅延北勾起了一抹笑，“爷爷的生日，恒宇要表演节目，大嫂让我有时间陪她去酒店看一下现场的钢琴。”

“恒宇才多大就要表演节目了。”

“他今年刚开始学琴，我听过一次，还不错。”

叶然想到自家那个小懒鬼，突然有点心疼傅恒宇了。“傅延北，你小时候是不是也是这样过来的？”

傅延北沉默半晌，“学了很多。”他有记忆以后，父亲和母亲每日都很忙，而他除了上幼儿园外，母亲还给他报了各种艺术班。

“同情你，小孩子该玩的年龄就该好好玩。”叶然撇撇嘴角，“延北，你喜欢孩子吗？男孩还是女孩？”她的声音轻轻的，像羽毛一般。

“男孩女孩都无所谓。”

叶然眨眨眼，“我喜欢女孩子呢，听话可爱。”

“以后我们生个女儿。”他的嘴巴里下意识地蹦出了这句话。

叶然笑着，眼角却含着几分无奈，“好啊，我们一定要生一个女儿。”

傅延北突然沉默了。

“我们的孩子可以叫傅叶莱，是这个莱——”她抓起他的手，在他的掌心上一笔一画地写着，“草字头下面一个来回的来，是不是很好听啊？”很久前，她就想好了。

傅叶莱——如果他们还能在一起，他们的孩子就叫傅叶莱。

傅延北笑笑，“这个名字很特别。”

第二天，叶然就向外公求了一幅画。老爷子知道她是为了哄傅家爷爷开心，心里很不是滋味，“然然，你太偏心了。我的生日你就没有这么费心过。”

越老越像个小孩。

叶然说着好话：“外公，过段时间我就回去陪您。”

老爷子心情好了一些，“过两天给你寄过去。”

挂了电话，叶然偷偷地笑了，抬眼看到一旁出神的时安。时安和周斯南解除婚约后，人都瘦了一圈。“时安，你不是要给傅爷爷买礼物吗？我们去看看。”

时安提不起劲来，无精打采地答应了。

叶然拍拍她的肩头，“都会过去的。你和周斯南也需要时间和空间，只有经历才能明白什么是我们真正想要的。”

时安扯了扯嘴角，终于把她和周斯南的事告诉了她。

书雕店开业那天，哥哥把周斯南灌醉了，斯南的酒量不大，他那天确实喝了很多。时安开车送他回去的。

到了他的房子，她在他的身上找到了钥匙，开了门，将他安置在大床上。她累得坐在地板上，静静地看着他。心里满是幸福，还有半个月他们就要订婚了，以后他们也将住到茂苑去。

斯南喝多了难受，断断续续地呓语着。她去给他倒水，端过来给他喝。他迷迷糊糊地看着她，“安安啊——”

“我在。”

“嗯，要是我们不结婚就好了，我又不爱你，结什么婚啊——”

时安傻住了。

这辈子她最难受的两件事。

一件，哥哥告诉她：安安，飞机出事了，爸爸妈妈不在了。

一件，周斯南的呓语：要是我们不结婚就好了，我又不爱你，结什么婚啊。

……

时安平静地说完，还勾了勾嘴角，笑着说道：“是我提出解除婚约的。

我想明白了，等过段时间，我就去美国念书。以后找个比周斯南更帅的老公，生个混血宝宝，让周斯南嫉妒死。”

“气死他。”叶然又怎么不明白，此时，时安的心一定疼得在滴血。

两人在一楼专柜都挑花了眼，终于挑中了一件玉雕的弥勒佛摆件。福寿双全，这样的礼物送给傅老爷子很合适。

时安小心翼翼地端看着玉雕，“我就要这件了，你看这水头多好啊。”颜色通透，雕工也是上等手艺。

叶然点头，“确实好看。”

时安满脸掩不住的喜悦，“帮我包好。”

店员眉头皱起来，“真是抱歉，这件被人预订了。”

“那还有没有了？”

“这件是珍品，只有一件。”

时安觉得太可惜了。

店员说：“你们可以再看看别的款。”

叶然道：“我们再看看别的。”

两人又看了一圈，也没有再看中什么。

这时候又有客人来了。

店员热情迎接，“傅太太、苏小姐，你们来了啊。”

叶然静静地站在原地，浑身的血液都静止了，她的喉咙被什么堵住了。虽然知道，总有一天会再次见到傅母，却没有想到会这么突然，让她措手不及。

苏韶言看到她们，朝两人点点头，扯了一抹笑，笑容清淡，“真巧，你们也来买礼物？”

巧，真的太巧了。巧合得让她以为这一切是事先导演好的。

叶然不敢看傅母。

傅母雍容地站在那儿，一如当年，不冷不热，完完全全将人漠视在外。她看着叶然，心里百转千回。

兜兜转转，这孩子又回来了。

时安礼貌地打着招呼：“傅阿姨——”

傅母敛了敛神色，目光从叶然身上抽回，“时安啊，好久不见了。”

“是啊，傅阿姨还是和以前一样漂亮。这是我好朋友，叶然。”时安眨眨眼，“傅阿姨已经听说过了吧？”

傅母浅浅一笑，并没有答她的话，“你们挑中了什么？”

时安撇撇嘴角，“傅阿姨，我看中了这尊玉佛，可惜被人先预订了。”

傅母一脸柔和，“真是巧了，是我预订的，你要是喜欢就拿去吧。”

“我怎么敢呢？傅阿姨，我开玩笑呢。我还想是谁的眼光和我一样好呢，原来是您。”

傅母点点头，“是你们年轻人有眼光，这是韶言帮我选的。”

时安看傅母并不和叶然说话，心里明白，连忙找了理由：“傅阿姨，那我们不打扰您了。傅爷爷的生日见。”

傅母点点头，目光从叶然身上掠过。

叶然和时安找了一家咖啡厅坐下来。

叶然捧着咖啡，手上的热度让她渐渐冷静下来。

时安犹豫地问道：“你害怕傅阿姨？”

这个问题，她要怎么回答？

“我是紧张，太突然了，一点心理准备都没有。”

时安抿了一口咖啡，“傅阿姨很喜欢苏韶言，一心希望苏韶言能成为傅家的儿媳妇。傅阿姨人不坏，可能她一时间接受不了。”

“我明白。”何况她当初把傅延北害得那么惨。

“不过你放心，只要傅延北爱你，一切都不是问题。”

那么现在的傅延北爱她吗？

叶然陷入了沉默，神色有几分忧郁。

这一天，叶然都有些心不在焉，也没有心情逛街了。回去的时候过马路，她都没有注意到红绿灯，幸好那人刹车及时，当然免不了把她臭骂一顿。

她跌坐在地上，膝盖被蹭破了皮，火辣辣地疼。

司机是个年轻人，车上还贴着“新手上路”几个字，下车查看，一脸紧张，“你没事吧？是你自己闯红灯。”

叶然双腿失去了力气，那人把她扶到边上。叶然摸了摸项链，叶子吊坠刚刚掉了，她一脸紧张。

司机急了，“美女，你到底有没有事？”

叶然清醒过来，暗抽一口气，“你走吧。”

司机只当自己遇到了一个神经病。

叶然坐在路边，白色长裙落在地上，沾上了黑漆漆的灰尘。不知道坐了多久，心里的烦躁渐渐被压了下去，人一点一点清醒了。

手机响起来的时候，她迟疑了半天才拿出来。

是傅延北的电话，“你在哪儿呢？怎么还没回家？”两人约好今晚一起下厨的，“我可一直在等你回来啊。”

叶然深吸一口气，“我马上回去。”顿了顿，才想起来，“抱歉，我忘了买菜了。”

傅延北听出了什么，“你在哪里？”

叶然茫然看着前方，“我在等你。”我一直都在等你，等你真正再次爱上我。不管过去，只有未来。

“你在哪儿等我？”他又问了一遍，心底隐隐担忧。

叶然轻呼了一口气，“我在茂苑正大门。”

“在那等我，我现在就过去。”

傅延北走到半路才发现，自己穿着短裤短袖就出门了，他可从来没有这样狼狈过。

隔着一条宽宽的马路，远远地，傅延北就看到叶然的身影，她坐在地上，孤零零的，整个人仿佛失去了活力。

六十秒的红灯似乎很漫长，他用了很久很久的时间才走到她的身边，“叶然——”

她慢慢抬头，一双湿漉漉的黑眸在暮色下发出幽深的光泽。

逆着光，她看不清他的表情，眼前的他是一片朦胧。

“跌跤了？”他问道，“擦破皮了？”他要检查。

叶然躲开，眼色清明，“没，没事。”

“真没事？”傅延北不相信，她的眼睛红通通的，肯定是哭过了。

“我的坠子掉了。”

傅延北有些好笑，原来是为了这个伤心啊。谁送的宝贝这么稀罕？“在哪里掉的？”

“就在这儿。”

“你等等，我找找看。”

他认真地在找寻着，只是天色已晚，光线模糊，那么小的坠子哪里能轻易找到呢？

“算了，延北，不找了。”可能是缘分到了。

上一次掉坠子是在他发生车祸那天。

傅延北找了半天都没找到那个坠子，而此时叶然的心情已经平复下来了。

她静静地看着他，前几天他刚刚送了她一个发卡，今天她就弄丢了他以前送她的坠子。

人生真是充满了巧合。

叶然起身拍拍裙子上的灰，走到他的身旁，“不找了，我们回家吧。”

傅延北对上她盈盈的眸子，“改天我帮你问一下有没有同款。”

叶然的脚步有些不自然，一步一步往前走，步伐微微缓慢。

傅延北停了下来，皱了皱眉。他突然蹲下来，掀起她的裙子，膝盖上面被蹭破了一块皮。

他轻轻叹了一口气，转过身，“上来吧。”

“我又不是小孩子，我能走。”

傅延北失笑，不是小孩子怎么会坐在马路边上哭？这荏弱的样子，在他心上狠狠挠了一下。到底遇到什么让她这么伤心？“叶然，听话。”

听话。以前她总不听他的话。

叶然轻轻弯下身子，双手环住了他的脖子。

傅延北背着她慢慢往前走。后背宽阔温暖，她忍不住将脸靠上去，“傅延北，你累不累？”

“不累。”

“傅延北，你爱我吗？”

傅延北应了一声。

叶然扯了扯嘴角，“敷衍。”

燥热的夏日傍晚，梧桐树上停息的蝉嘶哑地鸣叫着。

如果这条路一直没有尽头，

如果可以就这样走完余生，

如果，他能再次爱上她。

……

到家后，傅延北给她的伤口做了消毒。

叶然看着他的动作，“手法挺熟练的嘛，是不是以前经常帮别的女孩子处理伤口啊？”

傅延北正在收拾药箱，闻言手上的动作微微一顿，“你是第一个。”

叶然大脑短暂地空白，随即笑了。

傅延北合上药箱，想了想说道：“这个箱子是我的心理医生上次寄过来的。”

“你在看心理医生？”她诧异。

“车祸后我做过一段时间的心理疏导。”他不想瞒她。

两人谈过几次车祸，他说的不多，语气也是淡淡的。叶然对车祸心里也有症结，每到这个话题都感到特别无力。

傅延北见她脸上浮出一抹怪异的表情，心疼？愧疚？他揉了揉她的脑袋，“好了，我去做晚饭。吃面条吧。”

冰箱里还有一些宽面，傅延北喜欢吃宽的面条，阿姨每次都会多买些放在冰箱，怕他饿的时候没吃的。

“好像不够，叫外卖吧。”

叶然扯了扯嘴角，“我那里还有点青菜和牛肉。”

他这里不常开伙，不能指望有什么东西了。

“算了，我过去吧。你休息一会儿。”

“就磕破了一点皮，正好回去给我的花浇浇水。傅先生，请稍等片刻。”她调皮地说道。

傅延北刚洗好手，门铃响起来。他以为是叶然，奇怪她怎么这么快。打开门，快递员站在门口。

“傅延北？”快递小哥念着快递单上的名字。“您的快递，请签收一下。”

傅延北接过，“什么东西？”

“好像是书。”

傅延北签了字，扫了一眼快递单，是苏州寄来的，寄件人的名字他并不认识。他扯了扯嘴角，随手将快递放到一边的储物抽屉里，那里已经摆了好几本乱七八糟的杂志了。

叶然从家里拿了一份牛肉、两个鸡蛋，还有豆瓣酱。傅延北就着简单的食材做了牛肉面。

叶然把汤都喝光了，“延北，你的手艺都快赶上酒店大厨了。”

“你越来越会哄人了。”不过他很受用。

叶然撇撇嘴角，她才没有哄人。这是她第二次吃他下的面条。

第一次是大一她的生日。

他亲手做了一碗面条，大概也是因为那碗面条，彻彻底底让当时不安的叶然真正喜欢上了他。

这四年，每次吃面条她都会想起这个味道。

饭后两人各自窝在沙发一角看电视，傅延北的手机铃声响起，是傅母的来电。

叶然看到了来电。

傅延北起身，“我去接电话。”

傅母白天见到了叶然，想了很多，心情越发低沉。没有哪个母亲愿意自己孩子和伤害过自己孩子的人在一起。

“延北，你爷爷的生日礼物准备了吗？”

“爷爷不在乎那些，我们能聚在一起，他就很开心了。”

傅母听他这么一说，气得咬牙，“礼物我帮你买了，到时候就说是你送的。”

“没那个必要。”

“你傻啊，你还要不要深海了？”

“妈，无论深海以后是交给大哥还是我，您都不要再插手这件事了。”

傅母沉默了一刻，“我从二十多岁到四十岁，最好的年纪都给了深海，最后我得到了什么？”

“我知道，您心里不好受。”这些年他的妈妈过得也不容易，“可我想和大哥公平竞争，也请您相信我。”

傅母知道他的心思，从小在傅延林的压力下长大，加上四年前的车祸，他现在变得更加压抑了。“爷爷生日那天早点到。”

“那天我会带叶然去。”

“你确定了吗？”

“是的。”

傅母抚额，知道现在拦不住他，“随你吧。”越阻止越适得其反，不如静观其变。

叶然不知道什么时候站在了他的身后。傅延北转身就看到她面色沉郁地站在那儿，他晃晃手，“想什么呢？”

叶然扯了扯嘴角，“抱歉，我不是故意听你和你妈妈打电话的。”

“又没有什么秘密。”

叶然犹豫了一下，“你妈妈是不是不喜欢我？”

傅延北握住她的手，“我妈妈这些年一直希望我和韶言能成。”

叶然眼睛一眨不眨地看着他，这个理由，他没有说谎。“我出现得不是时候啊。”

傅延北怔了片刻，表情微微一动，“不，我很开心你能出现。”这段时间，和她在一起，他很快乐。

叶然挑挑眉，“好吧。这回无论你家人给我出什么难题，我都不会退缩的。”

傅延北低下头，轻轻吻了一下她的额角，“有我在。”

她满足地笑着，“我得回去了。”欠了一堆债，还有毕业设计没有完成，加上前段时间教授已经给她发了邮件，让她尽快回伦敦。七月中下旬要举办伦敦书雕展了，教授希望她能回去参加，叶然一直在犹豫。

傅延北将她送到家门口，问道：“你要不要学车？陆风的女朋友暑假要去学车。”陆风的女朋友是老师，暑假有时间。陆风给女朋友报名的事，秘书处都传遍了，夸他是个好男友。

陆风得意，“我的年终奖准备给她买辆代步车。”

傅延北想了想，可以让叶然去学一下，自动挡应该适合她，毕竟简单很多。

叶然脸色一白，“不，不用了。我有开车恐惧症。”

“这么严重？”

叶然直点头，“我这辈子可能都不能开车。”

傅延北转了转眸子，“这可怎么办？”

“嗯？”

“我和你都不能开车，以后，傅叶莱小朋友出行怎么办？总不能一直让陆风给我们开车吧。”

叶然窘住了，一时间不知道该说什么，有些尴尬，还有些甜蜜。“我们可以等等，等傅叶莱小朋友满十八岁，让她练车以后找她开车。”

傅延北朗声笑着，“好主意。”

此后，很长的一段时间，叶然总会想到这个晚上。

关于那碗面条，关于他亲口提到“傅叶莱”。

纵使遇到再多的酸苦，回忆到这里，她的嘴角都会噙着笑意。

无论如何，她的爱一直都在。

为了参加生日宴，叶然特意在深海商城买了一条连衣裙，果绿色收腰连衣裙，裙子到膝盖以上，不长不短。只是这条裙子不便宜，一点布料要五千多块，她有些肉疼。书雕店的租金还有员工工资，还有她支付的房租费，已经花去了她大部分的积蓄，再这样下去，她真的得求救傅延北了。

当然，她会用一辈子还债的。

到了那日，傅延北和她一起去酒店。一路上，她紧张得一言不发，一直在做心理建设。

她又理了理裙摆。

傅延北笑了一声，以前以为叶然不在乎外在呢，现在不由得觉得她这些举动很可爱，“我爷爷又不是老虎，别紧张。他和你外公一样，很和蔼。”

怎么会一样呢？

外公对他好，那是爱屋及乌，不知道她说了多少好话。要不然，外公会给他作画？早就抄起拐棍揍他了。

不过，总归要见傅家人的。

到了酒店，两人下车。

叶然拉住他的手，进大厅前，她突然问了一句：“延北，你相信一见钟情吗？”

“怎么突然问这个？”

叶然的声音隐约变了，“我不相信，但是我相信缘分。傅延北，我觉得我们上辈子一定关系匪浅，所以这辈子我们才会相遇。”

傅延北轻笑，“走吧。”

她收起了心里的不安与忐忑，一步一步坚定地走进酒店大堂。

傅延北一出现，大厅里的目光都聚到他身上。来的宾客可是都收到消息，傅家和苏家将要结秦晋之好。

傅延林早已结婚，就剩下傅延北了。可是傅延北带着女伴来什么意思？

宾客们私下里议论纷纷。

傅延北带着叶然去见傅家两位老人。

“爷爷奶奶，这是我女朋友，叶然。”此话一出，在场的一些人立马看向了一旁的苏家人。

老爷子和老太太打量着叶然，目光久久停留在她的身上，直到傅延北再次提醒。

老爷爷乐呵呵地说道：“我是太高兴了，等了这么多年，你终于带女朋友来见我了。”

叶然甜甜地喊了人：“爷爷奶奶好。”她递上礼物，“傅爷爷，祝您生日快乐。”

苏韶言咬着唇角，脸色冷到了极点，她暗暗掐着掌心，“傅爷爷，人都来了，那么我也要送上我的礼物了。”

“好好好——”

苏韶言穿着黑白相配的连体裤，优雅大方，“我借花献佛，何成言老先生的《夏末》，祝您福如东海。”

“这份礼物可贵重了。”傅老爷子笑得合不拢嘴。

“傅爷爷喜欢就好。”苏韶言乖巧地回道。

大家都知道，苏韶言这是在给叶然下马威呢。何成言一画难求，叶然能送出什么礼物呢？

叶然尴尬，没想到在这样的场合还撞礼物。她小声对傅延北说道：“让爷爷稍后再看礼物吧。”

傅延北明白她的心意。叶然心地好，不争不抢。

傅延北开口：“爷爷，这么多礼物晚点再看吧。客人都来了，我们去招待一下。”

“是啊，你们年轻人去玩吧。”

苏韶言咬牙，眼看着大家各自离开了。

叶然看到了时安，当然还有周斯南。这两人今天就像两个陌生人，一个眼神都没有。

时安穿着一字肩A字裙，露出漂亮的锁骨，她踩着高跟鞋走到叶然身边，“叶然你今天真漂亮。”

“我平时很丑吗？”

“不是不是。我才发现你和傅延北真是天生一对。”

叶然看着傅延北，眨眨眼，目光似水一般，充满了绵绵情意。

傅延北今日一身休闲打扮，平添了几分温文尔雅，他揽着她的肩头，微微一笑，“谢谢夸奖。时安，一会儿再来找你。我带叶然去见一下我的母亲。”

“去吧去吧。”时安朝着叶然比了一个加油的手势。

叶然悄悄吐了吐舌头。

佛祖啊，请你保佑我。

拜托今天不要戳穿我的谎言！

叶然拉住了傅延北的手，傅延北停下来，感觉到她掌心的汗意，“紧张了？”

叶然点点头，“很紧张。”她没有说刚刚傅老爷子看向她的时候，她差点忘了呼吸。老爷子的目光在她身上停留了几秒，打量着，似乎在思索着什么，也许以前老爷子就听过她的名字。

傅延北扬了扬眉头，“拿出当初你追我的胆子来。”

他的打趣，却让她心头涩涩的。

叶然扯了扯嘴角，话语变得很轻，“也许我再也没有那样的勇气了。”

傅延北一愣，握紧她的手，“我妈妈看着有些高冷，其实相处时间长了，你就知道她是个很好的人。”

叶然重重地点头。当年，他伤成那样，傅母都没有说她一个字。她都知道。

叶然深深吸了一口气，重新整了一下心情，冲着他扬起一抹大大的笑容，“走吧。”

傅母正在和几个朋友说话，苏韶言的母亲也在，两人的关系向来亲厚。

尽管傅延北的事，让苏家人很不舒服，但是苏家人在场面上依旧做得很大气。

“延北来了啊。”

傅母侧过身，脸色没有太大的变化，维持着浅浅的笑意，“你们先坐坐，一会儿我再来找你们。”

傅母、叶然，还有傅延北站在一旁。

傅母手里挎着一个黑色的手袋，配着一身素色的连衣裙，气质优雅。五十多岁的人了，身材依旧苗条。

傅延北声音平和：“妈，这是我女朋友叶然。”

四年前傅延北不止一次问过她：然然，这周末去见见我妈妈吧？她一定会很喜欢你的。

时隔多年，她慢慢地完成了他当年说过的那些话。

叶然心情复杂，紧张地开口：“伯母，您好。”

傅母望着她，脸色淡淡的，甚至连一个表情都没有。

叶然的心里满是不安，此刻她无处遁形。

“妈，您别这么严肃。”傅延北往前一步，亲昵地揉了揉她的肩头。

傅母终于笑了一下，这个儿子是怕她对叶然不好吗？就是现在忘了她，可还是偏爱着她啊。“叶小姐，今天爷爷生日太忙了，第一次见面礼物我还没有来得及准备。下次我让延北带给你。”

叶然有些难以置信，“伯母，不用这么客气。”

傅母：“以后有时间和延北到家里来玩，爷爷奶奶年纪大了，多陪陪他们。”

叶然：“我们会的。”

傅母：“延北，好好招待叶小姐，我去招待客人了。”

叶然明白了，傅母还是不喜欢她，不过现在能这样已经不错了。

傅母离开了，叶然轻轻地松了一口气。

“我没有骗你吧。”傅延北抬手轻抚着她额角的几缕碎发，“现在可以安心吃点东西了吧。”

傅延北给她拿来饮料，叶然吃着蛋糕，两人说着话。不一会儿，有人把傅延北叫走了。

“我去去就来。要是无聊，可以去外面转转。”

“你去忙吧。”

傅延北走了一会儿没有回来，叶然一个人再待了一会儿。有个年轻的男人走到她的身边，“叶小姐，夫人有请。”

叶然笑笑，就知道不会那么容易过关。

年轻的男人带她乘坐电梯去了六楼。

房门虚掩着，叶然深深呼了一口气，推开了那扇门走进去。

傅母背对着她，一直看着窗外，听见声音，她转过身来。

气氛微微凝滞。

傅母点点头，“坐吧。”

“伯母，您有什么想说的就直说吧。”刚刚吃得太多了，现在胃焦灼地难受着。

傅母的眉毛轻轻拧了一下，眸色沉了几分，“我真没有想到你会回到延北身边。”

“伯母，我回来的时候他没有爱人。”叶然急切地解释着。

傅母不轻不重地解释道：“你离开之后，韶言一直陪着他。车祸后，他的每一次复健都是韶言陪在他的身边。”

叶然红着眼，用力地掐着掌心，“伯母，车祸的事，我真的很抱歉。”如果可以，她希望出事的人是她。

“车祸的事是命中注定，不怪你。”

真的不怪她吗?

可是傅母已经放弃她了。

“叶然，延北已经不再是以前的那个他了，你确定他对你和以前一样吗?”

“伯母，我不介意，我想和他在一起。”

傅母摇摇头，“你们大一时，我就知道你了。延北给我看过你的照片，是他偷拍的。他一直想带你来见我，可是从大一到大二，我都没有见到你。”

叶然声音哽咽，已经说不出话来。

“我们一家人性子都执拗，偏执得可怕。喜欢上一个人就是一辈子的事，无论世事万千，都不会改变。我是，他的父亲是，延北更是。”窗外，天色渐渐暗下来，“所以延北选择忘了你，当初是他自己选择埋藏了你们所有的记忆。”

叶然抬手捂住了嘴巴，双腿软得无力，踉跄了几步靠在桌角。

“你知道他看心理医生的事吗？”傅母嘴角干涩，如果可以，她也不想这么残忍。她也是做母亲的人，这件事不说就是一颗定时炸弹。若是以后延北恢复记忆，想起了一切，他要怎么办？

叶然现在不知道他的情况，和他在一起，这是欺骗。

“医生给他进行了催眠。”

叶然静静地听着，视线一片模糊。

“叶然，我不想我的儿子再次受伤了。我见过他从云端跌入污泥，粉身碎骨。你不知道，他醒来的时候，说的第一句话——”

“妈妈，不要为难然然。”傅母双眸湿润。

叶然咬着唇角。

“你走吧。趁他现在还没有完全爱上你，离开宁城，离开他。我不想再失去我唯一的儿子。我不年轻了，再也承受不起了。”

叶然缓缓地闭上眼，内心震荡着，眼泪滚滚而下，她好疼好疼，疼得快要死了，一如当年……她不知道该说什么。她做错了很多事，她把自己逼到了悬崖边上。

叶然哽咽着，“可不可以，再给我一次机会？这一次换我来爱他，我不会再让他受到一点伤害。”

傅母沉默着，一言不发地望着她。

执念，就是一杯毒药。

“你就不怕，延北不会再爱上你吗？”

叶然抿着发白的唇角，她想过这个可能。可是如果是这样，她也心甘情愿。

叶然失魂落魄地下了楼，脸上被泪水洗刷过，黏黏的，她洗了一把脸，想掩饰住红红的眼圈，可是根本遮不住。

她的手机响了，是傅延北。

“在哪儿呢？”他似乎很高兴，“宴会开始了快过来。恒宇要表演节目了。”

她想回家了，可却不想扫他的兴，“我马上过去。”

大厅一片热闹。

她很快在人群中找到了傅延北，她走得很慢，脚步沉重。

傅延北见她垂着头不说话，歪着头问道：“眼睛怎么红红的？”

“刚刚在外面，有只虫子飞进去，没办法，拼命地哭，想把虫子冲出来。”叶然慢慢抬头望着他，内心波动。

为什么当初要选择催眠呢？

你真的是要彻彻底底放弃我吗？

你真的不想再爱我了吗？

她的眼神，沉寂中带着深究。傅延北一怔，“现在好了吗？我看看——”指尖抬起她的脸，他微微低着头，仔细地看着她的眸子，一双剪瞳里布满了红血丝，“流了不少眼泪啊。”

这姿势，她就像等待王子亲吻的公主。

幸好这时候苏韶言正在台上唱歌，不然看到这一幕肯定要伤心了。

苏韶言唱歌很好听，都快达到专业歌手的水平了。听了傅母和她说的那些话，她现在看到苏韶言，心里异常平静，甚至对她充满了感激。

“苏小姐唱歌真好听。”

“她以前在美国参加过唱歌比赛，还拿了奖。”

“那可真厉害。”叶然语气真诚，还充满了羡慕。傅延北和她有过她不知道的四年啊。

苏韶言落落大方地走下台，经过她身边时问道：“叶然，你准备表演什么节目？”

“我可不擅长，就不献丑了。”她连连摆手。

苏韶言弯着嘴角，靠近她，“其实傅爷爷很喜欢我们表演，助助兴吧。唱歌或者跳舞——”

“不——”叶然来不及说。

苏韶言已经越过她，走到司仪身旁了。

叶然窘迫，“延北，快拉住她。”

可惜来不及了。

司仪拿着话筒，“听完了苏小姐美妙的歌声，接下来欢迎叶然小姐。”

叶然一脸无奈地看着傅延北，这是他欠下的桃花债，偏偏要她来还。

傅延北脸沉得吓人，“我去说。”

“别，现在说不表演，多丢人啊，而且你爷爷心里也会不舒服的。”

“你不用在意那些。”

叶然听了他的话，心里罩上了一层暖意，“算了吧，我就当音乐课考试吧。”

她借了一把小提琴，拉了两次试了试音，“还行。”

她走上台，微微仰起头，支起了小提琴。

琴声悠扬而起，传遍了大厅。

维瓦尔第的《四季》。

时安独自坐在一旁，脸上有掩不住的震惊。她小时候也练过一两年的小提琴，尽管是学渣，可她知道能把琴拉到这个程度，不是一朝一夕能做到的。

“叶然拉得挺好听的。”

一只苍蝇在耳边嗡嗡嗡，她真不想理他。

周斯南舔舔嘴角，一晚上两人都没有说话，现在的场面并不是他所希望的，他轻轻低咳一声：“时安——”

时安凉凉地看了他一眼，没搭理他。

周斯南还是第一次被她冷待，“我问你，那天晚上你是不是帮我换内裤了？”真是难以启齿。

时安的脸都要滴血了，她咬着牙，告诉自己冷静下来，不就是换内裤吗？她别过脸，正视着他，语气轻飘飘的，“也没什么好看的。”

周斯南的脸色顿时紫了，立马掉头就走了。

一曲终了，台下响起了热烈的掌声。

傅老爷子呵呵直笑，“不错不错。”

叶然呼了一口气，走下台。

小提琴师犹豫道：“能否问一下，你学琴多少年了？”

叶然微微一笑，“三年。”她只学了三年。

她走到傅延北身旁，轻轻说了两个字：“还好。”

傅延北的手揽在她的腰上，微微收紧，心里软得一塌糊涂，“你还有什么没有告诉我的？”

第十三章

再也别忘了我

傅延北不由自主地弯着嘴角。那一刻，他觉得自己是喜欢叶然的，她总是不经意地撩着他，让他情不自禁。

叶然亦望着他，如黑曜石般的眼瞳里只有他的身影，她翘起嘴角，“你没有问过我啊。”

“你啊。”傅延北有几分无奈。叶母是小提琴家，可她没想到叶然也是个中高手。

“小叔叔——”傅恒宇今晚要表演节目，穿着小西装和黑色短裤，脖子上还打着领结，像个小绅士。他走到傅延北身旁，看着叶然。

叶然笑着，弯下腰，“你好啊——”

傅恒宇挺直背脊，“你好，叶姐姐——”

叶然忍不住摸了摸他的头，叫姐姐会不会乱了辈分？可是现在总不能让他叫她小婶婶吧？

“恒宇，你妈妈呢？”傅延北问道。

傅恒宇耸耸肩，“爸爸把妈妈抢走了，让我自生自灭。”

叶然失笑，“你爸爸真——小气，怎么能这么对待小朋友？”

“我都习惯了。叶姐姐，小笙以后不回来了吗？”小正太其实过来是想问这个问题的。

“她暂时要在青城上学。”

傅恒宇有些失望，嘴角的笑容慢慢淡了。

“不过小笙说放假会过来看你的。”

“真的吗？”傅恒宇的眼睛立马亮了。

傅延北望着她，他可不相信小笙会说这样的话，怕是距离和时间已经渐渐抹去了他们在小笙脑海中的记忆。

“等放暑假，我就把小笙接过来。”

“叶姐姐，你低下头——”傅恒宇招招手。

叶然低下头靠近他，她想小朋友肯定要和她说什么悄悄话吧。

啪的一声，傅恒宇在她的右脸颊上吻了一下，“叶姐姐，你真好。”

叶然愣住了，被一个小帅哥亲了。

傅延北扯着嘴角，抬手拎着他的衣领子，“小子，你可不能这么占我女朋友便宜，要叫小婶婶。”

傅恒宇吐吐舌头，“我要去准备了。再见。”

叶然感叹：“现在的孩子不得了。”

远处，苏韶言站在傅母的身旁，脸色灰暗，“傅阿姨，我输了。几年前我赢不了叶然，几年后我还是输给了她。”

傅母意味深长地说道：“韶言，路还很长。不是相爱就一定能走到一起的。”

“可是延北心里根本就没有我啊！”那种爱而不得的心情太卑微、太心疼了。

傅母幽幽地叹了一口气，“延北走错过一次，我不想他再错第二次了。静观其变吧。我只希望你们都能幸福。”

夜深了，宾客渐渐走了，酒店恢复了安宁。

大家聚在一起。傅延北大伯一家、小姑一家，还有苏家人。

傅延北打开礼物，“爷爷，然然听说您平时喜欢画画写字，特意准备了这份礼物。”

“我看看——”老爷子慢慢拆开了。

是松柏图。

松柏常青，好寓意。

真是一幅好画，他看得如痴如醉。

落款——何君卿。

“丫头有心了。”

傅奶奶歪着头，推了推眼镜，“这松柏画得好，画风清冽，这是小叶自己画的吗？”

叶然笑着，“奶奶，我可没有这么大的本事，我的画不敢拿出来给人看的。”

傅奶奶念叨：“何君卿啊——这名字熟呢。”

“君卿是何成言的字。”这时候傅延林沉声开口解释道。

“何成言的画？”苏父大步走上前，仔细端详着那幅画，确确实实是何成言的风格，“怎么可能？他已经封笔了。”所以他的画价格炒得越来越高，已经到了一画难求的境地。

这个丫头怎么会有何成言的画？

苏韶言望着叶然，心里涌过一阵酸水。她送了何成言的《夏末》，叶然又送了《松柏常青》，明显叶然的礼物更得老人家的喜欢。

“是不是假的？”苏韶言突然说道，“我的意思是，叶然买到别人造假的画了。毕竟现在山寨品太多了。”

气氛一瞬间凝滞下来。是啊，这话没错。何成言的画岂是一般人能买到的？

傅延北拧着眉，冷然道：“不是假的。”

“你有什么证据？”苏韶言追问道。

他横眉冷对。

叶然拉住傅延北的手，“这画是真的，货真价实。”

“你说真就真了？”苏韶言冷冷地望着她。

“苏小姐——”明桦开口，想要帮叶然说话，她实在不喜苏韶言这样咄咄逼人的态度，“那你的画就能确定是真的吗？”

傅延林歪过头，嘴角含着笑意，他的妻子是坚决站在叶然这边了。他不着痕迹地拉拉她的手，“你觉得谁是真的？”

“不知道。”明桦抽回手，“你赶紧说几句，让大家散了吧。”

傅延林耸耸肩，压着声音，“延北又不需要我帮忙。何况这样的事他都处理不好，以后怎么办？”

明桦瞪了他一眼，傅延林却觉得她那个眼神娇媚可爱。

苏韶言默了。

叶然眨眨眼，“不知道能不能看一下苏小姐的画？”

傅老爷子使了一个眼神，傅家大伯拿来画，“小叶，你看看。”

叶然打开画，《夏末》这幅画是绘在她八岁的夏末，那天院中的银杏树上，蝉鸣嘶吼，所以画中的树上有一个黑乎乎的东西，不清楚，不在意也看不出来。

何成言从来没有解释过，因为那是叶然涂上去的。

众人见叶然打量着画，默不作声。

“叶然，你看出什么来了吗？”苏韶言自然觉得这幅画肯定是真的。

叶然抬起头，扯了扯嘴角，“苏小姐，我想你可能被骗了。”

“不可能！”苏父气得瞪眼，“你懂什么？”

“你们不信我的话就算了，这幅画确实不是何成言的真迹。不过已经到了以假乱真的程度了。”

傅延北站在她的一旁，嘴角藏着笑意，“苏伯伯，你现在应该去找卖画给您的人确认一下。”

苏韶言脸色难看到极点，“你们胡说什么？”

傅老爷子开口：“你们的心意我领了，时间不早了，大家早点休息。延北和小叶留下来。”

众人散去。

傅延北悄悄地拉着叶然的手，两人心照不宣地对视一眼。

傅老爷子轻咳了一声，“没规矩。”

傅延北立马松开手。

老爷子目光如炬地看向叶然，“何成言是你什么人？”

叶然敛了敛神色，不敢欺瞒，“他是我外公。”

傅老爷子笑了，“我说呢。”他轻叹一声，“小北去青城求到你外公的画了？”

叶然点点头。

“呵呵，不容易啊。我看是你帮他求的吧。”傅老爷子当年也想请何成言作一幅画，可是到最后未果。没想到兜兜转转，他竟然又得到了何成言的画。

这就是人生啊，永远都会有出乎意料的事发生。

“傅爷爷，刚刚我不该那么做的。”到底有些失礼。

傅老爷子摆摆手，他心里清楚，是苏家丫头咄咄逼人，“你们也早点回去休息吧，有时间到家里来玩。”

叶然点头，心中满是喜悦。

傅延北道：“爷爷、奶奶，我们先回去了。你们早点休息。”

老爷子望着他们，目光浑浊，这两个孩子就像金童玉女，“小叶——”

叶然停下步子，“爷爷，还有什么事？”

“你是不是还有个妹妹？”

叶然脸色一变，“是的。”

“几岁了？”

“四岁。”

老爷子点点头，“下回方便的话也带她过来，和恒宇一般的年纪，两个孩子正好可以一起玩。”

叶然艰难地咽了咽口水，“好。”

今晚的夜空可真美啊，深海般的星空，耀眼的明星一闪一闪的。叶然仰着头，“我觉得今晚像做梦一样，爷爷奶奶，还有你妈妈都对我很好。”

“我对你就不好吗？”他反问道，问完也觉得怪怪的。

叶然抿唇一笑，没说话，只是以前的他对她更好呢。

灯影和星光衬着他的浓眉深目，她捧着他的脸，紧紧地盯着他的眼睛，心里念着，傅延北，早点爱上我，以后再也别把我忘了。

傅延北低头，深深地吻住了她的唇。

“哎呀——”有人突然叫了一声。

树影婆娑，半路杀出一个人来。

傅延北连忙和叶然分开，冷眼扫过去，来人是周斯南。他没好脸色，“你怎么还没有走？”

周斯南脸色郁郁的，他别着左脸，不好意思给傅延北看到他受伤的样子，“我有点事。”

叶然深吸一口气，慢慢平复过来。

周斯南想快点离开，“你们继续。”

傅延北叫住他，“和谁打架了？”

周斯南知道瞒不过他，“自己撞的。”他想趁着今晚和时安好好谈一谈的，解释一下他的想法。现在所有人都把他当成负心汉，他爸他妈已经不想认他这个儿子，就差写封断绝关系的告示了。

叶然笑出了声，“我猜猜看，不是时安，时安舍不得打你，不不不，现在也懒得打你了。”

周斯南瞪了她一眼，“延北，管好你老婆。”

老婆——

叶然怔住了，连傅延北也怔住了。

周斯南却没有在意，“是梁休宁打的。”梁休宁是时安的表哥，晚上也来参加生日宴了，酒席结束后把他叫到走廊上，黑灯瞎火，上来就把周斯南狠狠揍了一顿。

叶然收回了心绪，“打得好，打得妙。”

周斯南冷冷一笑，“你们是不是都觉得我错了？难道我就不能追求我的幸福？不爱一个人有错吗？延北，我问你，韶言那么爱你，你妈妈一直让你娶她，你是怎么做的？”

傅延北的脸色僵下来。

叶然咬着唇角，“周斯南——”

“我做错了什么？我不就是不爱时安吗！”周斯南的话语里充满了无奈。

“别说了。”叶然目光悠悠地望着他的身后，时安手里拿着一个瓶子已经站在那儿了。

“我还不能说了啊——”

叶然开口唤道：“时安——”

周斯南终于意识到什么不对了，一个酒瓶滚落到他的脚边，声音闷闷的。

傅延北厉声道："斯南，你错了。"

时安和韶言不一样。时安看似天真，可是心底异常敏感和脆弱；韶言看似柔和，内心却非常坚强。

而他俩更不一样了。

傅延北从来没有给过苏韶言一丝希望。

"斯南，你给过时安希望了。"

现在抽空了希望，时安的天早就塌了。

叶然追上了时安，也不知道时安怎么这么能跑，跑了一条街才停下来。

叶然喘着气，"时安——"

时安埋着头，"叶然，你什么也别说，什么也别说。"她坐在台阶上，双手抱着手臂，缩成小小的一团。

树影婆娑，灯影晃动，夜静得如此寂寥。

时安看着自己的脚尖，侧影被悲伤笼罩。

每个人处理感情的方式都不一样。时安属于隐忍型的，大概和她后来的家庭变故有关。

叶然觉得，这样的好姑娘一定会遇到一个宠爱她一生的男人。她轻轻地揽住时安的肩头，深吸了一口气开口："我给你讲个故事吧。"

时安侧目，眼底满是迷茫。

"有个女孩子，她有一个幸福的家庭，爸爸妈妈非常恩爱，可就在她初中那年，她的父母离婚了。为了要她的抚养权，爸妈疯狂地争执着。小女孩渐渐变得自闭，后来她的父母发现了这个问题，可是小女孩再也回不到以前的快乐了。当小女孩长大，她上了大学，遇见了一个非常非常好的男生。那个男生帅气聪明，偏偏对女孩子一见钟情。可是那个女孩子不懂爱啊，也不相信爱情。她拒绝了那个男生——"

皎洁的月光，投在地砖上。

叶然神色平静，"那个男生一直坚持着，终于有一天打动了女孩子。女孩子还是那样没心没肺，男生还是那样无怨无悔地付出。男生说，等他们一毕业就结婚，以后他们要生两个孩子，一个儿子一个女儿，连名字都起好了。"

时安哑然开口："男生很爱那个女孩子。"

"嗯。很爱很爱。"叶然声音波动着，"那是他们在一起的第二年，女孩子忘了男生的生日。原本两人之间在小事上时有摩擦，是男生一直迁就她，这一次终于爆发了，男生提出了分手——"她深深吸了一口气，内心一片凉意。

"后来呢？他们还在一起吗？"时安问道。

叶然扯了扯嘴角，沉默了许久，她说了四个字："不知道啊。"

以后的结局谁知道呢？

时安揉了揉冰冷的脸颊，"叶然，你是那个女孩子吧？"

叶然木然地看着远处，千家万户，灯火通明。如果她当时能懂得珍惜，他们现在早就成婚，应该也有了第一个宝宝了。

叶然没有回答时安的问题，她笑了笑，"该回去了。"

时安幽幽叹了一口气，"叶然你爱傅延北吗？"

叶然侧着头，"爱啊。"因为爱，才会忐忑不安。

"你比我幸运。以前我都没有站在斯南的立场去考虑过他的心情。爸爸妈妈离世，叔叔和阿姨太舍不得我，他们希望斯南能娶我。我的爱，太自私了。"

爱的意义，是让你所爱的人幸福。

"时安，也许短暂分离才能造就更长远的相守。"至少，斯南没有忘了你。偶尔，当他想到你，他还会感到内疚。

"谢谢你，我明白了。"时安动容，"如果傅延北对你不好，你可以考虑一下我大哥，我希望你能做我大嫂呢。"

"哎哟——"时安捂着脑袋。

傅延北不知道何时到的，听到时安的话，他好气又好笑，"亏我还帮你训了斯南，没想到你还扯我后腿啊。"

时安吐吐舌头，"傅延北，我只是善意地提醒一下叶然。你自己看着办吧。"

傅延北和叶然相视一眼，两人微微一笑。

时安起身，看样子已经恢复了，"我回家了，不用送我了。"她挥挥手，背影坚毅。

放下这一段感情，不是不难受，只是她不想他难受。提出放手的人是她，如今她不会再拖泥带水。

夜色温柔，月亮的位置已经变动了。

“你刚刚和时安说的那个故事——”

“噢，那个故事啊，是我大学室友。”

傅延北默了一下，“你以前的同学呢？”

“我们宿舍只有三个人，老大周瑞雪，老二钱菲，我是老三。我大三出国，渐渐地失去了联系。”

“以后有机会还可以见面的。”

“你呢？你现在还和大学同学联系吗？”

他摇摇头，“宁大这边的同学都忘了。”

叶然笑笑，“我们仨曾约定过等我们各自结婚再约。”如果她结婚，周瑞雪和钱菲一定会出现的。

傅延北没有忍住笑意，轻笑出声，“那不结婚就不见面了？”

“不可能不结婚的。”叶然撇着嘴角，“我们可以加快速度。”

傅延北的脚步短暂地顿了一下，“好啊。”

叶然瞬间一怔，“你说什么？你刚刚说什么了？”生怕自己听错了。

傅延北理了理她的头发，目光微怔，“结婚吧。”

昨天，叶然还看过星座运势，金牛本周走出水逆，红榜第一名，贵人运好，利于外出和得到好运气。

难道这就是她的好运气？

“会不会太快？”感觉在做梦，一切都是那么不真实。

傅延北弯了弯嘴角，“我们发展得还不快吗？”

叶然脸红，紧了紧手，“我说的结婚是相爱结婚，如果你现在还不爱我，我们还是缓一缓吧。”

傅延北拉着她的手，“叶然，我不是很浪漫的人，对于感情也很迟钝。以前我以为我也不会去触碰它，可你出现了。”

叶然说不出现在的心情，她已经得到她想要的了。为什么却开心不起来呢？

人啊，真的好贪心。

天气越来越热，白天的室外温度已经飙到 40 摄氏度。城市中心区每日人流不断。这条商业街也是国内著名的商业中心，已经有百年历史，每逢节假日日均客流量峰值近百万人次。

这也是傅延北非要坚持重新打造深海二期的原因。百年商业中心，不论经济如何发展，傅家不能丢了最初的战地。

二期装修工程已经到了中期，傅延北带着公司的高层来到大楼。工程负责人一一介绍了最近的工程情况。一至三楼是购物中心，一楼主打国内外一线品牌，二三楼的品牌更趋向大众品牌。早些年，深海商城内部服装有一些来自广州服装市场的货，档次略低，价格比临近的商场便宜，就这样深海和金汇拉开了消费群体。

因而这次进驻深海商城的每一个品牌，都需经过考核、内部讨论后，才能进驻。

四楼主打生活类用品，譬如体育、娱乐、书籍等等。这里还打造了一家书店，店内还有咖啡、甜品供应，闹中取静，别有一番滋味，主要想吸引更多文艺青年。

“傅总，书店商已经和我们沟通过了，您看下，这是书店的设计图。”

傅延北低着头，边走边看图纸，“工程速度要加快，同时，质量要放在第一位，材料要安全健康，确保十月前完工，一月如期开业。”

“您放心，时间肯定来得及。”

傅延北低头翻着图纸。

咚——一声巨响，五楼一块木板从上面落了下来，一瞬间尘土飞扬。

“小心——”陆风整个人都扑了上去，将傅延北扑倒在地，巨大的木板压在两人的身上。

傅延北和陆风被紧急送到附近的医院。

叶然在店里，手上的刻刀突然将食指戳破，伤口很深，流了许多血。

时安连忙帮她止血，“你怎么了？”

“没事。”一上午她都有些心绪不宁，不知道是不是昨晚没睡好的缘故。

“想傅延北啊？”

“我就是觉得心慌。”

“是不是傅延北向你求婚闹的？”

叶然失笑，一切发展得太快，她总有一种不好的感觉。

时安的手机响起来，是周斯南的电话。叶然劝说：“接吧。”

“不接。”

“可能有急事呢？”

时安转了转眼睛，“你帮我接，就说我去约会了。”

叶然哭笑不得，接听了电话，“喂——”

“安安，你是不是在叶然那儿？你听我说，延北出事了——”周斯南语气急切，“安安，你听到我说的话了吗？”

“周斯南，是我，我是叶然。”

周斯南：“……”

“延北他怎么了？”

“你别紧张，他被东西砸到了，现在昏迷，我已经让贺子去接你们了。到医院再说。”

“他不会有事的，是不是？”叶然只觉得一种灭顶的灾难压下来。

“不会有事的。”

时安见叶然脸色不对，连忙拿过电话，“周斯南，你和叶然说了什么？傅延北他怎么了？”

“安安，你冷静一点。延北在医院，你好好照顾叶然，现在她只能靠你了。”

“好。”时安用力地掐着掌心，“叶然，不会有事的。”

叶然脸色一片灰白，“四年前，他就出过车祸。”

时安一脸疑惑地望着她，眼底满是不解。

不一会儿，沈贺接到她们，他的脸色也不好，见到叶然也不知道该说什么，“那个，先去医院吧。”

叶然咬着唇，一言不发。

沈贺一路疾驰，闯了两个红灯，用最快的时间赶到了医院。

傅母已经到了，这一次她终于不再坚强，捂着脸在那儿悲伤地哭着。苏韶言陪着傅母，一直说着安慰的话。

叶然走到病房门口，她的手在颤抖，不敢推开那扇门。

她怕……

深深吸了一口气，终于推开了门。

傅延北静静地躺在床上，额角还贴着纱布。

她迈着沉重的脚步走到床沿，眼泪决堤，一滴一滴地落下来。她抓住他的手，他的手不再像以前那么温暖了。

“延北，其实你才是最大的骗子。四年前，你说要娶我为妻，可你食言了。延北，我有错，可是你为什么不给我改正的机会呢？我不是故意忘记你的生日……如果我不喜欢你，我不会接受你，不会和你在一起……你怎么能狠心把我从你的记忆里消除呢？你就那么恨我吗？”叶然的脸慢慢贴在他的掌心上，眼泪浸湿了他的指尖。

“延北，有一件事，我没有告诉你，我们有过一个孩子，傅叶笙来过了——她来过了——”

“延北，对不起——”

她的音色喑哑，仿佛失去了一切。

……

时安惊慌失措地转身，猝不及防地撞上了后面的人。

周斯南的鼻子被她撞得生疼。

时安捂住他的嘴巴，对他摇摇头。

两人走出病房，来到走廊尽头。时安双手撑在栏杆上，大脑将刚刚听到的那些话串起来，有些事她渐渐想明白了。

周斯南买了一罐饮料给她。

时安的目光落在饮料上，芬达汽水啊，还是青苹果味的。

好像自从解除婚约后，两人都没有这么安静地相处过。

时安开口：“叶然以前和傅延北在一起过？”

周斯南默了一下，“嗯。”

“什么时候的事？难道他们在大学就认识了？”

“是的，延北大一就认识叶然了。”

“他以前车祸失忆了？”

“是的。傅家因为车祸，三缄其口，目的就是不想他再想起叶然。”

原来如此。

时安轻轻叹了一口气，“叶然真可怜啊。”

“延北也可怜，你没见到他车祸后那个惨样。”

时安不说话了。原来，他什么都知道，四年了，却从来没和她提过一个字，在他心里或许从来没想把她当自己人吧。

周斯南见她不说话，以为她还在为叶然难受，抬手想要拍拍她的肩头。

这是和往常一样的动作，当他的手落在她的肩头时，时安却猛地躲开了。周斯南的手悬在空中，一时间气氛变得异常怪异。

时安抿抿嘴角，“我去看看叶然。那个，我不爱喝这个味道。”她把饮料还给了他。

周斯南站在那儿久久未动，他好像还没反应过来，时安就离他远去。他烦躁地晃了几下罐子，愤愤地拉开扣环，汽水突然四溅，他这身衣服算是毁了。

几个医生走进病房，见叶然坐在那儿一动不动。

许镇轻轻咳了一声，“这位小姐，我们要给傅延北做检查，请回避一下。”

叶然一脸担忧，“医生，他什么时候能醒来？他怎么样了？要不要紧？”

许镇的目光在她的脸上停顿了几秒，叶然没有什么变化，以前他只看过她的照片，他一眼认出她来，“等他睡够了自然会醒来。”

“他没事？”

“谁说他有事的？”

叶然立马站起来，又哭又笑，“谢谢你。”

“谢我做什么？你应该谢谢替他挨板子的那个人。先出去吧，我们要给他做检查。”

“好的。”叶然恍恍惚惚地走出病房。来到门外，傅母和苏韶言都在。

她艰难地走到她们面前，“伯母——”

苏韶言厉声道：“你怎么还有脸过来？”

叶然沉默。

“叶然你真是扫把星啊，你永远只能给延北带来灾难。你看看你把延北害成什么样了？这些年你不在，他过得好好的，你一出现……都是你——”苏韶言愤愤地扬起了手。

“住手！”时轶出声喊道。

苏韶言眼角一颤，怔怔地看着他，默默缩回手。

时轶不知道什么时候过来的，他走过来，不着痕迹地将叶然挡在身后，“伯母，我听安安说了延北的事，延北没事了吧？”

傅母一脸沉郁，“医生说一切还得等他醒来才能确定。”

时轶点点头，目光看向苏韶言，神色微冷，“苏小姐，叶然是延北的女朋友，她比任何人都希望延北平安无事。”

苏韶言脸色很差。

傅母开口：“韶言也是担心延北。好了，大家都去忙吧。”

时轶道：“有什么需要，伯母尽管开口。我先告辞了。”

叶然艰涩地动了动嘴角，“伯母，您也保重。”

时轶和叶然来到楼下，两人坐在木椅上，一时间谁也没有开口，只是望着远处。

许久，叶然开口：“前几天，他向我求婚。是我先提的，他说我们结婚吧。”

时轶侧过脸来望着她，比起几个月前，她瘦了一些。没有回宁城之前，她的世界还充满了憧憬，现在的她快乐吗？“等他醒来，告诉他以前的事。”

“不行。”她捂着脸，摇着头。

“告诉他，难道你还要一辈子活在痛苦忏悔中吗？”

“你不知道，四年前，是延北自己选择催眠，他想彻底把我忘了。他已经不想再爱我了。”

时轶抓住她的手，逼着她看着他，“谁告诉你的？”

“他妈妈亲口对我说的。”这件事给叶然带来了巨大的打击，她甚至却步了。

“那你更要告诉他，让他选择。”

“如果——他还是选择放弃我呢？我没有把握——”

时轶脸色紧紧地绷着，“叶然，不要再这样委曲求全了。”他很想将她抱在怀里，可他还是忍住了，“等傅延北醒来，好好和他谈一谈。如果你们想要过一辈子，这些事必须解开。还有关于孩子的事，我觉得你有必要和傅延北说清楚。”

她确实有错，可是情有可原，更何况，她为她的错付出的代价还不够吗？

如果能一辈子对他隐瞒，叶然也不想再提以前的事，毕竟有些事太伤人了。谁都想留下美好，藏起忧伤。

叶然还停留在原地，而傅延北早就走远了。

告诉他真相？逼迫他吗？

叶然相信，就这样慢慢相处，终有一日，傅延北会重新爱上她的。

叶然收拾好心情才去看陆风。陆风伤得比较严重，后背缝了十针。

陆风的女朋友过来照顾他，满脸心疼，轻声责怪他：“你要是有什么，我该怎么办？”

“不是没事吗？”

“那要是有个万一呢？”

“你想太多了。”

“陆风，你以后再遇到这种事多想我一点点好不好？还有我们的孩子——”

“你怀孕了？！”陆风惊坐起来，扯到了伤口，疼得抽气。

“你能不能别这么激动？又出血了，我去叫医生……”

“别，我没事，你坐这儿，哪里都不许去。”

……

这些话深深地扎进了叶然的心尖，她清清嗓子，慢慢走进去，“陆风，你怎么样了？”

陆风的脸色一片苍白，估计是扯到伤口了疼的，“叶小姐，你怎么来了？”

“你怎么样？”

“休息一两个星期就好。”他憨憨地笑道，“这是我女朋友，姗姗，这是叶小姐。”

叶然和黄珊珊相视，彼此点点头。

黄珊珊说：“叶小姐，你快坐。”

叶然看着陆风正色道：“陆风，这次谢谢你啊。”

陆风扯了扯嘴角，“这是我该做的，今天换作别人，我照样会冲上去，不仅仅因为他是我的老板，又或者陆家和傅家的关系。”

黄珊珊将脸别到一旁，眼圈微红。

“你好好养伤，做了爸爸更要保重。”叶然一脸真诚，“恭喜你们。”

“谢谢。”陆风抓了抓短发，“姗姗，替我送一下叶然。”

黄珊珊和叶然一同出了病房，走到了门口，叶然停下脚步，目光从她的小腹上掠过，“医院病菌多，还是要小心点。”

黄珊珊一愣，有些不好意思，她和陆风还没有领证，这个孩子来得有点意外，而且她当初也答应过学校，三年之内不生孩子的，现在这事还真有些棘手。

“怎么了？”叶然问道。

黄珊珊苦恼，“我和学校有合同。”

叶然了然，“合同是死的，人是活的。和领导好好沟通一下。小朋友既然来了，说明和你们缘分深。”

黄珊珊动容，“叶小姐，谢谢你。”

叶然笑笑，陆风真幸运，遇到了黄珊珊。

叶然回到了傅延北的病房，傅延北还没有醒。她戳了戳他的脸，“大懒虫，怎么还在睡觉啊？你看人家陆风就比你强多了。”又捏着他的睫毛。一个大男人睫毛长这么长做什么，还有眼皮这么双！

“你在做什么？”声音轻轻的，有些无力。

叶然怕自己是幻听，一时间不敢出声。

“唉，痛死了——”傅延北声音沙哑。

叶然咬着唇，握住他的手，“你终于醒了。”

傅延北重重地咳了几下，看着她，她眼角的泪缓缓流下。

厚重的窗帘挡住了窗外的一切动静。

两人四目相对。

傅延北慢慢开口，一字一顿地问道："你是谁？"

室内一片寂静。叶然浑身的力气在那一瞬间都消失了，脸色苍白地坐在床沿，眼神放空，"你在开玩笑是不是？"

傅延北抿着唇角不说话。

叶然扯了扯嘴角，双眼湿漉漉地看着他。那一刻，她感觉命运如此狗血。她渐渐找回了力气，"我是你女朋友，叶然，叶子的叶，然而的然。"

傅延北眯了眯眼，突然轻笑一声。

叶然却怎么也笑不出来，眼前越来越模糊，隔着这么近的距离，她却看不清楚他，声音哽咽道："我出去一下。"

他却快速地伸手抓住了她的手，"我和你开玩笑的，抱歉。"

叶然背对着他，"是我太激动了。"

"那你别走，坐下来——"他拍拍床沿，"陪我说会儿话。"

她坐了下来，依旧低着头。

傅延北问什么她答什么。

真的生气了？傅延北纳闷了，为什么这个玩笑叶然会反应这么大？

"然然，告诉我你是不是在生气？"傅延北眼神温和。

叶然声音哽咽，"我没有生你的气，我只是太怕了。"如果这次你再忘记我，我就真的无路可走了。

他笑笑，抬手摸摸她的脑袋，眼前突然有什么闪过，一个女孩子的面孔。

叶然见他神色恍惚，"哪里不舒服吗？"

傅延北扯了扯嘴角，"陆风怎么样了？"

"伤得挺重的，你该给他放一个长假。"

傅延北笑着说："好啊。"

"黄老师怀孕了。"

傅延北也有些意外，"陆风这小子动作倒是挺快的。"

叶然的目光渐渐失去了焦距，手下意识地放在小腹上。

傅延北余光看到了她的动作，"你要是喜欢孩子，我们结婚后就生个孩子。”

她没有回应，生孩子哪有那么容易？叶然的嘴角划过一抹笑意，眼神由淡到深，渐渐地笑容也没了。傅延北将一切尽收眼底，其实，他的心也乱得很。

第二天，傅延北想吃宽面，叶然特意给周姨打电话，让她买些面条，她回家和周姨一起做。

周姨打趣她：“然然长大了，知道照顾人了。”

叶然无奈一笑，“我现在能做的也只有这些了。”当初他车祸，她多想陪在他身边照顾他，没机会啊。其实，她很怕，怕以后再也没有机会为他做这些了。傅延北醒来之后，偶尔恍恍惚惚的，不知道在想什么。每次她问他，他总会不着痕迹地转开话题。

“然然啊，想开些，过去的事都过去了。”

叶然笑笑。

上午，许镇来给傅延北做检查，傅延北一贯冷漠，不配合。

“头还疼不疼？”

“药有没有按时吃？”

……

傅延北突然问道：“许镇，我在美国是不是有过交往的女朋友？”

许镇写字的动作停下来，“你想起什么了？”

“最近我的脑海里总会出现一个人，我看不清她的脸，我和她应该很熟。”傅延北拧着眉，这也是他把叶然支走的原因。

许镇和他商量：“要不要去我那里坐坐？我试着帮你唤醒。”

傅延北沉默许久，“算了，顺其自然吧。”何况他已经准备和叶然结婚了。

许镇勾勾嘴角，“如果有需要，欢迎来找我。”

傅延北蹙着眉，懒得搭理他了。

许镇离开的时候，在电梯口正好遇到了叶然。叶然手里提着保温桶，步履飞快，从他身边经过却没有看到他。

“叶小姐——”许镇叫住她。

叶然停下脚步，见是他，礼貌地打着招呼：“许医生，是你啊。”

“给延北准备的？”

“嗯，他想吃宽面。”

“真有口福。”许镇挑眉。

“许医生，延北今天怎么样？”

“恢复得还不错。如果最近他头还疼的话，记得找我。”

“许医生，我听说你是国内特别厉害的心理老师。”

“不敢当。”

“我想问一下，失忆的人要恢复记忆有几成概率？”

“因人而异。怎么了？”

叶然止住了话，“我随便问问。我先进去了，不然面要坨了。许医生，再见。”

许镇点点头，表情有几分不明。

傅延北吃了面，“周姨的手艺越来越好了。”

“回头你亲口和她说，她肯定高兴死了。”叶然一手撑着下巴。

傅延北擦擦嘴角，见她恍惚地坐在那儿，眼瞳毫无焦距，不知道在想什么。他说：“等我出院后，我们开始准备婚礼。”

“这么快？”叶然愣住了。

“等你毕业后，我们结婚。”

她毕业还有两个月的时间。

“蜜月你想去什么地方？去瑞士看雪山？”他记得她想要去看雪的。

“去哈尔滨吧，冬天的时候，我们去看冰雪大世界。听说很美，夜晚就像在一个五光十色的城堡里。”未完成的梦，永远都是执着的。

“听你的。”傅延北扯了一抹笑，欲言又止。

叶然不明白，为什么他突然这么着急。

人不能总活在过去里，叶然觉得她必须自己走出来，忘了过去，重新开始，以后和傅延北好好地生活。傅延北出院后，他们开始准备婚礼。

这时候桑珊又打电话来催她回去。

“叶然，你什么时候回来？教授的邮件你收到了？”

叶然正在商城，七夕快到了，中国传统的情人节，商家提前半个月开始做活动。她在电话里说道："这次我参加不了，我和延北准备结婚了。"

"你不能这样。你老公又不会跑，这样的机会可是千载难逢。"

叶然趴在柜台上看着各式各样的戒指，开着玩笑："我怕我的老公跑了啊。不和你说了，我今天要和延北去挑戒指。"

傅延北从公司直接过来的，还穿着正装。

她冲着他挥挥手，"在这儿——"现在的她是幸福的。

叶然挑了一对最简单的戒指。

"你确定要这样？"

没有钻石的素戒。傅延北哭笑不得，"叶然，我没有那么穷。"

"我觉得很好看啊。"戒指就是一个形式而已。

店员也说道："先生，可以帮您太太戴上试试。"

叶然伸出左手，"傅先生——"

傅延北挑了挑唇角，拿起戒指，简单雅致，别有一种味道。他低着头，突然之间，大脑卡住了，有什么东西在飞快地放映。他慢慢皱起了眉头，眼睛也随之闭起来。

一个温柔的声音在他脑海里响起来："傅延北，那我就答应你的求婚了。"

她是谁？

傅延北咬着牙，额角慢慢沁出汗珠，他的手在抖。

叶然紧张地看着他，"延北——"

他慢慢恢复平静，对上了叶然的眼睛，低哑地叫着她的名字："叶然，对不起——"

第十四章

再次被分手

傅延北神色恍惚，眼里流露出压抑的痛苦，“叶然，我想起来了……”戒指在接近她的指尖的地方停了下来，一厘米不到的距离。

叶然的声音是颤抖的，“你都想起来了？”

傅延北放下了戒指，“对不起——”

叶然的脸色比哭还难看，心底隐隐猜到了什么，她抓住了他的手。

傅延北一脸沉痛，“我以前应该有个女朋友，或者是未婚妻，我向她求婚了。我忘了以前的一切，不知道她是谁，也不知道她在哪里。”

叶然努力不让自己的眼泪落下来。

她输了，输给了过去的自己。

“我——不能和你结婚了。”

叶然扯了一下嘴角，“走吧。”她放下戒指，手指蜷缩了一下，声音空空荡荡的，“回去吧。”

终于这一次，她还是没能戴上他的戒指。

叶然出奇平静，大概是人伤心到极点，已经失去了情绪的表达能力。

傅延北一言不发地望着她，嘴角微动，最终没有开口。

两人静静地走在街上，各自沉默着。

叶然心里的每一个角落都充满了委屈。每走一步，她的心就沉一分，好像跌落在万丈深渊里，无论怎么挣扎，都爬不上来。

两人都需要冷静，便没有再见面。

两人都出奇平静，尤其是叶然，没有太多的悲伤。

叶然终日躲在家中忙着毕业设计，傅延北呢，用工作来麻痹自己，不去想叶然。

苏韶言给他打来电话，连打了三个，他才接通。

“韶言，我和你没有什么好说的了。”

苏韶言咬牙，忍着心头的刺痛，“许镇说你想起以前的事了，你不想知道以前的事？”

“你知道？”

她嗤笑一声，“现在八点，我在会所等你。”

今晚的月亮又圆又亮。

半个小时后，傅延北来到会所。

苏韶言苦涩地扯了扯嘴角，“你来了。”

“我不记得的那两年发生了什么事？”

“你终于肯和我说话了。自从叶然出现后，我和你之间就错开了。我突然好怀念我们在美国念书的时光。”没有叶然，只有我和你。

傅延北目光深远，哑声道：“上一次我车祸发生了什么？”

苏韶言一脸愕然，确定他什么都不知道，而叶然应该也没有告诉他。她咯咯地笑起来，眼泪都溢出来了，“车祸前，你交往过一个女朋友。她叫韩子瑜，杭州人，学的画画，在D大念书。”

傅延北紧握着拳头，“她现在在哪里？”

“她啊？”苏韶言扯了扯嘴角，“死了。你出车祸时她坐在副驾驶座位上，当场死了。”

傅延北脸上的血色一下子就没了，心里空无一物，身体里的力量像被一点一点地抽光了。他就这样静静地站在那儿，身影笼罩着无法描绘的悲伤。

“我把什么都忘了。你们也都瞒着我——”

苏韶言抿着嘴角，“伯母怕你伤心，将她所有的东西都处理了。子瑜的爸妈因为失去了唯一的女儿，此生也不想再见你，而我们都不希望你再想起这一段。”

子瑜，韩子瑜。为什么他将她彻彻底底地忘了呢？

傅延北声音颤抖，“我什么都记不得了。”

“她葬在哪里？”

“大海。”苏韶言重重地回答，眼泪已经无声地滑落下来。

“我知道了。”他浑浑噩噩地说道。

“延北，你是不是觉得对叶然有种很熟悉的感觉？”

他抿着唇，手紧紧攥成一团。

“呵，其实叶然和子瑜很像。”苏韶言的眼泪缓缓流下来，落入口中，一片苦涩。她知道，身边的人都看不起她，说她傻，说她不要脸。可是，傅延北是她从小就喜欢的人啊，是她一心想嫁的人啊。

她无法看着他和叶然在一起。

真是可笑，她竟然编造了这样一个故事。

夜色浓得像墨一样。

傅延北浑浑噩噩地回到茂苑。

叶然坐在门口的台阶上，不知道坐了多久，她一直在等他，她想和他说清楚。

“你回来啦？”她的声音沙哑。

傅延北站在那儿，凝视着她。

叶然站起来，“延北，我等了你好久，你怎么这么晚才回来？我都被蚊子咬了好多包了。”

傅延北神色紧绷，一时间不知道该从何说起，“叶然，我们谈谈。”

“好啊，我有话告诉你。你先说吧。”

傅延北抿了抿唇，“我们分手吧。”

她木着脸，望着他。这一刻，叶然哭不出来，心头像被砍了无数刀，如果可以看到她的心，此刻上面一定布满了密密麻麻的伤口。“为什么？”

傅延北拧着眉，艰难地开口：“对不起。”

对不起——他只能给她这三个字啊。

爱一个人，怎么会轻易提出分手呢？

结婚当天都有人离婚，何况他们只是在买戒指的路上分手，不早不晚。

“延北，如果我告诉你，其实我们以前就认识，我们是相爱的情侣……”

“叶然，不要这样。”

他不相信她的话。

迟了，她再说什么都迟了。

“好。”叶然轻飘飘地回他。

上一次，也是这样，他提出分手，然后……

一切又回到了四年前。

傅延北的目光静静地落在她的脸上，他看到了她的悲伤。

叶然，对不起。

叶然去寺里了，吃斋修行，每日过得恍恍惚惚。

早课时，她走神了。

师父看着她摇摇头，“心无杂念。”

等下了课，师父让她今天再抄一遍经文。

傍晚，香客渐渐回去了。叶然来到大殿，檀香味让人渐渐沉静下来。不知不觉已经快四年了。四年前，她在这里供了一个牌位。

叶然请了香，对着佛祖虔诚地朝拜。

她怔怔地看着那个牌位，上面一个字都没有，目光渐渐有些空洞。

这就是命，谁都挣脱不了命运的安排。

那晚之后，傅延北和叶然没再见面。傅延北发现叶然连着三天都不在家，他控制着自己不去打扰她。

早上洗脸的时候，他看到洗脸台上那把粉色牙刷，刷牙的动作停了下来。

出门时，陆父已经在门口等他了。陆风受伤后，陆父代替他负责接送傅延北。

“早，陆叔。”

陆父将他今天的行程安排一一汇报。

傅延北望着窗外，那扇门严严实实地紧闭着。

“二少——”陆父喊了一声。

傅延北转过头，“走吧，陆叔。”

车子徐徐开着，拐弯的时候，一个穿着灰色僧袍的短发女子从车旁路过。

陆父看到了，惊讶，“咦，茂苑还有出家人？”

傅延北的目光只轻轻扫到一眼僧袍，那个清瘦的背影有几分眼熟。

叶然从寺里下来，身上还穿着僧袍。她几天没有用手机，手机早就没有电了，找了半天充电器，才想起来充电器在傅延北家里呢。她呼了一口气，决定去傅延北那儿拿东西。

再打开他家的门，那种物是人非的感觉涌上心头。眼前的一切都是真实的，不久前，她还给他买了一对铁艺花架，她要在露台上种满各种多肉。

可是多肉还没有种，她和傅延北已经走到了尽头。

叶然很快收拾好东西，原以为东西不多，一样一样地将东西放到袋中，没想到她的袋子根本装不下。

刚塞进袋子里，东西又掉了出来。

掉在脚边的贝壳，是他们在青城海边捡的，她带回来了，一直放在他这里。

再见这些东西，眼睛又胀又涩。

她走到门口，没想到和门外进来的人碰个正着。

傅延北是回来取东西的。

两人目光交会，一时间各自沉默。

叶然咽了咽口水，轻巧地说道：“我来收拾一下东西。对了——”她费力地单手抱着袋子，从口袋里拿出那把钥匙，钥匙上还挂着一个挂件，一把迷你的小提琴。“你家的钥匙，我再拿着也不合适。”她笑笑，声音抖得厉害，而她却没有察觉。

此刻她还能笑出来，不是她修行到了，而是她麻木了。

傅延北伸手接过来，一时沉默。

“我走了。”

“叶然，抱歉。”

抱歉什么？

抱歉没有爱上她？

叶然弯着嘴角，“不用抱歉。这说明，你是个长情的人。”

傅延北轻轻舒了一口气，他知道自己欠了她，这份感情他可能一辈子都还不清了。“头发剪了？”

“是啊。”理发师问了三次才下的剪刀，那么长的头发怎么舍得剪了。叶然笑笑，“很丑吗？”照镜子的时候，她都有点不认识自己了，头发剪短了，她对他的感情能断吗？

“不丑，一点都不丑。”傅延北的目光落在她的僧袍上，久久未动，之前那个笑吟吟的叶然不见了。

叶然解释道：“参加了禅修班。”放心，她不会因为分手就去出家的。她犹豫了一下，“你这周日有时间吗？”

“我要去外地，怎么了？”

叶然垂下眼，眼底的最后一点光都灭了，“那算了。”

傅延北看到她脸上无尽的失望，有一瞬他就快答应了。

叶然深吸了一口气，“我买好机票了，学校那边催得紧。如果以后你来伦敦，可以找我，我给你当向导。”

“好。”

“那再见。”

叶然准备回伦敦，最棘手的事是书雕店该怎么办，她一时半会儿肯定不会再回来了，可让她放弃“后来”，还是舍不得。

晚上，她接到母亲打来的电话。

叶母的声音充满了喜悦，为叶然能和傅延北在一起而开心，“然然，我听周姨说，你去寺里了？”

“我去还愿的。”

叶母笑道：“对了，我和你外婆最近在给你准备床上用品，一会儿我把照片发到你微信上，你看看喜欢什么款式的？”

叶然喉咙涩涩的，“妈，暂时不要准备了。”

“怎么了？”

“老师让我赶紧回校，下个月伦敦有一场大型书雕展，所以我和延北的婚期可能要延迟了。”她装作很无奈，“妈妈，我不想失去这次机会。”

“延迟也好。我和外婆有时间慢慢给你准备东西。”

叶然闭上眼睛，算了，暂时不说了，等她回到英国再说吧。她平静地说道：“妈，我还有点事，先挂了。”挂了电话，叶然捂住了嘴巴，差一秒，她就要在电话里哭了。

傅延北和叶然分手的事过了一个星期，大家才知道。

叶然去到店里时，时安一张脸上写满了疑惑，可她还是忍着没问。

叶然上前挽着她的手，“时安，有件事要拜托你。”

“我能做到的一定做到。”

“我下周就要回英国了，‘后来’在我找到接手人之前，麻烦你帮忙照看一下。”

时安说：“你真的决定要走？不能挽回了吗？”

叶然呼了一口气，“我和他已经分手。”

“怎么会这样？叶然，发生什么事了？”

叶然轻笑，声音平和，“是我和他的问题，时间不对。”

“叶然，总觉得是我把霉运传给你了。”时安无奈地一笑。

“傻姑娘，你会找到幸福的。”

“你要不要考虑一下我哥？”

叶然垂下眼，凉凉地动了动嘴角，“我的心已经装满了一个人，再也爱不上别人了。”

当天晚上，时轶出现在茂苑。叶然知道肯定是时安告诉他的。

时轶穿着白衬衫，打着条纹领带，看上去今天可能去参加了什么宴会。

“家里有点乱。”

时轶的目光落在客厅摆放的两个 28 寸行李箱上，“东西收好了？”

叶然勾起了一抹笑意，这就是时轶，有些事知道了，他从来不会多问，恰到好处地考虑对方的心情，“差不多了，要带的都装好了，带不走的就算了。”

时轶抿着唇，“走之前，我让人过来帮你先去托运。”

“你这次去英国要待多久？”

“不知道。”其实这个项目也不必他亲自去的。

叶然问：“明天有时间吗？”

“有。”只要她的事，他随时都有时间。

“陪我去一趟寺里。”

时轶脸色略微一沉，“好。”

她去了厨房，泡了一壶花茶。

时轶轻轻转过头，从侧面看着她，叶然五官柔和，不是那种让人一眼就觉得惊艳的美人，可是相处久了，会慢慢地被她身上的沉静所吸引。时轶第一次见她，她半天不苟言笑，只是坐在那儿雕刻。

他看着她清瘦的脸庞问道：“这几天熬夜了？”

叶然把水杯放到他的面前，“忙毕业设计作品。”

“完成了？”

叶然起身去工作室拿出那件作品，“怎么样？”

时轶的眼神一顿，书中两个立体的男女主角，站在梧桐大树下，男人的手拉着女人的手，画面暖人，连人物的表情都刻画得栩栩如生。

“我给它起名《重逢》。”叶然轻轻叹了一口气，“只是没想到，重逢过后是分手。”

时轶拧了一下眉心，“叶然——”

叶然打断了他的话，“放心，我没事。我都想开了，只要他觉得好，我都没有关系的。”

时轶指尖微颤，眼睛里发出一抹细碎的光，他的嘴角动了动，可最后终究一个字都没有说。

她别过脸去，眼泪缓缓流下来。

周日，宁城下起了绵绵细雨。叶然撑着伞站在门口，五分钟之后，时轶的车开进来。

时轶又是一身西装，工工整整的，只是他今天换了黑色。他撑着伞，走到她的身边，“下雨，有点堵车。”他顺手接过她手中的袋子，“走吧。”

时轶是个绅士，即使在这样乱糟糟的天气里，他依然替她拉开了车门。

车子缓缓行驶，半个小时后，他们到了寺里。

叶然捧着袋子，时轶举着伞。两人一步一步地爬着台阶，一路沉默。

到了大殿，时轶收起了伞。

下雨天，寺里的香客比平时少了很多。

叶然和往常一样进行跪拜，等一切结束之后，她拿出了一个模型蛋糕，上面有一个迷你的哆啦 A 梦，小朋友喜欢的卡通人物。

时轶站在一旁，默默地看着她捧着蛋糕绕着大殿走了一圈。他慢慢地别开眼，看着门外。

雨，还在下着。

天阴沉沉的，像人的心情一样压抑。

出了寺庙，叶然深深地呼了一口气，望着远处的乌云，“四年前的今天那个孩子没了。那时候她已经四个月了，来得很突然，我知道的时候，她已经在我肚子里待了三个月。”

时轶控制着自己的情绪，“那时候为什么不告诉他呢？”

叶然扯了一抹无奈的笑容，“车祸之后，傅家人将他保护起来。等我从青城回来，好不容易在傅家门口遇到了傅延北的妈妈，她告诉我延北已经去美国了，而且他已经忘了我。我不相信。她给了我傅延北的电话，我打了过去。”

隔着大洋，她听着他沙哑的声音，“你好，哪位？”

“我是叶然——”

“谁？你打错了。”

……

四年后，她再见他，他根本记不起曾经她给他打过电话的事。

叶然清了清嗓子，“是个女孩呢。”

“我一直以为小笙是——”

叶然摇摇头，“小笙是爸爸妈妈送给我的礼物。”叶母当时已经准备去医院做手术了，是叶然拜托他们生下那个孩子的。

起名，笙，亦是生，生存、活着。

就当是她的傅叶笙还活着吧。

时轶心头绞痛，“你真不打算告诉傅延北？”

叶然默了一下，“告诉他又能怎么样？能让宝宝回来？”她抿了抿干涩的唇，“其实那天，他妈妈告诉我是他自己选择催眠，我就动摇了。我觉得自己好像做错了。傅延北四年前已经做出了选择，我为什么要死皮赖脸地扭回来呢？”

所以这一次，当他提出分手，她真的没有再乞求、再挽回。

放手也是一种爱。

傅延北接到明桦的电话，回了傅家大宅。

傅恒宇一见到他就冲过来，“小叔叔，小婶婶怎么没回来？”

傅延北摸摸鼻子，“她有事。”

傅恒宇叹了一口气，“我还有礼物送给她呢，小叔叔你帮我带给她吧。”小家伙拿出了一幅画，是他画的，“这是我们去郊游，爸爸妈妈、小叔叔小婶婶、我和叶笙。”

傅延北看着画，神色恍惚了一下，“画得不错。”

明桦走过来，“恒宇，太奶奶找你。”

“好，小叔叔你要记得把这画交给小婶婶啊。”

“好。”傅延北答应。

“叶笙现在怎么样了？”

“在青城上幼儿园了。”

明桦叹了一口气，“你和叶然真的分手了？”

傅延北默了一下，“分了。”

“为什么？”

“不合适。”

明桦冷笑一声，没再说什么，“那祝你早点找到合适的那位。”

“大嫂，你别这么和我说话。”

明桦真想狠狠敲敲他的脑袋，“其实，我觉得叶然挺好的，好得有点太傻了。不说了，去吃饭吧。爷爷奶奶都知道了，看你怎么办。”

傅延北无奈地求饶，“大嫂，你可要帮帮我。”

明桦瞪了他一眼。

晚饭后，傅延北免不了被老爷子一顿责骂。

“怎么能这么随意？年轻人对待感情要认真！小北，你可不能学你大哥以前那样！”

正在陪儿子下棋的傅延林无辜躺枪，低沉地咳了一声。

老爷子瞪着他，“我说错了吗？你们兄弟俩都不是好东西。”

傅延北被训了一晚上，晚上明桦开车送他回去。到了他家门口，明桦下意识地望了一眼隔壁，“叶然搬走了？”

傅延北心里有些烦躁。

明桦加了一句：“现在不走，以后也会走的。你们都分手了，我想她也不会再住这里了。”

这时候后方一辆宾利开进来，停在一旁。他看到叶然从车上下来，又和车上的人说了几句才进了屋。

明桦瞅了一眼，“你不珍惜，倒是有人比你珍惜。”

明桦先离开了。她的车一开走，时轶就下车了。

两个男人心照不宣地看着对方。

时轶眼神微沉，在靠近傅延北的那一秒，抬起手重重地朝他打了一拳。

时轶向来沉稳，做任何事都不会失了风度，显然这次他是气愤到了极点。他和傅延北没有深交，因为周斯南的关系，也算认识。只是他没有想到，傅延北会和叶然有过千丝万缕的关系。

他一拳又一拳地打向傅延北，力道又重又准。

傅延北自然也开始反击，“你发什么疯！”

时轶的眼睛里布满了阴霾，“为什么要让她伤心？”

“轮不到你来管我和她的事。”

两人你来我往，终于打累了，靠在车身上喘着气。

时轶一把揪着傅延北的领口，“如果不能好好对她，为什么当初要给她希望？”

傅延北嗤笑，“你和她早在英国就认识了，你喜欢她，为什么不去追她？”

时轶恨极了他这样的口气，如果可以，他愿意和她一辈子待在伦敦，“傅延北，你对不起她。”

“这段感情我是草率了，可是在最大的错误没有发生前，我们只能终止。”

“最大的错误？”时轶低声重复了一遍，“但愿你以后不要后悔。”

傅延北摸了一下唇角，擦去了嘴边的血迹，“多谢你的关心，我欠叶然的我会还的。”

“还？你拿什么还？你的钱，还是你的命？”

“这是我和她的事，不劳你费心。”

叶然听见楼下动静，在二楼探身一看，发现这两人还在楼下，她打了一个战栗，穿着拖鞋连忙跑出来。两人身上的衣服都是皱巴巴的。

她克制着自己的目光，只是看了一眼傅延北，最后眼睛定在时轶身上。

叶然心里满是无力，“有没有伤到？”

时轶抿了一下嘴角，“没事。”

叶然无奈地扯了扯嘴角，时轶在为她出气吧，一时间她窘迫到无法面对傅延北。她抬起头来，默了一会儿，开口道：“抱歉，医药费我们会出。”

傅延北有些不敢相信自己的耳朵。这个女人疯了？在和他说什么？“不必。”

叶然动了动嘴角，表达了自己的歉意，转头对时轶说道：“我帮你处理一下伤口。”

傅延北一个人站在那儿，反应了好一会儿，终于明白，叶然是彻底放下了。

叶然帮时轶处理了一下伤口，脸上没有一丝表情。

时轶抓住她的手，“抱歉，今晚是我冲动了。”

叶然呼了一口气，“其实没必要的。时轶，我不恨他。其实想想，他为了四年前的我拒绝了现在的我，我也没有吃亏啊，至少他还是爱我的。”

时轶笑笑，这个傻姑娘，为什么要这么善良？

时轶走后，叶然收拾药箱，上次他为她处理伤口的事还在不久前。叶然犹豫了一下，去了隔壁。

敲了敲门，不一会儿，门打开了。傅延北的表情淡淡的，“什么事？”

叶然一愣，弯起了嘴角，“你的伤口处理了吗？”

傅延北没说话，看着她不达眼底的笑容，刚刚开门的一刹那，他还以为是他的幻觉。时轶那几拳可不是一般地重，怕是都想砍了他。

“没事。”说话间，他脸上的伤口还有些痛。

叶然把药箱递给他，“处理一下吧。”顿了顿，她解释道，“你别多想。那个我回去了。”

“叶然，你恨我吗？”

叶然愣了一下，慢慢地垂下头，“不恨。”她掐着掌心，唇边带着一丝笑容，月光打在她的眉梢上，蒙上了一层忧伤。

今晚的月亮真圆啊。

其实，她今天是想带他去寺里见一下傅叶笙的，可是他没有时间啊。

从此以后，这件事就当从来没有发生过吧。

失恋没有让叶然垮掉，反而给她带来了新的灵感，她的新作品叫《婚纱》。

她和桑珊在视频里说了她的构思后，桑珊直摇头，“然然，暂时不要做了。你先回来吧。”

叶然倒是一脸轻松，“《初恋》《重逢》《婚纱》作为三部曲怎么样？”

桑珊心疼，“然然，你想哭就哭吧，不要憋着。”

叶然怔了片刻，“珊珊，我哭不出来。就是那种眼睁睁的无力感，很想抓住他的手，可偏偏在距离他还差一步的时候，你再也过不去了。”她叹了一口气，不想继续这个话题，“好了，我先去忙了。过几天见。”

桑珊还想说，叶然已经切断视频。

叶然离开那天，谁也不知道，她一个人悄悄离开的。坐在候机室，她百无聊赖地翻着微博，粉丝们都在追问她最近去了哪里。

她索性拍了一张照片发到微博。

“新的开始，伦敦书雕展【心】！”

广播开始播放登机提示，她站起来。

再见了，傅延北。

这时候手机信息声响了一下，是银行发来的信息。

她的账户上多了一千万！

一千万，他给的分手费吗？

第十五章

生命中的光

不知不觉到了八月，宁城终于进入夏季最热的时段，高温橙色警告已经拉响。深海商城二期本月正式竣工。

傅延北站在办公室落地窗前，陆风拿着文件进来时，就看到他孤寂的背影。

“傅总，刚刚有家公司来打听一楼那间店面。”那是深海商城黄金位置，可是如今却空着。

“空着吧，以后再说。”傅延北转身，“晚宴怎么样了？”

“都准备好了，公关部还特意请来了阮欣。”很多人都嚷着要签名合照呢。

阮欣是深海今年的代言人，请她来不为过。傅延北看了看时间，“我们过去吧。”

陆风没有多说什么。从叶然离开之后，傅总就变了一个人似的，冷漠严肃不苟言笑。

他们来到酒店时，宾客都已经到了。傅延北一出现，顿时引来了无数的注目。

阮欣和经纪人一同来的，她穿着一件白色的修身长裙，气质清纯干净。

经纪人好奇道：“听说大少花心，二少倒是不近女色。”

阮欣微微笑着，“外面传的不见得都是真的。”

“傅家和苏家在那儿呢。”

阮欣耸耸肩，一脸不在意，“那又如何？”她听说过，苏家大小姐和傅家二少青梅竹马，可是青梅竹马不一定能终成眷属啊。“我去走走，别跟着我，放心好了，有事给你打电话。”

晚宴开始，主持人是深海的公关部经理，美艳动人，话音悦耳，“下面有请傅总给大家讲几句。”

场下一片热闹，充满了期待。

傅延北上去简单地说了几句，简洁明了。这个睿智的男人更加迷人了。

阮欣拍着手，等傅延北下来，她落落大方地走过去，“傅总，你好。”

傅延北伸出手，“阮小姐，欢迎。”

阮欣浅浅笑着，“我是深海商城的代言人，深海所有的活动，我都会全力配合。”

傅延北微微点头，“玩得愉快。”

……

时安站在角落中，看着相谈甚欢的两人。她突然替叶然感到不值了。这才多久，他们不是相爱的吗？这么快他就把叶然忘了？她又想到了自己，周斯南不也是这样吗？以前碍着有她这个未婚妻包袱，他不会和别的女人过分亲密，现在不一样了，出席什么活动都是美女相伴。

她心疼得无以复加，转身时就看到周斯南。

周斯南冲着她笑笑，“你也来了啊。”

时安没说话。

自从那晚，他们也好久没有见面了。

周斯南低下眼帘，看着她白皙的面孔，“最近怎么样？”

时安的语气没有丝毫起伏，“挺好的。”

既然决定放下，时安也不想和他多谈下去，“我还有事，先回去了，你继续。”

“我送你。”

“不用了。”

“安安，你不用避我。就算我们做不成夫妻，我还是会照顾你的。”

时安眯了眯眼，用陌生的眼神看着他，澄净的眼眸里闪烁着无奈的光泽，“斯南哥——”自从十五岁之后，她再也不这样叫他了，她喜欢斯南斯南这样叫他，好像更加亲密了，“以后我们就互不打扰吧。你没有爱过，不会明白对着自己深爱的人，那种看着他，却始终无法与他在一起的痛楚。我说这话没别的意思，我会努力放下对你的感情，也拜托你，就把我当普通人吧，不用对我好。我怕你对我好一点，我得努力更久才能放下。”

周斯南心底五味杂陈，“安安——”他还骂傅延北，自己才是浑蛋。

时安笑着，“告诉你一个好消息，这次伦敦书雕展，叶然获得了一等奖。”

“真好。”

时安对叶然充满了崇拜，她幼时失去父母，对什么都不上心，成绩普通，没有什么拿得出手的，“希望我哥快点追到叶然。”

周斯南失笑，“那延北怎么办？”

“他？不是有苏韶言吗？现在又有了大明星。”

“要不我们打个赌？”

“赌什么？”

“我赌延北会和叶然破镜重圆。”

“不可能。”时安挑眉，语气肯定。

周斯南扯着笑，“我说假如。”

“我哥哥一定会追到叶然的。我和你赌，若是你输了呢？”

周斯南重重地说了四个字：“任君处置。”

“好啊。”

“若是我赢了呢？”

“我也任君处置。”时安自信满满，她不可能输的。

“那就一言为定。”周斯南伸出右手，要和她击掌为誓。

时安抬手，快速地与他碰了一下，眼睛四下转着，不再看周斯南，“对了，上次周妈妈——”她顿了一下，叫习惯了改都改不了，“周阿姨送我的礼物，改天我给你送过去。我要是给她，她肯定不收的。”

周斯南默了一下，他知道他妈把送给他未来儿媳妇的东西都给了时安，“你留着吧。”

“那些东西给你将来的妻子准备的，我拿着也不好。”

“你有时间就过来，我最近都在公司。”

时安看了一眼手机，“我得回去了。斯南哥，再见啊。”以后再见面，她也要这样，不惊不喜，平静处之。

傅延北走过来，“看什么？时安早就走了。”

周斯南回头，“我在想一些事。”

“现在这样不就是你想要的吗？”

周斯南嗤笑，“你最近和叶然联系过吗？”

傅延北目光冷冽，“时安和你说了什么？”

“叶然好像得了什么奖，你不打个电话问候一下？”

“你来这里就想和我说这个？”

“延北，我问你一个问题。”周斯南一本正经道，“你有没有爱上叶然？”

傅延北抿着唇，下巴紧绷。

周斯南抬手搭着他的肩，“时轶在追叶然。你要是后悔，赶紧的。”

“我给她打了一笔钱，希望她在国外衣食无忧。”

周斯南有种被雷劈的感觉，“什么时候？”

“她飞伦敦那天。”

“你疯了！”

傅延北拧着眉，“她卡里没什么钱了。金汇的商铺租金，还有茂苑一年房租。”

“可是你不明白，叶然会误解的。”周斯南觉得这人不光是失忆了，也变蠢了。

傅延北瞥了他一眼，“你今晚怎么了？”

周斯南摸摸鼻子，“我就觉得人生变化莫测，我本来要结婚了，你也有女朋友了，就贺子单着，现在倒好，我们仨都单着了。”

傅延北喟叹一声，“我上去休息了。”

酒店也是傅家的产业，傅延北在这里有一间固定的房间。最近他也不回茂苑住了，家还维持着叶然走时那样的情景，什么都没有变。

失去的记忆找不回来，可是“韩子瑜”却扎在了他的心中。

房间的灯都开了，他拉开了窗帘，夜色深深浅浅。

傅延北翻着手机，登录了上次注册的微博，他的号只关注了叶然。

叶然的最新动态，一张作品图。

“世界最美的时刻，是我和你的重逢。感谢你们对《重逢》的喜欢。”

傅延北挑了挑眉，她和时轶的重逢？他的眸色暗了，顺手搜了一下叶然的最新消息。

有粉丝在书雕展上遇到了她，拍了她的照片。短发做过了，发尾微微卷着，慵散中带着别样的柔美。她那么宝贝的长发说剪就剪了。她还说，留着长头发就是为了结婚拍婚纱照做美美的造型呢。是他亲手逼她剪短了发。

此时，陪在她身边的人，是时轶。

她倾身看着作品，而时轶侧身望着她，眼底是毫不掩饰的情意。

粉丝写道：叶然和她的男朋友。男朋友很帅很帅！两人太配了。

傅延北退出微博，手机随意地扔在一旁，在房间里走了一圈。他又拿起手机，拨通了她的号码。

而他听到的却是一段语音提示："对不起，您拨打的电话已关机。"他这才想到，叶然回英国肯定换号码了。

傅延北给陆风打了电话，让他赶紧查一下叶然现在的号码。

陆风正在家里陪老婆呢，半夜又被他喊着加班，敢怒不敢言。

黄珊珊催他，"你快去忙吧。小傅总还是挺在乎叶小姐的。"

陆风很快查到了两个号码，给傅延北发了过去。

结果傅延北再打还是没人接听。他最后打了她宿舍的电话，这回有人接了。

对方说的英语。

傅延北用纯正美式英语和她沟通了一下，得知叶然出去了，他竟有些小失落。

傅延北留了一句话，"等她回来，麻烦你转告她，我是傅延北，让她给我回一个电话。"

"你是傅延北！"对方突然说起了中文，还是地地道道的北京话。

傅延北听到那边有喘气的声音，"你知道我？"

桑珊恨得咬牙切齿，"知道。叶然这回在宁城交的男朋友。她今天和她男朋友出去约会了，一时半会儿回不来。回头我会告诉她的。"

傅延北的眉心不由得凝结起来，连他自己都没有发现。

桑珊听到门外的钥匙声，眼睛连忙瞄了几眼，"不好意思，我还有事先挂了。"

宁城晚上十一点，伦敦正好是下午三点。

叶然拎着一大包书走进来，“桑珊，快来帮忙。”

“这么多书。”

“留着慢慢用。”两个膀子都要断了，叶然放下书连忙揉着手臂，“你在忙什么？”

“我刚才在午睡，没做什么。”桑珊犹豫着要不要告诉她刚刚电话的事，“你怎么没和时轶多逛一会儿？”

“他今天要去谈合同。”

“时轶是准备把生意都转到伦敦来？”

叶然弯着腰开始整理书，“不知道呢。最近有个大项目在谈。”

“那个——我觉得时轶挺好的，你要不要考虑一下？总不能在一棵树上吊死，人生还长着呢。”不是她不站在傅延北这边，是总觉得这两人在一起太虐了。

叶然呼了一口气，“你手里的活忙完了？”

桑珊头大，知道她不想再提这个话题，“我去忙了。”

三年前，叶然来英国留学，因为租房认识了桑珊。桑珊是北京人，身高一米七，典型的北京大妞气质，为人直率，五官英气。

叶然最初开始卖作品，就是桑珊帮忙。此后，桑珊便一直兼任她的经纪人。

两人关系非常好。

叶然翻着那些旧书，客厅里静悄悄的，纸张发出沙沙的声响。

“然然，我有个事想汇报一下。”桑珊直肠子憋不住话，“有个姓傅的家伙打电话来，他让你给回个电话。”桑珊一脸无辜，“你要不要给他回个电话？”

叶然愣住了，许久，一动未动。

桑珊走到她的身边，推推她。

叶然笑了笑，去翻手机，手机关机了。她插上电源，屏幕一亮，就看到几个未接电话。果然有傅延北的电话。

桑珊歪过头，“他可能有事找你吧。”

叶然扯了扯嘴角，“能有什么事啊？都分手了，难道还要给我一笔分手费？”她的语气有些自嘲的辛酸。

那一千万，实在让她难受。

现在想起来，五脏六腑都还疼呢。

傅延北太欺负人了，在他眼里，他们的感情就值一千万？

这一夜，傅延北又失眠了，他的大脑不自觉地想到了叶然。当初，她向他表达爱意的时候，自己可没有这么反感。

一闭上眼，大脑就会出现很多片段。

起初的一些画面很零碎，一个模糊的女孩身影，女孩子在笑，笑声清脆，可是他却始终看不清楚她的脸。后来，那个女孩子突然变成了叶然。叶然穿着那件白色棉质的连衣裙踩在金黄的沙滩上，留下了一串脚印，她手里拿着贝壳，喊着他："延北，你快过来，我捡到一个漂亮的贝壳——"

细微的晨光从窗帘外露出来，傅延北睁开眼，伸手拿过手机，并没有未接来电，甚至是信息。

叶然真的决定把他忘了。

斯南说错了，分手的恋人是做不成朋友的。

他轻轻捏了捏眉心，起身来到窗帘边，拉开了厚重的窗帘，阳光瞬间将整间屋子照亮。他静静地望着远处，大脑一片混乱，好像正在失去什么重要的东西。

两日后，傅延北终于去见了许镇。

许镇一脸平静，"要喝点什么？"

"水。"傅延北坐在沙发上。

许镇给他倒了一杯水，"最近睡眠不好？"

傅延北抿了一口水，润了润干涩的喉咙，"我的记忆还能恢复吗？"

许镇凝视着他，"这是你第二次问我这个问题。"一次是他车祸后不久，"发生什么事了吗？"

"最近我老会梦到她。"他拧着眉，脸色深沉。

"谁？"许镇坐在他的对面，随意地拨了一下钟摆。

"我以前的女朋友。"他闭上眼，躺在沙发上，"韶言给我看过我们以前的照片，可我一点都想不起来，甚至子瑜的名字都那么陌生。”

许镇脸色深沉，“韶言还和你说了什么？”

“车祸，子瑜当场死亡。”他陷入了浓浓的悲伤中。

“那么，延北，你为什么要找寻那段记忆？因为子瑜？”

傅延北抿着唇，许久都不说话，“大概是想赎罪吧。”他和子瑜有过山盟海誓，可是他现在又和另一个女孩子谈恋爱了。

“因为叶然吧。”许镇怅然地说道。

傅延北猛地睁开了眼，“有烟吗？”

许镇皱了一下眉，“无烟区，禁烟。”

傅延北的嘴角扬起一抹淡淡的笑意，“这回我好像做得很糟糕，我说对叶然。”突然之间，他对许镇卸下了戒备。

许镇平静道：“你知道就好。”

两人分手的事，他早已知道了。傅延林为这事还问过他，能不能想办法，让延北尽快恢复记忆。没想到今天傅延北找来了。

记忆是你想失去就能失去，想找回就能找回的吗？他是心理咨询师，不是大罗神仙。

傅延北在诊所睡了一觉。晚上，他回了大宅。

傅恒宇也在，傅延北陪着他玩了很久。

明桦做完工作下楼就看到傅延北在教她儿子骑自行车，她不由得替他惋惜。

“恒宇——”她把儿子叫回来，让阿姨带他去洗澡。

傅延北问道：“大嫂，你不是喜欢女孩子吗？怎么不和大哥再生一个？”

明桦脸色顿时一变，不过很快就恢复了，“一个孩子就够了。倒是你，这么喜欢孩子，早点结婚吧。”

“大嫂，我预感二十年后，恒宇的日子绝不好过，估计天天要被你逼婚了。”

明桦失笑。

晚上吃饭的时候，傅延林回来了，他的脸色很不好看。明桦给他盛了一碗鸡汤，“有什么事吃过饭再说，爷爷奶奶都在呢。”

傅延林看了一眼妻子，脸色微微好转，压着怒意吃完了这顿晚饭。

饭后，他把傅延北叫上二楼的书房。

“大哥，你要和我说什么？”傅延北知道他对自己有意见。深海二期，他又驱逐了一些老的合作商，这事最近闹得挺大的。

傅延林冷着脸，“你和那个阮欣怎么回事？”

傅延北蒙了，“什么？”

傅延林拍了一下桌子，“你看看网上的消息。”

傅延北快速地翻看了一下，失笑，“你信？”

“不是我信不信的问题。”

“大哥，你太轻看我了。”

“那你立马给我去解释清楚。”傅延林恨不得把这个弟弟给敲醒，他烦躁地点了一根烟，“撤下阮欣的代言人。”

傅延北拧着眉，“大哥的眼光好，以前不也是谈了一个当红明星吗？噢，对了，叫什么名字来着，陈——”

傅延林抄起手边的烟灰缸就朝着他砸了过去，不偏不倚，砸到了傅延北的额头，顿时一股鲜血流下来。

烟灰缸落在地上，咚的一声响。

明桦一直在门外，这时候连忙跑进来，看到傅延北流血了，她瞪了丈夫一眼，“你训他就训他，干什么砸他？何婶，拿药箱。”

“大嫂，我没事。”

“流了这么多血怎么会没事？先处理一下。”

傅延林气炸了，“明桦，你不要管他！”

“傅延林，他是你弟弟，你怎么能这样冷血？”明桦的心突然冷下来，“延北哪里说错了？他和阮欣的事不可能是真的。”

“你就这么相信他？”傅延林怔怔地望着她。

明桦眼底涌出一份无奈的失落，还有冷到极点的语调，“延北说错了吗？你和陈璐的事是假的？”

明桦仔细地帮傅延北处理好伤口，“好了，这几天记得不能碰水。”

“大嫂，对不起。我不该刺激大哥。”

明桦收拾着药箱，“有些事不提不代表没有发生。有机会和叶然好好谈谈，不要想以前的事，就想想你们以后。”

“大嫂，谢谢你。”傅延北抓了抓头发，“其实，大哥很爱你的。”

“他打你，你还帮他说话？”

傅延北尴尬，“我说那话是故意激他的。”

“好了，我知道了。你的手机响了——”明桦拿过他的手机，“哟哟，你这伤也是值了，有人来关心你了。我就不打扰你了。”

叶然考虑了很久，最后还是给他打了电话。铃声响了半晌，那端才接通。

“喂，是我。”一别数日，再次通起电话，她的声音清冷了许多。

傅延北抿了抿嘴角，“我知道。”

“你打电话找我有什么事吗？”

贴在耳边的手机已经微热，“你在伦敦还好吗？”

叶然的心跳微微加快，她不确定他打来电话到底是什么意思，“你就想问这个？”她怅然地叹了一口气，“你的事我也看到了，恭喜你。”

新生代玉女阮欣男友深海国际二少傅延北，今天微博的热搜。

傅延北蒙了，终于知道自己被坑了。

叶然这两天有些咳嗽，在那端剧烈地咳了几下，“上回你给我的钱我以你的名义捐给了西北贫困山区。其实，你不用觉得内疚。傅延北，以后不要再找我了。”

电话挂断了。

我本将心向明月，奈何明月照沟渠。

叶然挂了电话，突然就想到了这句话，有些感伤。她微微失笑，傅延北不会是后悔了吧。不过她很快打消了这个念头。怎么可能？他现在又不爱她。

桑珊炯炯地盯着她，“他说了什么？”

叶然耸耸肩。

桑珊还是忍不住，“你真的放下了？”

叶然皱了一下眉，“应该会放下的。”只是不知道要用多久时间。

桑珊惋惜地叹了一口气。

“对了，我晚上出去。”

“约会？”

叶然露齿一笑，“时轶的生日快到了，我去买份礼物。”

“他想要什么礼物你还不知道吗？”桑珊眨眨眼，“我绝对站在时轶这方。”

叶然不想理她了，“你自己吃饭吧。”

两人认识之后，每一次叶然的生日，时轶都会帮她准备一份礼物，简单不贵重，却也非常精致。

叶然挑了一条某牌子的领带，时轶喜欢穿正装，领带用得到。

从商场出来时，暮色已经降临了。尽管来伦敦三年多了，她好像还没有好好走过这座城市。当初带着悲伤而来，现在她也该慢慢放下了。

马上毕业，也许以后她会离开伦敦。

傅延北从深海出来的时候，瞥了一眼对面的金汇。“后来”现在怎么样了？

“陆风，我去对面看一下。”

陆风猜到了他的心思，“小傅总，‘后来’现在是时安在打理。”

傅延北歪过头，“怎么样了？”

陆风摇摇头，“亏本。看的多买的少。金汇那地方的租金，我也不明白叶然为什么非要在这里开店啊。”

两人穿过人来人往的地下通道，来到了“后来”。

店里只有两位顾客，四下看看，手机拍拍照。

时安坐在桌前翻着手机，不知道在看什么。

傅延北清清喉咙，“时安——”

时安见是他，脸色淡淡的，“你走错地方了吧？”

店员好奇地问道：“时安姐，这不是然姐的男朋友吗？”

“才不是，他们分了。”

面对时安的冷言冷语傅延北并不在意，“时安，我听说叶然要将‘后来’转让？”

时安凝思片刻，沉吟道：“是这样，叶然是这么准备的。”

傅延北知道，叶然一直都希望让更多的人了解书雕，大家也可以在业余时间去学习雕刻。

“你和她商量一下，‘后来’关了挺可惜的。”傅延北觉得自己现在越来越事儿多了。

时安眨眨眼，特豪气地说道：“你不用担心，以后我哥会给叶然开更多的书雕店的。”

傅延北：“……”

“好了，我实话告诉你，我哥哥这次去伦敦不仅是为了生意，更主要的是想要赢得叶然的心。那个，你就不要再烦叶然的事了，有我哥在叶然肯定吃好睡好。”

“时安，你哥不适合叶然。”

时安昂起下巴，“你这个前男友怎么这么没风度，叶然就不能找比你还好的男朋友了啊？你等着，说不定他们下次回来，我就当姑姑了呢。”

时安把傅延北气走了。

陆风不知道该怎么安慰他家的小傅总。

傅延北悠悠道：“城门失火殃及池鱼。时安是把对斯南的怨气撒我身上了。”

陆风不着痕迹地撇撇嘴，我的小傅总您想多了，连我老婆私下都骂你，薄情寡义！他犹豫地问道：“小傅总，斯密斯先生想和我洽谈合作的事，我过两天要和孙副总去一趟英国。”

傅延北轻轻应了一声：“嗯。”

时轶的生日在周末，叶然出门前化了淡妆，整个人都神采奕奕的。头发剪短后，确实给她节省了不少时间。

出门前，桑珊还在客厅画画。她一天一夜没睡，眼下一片青紫，“然然，那个今晚我朋友要来，男的。”

叶然明白，桑珊今晚这是要过二人世界呢。桑珊的男友是个帅气的英国小伙子，金发蓝眸，当初桑珊找他就是为了将来生个漂亮的小混血。

叶然换上鞋子，总觉得有些不舒服，又在鞋柜里翻了翻，翻出了傅延北送她的那双小白鞋。白色的鞋头有一处已经脏了，也不知道当初怎么想的，偏偏把这双鞋带了过来。她看了一会儿，将鞋子收好，重新换了一双。

“我明天回来。”

桑珊脸红，嘟囔了一句。

时轶这些日子已经将合作合同谈好了，叶然替他高兴，“双喜临门啊，生日快乐。小小礼物不成敬意。”

时轶打开盒子，目光落在领带上，“谢谢。”

“点蜡烛许愿吧。”叶然满脸期待。

其实自从父母去世后，他就很少过生日了。除了时安，每年都会给他买一份生日礼物，其他人也很少再提他的生日。他看着蜡烛有一瞬的恍惚，还是闭上眼睛。

叶然不好意思，“不知道你喜欢吃什么口味的蛋糕，我买的是巧克力的。”

他笑笑，“我很少吃这些。”

“今天就少吃一点。”

蛋糕的味道很好，一点不腻。

“我毕业后打算去玩一圈。”

“想去哪里？”

“先去法国，有时间的话多走几个国家。”她慢悠悠地说道，“读大学的时候一直想去，后来来到伦敦，一直忙着学业，也无心去玩。”

“我陪你。”时轶突然沉声开口，灯影罩在他的脸上，蒙上了一层柔和的光晕。

叶然轻扯了一个笑容，“你那么忙。”

“总能抽出时间的。我已经很多年没有休过年假了。”他注视着她的表情，她的一颦一笑都会点燃他心头的愉悦。

“好啊，如果你有时间的话。”多一个人多一个伴，旅途或许更有意思。

餐厅里的音乐突然换成了《梦中的婚礼》。

叶然转过头，才发现今晚有人求婚。

英俊的男士穿着西装，举着戒指单膝跪地，那个微胖的女主角激动地捂着嘴巴。幸福弥漫了整间餐厅。

叶然转过脸，冲着时轶一笑，继续吃着晚餐，那一刹那，她才知道原来自己是那么羡慕。

他问道："旅游之后，你有什么打算？"

"我爸妈希望我回青城，做大学老师，可我暂时不想回去。"

时轶的声音微紧，"叶然，回去吧。"他握住了她的手，第一次充满了力量，迫使叶然望着他。

叶然的心抖了一下，"时轶——"

"有些话我不说，但我知道你都懂。叶然，我会等你。"

"不——"

他摇摇头，"我等你。"他的声音不紧不慢，轻轻地抚平她心中的不安。

叶然怔住了，一时间说不出话来。

"时间不早了。你不是说你今晚不能回去吗？我已经让助理帮你开了一间房，和我一起回去休息吧。"他沉吟道，"今天我很高兴，我已经很久很久没有过生日了。爸妈在我生日前两天出事的。"

叶然的脸色瞬间沉下来。

"放心，我已经没事了。叶然，所有的痛都得自己走出来。"他展开双臂将她圈在怀里，安静地抱了一会儿，"谢谢你。"

你是我灰暗人生里出现的阳光。

到了酒店，时轶将她送到房门口，"有件事想拜托你。"

"怎么了？"

"明晚能陪我参加晚宴吗？"

"当然可以。"他帮了她那么多，"晚宴有什么需要准备的吗？比如衣服？"

"明天我陪你去店里选。"

"那明天见。"

叶然躺在大床上，久久无法入睡，总觉得今晚一切都乱了。

第二天，时轶带着她去了附近的时装店。

"我自己去看吧。"叶然担心他不喜欢陪女士逛街。很多男士对陪女士逛服装店都充满了无奈。

时轶没有说什么，笔直地站在那儿，目光追随着她。

叶然选了一套黑色无袖连衣裙，稳重大气，也不会出错，只是觉得和他站在一起似乎有些压抑了。

时轶摇摇头。

叶然又转了一圈，选了一件白色收腰连衣裙，只是这条似乎有些短。

店员极力推荐："这是我们家的新款，这季的爆款。"

叶然换上了，看着镜中的自己，果然很适合，只是真的有些短，显得她的一双腿修长。

店里的其他男士看见她，不由得称赞道："Beautiful！"

时轶走过来，沉声道："换一件吧。"

叶然上下打量着自己，"我觉得挺好看的啊。"

时轶摇摇头，"一般。"

最后她买了一套及膝的连衣裙。叶然打趣道："你也太保守了，亏你在国外待了这么多年。"

时轶侧首望着她，"不一样。"

叶然，在我心里，你不一样。

晚宴在当地一家知名酒店举办。

时轶挽着她的手，一步一步走进大厅。

叶然的耳边充满着英语，幸好，这几年她在伦敦，练就了一口流利的英语，不然真的要给时轶丢脸了。

时轶带着她去见了今晚的宴会主人斯密斯先生。

斯密斯先生不由得赞叹："两位真是相配极了。"

她淡淡地笑着。

斯密斯先生激动地说道："今晚我还有一位中国朋友也会来，他叫Kevin，中文名傅延北。"

第十六章

故人在何处

这个世界真的太小。

时轶不动声色，轻笑而过。

斯密斯继续说道：“Kevin 也是你们宁城人，不知道你们认不认识？”

叶然弯着笑意，回道：“不认识。”

斯密斯说：“一会儿介绍你们认识。中国不是有句话叫作：四海之内皆朋友。”

他们还能做朋友吗？

门厅的大门打开了，斯密斯眼神一亮，“Kevin——”

叶然僵硬地转头，看到一个熟悉的身影朝着他们走来。上天真喜欢和她开玩笑。

时轶握住她的手，“一会儿我们可以先走。”

叶然扯了一抹笑容，让自己安定下来，“我没事。总要面对的。”只是把愈合的伤口再次撕开而已，过后还是会愈合的。

傅延北一身合体的西装，深灰色衬衫，系了一条黑色暗纹领带，这领带……叶然暗暗皱了一下眉。

“好久不见——”他和斯密斯握了握手，目光却游离在叶然和时轶身上。

斯密斯侧过身，“给你们介绍一下。时轶，宁城盛世总裁。傅延北，深海集团的总经理。这是时轶的女朋友——叶然。”

都成他的女朋友了啊。两人亲昵的动作，确实很像男女朋友。

傅延北眯了眯眼，看向时轶，目光在他的领带上稍稍顿了一下，同一款啊。

两人的眼光还真像！半晌他微微一笑，笑容清冷，“斯密斯，我们认识。”

“噢，是吗？”斯密斯狐疑道，“刚刚叶小姐还说不认识你呢。”

叶然：“……”这个斯密斯非要实话实说吗？

傅延北身上散发一股寒气，勾了勾嘴角，“可能叶小姐忘记了。”

叶然抿着嘴角没有说什么，当作什么都没有听见吧。

幸好，斯密斯有事和傅延北商量，大家也不用尴尬地戳在那儿。

叶然重重地呼了一口气，无奈地开口：“没想到在这里还能遇上。”

时轶给她递了一杯鸡尾酒，“我也不知道他和斯密斯认识。”如果早知道，今晚他是不会带她过来的。

叶然双手撑在走廊的栏杆上，“我也很惊讶啊。”他来伦敦只是为了生意吗？

“时轶，你去忙吧，不用管我。”

时轶皱了皱眉，有些不放心。

叶然扬起嘴角，“我没事。经历了这么多，还有什么放不下的呢？”

“好。”时轶知道她现在想一个人静静，他不想给她太多的压力，“叶然，我等了三年了，不怕再多等一会儿。但是请你给我一次机会。”他第一次喜欢一个人，第一次表白，希望这也是最后一次。

叶然恍惚地看着他，嘴角轻动一下。

时轶低下头，在她的额角落下一吻，轻轻的，如同羽毛划过。

她闻到他身上淡淡的味道，沉稳安定。

大厅里，华尔兹的音乐响起，男男女女翩翩起舞。

叶然待了一会儿，再次走进来，她已然恢复了平静。大厅的人各自聊着，她端着餐盘，吃着点心，小蛋糕做得精致又可口。

傅延北不知道什么时候来到叶然的身旁，她一直忙着吃东西没有发觉，直到一个声音在她右耳边响起：“晚上吃这么多不会睡不着吗？”

叶然差点噎到，低着头看着琳琅满目的餐点突然间没了胃口。

傅延北拿起一块蛋糕，吃在嘴里腻腻的，嘴角划了一抹笑，“恭喜你获奖。”

“谢谢。”她礼貌而疏离地回道。

傅延北望着她，她好像瘦了很多，“你——你最近还好吗？”

她对上他的眼睛，没有逃避，心平气和，“还不错。”他一点都没有变，发型依旧是大背头，简单俊朗。

“叶然，我给你打的那笔钱——”

“我明白。”叶然深吸一口气，语气坦然，“我们分手，你不用有什么负担。”她希望，他以后的人生纵使没有她，也能幸福。

“我不怪你。”她轻笑，不后悔。即使时间再回到数月前，她依旧会做那个决定，回去找他。

不破南墙，她怎么会舍得离开呢?

对他，叶然始终冷不下脸来，毕竟他是她深爱的人啊。她曾信誓旦旦地对父母说过，“傅延北是值得她托付终身的人。”

后来，她才明白，她爱他，爱他的热情，爱他的善良，爱他偶尔的幼稚……

傅延北被她这态度挠得心酸，他宁愿见到叶然对他冷言冷语，也不要她这样心平气和。

他沉声问道：“你和时轶在一起了？”

叶然心里一堵，心酸得不行，“你的新女朋友很漂亮。”

傅延北轻轻一笑，“没有你漂亮。”

叶然权当他在夸她吧。

他说：“这次过来给你带了一份礼物。”

叶然想起了他们曾经的约定。他承诺过，等她拿奖了，就送她一份礼物。只是这份礼物实在是没有必要送。

“不知道今晚你也在，回头我给你送过去。”

叶然有些无力，“不用了，心意我领了。”

傅延北望着她，目光很深，“不方便的话快递给你。”

她摆摆手，“我要出去旅游了，家里没人。”

“要去哪里？”

叶然皱了皱眉，目光寻着时轶的身影，“去周边几国。”

“一个人？”

叶然看了他一眼，又看向远处，“和时轶。”

傅延北沉默了，顺着她的目光看过去，抬手松了松领带，喟叹道：“时轶的眼光和我真像，领带都能选一样的。”

叶然抬脚准备过去，听见他的话，她稍稍思索了一下，“那是我送他的。”

傅延北觉得自己当场被人打了一巴掌。

叶然一手撑在桌沿，突然之间，眼前越来越模糊，身上的力气被抽光了。倒下的时候，她听到有人在叫她的名字。

“叶然——”

“然然——”

是傅延北在叫她吗？原来他也会担心她啊。

其实，最难受的时候，她想过为什么她还活着。她想傅叶笙了，她一个人孤零零地在那个世界，一定很可怜。

医院。

时轶在和医生沟通。

医生看着报告，“暂时没问题，只是过度劳累，贫血导致晕倒。”

时轶拧眉，一脸肃然。

“具体要等体检报告出来。”

时轶喉咙动了动，“四年前，她做过一次大手术。”

医生点点头，“难怪身体虚，这样更要好好休息。”

医生走后，傅延北推门走进病房，叶然安静地熟睡着。两个男人在一旁，傅延北哑声问道：“她怎么了？”

“贫血，长期失眠，过度疲劳。”时轶一一说道，语气冷冰冰的。

“她什么时候也失眠了？”他好像都不知道。他们在一起的时候，她的睡眠挺好的。

时轶望着他，反问道：“有机会，你问她吧。听说，你失去了以前的一段记忆？”

傅延北神色平淡，“你想说什么？”

“其实遗忘未必不是一种幸福。”他的双目冷冽地看着他，“如果可以，我希望她也能失忆。”

傅延北愕然。

这一觉叶然睡了很久很久，她做了一个很长的梦，从和傅延北最初相遇开始。

梦里，傅延北陪她去上课，给她提开水瓶……

“然然，今晚你不能再熬夜了！”

“然然，你再天天熬到凌晨四五点，我要采取强制行动了！跟我出去住！”

……

“叶然——叶然——醒醒——”

是谁？不要叫醒她，她还想多睡会儿，她还想多听听他的唠叨。

“叶然——”时轶捏了捏她的脸颊，“该醒了——”

她艰难地睁开眼，恍惚间看到一个陌生的房间，她转着眼珠，“这是医院？”刺鼻的消毒水味道她再熟悉不过了。

时轶把水杯端过来，“先喝一口水。”

叶然口干，就着他的手喝完了一杯水。

时轶问道：“还要不要？”

“不用了。”叶然坐起来，这才发现坐在一旁沙发上的傅延北。他怎么也在这里？

傅延北眸色深沉，不知道在想什么，视线和叶然对上，也是沉默着。

叶然尴尬地揉了揉脸，“你也在啊。”她怎么闹出这么大的动静？

病房的气氛微微凝滞。

叶然勾了勾嘴角，“我睡了多久？”

时轶回道：“昨晚到现在，整整十二个小时。”

叶然茫然地看着淡蓝色的被子，睡多了大脑还昏沉沉的，“这么久啊——”

“医生说你要好好调养身子，不然以后会很麻烦。”时轶一脸严肃。

叶然轻轻一笑，“放心，死不了。我经常三四点才睡。”

时轶和傅延北双双看着她，目光冷冽。

叶然敛了敛脸色，“以前，那时候年轻。现在已经很少了，我现在身体好着呢。”这话说到最后她越来越心虚。

时轶起身，“我下去给你买点吃的。”

叶然应了一声。

病房里只剩下她和傅延北，一时无话。午后的阳光打进来，照在他的脸上，光影晃动，他清俊的轮廓也随之忽明忽暗。

叶然心里百转千回，他不会以为她是失恋后在自残吧，“你回去吧。”

傅延北望着她，隔着不远的距离，他的眼睛里全是她的身影，目光最后落在她莹白的耳朵上，透过光线，透明得像是能掐出水。他动动嘴角，“你好像过得很糟糕。”

叶然藏在被子里的手狠狠地掐着，脸上刚要扯出来的笑容淡了下去，“我的工作就是这样。”

他默了一会儿，“医生说失眠很严重，以前你怎么没有说？”

叶然抿了抿干涩的唇，“没什么好说的。”

“多久了？”他问。

她直视着他的眼睛，“四年了。”

叶然轻轻呼了一口气，和他在一起后，她的睡眠好了很多。

傅延北侧过脸看向窗外，“好好照顾自己，身体是最重要的。”

“放心。”她抓了抓乱糟糟的头发，“我不是因为失恋自暴自弃。前段时间忙着书雕展和毕业设计，没有休息好。谢谢你的关心。”她咽了咽口水，目光瞥向窗外，好一会儿，才回过头，表情平静，“傅延北，你不用对我有什么负疚感。感情的事就是这样，两情相悦，不必勉强。”

“也许以后我也能遇到喜欢的人。”叶然已经看明白了，她可能真的不能和他在一起了。

傅延北觉得自己的心有点疼，像被什么扎了一下。

为什么有时候叶然看着他的目光带着莫名的哀伤？

为什么他对她有种似曾相识的熟悉感？

因为她像子瑜吗？

“你好好休息。”

“再见。”

子瑜，是傅延北心中的一个结。

和叶然分手的这些日子，他每晚都在想，可是却怎么也想不起来。子瑜长什么样？为什么他一点印象都没有？有时候想着想着，眼前突然会浮出叶然的脸来。

他深深地觉得叶然给他下蛊了。

他不想承认，也不敢承认，他爱上了叶然。不知道在什么时候，也许是在她第一次去深海那天，也许是她蹲在马路上的那次……

他隐隐觉得自己丢失了一样珍贵的东西。

陆风已经和斯密斯谈妥了合同，他来看过她了，也该回去了。

陆风问："叶小姐情况怎么样？"

傅延北神色颇淡，"没什么大碍。"

陆风说："小傅总，我们什么时候回去？"

傅延北迟疑片刻，"你订票吧。"

"那我就定明天的。"

"好。"傅延北起身，"我去一趟医院。"

傅延北买了一些新鲜水果，再次去医院，准备和叶然辞行。他站在门口稍稍停驻，听见病房里有人在说话。

叶然的声音有几分慵懒，"不是让你别来的吗？我明天就出院了。"

"我不是担心你吗？两个晚上没回来，我还以为你和时轶有情况呢。"

"桑珊！"叶然恶狠狠地叫了一声她的名字。

"行。我不说了。真是可怕，咱们这职业，太容易牺牲了。不过也是你自己不好，谁让你从宁城回来之后，和拼命三娘一样，拦都拦不住。"

"我得对自己的专业负责啊。"

"我以前怎么不知道你是那么有事业心的人？"桑珊白了她一眼，"用工作来麻痹自己是最愚蠢的做法。"

叶然不想再听她的唠叨，"桑珊，我有点头晕恶心。"

桑珊狐疑地瞄了她几眼，"别告诉我，你有了？"

叶然拿起枕头作势打她。

桑珊连忙说道："我开玩笑的。"

叶然定定地说道："我不可能有孩子的。"

桑珊问："为什么不可能啊？傅延北又没有问题。"

叶然声音轻弱："有了，我也不要。我和他分手了。"

桑珊也叹了一口气，"医生说了，你必须好好休息。流产手术给你的身体造成的伤害很大……"

傅延北的脸色瞬间僵住了，呼吸都停止了。

突然间，他的手脚一片冰冷。

傅延北定在那儿，心好像被刀子狠狠地戳了一下，他重重地敲了敲门。

他走进来，周身都透着寒气。

桑珊赶紧朝叶然使了一个眼色，连忙跑了。

叶然咽了咽口水，"你怎么来了？"

傅延北望着她，一言不发，不知道该说什么，愧疚、爱怜一波又一波地涌上来，他发现自己就是一个浑蛋。

"然然，为什么不告诉我？"傅延北的眼圈红了，眼底是源源不断的追悔。

"什么？"叶然愣愣地问道。

傅延北慢慢握住她的手，一点一点地攥紧，"对不起——"他的手在隐隐地颤抖着，一颗心被打得七零八碎。

她哑着嗓子，"傅延北——"他知道了什么？

夜色沉沉，天空飘着绵绵细雨。傅延北独自坐在医院楼下的木椅上，直到天边闪过一道白色的闪电，夜空突然如白昼一般明亮，他拿出手机，拨通了电话。

"延北——"苏韶言的声音微微沙哑，显然是睡着被吵醒了。

"韶言，我想去看看子瑜。"

苏韶言的大脑瞬间蒙了，"你说什么？"

无论那段记忆能不能找回来，他想给自己一个交代。

叶然一个人住在病房里，窗外风雨交加，她却又失眠了，睡意全无。静谧的夜，一阵响彻天际的雷声传来，她起身去关窗户。早知道今天就出院了，这样的夜晚一个人待在这里，心都空了。

就在这时，门上传来几声敲门声。

“谁？”叶然的声音都抖了，不害怕是假的。

“是我。”

是傅延北。

叶然打开门，深深地呼了一口气，“你怎么还没回去？”

他定定地站在门口，身上的衣服都湿透了，脚下还渗着水，这样子滑稽极了，“我找不到回去的路了。”

叶然呆滞地看着他，“你可以打车回去，司机认识路。”

傅延北往前一步，想要靠近她，而她却退了一步。

“傅延北——”

傅延北薄唇抿成了一条线，头发上的雨水顺着脸颊滑落下来，冰冷的气息萦绕在她的周围，“然然，我找不到回到你身边的路了。”

叶然恍惚地愣在那里，心跳在那一刻停止了跳动。

窗外雷声滚滚，注定了这一夜的不平静。

他想起来了吗？终于想起来了？

叶然哽咽着，光线忽明忽暗，视线慢慢聚焦在他那双深邃的眸子里。她该说什么？她强忍着内心的波翻浪涌。

她想象过很多场面，唯独没有想过会出现一个“子瑜”。

无奈过、疼痛过，最后选择放手。

窗外的雨越下越大，玻璃上流下一道道的水印。

病房里开了一盏温馨的台灯，灯光温馨，却无法照亮每一个角落。

“你想起什么了？”

傅延北坐在沙发上，十指交握，眉间染上了一层悲伤。“这段时间，我一直在想子瑜的事，可始终想不起来。”

叶然坐在他的对面，隔着不远的距离，她很想抱住他。

傅延北无奈地扯了扯嘴角，“画面很零碎，我们一起去上课，一起去游泳，可我始终看不到她的脸。”

叶然试探地问了一句：“你——没有想过去找她吗？”

“韶言说，她在那场车祸中……”他的脸色满是痛苦。

叶然咬唇，滚热的泪一滴一滴地滑下来，鼻子堵得难受，“你一定很爱她。”

傅延北薄唇抿得紧紧的。

两人平静地说着藏在心里的话。

“我想我是爱她的，所以我才会向她求婚。”

“嗯。”

“然然，我很抱歉。当初突然想到子瑜的事——”他便放弃了叶然。

叶然弯起了嘴角，她是感动的。他没有错，他只是忘记了。而她迫切地想要和他在一起。她靠近他，引他动情，其实，自己何尝又做对了呢?

她有意提到结婚，试探着他，没想到他竟然答应了。

她以为两个人结了婚，一切就尘埃落定了。

他们都曾告诫过她：“延北不再是以前那个人了。你这样会受伤的。”

她说她不怕受伤。呵，真是说得容易!

“这段时间，我一直在想，我到底哪里做错了。”

“然然——”他拔高了声音。

“你听我说完！”她眯起了眼睛，“我没有和你说过我的前男友，其实他是个很厉害的人，学习成绩好，还是学校公认的校草，而且他对我很好很好。”

傅延北听着她提起前男友的语气，眸色不由得深了几分，心里不是滋味。他好像对她并不是那么好。

“不过我和他大概是缘分太浅了，我们在一起两年，后来分手了。他提的分手。”叶然抓了抓头发，语气怅然，“我觉得自己挺挫败的，怎么老被人甩啊。”

“你现在还爱他吗？”

叶然低下头，心里有些难受，只说了一个字：“爱。”

这个答案，真是让傅延北出乎意料。

“我爱他，就像你对‘子瑜’一样。”

傅延北心里满是震动。

夜，越来越深，雨势渐渐小了。

她望着他，“要不要看电影？”

她打开电影文件夹，扫了一圈，又把那部老电影翻出来。黑白片，久远的年代了。

“这是什么片？”

“*Random Harvest*。”

“你以前和我提过的那部电影？”

“嗯。”

他来到她身旁，轻轻靠在了她的身上。两人谁也没有再说话，享受着这样的安宁。

似是故人来，故人在何处？

电影不知不觉放到了一半，失忆的查理斯差点和别人订婚了，傅延北的表情越来越凝重。

这时候电脑突然黑屏了。

叶然按了几下开机键，电脑都没有反应。她苦笑了一下，“罢工了。”

傅延北木着脸，幽声问道：“结局是什么？”

叶然侧过头，看着他深暗的眼神，“查理斯回到了他和波拉以前的家，他想起了一切。”

傅延北一动不动，“然然，再等等我。”

那天晚上，傅延北说完那句话后，叶然并没有给他答复。

承诺说多了，就不值钱了。

出院后，没多久，学校举行毕业典礼，叶父叶母带着小叶笙也来了。叶家父母知道她和傅延北分手的事，心照不宣地不再提起一个字。

就当这件事从没有发生过。

小叶笙看着叶然穿着黑色硕士袍，“姐姐像魔法师，《哈利·波特》里的赫敏。”那是在宁城时，傅延北陪她看完的电影，她一直都记得。

“我要施法了，把叶笙变成一个抹茶蛋糕，变变变——”

叶笙捂住了自己的脸，过了一会儿又睁开眼，发现自己还是原来的样子，她耸耸肩，“姐姐多大的人了，还这么幼稚。”

叶然眼前一团黑线。

叶母笑着，“我们赶紧拍照。”

等他们拍好照片，中午去了当地一家中餐馆聚餐。

时轶和桑珊都来了。

桑珊嘴甜，把叶父叶母哄得心花怒放。“阿姨，您的气质真好，要不知道，我还以为您是叶然的姐姐呢。我听过您不少曲子，《梁祝》我最喜欢了。没想到小提琴也能拉出那种哀怨纠结的感觉来。”

“可惜叶然和小笙都不喜欢呢。”这是她的一大憾事。

“术业有专攻，叶然现在已经很棒了，她是我们圈内大神。”

说到底，叶父叶母只希望女儿快乐就好，她想做什么，他们都支持。

时轶因为临时有个会议来迟了，趁着他不在，叶母旁敲侧击问了很多关于时轶的事，她对时轶印象好极了。时轶来的时候，带了一束风信子，他将花递给叶然，“恭喜！”他今天穿着休闲装，举手投足间尽是儒雅。

叶父叶母看到他，心里不由得有了比较。

时轶的礼貌谦逊深得叶母喜欢，叶母嘴角弯着一抹温和的笑容，“小时，这些年多亏你照顾然然了。”

“伯母，这是我应该做的。”

桑珊悄悄对着叶然说道：“我怎么感觉时总是来见岳父岳母的啊？”

叶然正在烤五花肉，“你想多了。”不过看得出来爸爸妈妈很喜欢时轶。

时轶真的太会说话了，净挑着她爸妈喜欢的话题，把她爸妈哄得眉开眼笑。叶然觉得有些事不能再这么走下去了。

吃到一半时，叶然的手机响起来，她一看到号码，眉头瞬间皱了一下，“我去接个电话。”

叶母狐疑道：“谁的电话要出去接？”说完，她的脸色就沉下来。还有谁，肯定是那个傅延北。

“你们先吃。”

叶然溜到走廊，才接通了电话，“喂——”

傅延北正在她的学校，“你在哪儿？”他手里还拿着一束盛开的百合，鼻尖飘浮着淡淡的香气。周围人路过时，不时看过来，打量着这个帅气的东方人。

“我在吃饭，有什么事吗？”

傅延北默了一下，“我在你们学校。”

“傅延北，我和我爸妈在吃饭。”

傅延北给她挑了一件毕业礼物，是一条项链。她那条叶子项链坠子掉了，他没有找到一样的，重新买了一条。

“叶然——”时轶出来，迟疑地喊了她一声。

“我马上过来。”叶然回头。

傅延北在那边也听到了时轶的声音，“时轶也在？”

叶然应了一声，“没什么事我先挂了。”

傅延北沉默了一瞬，“叶然，我等你来。”

这顿饭吃得宾主尽欢，饭后，叶教授要陪叶母去买礼物，把小笙交给了叶然。

桑珊自然也不会留下来当电灯泡。

小笙牵着叶然的手，蹦蹦跳跳地走在路上，边走边唱着歌。

叶然问道：“这几天很忙吗？”

“合同上还有点问题。”

他们走到一处锻炼身体的场所。小笙兴奋地说道：“姐姐，我想玩会儿滑滑梯。”

“去吧，小心一点。”

时轶目光还留在小笙身上，“几个月不见，小笙好像长高了不少。”

“妈妈说，之前买的衣服都小了。”

他缓缓一笑，侧过头，眸色渐渐变得灼热，沉吟道：“这几天想尽快把一些事做完。”

叶然目光游移。

“叶然，我想陪你去旅游。”

叶然敛气，她的心真的太小了，而时轶太好了。她慢慢抬首，正视着他，“我不知道该说什么，对不起。我不能骗你，也不能欺骗自己，也许我这一辈子都走不出来了。”

时轶站在原地，身形挺拔，精致的眉眼在朦胧的灯光下，越发显得深邃悠远，如同沉寂的深海，深不见底。

他看到她的眼底闪烁着浓重的无奈、内疚。他在商场上无所不能，可是在感情上，他好像欠缺了一点运气。“我知道。”有些人，无论如何他都守不住，他的爸爸妈妈，还有叶然。

叶然不敢看他，他对她那么好，可是唯独感情她给不了。

时轶拍拍她的肩头，一派轻松的口气，“好了，我们还是朋友。”

叶然努力扯了一抹笑，“我们永远都是朋友。”

回去时，小笙拉着时轶和叶然的手，一路上只有她的欢歌笑语。

时轶把她们送到住所，开口道：“我回去了。”

叶然总觉得自己是个十恶不赦的人，“路上小心。”

时轶抿了抿嘴角，脚步微沉，“叶然，给我一个拥抱吧。”最后一个拥抱。

叶然仰头望着他，张开了双臂，主动抱住了他。他的怀抱很温暖，以后一定会遇到他心爱的女孩子。“时轶，对不起。”

时轶拍拍她的肩头，“傻丫头。”太傻了，才会让自己受了这么多伤。

他的助理已经到了，车停在一旁，他松开她，再也没有看她，一步一步走向了车子。

车子慢慢淹没在夜色中。

时轶侧着头看着窗外飞逝的夜色，抬手揉了揉眉心，声音沙哑，“明晚回国。”

叶然站在原地，心里难受极了。小笙拉了拉她的手，“姐姐你怎么了？”

她蹲下身子，轻抚着小笙肉肉的脸蛋，“姐姐伤了别人的心。”

“那你要道歉。道歉就会得到原谅。”

“有些事不是道歉可以解决的。”她起身，看到从暗处走出的一抹身影。

傅延北一步一步走过来，手里捧着一束快要蔫掉的百合，视线和她在空中交会，静静地看着她。

叶然一脸愕然。

“恭喜你毕业。”他的脸上是掩不住的疲惫。

“谢谢。”她艰涩地回道。

傅延北落寞一笑，“可惜花蔫了。”

叶然动动嘴角不知道该说什么：“等了多久？”

从日落，到月亮出现。他扬扬嘴角，“一会儿。”

小笙抑制不住激动，“延北哥哥——”双手紧紧地抱住了他。

“小东西，还记得我啊——”傅延北笑着抱起她。

叶笙的小手捧着他的脸，“记得！我记得你啊。你怎么都不来看我啊？”

傅延北瞥了一眼叶然，对小笙说道：“我这不是来看你了吗？”

小笙眼尖地看到他手上还有一个精致的丝绒盒子，“这是送我的礼物吗？”

傅延北失笑，声音涩涩的，“是的。”

第十七章

然然，等我

小笙以为这是傅延北送她的礼物，吧唧一下亲了他一口，“延北哥哥你真好。”小孩子的感情总是最真实直接的。

叶然在心里叹息，小笙真的太容易被收买了。

“时间不早了，我们该回去了，你也早点回去吧。”

傅延北望着她，想到刚刚的画面，她主动拥抱时轶。叶然毕业，叶父叶母都来了，时轶的出现是那么微妙。他大概可以想象他们今天下午一片其乐融融的欢乐景象了。

叶然伸手抱过小笙，忍住不再看他。

从此，傅延北的人生，再也没有叶然的存在。

他眼神复杂，欲言又止，最后还是开口道：“然然，回去之后，我会去见‘子瑜’，等我……”

叶然背对着他，一步一步往前走，离他越来越远。

“姐姐，你哭了。”

“有只虫子飞进姐姐眼睛里了。”

“那我给你吹一吹。”

……

叶然上了楼，站在窗外，无意间往楼下一看，屋前大树下的那个人还没有走。她的眼眶一热。大一那会儿，他经常在女生宿舍楼下等她，好像无论等多久，他都没有抱怨过，而她呢？

分手之后，叶然常常反思，她和傅延北的那场恋爱，站在旁观者的角度，她都替傅延北不值。喜欢谁不好，喜欢她这个白眼狼。

晚上十一点多，叶教授回来，压着声音，“我没眼花吧，那人确实像傅延北。”

“胡说什么呢？他怎么可能在这里？”

“说不定是来找然然的。”

叶母哼了一声，“他要敢来找然然，看我不收拾他。”

“我绝对支持你。”

叶然闭上了眼睛，强迫自己快点入睡。

几天后，叶然启程，叶家人在机场分别。

“早点回来。”叶母心里满是不舍。

“妈，您放心吧。”叶然一脸轻松。

广播提示开始登机了。

叶教授正色道：“然然，爸爸妈妈希望你这次旅游结束，能回青城。你的成长我们错过了很多，希望以后我们一家人能够永远生活在一起。”

叶然震动，“爸、妈，让你们担心了。”

叶笙抱住她的脖子，“姐姐，你和我们一起回家好不好？”

“过段时间，姐姐就回去，以后都陪着小笙。”她要看着小笙长大呢。错过的一些人，只能在小笙身上弥补了。

傅延北回到宁城后大病一场，整个人清瘦了一大圈。等他身体恢复后，就让沈贺陪他去了一趟杭州。

杭州离宁城不远，几个小时的车程。

苏韶言自从那晚之后一直紧张不安，最后把事情告诉了傅母，她担心这个谎她们圆不下去了。

“延北要是知道我在骗他，他这辈子都不会原谅我的。”

傅母脸色沉重，“知道就知道吧，我会处理好的。我问过陆风，延北这次去伦敦并不顺利。他们之间存在的问题太多了。”

苏韶言紧握着手，“没有叶然，我和延北也不可能了。”

傅母深深地叹了一口气，“韶言，或许以后，你会遇到一个你喜欢的男人。”

“可能吗？”她爱傅延北爱得太深了，好像已经失去了爱人的能力。

傅母也是心疼不已，苏韶言太像她年轻的时候了。她没有阻止傅延北去杭州。她的儿子，她清楚知道他的性格，越是阻止他越是会反弹。

傅延北去杭州的那天，宁城一直飘着毛毛雨。沈贺开着他的路虎，一路上傅延北都没怎么说话，气氛冷冽。

其实他也知道见不见子瑜有些事都改变不了了，他木着脸看着窗外，大脑还在运转着。

沈贺问道：“你说的那个子瑜真是你女朋友？”

傅延北默然。

“你怎么什么都想不起来了？许镇没办法吗？催眠恢复记忆现在不是挺牛的吗？”

傅延北眯了眯眼。

沈贺又说了一句：“总觉得这事奇怪得很。既然你和子瑜谈过，怎么一点痕迹都没有留下？”

“我妈处理了。”

“延北，不管你的过去怎么样，就算你和子瑜有过什么海枯石烂的誓言，那都过去了。其实我觉得叶然挺好的，你自己没发现吗？你和叶然在一起的时候人特鲜活。”沈贺说得带劲，“尤其是上回你们带着叶笙，看着就像一家三口。”

傅延北的眉头深深地皱起来，“贺子，叶然流过产。”

“我去！”沈贺一脸震惊，怪不得傅延北这回回来大病一场，原来出了这事，“你们还年轻，以后孩子还会有的。”

傅延北扯了扯嘴角，那双眸子里充满了阴郁，“你说我那会儿要是不提分手，那孩子会不会好好的？她是对我失望透顶了，才会不要那个孩子的。”

沈贺从来没有见他这么痛苦过，“延北，等子瑜这事过了，你好好和叶然谈谈，开诚布公地谈谈，我觉得你们之间还有挽回的余地。”

不知不觉已经到了杭州，前方路边提示，还有一千米就要下高速进入杭州城了。

沈贺开着导航，“还有二十分钟吧，不知道韩家人在不在家。”

傅延北抿着唇，看着窗外，杭州晴空一片，太阳火辣辣的。

车子拐进了巷子后，到了一个90年代所建的老小区，门口的路又窄，路边还堆满了杂物。

沈贺停下车，四处看了看，“应该是这里。”

傅延北下车，看了一眼手上的地址，目光落在了前面那栋楼上。

“我陪你上去。”

“你在楼下等我。”

沈贺犹豫了一下，“有事给我打电话。那个，我怕他们会揍你。”

老旧的房子，楼道又黑又脏，台阶上积满了灰尘。

302的门口放着一双男士布鞋，好像很久没人穿了。傅延北轻轻敲了敲门，半晌门才打开。

“你找谁？”一个满头白发的妇人问道。

“请问这是韩子瑜的家吗？”

妇人仰着头，“你是谁？”

傅延北咽了咽口水，“我是子瑜的朋友——”

妇人神情恍惚了一下，“请进，是子瑜的同学吗？快进来坐吧。”

傅延北应了一声，随她进去。三室一厅的房子，家里还是维持着90年代的风格，很多东西都是那时候的，一架雅马哈的钢琴摆在客厅一角，上面铺着的蕾丝布已经泛黄了。

“你坐一下，我去给你倒杯水。”

“伯母，不用麻烦了。”他快速地打量着韩家，墙壁上还挂着子瑜的照片，还有很多奖状奖杯。傅延北眸色沉了几分，一张张子瑜的照片，他却一点印象都没有。

韩母搓搓手，“这都是子瑜以前获的奖。她人不在了，我们留个纪念。你是子瑜的大学同学？”

傅延北点头，“打扰了。”

韩母擦了擦眼泪，“没事，我没事，我已经看开了，这就是命。何况子瑜生前一直过得也算快乐，离去也没有太痛苦。”

傅延北神色也是异常凝重，“我能看看她的照片吗？”

“子瑜的照片我都挂在墙上呢。”韩母起身带着他走到照片墙，指着那些照片。

傅延北的目光落在那一张张照片上，嘴唇干燥。韩子瑜瓜子脸，脸小小的，长相秀气。

他的第一感觉，叶然和子瑜并不像。

“子瑜从小就很乖，学习成绩好。”韩母提到女儿，苍白的脸色也有了几分悦色，“上高中的时候，学校就有很多男生追她，可惜啊，子瑜这一生太短，都没有谈过恋爱。”

傅延北整个人像被什么击中了，“伯母，你说子瑜没有谈过恋爱？”

韩母有些无奈，“这孩子一心扑在学业上，她的梦想是成为中国的陈逸飞。我们也劝过她，让她可以谈谈恋爱什么的，可是子瑜有时候太倔强了。”

傅延北的身子在颤抖，“伯母，抱歉，我也是前不久才听说子瑜的事，有些事并不是很清楚。能不能问一下，车祸是怎么回事？”

韩母看着他脸色大变，苍白得没有血色，“下课路上，对面一辆失控的跑车撞到了她。”

傅延北瞬间石化，心脏陡然间紧了一下，闷闷地疼。他的心里有个声音，似乎在说，傅延北，你这个傻瓜。

“你怎么了？哪里不舒服？”

傅延北拧着眉，“我没事。”

韩母狐疑地看着他，心里有了一个想法，以为他曾经喜欢过子瑜，宽慰道：“忘了吧，人要向前看。”

傅延北离开韩家时，深深地朝着韩母鞠了一躬，郑重地说道：“伯母，谢谢你。”

沈贺倚在车旁，手里夹着烟，脚边已经堆积了数十个烟头。

他等了半天，越等越烦躁，望眼欲穿，直到看到傅延北走出来，他扔了手中的烟踩灭，连忙跑上去，“怎么样？”

傅延北深深地呼了一口气，“贺子，你还能开车吗？”

“能啊。”

“回宁城，我得立马去英国。”说话间，他的心都在胀痛，密密麻麻地疼着。

“你这脸色怪吓人的。”沈贺一脸担忧。

傅延北哑声道：“不是子瑜。”他得快点回宁城，他要弄清楚一些事。

车子急速地行驶在高速公路上。

傅延北一遍又一遍打着叶然的手机，结果她一直没有开机，他暴躁地骂了一句脏话。

沈贺连忙安慰他：“说不定在忙着。”

傅延北回到宁城，并没有去找苏韶言，关于她扯的那个谎言，傅延北没有时间去追究。

陆风提着他的行李已经到了机场，“小傅总，夫人让您给她回一个电话。”傅延北的脸色沉沉的，有些事他的母亲应该都知道吧。

“等我回来再说。”

“小傅总——”陆风头顶压力，“夫人说了，如果你不给她回电话，她会亲自联系叶小姐。夫人也是关心你，你就回个电话吧。”

这时候远处，明桦牵着儿子的手走过来，“延北——”

傅延北看到他们脸色缓和了几分，“大嫂，你们怎么也在这里？”

傅恒宇回道：“妈妈和我要去法国旅游，陆风叔叔送我们过来的。”

“大嫂，你和大哥——”上次为了他的事，他们夫妻发生了争吵，傅延北心里一直很抱歉。

“小宇放暑假，我答应他今年带他出去玩。正好出版社编辑联系过我，有意出版一本亲子类的游记，我就答应了。”

傅恒宇拆台，“爸爸太忙了，没时间和我们去。小叔叔，你能不能帮帮我爸爸？让他别天天都上班。”

傅延北摸摸他的头，看着明桦。

明桦笑得无奈，转而问道：“又要去英国？”

傅延北默了一下，正色道：“我得把她找回来。”

明桦了然，“去了一趟杭州想通了吗？如果以后你恢复了记忆呢？就算没有韩子瑜，还有夏子瑜、钱子瑜。”

人来人往的机场，川流不息的行人。傅延北站在那儿，背脊挺得直直的，身后一大片透明玻璃，天灰蒙蒙的，而他的神色一片肃然。“不会的，过去就过去了。”

明桦扬起了嘴角，“希望你这次可以抱得美人归。”

傅恒宇拉着他的手，“小叔叔你要加油，早点把小婶婶追回来。”

明桦眨眨眼，“也许你还会有意想不到的惊喜。”

陆风一直在一旁等待，这会儿傅延北心平气和了，到底没有为难陆风，拨通了傅母的电话。

傅母正在外面喝茶，“从杭州回来了？”

“妈，你想说什么？”

“我希望你不要去找叶然。”傅母的声音冷冷的。

“我一直很奇怪，为什么您对叶然会有偏见？”

傅母拨弄着面前的月季花，指尖被刺扎了一下，微疼，“叶然不适合你，何况你们已经分手了。延北，拖泥带水不是你的性格。”

“我和叶然的事我有数。”

“你有什么数？延北你要是想起以前，你迟早会后悔的。”

傅延北深吸一口气，心头一片冷冽，“您为什么从来不告诉我根本没有什么子瑜？妈，我是您的儿子，您就那么希望我娶苏韶言？”

“我是为你好！”

“不要再说这样的话了。”

傅母嗤笑，“如果不是为了你，这些年我为什么留在傅家？空守着一个傅太太的称呼！外面的人都在笑话我，我都不在乎，因为你是我的骄傲，因为你，妈妈才有底气。我不希望你为了儿女私情忘了自己的责任。”傅母声音淡下去，“听我的话，现在回来，忘了叶然。”

傅延北呼了一口气，“妈，我忘不了。”

飞往伦敦的飞机，还有半个小时登机。候机大厅突然间爆发出一阵喧哗。

伦敦飞往巴黎的飞机起飞后不久突然起火，不久坠落，撞到了一家旅馆，随即爆发了大火，火势严峻。客机上有 109 人，目前已确定 89 人遇难。

候机大厅的气氛瞬间凝滞，有时候真的难以置信，生命就这样悄然逝去。

傅延北的手机响起来，是伦敦打来的。

斯密斯先生的声音低沉无奈，“Kevin，我查了一下，叶然买了伦敦飞往巴黎的那趟航班。”

傅延北的大脑轰的一下炸了。

“请你做好心理准备。”

傅延北浑身止不住颤抖，脸色苍白得没有一点血色。他再次拨打了叶然的号码，只是电话依旧没有人接听。

傅延北只觉得眼前一片黑暗，整个人像被海水淹没了，绝望扑面而来。

明桦一脸惶恐，“怎么了？出了什么事？”

傅延北毫无反应。

“延北！”明桦用力地掐了一下他的手臂。

傅延北这才回过神，摸了一把脸，双目空洞，“叶然可能在那架客机上。”

明桦的身子虚晃了一下。

傅延北艰难地说道：“我始终联系不上她。”

“再试一次，延北，再试一下。”

傅延北十指都在颤抖，电话打过去，依旧是嘟嘟的忙音。在这漫长的等待里，他的心再次坠入了海底。

明桦掐着手，“时轶，时轶肯定和她有联系的。我让延林联系时轶。”她慢慢冷静下来，哆嗦着手打了傅延林的电话。

电话响了很久，那端才有人接通。

“延林——”

“抱歉，傅总正在会客。”一个清润的女声。

明桦冷着声音，“把手机给傅延林。”

“傅总在见很重要的客人，会客时，他什么电话都不接。”

明桦倒吸一口气，这个人是谁她不知道，可是她能接傅延林的电话，就不是什么普通人，明桦就像被人重重地打了一个耳光。傅延林，在你心里到底有没有我明桦的一席之地呢？“那你转告他，让他以后不要再给我打电话了。

对了，我是明桦，他的妻子。”

她挂了电话，很快冷静下来，她想到了周斯南，周斯南肯定能找到时轶。

很快时轶打来电话，“我现在还不能确定她到底在不在那趟飞机上。这家航班确实是她要坐的。”

傅延北抖着声音问道：“你有没有联系上她？”他抱着渺茫的希望，希望时轶能和叶然有联系。

“没有。”

这两个字，无疑像一柄利剑深深地扎进了傅延北的心。

“她爸妈也在伦敦，我现在也无法和他们联系上。”时轶面色仓皇，他站在办公室里，声音低缓，沉沉地叙述着。

谁也不知道接下来要做什么。

时轶捏着电话，一字一顿道：“她要去法国散心，她想放下以前，她想忘了你，她想重新开始。”

字字锥心。

傅延北悲凉地笑着，却一脸阴郁，悔恨无奈。他背着所有人，背脊微屈，那么悲伤。

天黑了，乌云滚滚而来，一场酝酿许久的大雨倾盆而下。

傅延北双臂无力地垂在那儿，半晌他从口袋里拿出一串佛珠，这是叶然在寺里替他求的。他拨弄着佛珠，一圈又一圈。

佛祖啊，叶然那么信奉你，请你保佑她平安。

他立在那里，侧着脸，神色冷峻，那双眸子里隐约闪烁着湿润的水光。

佛祖，只要她平安，我愿折寿十年。

伴着噼里啪啦的雨声，他仰着头，喃喃低语着，眼神空洞地凝望着远处。

时间一秒一秒地走过，每一秒于他们都是一种难忍的煎熬。

傅延北坐在椅子上，头痛欲裂。

广播正在提示，宁城飞往伦敦的航班开始登机了，前方已经排起了一长条队。

傅延北眼底一片湿润。

十多分钟后，他再睁开眼，朝着 VIP 通道一步一步走过去。

然然，等我。

他在心里一遍一遍念着她的名字，心早已麻木得如同被掏空了一般。

陆风一脸焦急，“明姐，怎么办？”

“你先看着他，我和以前的同学联系一下，请伦敦大使馆那边查一下，先确定叶然在不在那趟客机上。”

陆风嘴唇干裂，“要是叶小姐在怎么办？”

明桦闭上眼，深吸了一口气，“那就是命，他得承受着。”

傅恒宇可怜地坐在那儿，“妈妈，我不想去法国了。”孩子小，可还是听懂了大人说的话。

明桦把他抱在怀里，和他解释着，希望他不要对坐飞机产生恐惧。

这样的天气，还真让人烦躁。

时轶用最快的时间定了飞机票，他要亲自去一趟伦敦。

时安又是心疼又是害怕，“哥，是不是真的？叶然在那班飞机上？”

时轶脸色痛苦，“安安，我现在也不确定。”

时安欲哭无泪，“都怪傅延北，都是他的错。”

时轶目光迟疑了一下，“你安心在家。有什么事我再和你联系。”

“哥——”时安抓住他的手，她知道大哥现在心里有多难受，空难是他们兄妹心中永远无法抹平的创伤。在收到消息的那一刻，时安第一个想到的就是她的哥哥，她这一路都在祈求，拜托老天爷不要对哥哥那么残忍，“叶然一定会没事的。”

时轶拥抱住她，“她不会有事的。”

飞机在凌晨两点抵达伦敦机场，夜里下着淅淅沥沥的小雨，冷清压抑。

傅延北和陆风直接去了大使馆，大使馆的工作人员还在加班，密切关注此次飞机失事事件。明桦的师兄接待了他们，那个男人三十岁上下，高瘦，文质彬彬，气质沉稳，“我是许远景，明桦已经和我说了。”

傅延北一脸疲惫，“许先生，现在情况怎么样？”

许远景神色肃然，“从伦敦机场获得的最新消息，客机上有 16 位中国游客，叶然名字在列。”

傅延北闭上了眼睛，头深深地垂了下来。

“当地政府和机场正在紧急处理后事，飞机烧毁严重……”许远景说不下去了。

“我能过去看看吗？”傅延北哽着声音。

“有规定，必须是直系亲属，大使馆已经在一一联系他们的直系亲属，请他们来伦敦处理后事。”

傅延北握着拳头，十指紧紧地攥着，“她是我的爱人。”

许远景绷着脸，“我安排一下。”

三天三夜，傅延北没有合眼，整个人瘦了一圈，脸色黯淡。好在有许远景的帮忙，他见到了机场的负责人，看到了名单。

那列名单上确实有叶然的名字。

YeRan——

叶然的名字。

她告诉他：“我喜欢你叫我然然。”

如果可以，以后一辈子他都会叫她然然。

可惜没有这样的机会了。

你永远不知道死神会在什么时候降临，那一刻你又还能做什么，所以请珍惜眼前人。

错过，真的错过了。

静默良久，傅延北终于开口，喉咙像被什么灼烧了一样，沙哑凄厉，“陆风，开车，去她的公寓看看。”

“小傅总，您已经几天没合眼了，再这样下去，您的身体会受不了的。”

“去开车。”

陆风咬牙，“小傅总，叶小姐要是看到您这样，她也会担心您的。”

“会吗？她不喜欢我了，她已经把我丢下了。”

陆风脸色肃然，“我们都看得出来，叶小姐很爱您。”

傅延北微微动了动嘴角，“可是我却把她逼死了。”

伦敦又飘起了连绵的细雨，街上的人都撑起了伞，五颜六色，各式各样。

整座城市都沉浸在哀伤中，为了逝去的生命。

傅延北来到叶然的公寓，这是他第二次过来，上一次只能停留在楼下。

他轻轻叩响了大门，一下一下，许久都没有动静。

在他们都绝望的时候，大门打开了。

傅延北的脸色微微一变，只是一瞬又沉了下来。

一个年轻的华人面孔，穿着睡衣，睡眼惺忪，“你是谁？”

“我找叶然。”

“叶然？”女孩子打了一个哈欠，“噢，她不住这里。”

傅延北下意识问了一句：“她去哪儿了？”

“不清楚，前几天她就走了，说是回来了再来搬家，东西还在这里呢。你是她什么人？”

傅延北抿着唇，“我是她男朋友。”

女孩子打量着他。

“我能进去看看吗？”

“可以啊。”她拉开了门，“我刚搬过来，家里有点乱。”

“谢谢。”

“那你看吧，有什么需要叫我。这是她的房间，门没锁。”

傅延北走到她的房门口，双眼一片刺痛，他突然想到顾城的诗：

我多么希望，有一个门口

早晨，阳光照在草上

我们站着

扶着自己的门扇

门很低，但太阳是明亮的

草在结它的种子

风在摇它的叶子

我们站着，不说话
就十分美好

有门，不用开开
是我们的，就十分美好

此刻，他多么希望，打开这扇门，她就在里面。

他扭开了门把，她并不在。房间二十多平方米，一张床，其余地方摆着她的作品、工具，凌乱却充满了生活气息。

傅延北指尖覆在桌面上，上面已经积了一层薄薄的灰。梳妆台上的盒子乱糟糟的，他送她的发卡随意地摆在上面。

鞋架上摆着一双白色休闲鞋，他一步一步走过去，拿起来，那一刻心疼得要停止跳动。他随便买的一双鞋，她竟然带到了伦敦。

这是那天晚上他买的，她怕不吉利，又把钱还给他了。

傅延北神色悲痛，全身都在疼，一点一点地侵蚀着他的五脏六腑。

离开前，傅延北拿走了那双小白鞋，还有那个发卡。他回头望着那间卧室，乔其纱的窗帘，给这间卧室平添了几分温和梦幻。

当天晚上，他就被紧急送到了医院，40 摄氏度的高烧，整个人都烧糊涂了。昏睡间，他一直念着一个名字——

然然。

时轶坐在水边一家咖啡厅里，手边放着一杯已经冷却的花茶，他不时抬手看看腕表的时间，根本无心喝茶。

咖啡厅的门一次又一次地打开，他一次又一次地失望。

下午三点过后，咖啡厅的门再次打开，一个短发女孩子探身进来，脸上带着灿烂的微笑，声音清脆："时轶——"

时轶这一生都没有听过如此让人心动的声音。

叶然穿了一件黑白条纹衫，低腰修身的牛仔裤，脚上一双黑色帆布鞋，还戴着一顶鸭舌帽，整个人都不一样了。

“你怎么突然来威尼斯了？”她笑着露出一口小白牙。

时轶一眨不眨地望着她，突然明白，在最绝望的时候，他都忍着，可是这一刻，他突然有种想哭的冲动。

“叶然，见到你我才感觉自己活了过来。”

叶然皱着眉心，“真是抱歉，让你们担心了。”她看到新闻，她原本要坐的飞机出了事，他们都吓坏了吧？

时轶握住她的手，字字有力，“活着就好。”

叶然知道他肯定想起了他父母的逝世，解释道：“当时离登机时间还早，小笙说她喜欢威尼斯，想坐小船看风景，我就改了旅游路线。”

时轶平静下来，慢慢松开她的手，无波无澜地端起杯子喝了一口水，说：“大家都很担心你。”

叶然一脸歉意，“下了飞机后手机被偷了，正好我也想清净一下。”

时轶终于弯起了嘴角，“这一偷，我们都被吓死了。”

午后的时光，宁静祥和。两人一一说着最近的事，叶然说着旅游趣闻。她太喜欢威尼斯这座城市了，蜿蜒的水巷，每一处都透着艺术气息，和乌镇、西塘完全不一样的风格。

时轶耐心地听着。

窗外的阳光打进来，洒了一地的光点。墙角那只黑色加菲猫懒懒地蜷缩着身子，睡在那儿一动不动。时光静好，如果可以永久地停留在这一刻该多好。

时轶不动声色道：“傅延北也去伦敦了。”

叶然表情凝滞住了，一时间沉默下来。

“他应该还不知道你的事。”时轶是个坦荡荡的君子，“他很担心你。”

叶然敛了敛表情，“他不会以为我死了吧？”

时轶点点头，“应该是的。”

傅延北高烧不退，整个人都昏沉沉的，英国医生也束手无策。再这么烧下去，他人都该被烧傻了。

陆风只好给明桦打电话求救，“明姐，小傅总他的情况很糟糕。”

明桦在电话里安慰道：“我们今晚就飞伦敦。”

陆风守在傅延北的床前，一步都不敢离开。他跟着傅延北半年多了，为了傅延北，他放弃了自己的军人梦。小时候，他们一起玩过，长大后却渐行渐远。没想到多年后，他成了傅延北的助理，照顾他也成了他的责任。

第二天，许远景匆匆跑过来，神情激动，“傅先生怎么样了？”

陆风皱着眉，“我们小傅总刚刚打了针，烧还没有退下。”

“有好消息。”许远景深吸一口气，“叶然没有坐那班飞机。”

“什么？”傅延北哑声，“确定吗？”

“已经确定了，她没有坐。”

“那她现在在哪里？”

“你先别激动。她去了威尼斯。”

傅延北整个人都垮下来，“好，好，她没事就好。”

许远景抿着嘴角，“你现在可以放心了。”

“麻烦你了。”

“我应该做的。只要活着就有希望。”许远景沉沉地回道。

门外传来一阵急促的脚步声，病房门从外面被推开，傅延林和明桦急匆匆地走进来。

“明桦，你慢一点。”傅延林皱眉，拉住她，“已经到了。”

许远景站在那儿一动不动。

明桦看到他也是一愣，“许师兄好久不见。”

许远景点点头，目光定在她的身上，“小师妹，好久不见。”

傅延林站在一旁，气场咄咄逼人，一言不发。

明桦神色平静，“这是我先生，傅延林。延林，这是我大学师兄，许远景。”

两个男人握手打了招呼。

明桦开口道：“许师兄，这次麻烦你了。”

许远景微微一笑，“这是我应该做的。好了，我也该回去了。你们忙，有事和我联系。”

明桦望着他离去的身影，轻轻叹了一口气。

一旁的傅延林眸色深不见底。

傅延北没有时间招呼他们，“陆风，帮我订机票，我要出院。”

傅延林皱眉，“你这是要做什么？”

“我要去见她。”

傅延林冷着脸，字字铿锵有力：“医生说你再这么下去，就会转成肺炎。”

“我没事。”傅延北拿过手机，“陆风，你去订机票。”

“延北，你不能拿自己的身体开玩笑。”明桦劝解道。

“大嫂，我得去找她。”

病房里弥漫着一股压人的气息。

傅延林问道：“你现在去找她能解决什么问题？四年了，你怎么还是这样冲动？”

“这是我的事，不劳你费心。”

“你觉得叶然还能回到你身边？”傅延林冷着脸。

明桦拉了拉他的袖子，“好了，别说了。”

傅延林依旧望着傅延北，“你以为叶然的心是铜墙铁壁吗？你要不是我弟弟，我早就揍你了。”

傅延北绷着脸，双手紧紧地握成拳头，“大哥，你想说什么？”

“难道你从来没有怀疑过吗？为什么叶然以前不认识你，千方百计地靠近你，甚至放下女孩子的自尊苦苦追求你？”

明桦咬着唇，“延林，他还病着呢。”

傅延北只觉得大脑蒙了一下，嘴巴里满满都是苦涩，思绪都变得迟钝了，他忘了什么。

他心底深处那个埋藏多年的盒子，被傅延林撬开了。

他失魂落魄地站在那儿，心头已经有了一个答案，可是他突然害怕揭开。

“叶然就是我当年求婚的那个女孩。”

病房里再次陷入死一般的寂静中。

傅延北的手抖得厉害，“这是真的吗？叶然是那个女孩子？大哥，是不是？”

傅延林眼睛看着窗外，喟叹道：“是与不是又有什么意义？小北，你把人家弄丢两次了。”

一阵无言的悲痛袭来，傅延北一脸仓皇，凉凉地勾了一下嘴角，“你们都知道？为什么都不告诉我？为什么到现在才告诉我？为什么要看着我像傻子一样？”

“为什么？”傅延林起身，走到他的面前，“因为当年是你提出分手。因为叶然怕你想不起来，她想要一切重新开始。因为叶然怕你想起来，她怕你还恨她。”

叶然离开的这些日子，他从来没有睡过一个安稳觉。

原来，是她啊。

然然，你真的骗了我。

然然，你怎么做到的？

然然，你为什么不告诉我呢？

然然，现在我真的成了一个彻头彻尾的浑蛋了！

第十八章

找回记忆

叶然竟是他曾经的女朋友，这样的结局，真的出乎他的意料，这就是命运的玩笑吗？

“我把她忘了，我为什么会把她忘了？为什么会这样？”

明桦双眼湿润，“延北，你不是故意的，是车祸。”

傅延北喃喃低语，他现在都不敢相信了。如果真的是车祸，为什么他的生活一点都没有叶然存在的痕迹？

“当年到底发生了什么？”

傅延林敛起脸色，目光深远，他动了动嘴角。

明桦却开口想要阻断他，“延林——”

傅延林侧头望了一眼妻子，朝她点点头，意思是他明白。

傅延北扯了一抹无奈的笑容，“我要听实话。”

傅延林声音低沉，“叶然和你同级，大一时你对她一见钟情。而她性格淡然，她的父母在她小时候离过婚，这件事对她造成了很大的影响，所以一开始她根本不想搭理你，越是这样，你越是死皮赖脸地追求她。”

“是吗？”他有些难以相信。

“是啊，你追不到她，还和我抱怨过。”

“后来，她怎么答应我了？”傅延北摸摸鼻子。

“叶然缺乏安全感，当时，她阑尾住院，是你一直陪在她身边的。”

“原来是这样。”

“大概是大一第一学期末，你们在一起了。”傅延林回忆着，当时傅延北放假回来，给他看过叶然的照片，那时候他这个弟弟是真的很喜欢叶然，“你告诉我，等你们关系稳定了，要把她带回家。那时候你每次周末回来，都会让唐阿姨做菜，回头带到学校。”

傅延林皱了一下眉，“人的性子不会轻易改变的，叶然和你在一起，本身就处在被动的状态。她爱她的专业，爱书雕设计，很多时间都花在上面，给你的时间并不多。久而久之，你们之间也发生了很多小争执，甚至冷战，但最后都是你先去道歉。”

“我是怎么发生车祸的？”傅延北内心深处明白，他和她之间一定出了什么事。

“你的生日，叶然忘了。你在餐厅等了一夜，第二天她才赶过来。”傅延林深深吸了一口气，“你提出了分手。”

傅延北脸色渐渐白了几分，“后来我就发生车祸了？”

“是的，你一个人喝了一瓶红酒，噢，红酒从我那里偷的。”傅延林抬手揉了揉眉心，那件事是傅家人心头的痛，“酒后驾车，和对面一辆货车相撞，车子彻底报废，而你在医院足足昏睡了一个月。醒来后，你把和她的一切都忘了。”

傅延北红着眼圈，双手捂住了自己的脸，声音从指缝间传出来，“车祸后，她是不是来看过我？”

“她一直都在，当时你开着车，她坐在后面的出租车上，叶然目睹了车祸的全过程。”

傅延北的肩头瑟缩着，身子在颤抖，所以她不敢开车。

“你昏迷期间，她一直都在医院。知道你失忆后，她爸妈从青城赶过来把她接走了。”当时傅延林就觉得小姑娘挺不容易的，最后一次见到她，她一双大眼睛空洞无神，整个人都是灰暗的，没有一点生气。

他扯了扯嘴角，“四年前的事就是这样。”

傅延北十指紧紧地握着，“所以你们就把她的一切从我的生活中抹去了，你们也费心了，编了这么久的谎言。”

明桦走到他的身前，手搭在他的肩头上，“没有人希望这样，我们都希望你和叶然能重新开始。”

傅延北鼻音浓浓的，“是我妈吧。”能这么彻底地将一切抹去，一丝痕迹都没留下，只有他妈能办到了。

“延北，二婶也只是关心你。”

他能说什么？

谁都没有错，错的只有他。

谁让他失忆了？谁让他提的分手？

“那些东西还在不在？”

傅延林摇摇头，“二婶做事，我插不了手。我唯一能为你保留的，就是叶然上一次拍卖的作品《初恋》。”

傅延北捂住了脸。

“你现在有什么打算？去威尼斯，还是和我们回宁城？”傅延林问道。

傅延北半晌才艰难地回道：“宁城。”回宁城，他想找回那段记忆。

傅延林勾了勾嘴角，从口袋里拿出一张字条，“这是叶然现在的号码。”

傅延北接过，看着上面一串陌生的数字。

“我也是到了伦敦才知道。”傅延林说完又加了一句，“时轶发我的。对了，时轶正陪着叶然在威尼斯度假，听说景色很美。”

傅延北咬咬牙，“替我谢谢他，但是我不会让他的。”

傅延林耸耸肩，“明桦，我们去酒店休息吧。”两人奔波了一天，现在一切说开了，后面的事，他也不想管了。

“你干吗刺激他？”

“他需要刺激。不然追不回叶然的。”

出了医院，司机开着车。

这是明桦第一次来伦敦，看着陌生的街景，她心里一片喟然，“你什么时候开始筹划的？”

“什么？”傅延林睁开眼。

“《初恋》。”明桦咬牙。

“也是偶然看到的，我让秘书留意叶然的动静。延北回来后，她就买了回宁城的机票，索性，我也就拍下了《初恋》。”

“有心了。”她还以为他是为了纪念自己的初恋呢。

傅延林展开手臂，突然揽住她的肩头。车上还有别人，明桦惊得躲开，压着声音道："放手啊。"

"不放。"傅延林靠近她，"我们玩几天再回去。好久没和你单独出来玩了。"

明桦的手抵在他的胸口，"不行，我们得赶紧回去。"

傅延林不满地哼了一声，"不回。偷得半日闲。"

威尼斯是一座充满艺术气息的城市，叶然和时轶一起走过了这座城市的很多角落。两天过去后，时轶的电话越来越多。

"时轶，你回去吧，不用陪我。"叶然看着圣马可广场，威尼斯的旅游景点之一。

时轶皱起了眉头，"是时安。"

"时安和周斯南现在还好吗？"

时轶默了一下，"安安从小就喜欢斯南，这份感情她很难放下。"他叹了一口气，"其实让安安嫁给别人，我也不放心。"

叶然想了想，"其实周斯南也不见得不喜欢时安，只是当局者迷，最主要的是他反感父母的安排吧。"

时轶笑笑，"安安没有主见，斯南太有主见。"这两人也算互补。

两人看完了圣马可广场，傍晚时分回到酒店。

时轶回房处理公务，叶然在卧室翻看着白天拍的照片，挑了几张最具代表性的准备传给小笙看。

看了一会儿，一个电话打进来，新手机她存的号码不多，但是这个号码她是记得的，11位数字她都可以倒背如流。

她轻轻按了接通键，"喂——"

等到久违的声音，傅延北的心突然就软了，"是我，然然。"

叶然吸了一口气，起身走到窗边，看着窗外的夜景，她轻轻应了一声。

"我听说你去威尼斯了。"

"是的。"

傅延北抿了抿嘴角，"什么时候回来？"

"还不确定。"

又是一阵沉默。

“早点回来，我明天回宁城。”

叶然没有回话。

傅延北声音苦涩：“然然，对不起——”

叶然猛地睁大了眼睛，“你——”

“在外面注意安全。”他的嘱托都是多余的，时轶在她身边呢。他想过去找她，可是见面后接下来他们又该如何?

“傅延北，我没事。”她轻笑了一声，“让你担心了。”其实她挺开心的，至少他的心里还是有她的。

傅延北靠在墙壁上，怅然道：“你没事就好。然然，我以为你不在了……”

“那时候你是不是后悔了啊？后悔把我甩了吧？”她打趣道。

“是的，我后悔了，很后悔。我怕自己都没有弥补的机会了。”傅延北嘴唇干涩，双目深深地凝望着远处的灯塔，“然然，我是不是很浑蛋？”

叶然不知该说什么，“是有点。”

“以后不会了。”

叶然想想，反正他们都分手了，他再浑蛋和她都没关系了。虽然还是有些难过，他们不能走到最后。

电话打久了，手机响了一下提示电量不足。

叶然沉默了一刻，“那个，我得充电了。”

傅延北那端没说话。

叶然轻声说了一句：“再见。”

“然然，我都知道了，你就是那个女孩子。”可是很抱歉，我把你忘了。

寂静片刻，叶然轻轻挂断了电话，机械地找到充电器，给手机充上电。

一切好像是冥冥之中注定，他们之间总在错过，一前一后，跟不上节奏。

老天在和他们开玩笑吗?

在她准备放下的时候，为什么又让他知道了以前的事?

叶然轻轻摸了摸小腹，那里曾经有一个小生命。这些年，她一直都在想，如果傅叶笙能够平安降世，她会教她喊爸爸，带着她去见傅延北，把他吓死。

可惜没有这样的如果。

她紧紧地抱着双腿，蜷缩在角落中，心头涌过一阵阵复杂的滋味。

第二天早上，当她开门时，时轶站在门口，眼神温和。

“早——”

时轶手上拿着一束满天星，她最喜欢的花。

叶然接过，“谢谢。”

他们今天原本的计划是去叹息桥，威尼斯最著名的桥梁，听说很多相爱的恋人都会乘坐贡多拉（威尼斯尖舟），在经过桥下时接吻，以此来求终生相守。

“时轶，我打算回去了，回青城。”她仰着头，“我外公外婆年纪大了，我想回到他们身边。”

时轶往前一步，将她揽到怀里，轻轻抚了一下她的头发，“好。”无论她做什么决定，他都会支持她。

晨曦的光辉照进走廊，尘埃在阳光中四下飘浮。

叶然的手僵硬地垂在两侧，“时轶，我不值得。”

他为什么这么傻呢？

这个世界上比她好的女孩子太多了。

“不要想那么多。”时轶在她耳边轻轻说道，“我们一切顺其自然。”

他的呼吸轻轻落在她的耳边，轻轻的，话语间带着几分无奈，让她感到一阵心疼。

回青城前，时轶陪叶然先回了一趟伦敦，叶然要收拾东西。

房间里落了一层灰，不知不觉间，三年这么快就过去了，她的脑海里不由得浮现出她刚来伦敦时的景象。叶然把东西一一打包装到纸盒里，整整收拾了两个多小时。

时轶卷着衬衫袖子，帮她把箱子都装好了，“还有什么东西要寄回国内的？”

叶然看了看房间，凝思了一瞬，“我有一双鞋不见了。”

“会不会在鞋盒里呢？”

叶然翻了几个盒子都没有，“没有。”出发前她把它放在了一旁的鞋架上。当时和傅延北分手，她都舍不得把鞋子扔了。有一两次，她也会迷信想到，会不会是因为当初他给她买了这双鞋，所以最后他们才分手了。

“算了，不找了，我们走吧。”人都留不住，何况一双鞋呢？

门外传来些微声响。

叶然说道：“应该是 Amy 回来了，我去和她打个招呼。”

Amy 看到她一脸激动，“你怎么回来了？”

叶然笑着，“旅游结束。”

Amy 一眼就看到她身后的时轶，眨眨眼。

叶然解释道：“我朋友。对了，Amy，有没有看到一双小白鞋？”

“小白鞋？”Amy 摇摇头。

“可能是丢了吧。”她的语气莫名地有几分失落，“我要走了，今晚飞机。”

“怎么这么匆忙？”

叶然从包里拿出一份礼物，“在威尼斯买的。”

“谢谢。”Amy 把她送到楼下。

叶然和她握握手，“再见。”

“再见。”Amy 突然想起了什么，“叶然，前几天有人来找你，他说是你男朋友。”

叶然脸色微微恍惚了一下，“他说了什么？”

“他去了你的房间，当时看他的脸色不是很好。”

叶然轻轻嘘了一口气，“我知道了，谢谢你。”鞋子肯定是傅延北拿走了。

叶然再检查了一下，发现连发卡都不在了。她咬咬牙，从来没有见过这样的人，送出的东西还能要回去吗？

两人随即出发去机场，桑珊急匆匆赶来送她。

她气喘吁吁的，“怎么突然就要回去？”

叶然弯着嘴角，“想家了。”

桑珊知道这只是借口，“你那两幅作品我都放到拍卖行寄卖了，有消息我再联系你。”

叶然点点头。她打算把《重逢》和《婚纱》卖了。

“我怕你舍不得。”

叶然扯着笑，“舍不得也要放下。”重逢后没有婚纱，她何必留着呢？

桑珊看了眼远处的时轶，“你能放下的话，可以考虑一下一直陪着你的人。”

叶然沉默。

桑珊了然，“好了，时间也不早了。你们赶紧去安检吧。”

他们都知道，这一次离别，再见不知道在猴年马月呢。人生总在一次又一次的离别中度过，来来往往人都不同。

傅延北比叶然早两天回的宁城。回去之后，他就去找了许镇。

“你也都知道，是不是？”傅延北双眸殷红，恨不得杀了他。

许镇勾勾嘴角，“想起来了？”

傅延北上前揪住了他的衣领，拳头紧握，随即用力地推开他。

许镇跌坐在椅子上，泄了气一般。

“我要恢复以前的记忆。”

许镇拧着眉，“如果我可以，四年之前我就帮你了。”

傅延北剑眉一拧，“你以前给我吃的什么药？”

“对你的身体没有坏处。”许镇理了理衣领，云淡风轻道。

傅延北嗤笑，显然不相信，“你以前说，我这种情况，有可能一辈子都不能恢复记忆。”

许镇凝思了一下，重重地回道：“是的。”

傅延北眸色幽深，眼底藏着失落，“我不信。”

许镇叹息一声，“你现在也已经爱上她了。能不能找回记忆又有什么区别呢？”

“你不明白。”他眯着眼，“你怎么会明白。”

傅延北离开后，许镇一个人待了很久，直到身子僵硬。他起身拉开窗帘，明亮的光线照进来，他拿起手机，打通了苏韶言的手机。

“刚刚延北来找过我。”他的声音有些压抑。

苏韶言声音苍白无力，“他怎么了？想起什么了吗？”

“没有，他没有想起来。”

苏韶言暗暗吸了一口气，她开始怕了。她做了这么多，可还是无法让他爱上她，“许镇，谢谢你。”

许镇惨淡地动动嘴角，“韶言，你——早点放手吧。”

“放手？呵呵——”苏韶言嗤笑一声，“你没有爱过，怎么会明白？”

许镇的声音空荡荡的，“你怎么知道我没有爱过？”他闭上眼睛，想到十年前，他们第一次见面的场景，原来他已暗恋她十年了。

傅延北回了茂苑，他已经一个多月没有回来了。门口摆着两双拖鞋，他的，还有她的。

上一次，阿姨还问过他，鞋子要不要丢了。

当时他是怎么说的——“留下吧，不占地方。”

其实，他一直没有正视过自己的心。因为潜在的感情，那些熟悉的感觉一直牵动着他。

我回家了，可是，你却离开了。

他从盒子里拿出那双小白鞋，小心翼翼地摆在鞋柜上，好像她还住在这里一样。

傅延北盯着鞋子看，眼睛发酸。

晚上，周斯南过来。两人已经好些日子没见了。

现在两人是同病相怜，用一个词来形容，那就是咎由自取。

周斯南扯了扯嘴角，“哟，去非洲啦。”

傅延北摸了一下下巴，新冒出来的胡楂有点扎手，加上几天几夜没有合眼，看着确实沧桑，“都知道了。”

周斯南叹了一口气，“你也别想那么多，好事多磨。”

“都磨得分手了。”

“再追回来不就是了。你当初怎么追她的，重新来一次。”

“你以为还是刚上学那会儿啊。”傅延北抬手揉了揉酸涩的眉心，眉宇间透着些许沮丧。

周斯南扬起嘴角，“有个消息，要不要听？”

傅延北无精打采的，对他来说还有什么好消息？

“时轶和她回国了。”

傅延北眼前瞬间一亮，却压着声音问道：“什么时候？”

“昨晚的飞机，不过是回青城。”

傅延北转念一想，“时安告诉你的吧。”

周斯南摸摸鼻子，“叶然回来的时候，有些事我没有告诉你。当初我以为你会慢慢找回记忆，如果早点告诉你，或许你们之间也不会弄成这样了。”

傅延北轻扯了一下嘴角，喉间一阵苦涩，“我明白，她也不想告诉我。”何况他的妈妈一定给所有人施加了压力。

“我问你，女人怀孕几个月肚子上会留下妊娠纹？”这几天有一件事一直盘旋在他的心头。他们分手四年，小笙刚刚四岁，这一切会不会太巧了？

小笙那么亲近他，而他对小笙从一开始就有种特别的感情……

这真的是巧合吗？

周斯南皱眉，“你想多了，小笙不可能是你的女儿，她是叶然的妹妹。要是女儿，他们家不是乱辈分了。”

傅延北似乎没有把他的话听进去，十指慢慢收紧，“不是也没关系，以后我们再生。”

孩子就叫傅叶莱。

重新再来。

这段日子过得就像云霄飞车一样。傅延北花了两天时间将这段时间积压的工作处理完，随后去了傅延林那里。

傅延北过来时，助理引着他去了傅延林的办公室，“小傅总，请——您先坐一会儿，傅总还在开会。”

傅延北看着这间办公室，父亲和母亲离婚后，他就很少过来了。

办公室的格局早就换了。

傅延北站在书柜前，书柜上摆了很多与法律相关的书籍。傅延林是 B 大法学院毕业，当年，傅延林也是因为去 B 市出差认识了在外交学院读书的明桦。

书柜上摆了一张他们的合照，照片像是抓拍的，明桦的眼睛都没有看着镜头，而傅延林的眼睛却落在她的侧脸上。

傅延北第一次看到这张照片，看来外界传言都是假的，谁说大哥不爱大嫂呢？

书柜上层最右端，一个书雕作品，用玻璃罩罩着，他的目光瞬间被黏住了。一室寂静无声。

葱郁的大树下，女孩背着单肩包，男孩推着单车站在她的身边，双眸望着女孩。

女孩神似叶然，男孩则神似傅延北。

傅延北抿着嘴角，双手握紧，内心一片焦灼。

办公室的门打开来，傅延林从外走进来，“来了啊。”他把手中的资料放到桌上，扯了扯领带。

傅延北咽了咽口水，转身回头，“大哥，这是然然的？”

傅延林默了一下，“嗯。”他走过去，抬手拿开了玻璃罩。

傅延北小心翼翼地拿下书雕，双手轻颤。

傅延林叹息道：“年初拍下它时，我就在想什么时候能交给你，还好，等得不久。”

傅延北痴痴地看着书雕，叶然到底以什么样的心情刻下这部作品的呢？初恋——他是她的初恋，却把她弄丢了。

“大哥，谢谢你。”

傅延林扯了扯笑，“真谢我，最近我准备休假，你过来。”

傅延北摸了摸鼻子，“等我把然然追回来。大哥，我要去一趟青城。”

傅延林拍拍他的肩头，“去吧。和二婶好好谈谈，站在她的立场，她也不希望找一个伤害过她儿子的儿媳妇。”

傅延北落寞一笑，“我明白。”他的母亲也是一个可怜的女人，如果可以他希望她能重新开始生活。

这一刻，两兄弟好像又回到了很多年前。

叶然回到青城之后，什么都不去想，每一天都过得悠闲自在。

时轶在青城待了两天，叶然充当向导，带着他把青城逛了一遍。他们去了八大关，虽然是夏季，气温火爆，可依旧有不少来拍婚纱照的新人。

青城的建筑很多都是欧式风格，在这里拍婚纱照，多了几分复古风情。

时轶问道：“八大关是哪八条马路？”

“其实说是八大，现在已经增加到十条马路了。这是以中国古代著名关隘命名的。”叶然念道，“韶关路、嘉峪关路、函谷关路、居庸关路……”

时轶轻笑，“记性不错。”

“外婆是高中历史老师，我从幼儿园开始，她就给我讲中国上下五千年历史了。”她指了指前方，“看到没有，前面那栋楼叫公主楼，典型的丹麦建筑，关于它还有一个故事。”

“说来听听。”

“据说在 19 世纪初，有一位丹麦王子来青城游玩时，被这里美丽的海滨风光所吸引。丹麦王子便委托首任丹麦领事在八大关海滨购置土地，按照安徒生童话中的意境设计了这座蓝墙白瓦的丹麦古典式建筑，准备将其作为礼物送给丹麦公主。”叶然望着那座城堡，叹息着说，“但是那位丹麦公主最终都没有来过青城。”

两人不知不觉上了花石楼，站在二楼的露台上，远处就是沙滩和大海，海风迎面吹来，带着海水的咸味。

叶然双手撑在墙上，“青城真的很适合养老，面朝大海，春暖花开。”

时轶知道她是不想走了。

海风吹起她的裙角，白色长裙掀起了优美的弧度。

时轶不动声色地移开了视线，“走吧，该回去吃饭了。”

老太太叮嘱过他们中午回去吃饭，她今天炖了一只土鸡。

傅延北中午时分到的何家，熟门熟路了。他轻轻推开那扇门，发出了一声低沉的声响。

院子里的月季花开了，颜色娇艳，随风轻轻摇曳，空气中散发着淡淡的香气。

何成言没有回头便开口道：“回来了啊，赶紧去洗手，马上开饭了。”

傅延北定在那儿不动，低咳一声，“外公——”

何成言手里还拿着蒲扇，回头见是他，表情微微一冷。不过到底是文人，也只是疏离地点点头，没把人赶走。

老太太带着刚刚洗好手的小笙出来，看到了傅延北，也愣住了。

只有小笙激动地跑过来，“延北哥哥，你来看我啦。”

傅延北蹲下身子，“是啊。小笙在做什么呢？”

“我画画呢。”她举起手，手指上的墨水还没有洗干净，“我今天画母鸡了。”

傅延北望着小笙，想要在小笙的脸上找寻些什么，“你姐姐呢？”

“姐姐和时轶哥哥出去玩了。”

老太太心里叹了一口气，“傅先生，然然和时轶出去了，可能到晚上才能回来。”她当初也是把他当作孙女婿看的。

傅延北站起身子，“外婆，不着急，我等一下她。”

老太太急啊，正寻思着找什么理由时，叶然和时轶已经回来了。

“外婆，我们买了啤酒——”叶然语气里满是愉悦，只是看到傅延北后，她陡然沉默了。

鸟儿从枝头飞过，趴在大树上的蝉都被吓跑了。

叶然下意识地握紧了手，朝着傅延北勾了勾嘴角，静静地看着他，“你怎么来了？”

拜伦有一首诗：

假如我又遇见你，隔了悠长的岁月，我当如何致以问候？

以沉默，以眼泪。

他们之间没有事隔经年，才短短一个月，却仿佛过了千万年之久，隔着千山万水。

傅延北目光胶着在她的身上，此刻，他有太多太多的话要对她说，可是却无从开口。

小笙稚嫩的声音响起，“姐姐回来了，我们可以开饭了。”她走到傅延北身边，拉着他的手，“延北哥哥，我们去吃饭吧。”

傅延北余光里看到老太太轻轻皱起眉头，他又看向叶然，她的目光一片冷清。

叶然犹豫一下才开口：“一起吃吧。”他要是走了，小笙这会儿肯定会很难过。

还是那张桌子，还是那些人。

叶然给大家倒满了啤酒。

小笙舔舔嘴角，“我也想喝汽水。”

“不行。小孩子不能喝。”叶然给她倒了一杯鲜榨果汁。

傅延北一句话都没有说，也没有动几下筷子。

相反，何成言和时轶一直谈笑着。

叶然的余光不自觉地看向傅延北，嘴里一片苦涩。

老太太给她盛了一碗鸡汤，“然然，喝点汤。”

她收回目光，漫不经心地喝着汤，“呃，好苦——”是鸡肝。

老太太笑着，意味深长道：“鸡肝有什么苦的？再苦也比不上你吃的那些苦。”

傅延北神色一变，目光直直地看向叶然。

艰难地吃完了这顿饭，两位老人去午睡。

小笙今天说什么也不肯午睡，她把最近的作品拿出来一一展示给大家。

傅延北认真地看着，“小笙，你很棒。”

叶然洗了一些水果端到客厅，“吃点水果。”

时轶起身，“不了，司机已经在门外等我了。”

“这么快？”叶然诧异。

时轶笑笑，眼波一转，“怎么，舍不得我走？”

一旁的傅延北瞬间皱起了眉头。

时轶笑道：“有时间回宁城。茂苑的房子还有书雕店你不用担心，我都会处理好的。”

“谢谢。”

时轶拿过东西，“不用送我了。”

叶然却坚持把他送上车，做不成恋人，他们还可以做一辈子的朋友。

黑色轿车已经等候多时。时轶拉开车门，犹豫了一下，其实他很担心，怕这一走，他和叶然真的走到尽头。

可是，他留下，于事无补。

他说：“我走了。”

叶然看着车子慢慢消失在巷口，鼻子酸酸的，直到什么也看不到，她才回去。

傅延北一动不动地坐在那儿，心里万般烦躁，后背出了一层汗。

小笙问道："延北哥哥你怎么不说话啊？"

"我在想一些事。"

小笙盯着他，"我知道，你在吃醋。"

傅延北嗯了一声。

叶然回来后，他走过去，"然然，我们谈谈。"

叶然看了他一眼，是要好好谈谈。她拿了一罐乐高积木，"小笙，自己玩一会儿，姐姐和哥哥有点事。"

小笙摆摆手，"去吧，不用管我。"

月季花香飘满了院子的每一个角落，阳光明媚地照射着，每一处都弥漫着夏日的气息。

傅延北和她站在茂密的葡萄藤树下，一串串青葡萄挂在那儿。叶然嘴角挂起一抹笑意，她小时候贪吃，为了摘葡萄，还摔过一跤。不过后来吃到了葡萄，她也忘了痛。

"笑什么？"他捕捉到她的笑容，甚至有些贪恋她的笑容了。

"没什么。"叶然回头，对上他的眼。

一时间，又陷入了沉默中。

半晌，傅延北慢慢开口："关于以前的事，我都知道了。"

叶然踢着脚下的石子，"你想起来了？"

傅延北摇摇头，"大哥都告诉我了。"

叶然仰着头，抑制着眼泪，"想不起来也没有关系，以前的事不见得有多好。"

傅延北眼底是深深的歉意。现在他对她说的每一个字，随着每一次开口，都泛着一股锥心刺骨的疼。

叶然看着他，没有再避开他的目光，一字一句地说道："傅延北，以前很多地方都是我不好。"

"你不要这么说——"他哽咽着，"我会想起来的。"

想起来又如何?

叶然眨眨眼，深吸一口气，提醒他也提醒自己："傅延北，四年前，我们就分手了。"

第十九章

我来接你

四年前就分手了。

她不该再去纠缠的，不听老人言吃亏在眼前。这些苦，她必须咽下去。

“原谅我打破了你现在的生活。”叶然说的每一句话都发自内心，在威尼斯，她不止一次地想过，甚至是后悔。

不是因为自己再次受到了伤害，而是因为让他又难过又为难了。

她希望他的余生都是充满快乐的。

傅延北面色异常坚毅，从叶然的语气里他已经知道，她在放弃他，也许现在还没有彻底放下。“然然——”他声音微微哽咽，伸手握住她的手。他的眸子如浩瀚的宇宙，缥缈空洞，布满了无尽的酸楚。

叶然的眼睛湿漉漉的，她忍着没有落泪，“延北，你现在爱我吗？”

他没有迟疑，“爱。”

叶然却笑了，“你爱的是现在的我还是以前的我？”

傅延北怔然，她眼底的火焰是那么微弱。

叶然自言自语道：“其实，我都有些不认识现在的我了。”她一点一点拉下他的手，微微转了一个角度，不再看他，“你只是愧疚，你知道我们以前的事，你觉得愧对我。”

现在还剩多少爱呢?

他一字一顿道：“我虽然没有记忆，可是感情我还是分得清楚的。”

叶然望着一串串晶莹饱满的葡萄，“可我早就不在原地了，我已经踏出了那个圈，不再想进去了。”她被困了四年。

“延北，这四年，我没有一天过得是开心的。”

傅延北久久失语。

“就这样吧。”叶然抿了抿唇，“以后，我们各自安好。”

各自安好——

他曾经对她说过的话。

其实，她不止一次暗示过他。如今，他再次把她弄丢了，他再也找不到回到她身边的路了。

傅延北从后面把她拥到怀里，胸口贴着她，叶然感受着他心脏剧烈的跳动。

“然然，你骗了我这么久，为什么不继续骗我一辈子？”他恨啊，悔啊，可是能怎么办？

叶然轻轻勾起嘴角，声音无力得几乎不能发声。她回头，眼睛和他相距只有五厘米，“傅延北，四年前，我一度想过死。”

傅延北终于放开了她，脸色苍白，双目失去了一切神采，叶然的这句话无疑给他下了最后一道宣判。

她真的放下他了。

她看着水泥地上两人紧密相靠的背影，心里一抽一抽地疼。

张爱玲说过：喜欢一个人，会卑微到尘埃里，然后开出花来。

他们的爱情开不出花了。

傅延北走了，离去时是那么悲伤。

老太太几次叹息，“你说这两个孩子上辈子是不是冤家啊？这辈子要这么纠缠。”

何成言沉着脸没说话。

“时轶这孩子挺不错的，看得出来是真心喜欢咱家然然，然然要是能放下小傅就好了。”

“这样的话以后就不要再说了。”

“我也是为然然好啊，她也不小了，再熬个四年以后怎么办啊？”

“儿孙自有儿孙福。”

老太太默了默，“下午我听到两人在院中的谈话，小傅那孩子也实在让人心疼。”

……

小笙坐在沙发上，她刚洗过澡，像个萌萌的团子。小丫头脖子上戴着傅延北送的链子，一闪一闪，叶然情不自禁地拿起坠子细细看着。

“姐姐，坠子上有密码。”

叶然翻开一看，果然，上面刻着一双数字，她眯着眼看清楚了那所谓的密码：YR0515，她的生日。她笑笑，“这是延北哥哥送你的礼物，你要好好收着啊。”

“知道。”小笙小心翼翼地将链子藏进了睡裙里。

“小笙，你为什么喜欢延北哥哥啊？”

小笙很认真地想着，“不知道，反正就是喜欢。”

叶然一愣，喜欢一个人还有什么理由吗？她不记得在哪里看过一段话：像我这般执着的人，要鼓足多大的勇气才会放下深爱的你？

傅延北回宁城后，全身心投入到工作中，麻木得像机器人。

深海商城一楼那间门面开始装修了。

外界都以为这间门面租出去了，只有为数不多的人才知道，傅延北将在这里开一间名叫“等你”的咖啡厅，一半摆放书雕作品。

等你，一年、两年，甚至一辈子。

陆风进来，“小傅总，夫人来了。”

傅延北点头。

傅母终于来找他，想和他恳谈一番，“我知道你怨我。”

“这回您该满意了。”他凉凉地说道，语气没有一丝温度。

“如果我真要做什么，不会让叶然出现在你的身边。延北，两个人在一起，不光是喜欢就可以。”

傅延北自嘲地说道：“你看着她出现在我身边，却什么也不告诉我，看着我像个傻子一样，结果还不是一样。”

“事实证明，你们不适合。”

“妈，此话说得太早了。”他不会轻易放弃的。

傅母望着他，希望他能明白，他的人生不仅仅是为了叶然而存在，“延北，你还记得吗？我和你父亲的约定。等你毕业回来之后接手公司，他必须将他手中所有的股权交给你。你去伦敦的时候，钟律师已经和他联系过了。”

“妈——”傅延北眉毛拧成了麻花，“都过了这么多年，您还年轻，有合适的您——”

傅母心里一暖，“你先把自己的事处理好。我还有事，先回去了，你自己再想想。”

傅延北发现母亲不知道何时长了不少白发，他哑声道：“妈，苏家那里我会亲自登门道歉，我和韶言不可能了。您别再插手了。”

傅母短暂地沉默之后，“好。”

八月上旬，傅延北接到了宁大的请柬，宁大 120 周年校庆邀请他出席。

他拿着邀请卡，凝神看着上面的几行字。

陆风走进来，犹豫地问道：“小傅总，要回绝吗？”

傅延北敛了敛神色，“把那天空出来。对了，让你查的资料怎么样了？”

陆风回道：“当年夫人估计是气急了，把能留下的信息都删除了，连你们的合照都没有留下。”

这确实是他母亲的风格，家里连他父亲的一张照片都没有。

“青城医院那里有什么消息吗？”傅延北指尖轻轻敲了敲桌面，一下又一下，这是他思考问题的习惯。

陆风默了一下，脸色严峻，“小笙在十月二十号出生，时间上符合，但是医院登记的是叶母的名字。”

傅延北抬手捏了捏眉心，“我知道了。”他沉默了，难道是他想多了？

隔了几日，叶然也收到了宁大校庆的邀请函，她犹豫着到底去不去。

何成言叹口气，“去吧，学校培养了你，回去看看老师，就当去散散心。”

叶然想了想，也许钱菲她们这次也会来呢，大家好几年没有见面了，怪想她们的。

一周后，叶然动身去宁城。她提前和时安联系了一下，这次也不打算回茂苑，在宁大附近定了酒店。

叶然一到酒店，时安就过来了。一见面，时安就给了她一个大大的拥抱，“你终于回来了。”

叶然拍拍她的后背。

两人各自说着近况。

叶然问道：“你和周斯南和好了？”

时安摇摇头，“放心，我看得可开了。我家姑姑婶婶最近都在帮我安排相亲。”

叶然总觉得时安和周斯南这样的结局有些惋惜，可感情的事，旁观者永远没法明白当事人的心情。

时安默了一下，“你和我大哥真的不可能了吗？”

叶然摇摇头。

时安叹了一口气，“可惜了。”

叶然的手机响起来，屏幕上闪烁着她再熟悉不过的号码。她起身，“我接个电话。”

傅延北的声音幽幽地传过来：“然然——”

“嗯。”

“关于小笙的事，我们见面说吧。”

叶然的脸色瞬间僵住了。

叶然深吸了一口气，慢慢找回自己的声音：“好。”

傅延北没想到她这么轻易就答应了。

两人约在宁大附近的一家咖啡馆见面。

挂了电话，叶然回身对时安歉意地笑了笑，“今晚我没有时间陪你吃饭了，我和他有些事要谈。”

时安见她神色有些异样，“怎么了？”

叶然轻松道：“陈年旧事。”

“那走吧。”

午后，阳光炙热。幸好两人走在梧桐树下，茂密的法国梧桐叶挡住了大半的阳光，光点碎了一地。

宁城的法国梧桐也有一段美丽的故事。

传说宋美龄最爱法国梧桐，而蒋介石为了她在宁城种满了法国梧桐。多年后，有人发现了老蒋深藏不露的爱意。原来他为她种下的树，围绕美龄宫，竟然像极了一串项链。

叶然送别时安，来到了那家咖啡厅。

四年后，咖啡厅已经换了新的装修。

每到期末考，宁大的学生就喜欢到这里来复习。叶然曾经也来过，那时候期末，她和傅延北也会在这里复习。

她找到那个窗口的老位置。

傅延北进来时，一眼就看到了她。她一直注视着窗外，不知道在想什么，嘴角泛着浅浅的笑意。

他轻轻走过去，生怕惊动了她。

叶然察觉到他的到来，微微回头，笑容卡住了，却还是对他报以一笑，“你来了。”

傅延北今天没有穿西装，特意换了一身休闲装，好像显得年轻一点了。

叶然望着他，竟有种读书时期的感觉，“要喝点什么吗？”

他打量了一下咖啡馆，来的时候他就想，这家咖啡厅他们以前是不是也来过。

最后，他们各自点了一杯金橘茶。

咖啡店有些年代了，墙上挂着很多校友的照片，还有人结了婚又回来这里纪念的。

叶然和傅延北也约定过，以后结婚了，也要来这里，带着他们的孩子……

傅延北开口问道：“我们以前来过这里吗？”

叶然倒是没有想到他会提这个问题，点点头，“来过。你们学院社团活动，你在这里请他们喝过饮料。”而我作为你的女朋友在一旁陪着你。

“可惜我都忘记了。”

店员送来了金橘茶。

叶然插上管子喝了一口，冰冰凉凉、甜甜蜜蜜的。经历了那么多，她现在已经能坦然地面对过去的一切了。

傅延北喝了一口，牙齿都甜掉了，“太甜了。”

叶然乐呵呵地笑道：“我忘了告诉店员，你的应该少放点蜂蜜。”

傅延北看她喝得开心，突然觉得他们以前在一起的两年一定过得很幸福，“然然，能说说我们以前的事吗？”

叶然眨眨眼，“你想听什么？”

“关于你和我的，我是怎么追求你的？”

叶然又喝了一口金橘茶，“大一刚进学校那会儿，我们两个班有一节课教室是隔壁，有一次我迟到了——”

那天下雨，九月军训刚刚结束。雨下得特别大，宿舍里谁都不想去上课，可总得派一个代表去啊，正好那天轮到叶然。

她从宿舍走到教室，身上的连衣裙都湿了大半，还是迟到了。她猫着腰轻轻推开了教室的后门，坐在了最后一排。

这节是“马哲”，她第一次来，望着讲台上的老师，一片茫然。翻了翻书，再听听老师说的内容，似乎有些不一样。

叶然轻轻侧身，左手边的男同学正翻着手中的书，“同学——”

男生回头，望着她，目光瞥了一眼她面前的“马哲”，嘴角闪过一些笑意。

“马哲”是大课，三个班的人一起上，所以她根本不认识这些人，“这是‘马哲’课的老师？”

男生挑挑眉，“不是。”

叶然狐疑道：“换老师了？”

男生浅笑，“你上节课没来吗？”

叶然窘迫。

“你叫什么名字？”

“叶然。”

男生一直看着她，“这不是‘马哲’课。经管学院，微观经济学。”

叶然咬牙，立马拿着包要走人。

微观经济学的老师眼尖看到了她，“那位同学，还没下课呢。”

叶然硬着头皮坐下来，她不好意思说，对不起老师，我走错教室了。

“叶然——”他叫着她的名字，清了清嗓子，“我叫傅延北，经管学院，大一。”

叶然漫不经心地应了一声，只盼着快点下课。

等到一下课，她抱着包就跑了，傅延北根本来不及说什么。那天，第二节课，老师说了什么，他一个字都没有听进去。

傅延北敛了敛神色，“我以前竟然这么幼稚。”

叶然点点头。是啊，真是幼稚极了。

“你一定很讨厌我。”

“我压根没记住你是谁。”

傅延北觉得，这个比讨厌他还让人难受，讨厌至少还记得。“后来呢，我又做了什么幼稚的事？”

叶然笑笑，“你就开始追我啊。你弄来我们班的课程表，几乎每天我都能看到你，那时候你长得还算小帅……”

傅延北摸了摸下巴，微微一笑，“你什么时候爱上我的？”

窗外一对情侣走过，男孩子撑着伞，女孩子低头玩手机。年轻时候的爱情，总是单纯美好。

叶然眨眨眼，“那次我阑尾发作，大半夜疼得死去活来，钱菲给你打了电话。”

在他的陪伴中，她割了阑尾。手术没太多的感觉，醒来的时候，就看到了他，红着眼坐在床沿，“还有没有哪里不舒服的？”他的声音一片沙哑。

叶然费力地想坐起来，却被他摁住了，“你别动，小心扯到伤口。”

她尴尬得不知所措，动完阑尾手术，肚子里一直有气在窜动。后来她发了火，把他赶走了。

傅延北一脸委屈，总觉得叶然是个白眼狼。

可是第二天，他还是来了，带了一锅香喷喷的粥。

叶然的精神已经好多了，护士检查了她的伤口，说她恢复得很好，“你男朋友太紧张了，没多大事。”

这一声“男朋友”让两人都僵住了。

傅延北扯了一抹明亮的笑容，“我知道。”

护士离开了，他还站在床尾。

叶然望着他，在思索，在探究，舔了舔干涩的唇，“那个，谢谢你。”

傅延北微笑着，“饿不饿？我给你盛一碗粥，小米熬了一早上。”

叶然喝着粥，他坐在一旁，病房里安静极了。隔壁床的阿姨打趣道：“这两个孩子看着可真般配啊。”

傅延北英俊的脸上突然浮出一抹红晕。

叶然默默地喝光了一碗粥，傅延北递过纸巾，她擦了擦嘴角，“你不去上课吗？”

傅延北目光定在她的脸上，“请假了。”

“请假？”叶然诧异。

“嗯，我说我女朋友住院，老师批了。”

傅延北没想到自己当初这么幼稚，他的嘴角露出一抹笑，自己以前一定非常非常爱她。

叶然已经喝了大半杯金橘茶了，“我们在一起，很多时候都是你在照顾我，而我呢——钱菲说我没心没肺，我对你确实不够好。”

傅延北默了一下，“我知道，你不是没心没肺，你只是怕，怕我们不能永远在一起。”如果她不爱他，怎么会把他送她的东西千里迢迢地带到伦敦？

叶然沉默着，曾经她对待感情太过怯弱了。她深吸了一口气，想想还是主动提到了那个话题，“小笙不是你的孩子，你别误会。小笙确确实实是我的妹妹。”

傅延北的眼底一片沉痛，陆风从青城医院拿到了资料，叶家做得很隐秘，可再隐秘还是有人知道的。

他车祸三个月后，叶然意外流产。

当时她已经怀孕四个月。

那个孩子已经成型了。

傅延北鼻子酸酸的，“如果小笙是我们的孩子就好了。”

叶然落落一笑。

他就那么望着她，“我也只是说说，小笙真的很讨人喜欢。”

“我爸妈老来得女，小笙太聪明了。”叶然提到小笙神色都变了，勾勾嘴角，“我也想过如果小笙是我的女儿该多好。”

傅延北应了一声，喝了一口金橘茶，到他嘴里他已经尝不出味道了，他低弱地轻叹一声，是无尽的惋惜。

恨命运的捉弄，叹生命的无缘。

窗外，太阳西沉，一天就这么过去了。

叶然望着他，“我该回去了。”

“我送你。”

“不用了，就在附近。”

傅延北默了一下，“然然，以后我们就当普通朋友吧，你别躲着我。偶尔有时间出来聚聚，好不好？”最后三个字，戳得叶然心疼。

叶然点点头。

傅延北扬起眉眼，“那后天见。”

后天校庆，他们总会见面的。他扯了扯嘴角，然然心软，他知道今天这招走对了。当时在青城被她拒绝，他恨不得去流浪。

出了咖啡馆，热气凶猛地扑上来，瞬间像是被火炉围住了。

远处有一家卖冷饮的小店。

傅延北说道：“等一下——”

不一会儿，他拿了两根可爱多，“喏，巧克力味的。”

“谢谢——”巧克力味……他记起来了？

“我回去了。”叶然挥挥手。

傅延北站在原地，望着她的身影，目光缱绻。

宁大校庆，历届很多校友都回来了。学校里随处都是人，有银发老人，还有青葱少年。作为宁大人，这一刻走在校园里心里满满的自豪感。

叶然这个班在班长的组织下来了十几个人，钱菲也特意从甘肃回来了。这几年，她一直在甘肃研究敦煌壁画，除了过年，她已经很久没有离开那个地方了。

两人见面感慨不已。

叶然：“黑了，瘦了。”

钱菲："到底是一方水土养一方人。"

叶然和钱菲聊着工作的事。去年，钱菲给她寄了自己临摹的壁画，叶然照着刻了一幅敦煌壁画的书雕，当时在伦敦引起了广泛关注。

班长高睿在那边喊道："走吧，我在金轮饭店定了一桌，过去再说。"

前面的人都走了，最后只剩下叶然和钱菲，还好高睿还在等她们。

钱菲打趣道："还是班长持之以恒啊。"

高睿望了一眼叶然，"他们先走了，去那边打牌。"他是J省人，读书那会儿，他留着中分齐耳的长发，气质有点儿像陈坤，一度人称"美院王子"。

叶然说："我们也快点过去吧。"她拉开车门，一辆熟悉的车从她的身旁开过，车子停在了右前方的车位。

傅延北慢慢走下来，他今天穿了淡蓝色V衬衫，袖口微微翻边，黑色的袖扣发出幽暗的光泽，往那儿一站，风姿绰约。

叶然和他的目光在空中交会，一时间，她微微失神。

钱菲顺着她的目光看过去，惊诧地张着嘴巴，"傅延北！"

地下停车场，光线不明。

傅延北迈着步子走过去，"要走了？"

叶然点点头，"班级聚会。"

他面色如常地朝着钱菲和高睿点点头，"玩得愉快，我先过去了。"

等他离开，钱菲亢奋，"你们什么情况？"

叶然耸耸肩，"是朋友。赶紧过去，不然他们要等急了。"

到了饭店，包厢里，大家都入座，聊得热火朝天。

钱菲叹息，"你和傅延北也是好事多磨。"

叶然："……"

等酒水都上齐了，大家坐下来。几年的历练，在座的人都早已练就了一番酒量。

叶然自然也不好扫兴。

一圈酒喝下来，大脑晕乎乎的。

"叶然，这杯我敬你。咱们班现在还能坚持走艺术的人不多，为了专业与梦想，我敬你。”说话的是当年的文艺委员，毕业后就嫁给了自己的男友，结婚后就是生孩子，如今已经有一儿一女，人生美满。

叶然端起酒杯，身子微微晃动。

今晚，大家都喝多了。

叶然在洗手间洗了一把冷水脸，人也稍稍清醒。

不知不觉都快十一点了，酒席散了。大家站在酒店门口，一一道别。

久别重逢，同学情到底难舍。

“班长，以后有机会咱们把全班人都叫上。”

“今年是我们毕业第四年，十周年时，把所有人都叫来。”

天下没有不散的筵席。

有多少人，能够长长久久地陪在我们身边呢?

再见面，不知道猴年马月呢。

叶然站在那儿，不知道是不是因为和傅延北的事，她已经习惯了这样的场面。

钱菲突然拉了她一下，“快看，你家傅延北来接你了。”

叶然恍然地看向远处，傅延北站在那儿，不知道何时就来了。

“那是傅延北啊？”

众人恍然大悟，隔了那么久，谁也没想到，这两人还在一起。

傅延北走到叶然身边，“喝多了？”他自然地扶着她的身子，姿态亲密无间，随后彬彬有礼地看向大家，“不好意思，今天有些事，招待不周。下次有机会我再宴请大家。”

叶然惊愕地看着他，是她喝醉了，还是他醉了?

“哎呀呀，没想到你们还在一起啊。恭喜恭喜！”

“经管学院的人果然会投资，把我们班的才女给挖走了。”

傅延北浅笑着一一应承。

众人渐渐离去。

钱菲望着傅延北，狡黠地笑着，“好久不见了，傅延北。”

傅延北望着她，他已经看过资料，知道她是钱菲，叶然的舍友，“你好，谢谢你当年陪着她。”

“我看我很快又要回来喝喜酒了。然然，我明天下午就要回敦煌，先回去了。你们有时间来敦煌玩。”她突然正色道，“希望你们幸福。”

“会的。”傅延北一字一顿道。

叶然甩开他的手，“你喝多了吗？”

傅延北低下身子，凑近她，“你闻闻——”

叶然连忙推着他，“喂，傅延北，你到底要做什么？”

傅延北站好，垂下头对上她的脸，“我来接你。陆风说，同学会凑一对是一对。”那会儿在停车场看到他们，他隐隐觉得不安。

叶然好气又好笑，也懒得和他计较了。今晚喝了四两白酒，她没力气和他周旋，“麻烦你送我一程。”

傅延北把她送回酒店，一路无话。

直到下车，叶然睁开眼，“谢谢。”

傅延北拉住她的手，“什么时候回去？”

叶然勾勾嘴角，“还有一些事要处理，过几天吧。”

傅延北默了一刻，才说了一个“好”字。

第二十章

对不起，久等了

时安又去相亲，对方是一个大学数学老师。时安和他见了两面，话题一直围绕着数学，时安痛苦不堪，她高中数学没有几次能及格的。

大学老师似乎很喜欢时安，他今年三十一岁，家里催得紧，第二次见面就问时安能否确定男女朋友关系。

时安惊住了。

今天大学老师要时安给他一个答复。

所以她特意拜托叶然晚走几天，帮她渡过这个难关。

叶然坐在远处的座位上，正好能看到大学老师正面，戴着黑框眼镜，文质彬彬的模样。她用手机拍了一张照片，发给了周斯南。

周斯南虽然讨厌，不过她希望时安能幸福。

时安想和大学老师说清楚，她酝酿了许久，“我觉得婚姻是建立在爱的基础上。”

“我会爱你的。”

“我们还不是很了解。”

“以后有时间了解。”

时安叹了一口气，“你不是我喜欢的类型。”

“安安，我可以等你。你不用着急回复我。”

时安起身，“我们真的不合适，我暂时不想结婚。”她一本正经道，“不是每个人到了一定年纪就要为婚而婚，这样也不会幸福的。等一等吧，宁缺毋滥。”

大学老师的脸都青了，竟然被个小丫头给教训了，他突然气愤地抓住了时安的手。

时安皱起了眉，“该说的我都说清楚了。我姑姑那里我会去解释的。”

“安安——”

时安很讨厌陌生人的触碰，“放手！”

叶然发现不对劲连忙过来，“时安——”她连忙将人拉开，把时安护在身后。

“有什么话好好说。”

大学老师脸都僵了，他觉得自己被耍了。时安还带个人来，明显是防着他呢，“太不像话了！”

叶然那一刻很怕，怕人家挥拳相向，好在人家并没有，只是气呼呼地走了。

时安吓得喘了一口气，“吓死我了。”

叶然虚软地坐下来，“你好好和人家说啊。”

“是他着急结婚，我们这才见第三次面啊，相处的时间连二十四小时都没有，怎么能随随便便就定下来？”

叶然擦擦额角的汗，“下次让时轶帮你把把关。”

“大哥都忙死了，他哪有时间。”时安苦涩道。

叶然希望周斯南看到照片后能给点反应。

叶然离开宁城前，突然收到宁大的艺术学院陈主任的电话。陈主任问她，有没有意愿来宁大执教？陈主任也不着急，让她考虑一下，可以和家人商量。

无疑宁大比青城大学各方面都要成熟很多，可是留下来，就意味着还要纠缠。

叶然考虑了一天，准备答复陈主任那日，时轶出事了。

时安是哭着给她打电话的。

时轶在香港被绑架了。

总觉得这是在警匪片里才会出现的情节，竟然发生在了现实生活中。叶然赶到时家大宅，时家几房人都在。

时安瑟缩在沙发角落里，哭得眼睛又红又肿。叶然走到她的身旁，拉住她的手，“时轶不会有事的。”

时家人的表情异常凝重。

老爷子拐杖狠狠地敲着地板，“现在到底什么情况？”

时轶的二叔开口：“已经联系香港政府了。”

“混账！万一要是惊动绑匪怎么办？你们到底有没有考虑过时轶的生命安全？”

“爸，您这话说的，时轶也是我们的侄子。”

“你们知道就好！时家的一切是他爸打出来的，这些年在时轶手中稳下来，你们趁早收了不该有的心思。”

众人的表情很不好看，被老爷子训了一顿，一个个都不再说话。

“老二，你亲自去香港，时轶要是不能安全回来，你也别回来了。”

“知道。”

时安站起来，“爷爷，我要跟二叔一起去。”

二叔看了她一眼，“你去做什么？在家等消息。”

时安直摇头，“我怕。”小丫头委屈极了，“我怕你们不会真心救大哥。”

“混账东西！”二叔气急败坏。

时安瑟缩了一下，双目死死地看着她二叔。

时家小姑冷笑，“安安啊，我说你要是真想救你哥，你就去找周斯南，他爸肯定有认识的人。”

老爷子冷声道：“安安已经和斯南解除婚约了，不到万不得已，不要再和周家有牵扯了。”

“也是。周斯南不要她，何苦再求他帮忙呢。”

时安脸色白了几分，“我去。”

叶然拉着她的手，“你在家，我去。”

“不行。”

叶然正色道：“这里需要你，有事你和我联系。”

“可是——”

“没有可是，我去！听话。”

时安怔然，“谢谢你。”

叶然握紧她的手，压着声音，“留意你姑姑他们，有事找周斯南。”

时轶的事周斯南当天晚上才接到消息，他第一时间去找了傅延北。

“时轶在香港被绑架了。”

傅延北错愕，“怎么回事？”

“时家一直压着消息。我给时安打了电话，她一直拒接。可能不想我插手。”

傅延北想了想，“叶然会知道的。”

“你赶紧问问。”

傅延北拨通了叶然的电话，很久叶然才接了，他急切地问道：“然然，你在哪儿？”

叶然现在在机场，已经过了安检，还有一会儿就要登机了。她说：“我在机场。”

傅延北心头咯噔一下，声音僵硬：“你要去香港？”

“嗯。”叶然抬眼看了一眼前方的人，时家二叔，还有时轶的表弟梁休宁。

大厅广播已经通知飞往香港的 HX216 航班开始登机。

“我要登机了，先挂了。”

“然然——”傅延北连忙喊道，“等我。”

傅延北决定去香港。

周斯南有些担心，也知道无法阻止他，“一切小心。”

傅延北点点头，“这里就交给你了，时家那里还是要多留意。”

“我明白。”时家几房的关系错综复杂，这里面或许还有些事是不足外人道的。周斯南担心时安，苦涩一笑，“我现在明白什么叫作自己挖坑自己跳了。”

到了这一刻，他才明白时安在他的心里，有多么重要。

时家这几日的气氛异常低沉。

老爷子把几家人都叫了回来，时家小姑一脸不情愿，嫌住在大宅不自在。小姑父劝了几句，她嘴上也不再多说什么。

时安吃了几口早餐留在客厅里。

小姑父说道：“安安，你也别太担心。绑匪要钱给钱，时轶不会有事的。”

时安抬眸，“绑匪什么时候说要钱了？”

小姑父干干地扯了扯嘴角，“电视上不都是这么演的吗？”

时安不喜欢小姑一家，爸爸妈妈去世时，小姑一家怎么对他们兄妹的，她怎么会不知道？要不是有舅舅的帮衬，大哥哪会轻易回到盛世呢。

“小姑父，大表哥呢？”

“和朋友谈什么项目。”

“大表哥很忙啊。”在她的印象里，大表哥拿着父母给的钱终日在外挥霍，一事无成。

时家的阿姨切了半个西瓜，“安安，吃点西瓜。姑爷，你也尝尝，地里刚摘的。”

“公司还有点事，我要去处理一下。”小姑父看了一眼时安，“安安，你二叔那里要是有什么消息记得通知我们，我们也能放心一点。”

时安恍惚了一下，“知道了，小姑父。”

她看着西瓜，不由得叹了一口气，“不知道大哥有没有吃好。”

“小轶不会有事的，我昨天去寺里求了一支签，是好签。”阿姨在时家快三十年了，当初时父时母结婚，她就到时家工作，看着两个孩子出生，她是真心实意地照顾着两兄妹。

时安从小就缺乏安全感，这会儿时轶出事，她整个人瘦了一大圈。

周斯南进来的时候，就看到她毫无生气地坐在沙发上。他的心像被什么抓了一下，他低咳了一声。

阿姨回头，面色一喜，“安安，斯南来了。”

时安抬头看了他一眼。

周斯南的目光都落在时安身上。

阿姨起身，“你们聊，厨房里炖着汤，我去看看。”

周斯南点点头，坐在时安对面，“我都知道了。有什么需要我帮忙的？”

时安眉心蹙了一下，嘴角动了动，话都卡在喉咙口，“以前老麻烦你们，现在非亲非故的再找周伯伯，我也不好意思。”她已经彻彻底底地改了称呼。

“安安——”

时安叹了一口气，“爷爷和舅舅已经联系了不少人。”

“安安——”

“好了。”时安打断他的话，“斯南哥，我知道你想说什么。谢谢你的好意，我不想欠你，欠了你我也还不了。”

“我说要你还了吗？”这丫头什么时候变得这么拧了！

时安抿抿嘴角，“可我不想欠你。”她异常坚持，从那天她亲口提出解除婚约开始，她就强迫自己放下了。

这时候，她的手机响起来，她连忙接通，“李密，怎么样了？有没有消息？”

李密是她的初中同学，初中毕业后就去香港了，后来留在香港，成为一名香港警察。

周斯南没想到她宁愿找一个多年不联系的初中同学帮忙，也不愿意找他，怔怔地坐在一旁。

时安和李密说了半个小时，没有什么消息，只要大哥没事就好。她呼了一口气，“这次麻烦你了。”

李密：“有情况我再和你联系。”

“谢谢你。”她连说了几次谢谢。

“客气了，这本是我的工作。你也别太担心了。”

和李密通完电话，时安的脸色好了很多。

周斯南别过眼，心口生疼。

小姑正好从楼上下来，“哟，这不是斯南吗？今天太阳打西边出来了，来找安安啊。”

“小姑——”她是长辈，周斯南起身礼貌地喊了一声。

“哎呀——”小姑抿嘴一笑，“斯南啊，你喊错了。”

周斯南面色尴尬，余光看向时安，生怕小姑的话伤到她。

小姑叹了一口气，“时轶现在这样……你要多费点心了。”

“我会的。”

小姑又说道：“我听说你妈给你介绍了一个美国回来的女博士，怎么样了？”

周斯南以前就不喜欢时家小姑，现在更是恨极了她，哪壶不开提哪壶。他板着脸，“您听错了。”

时安也无心再和他们攀谈，“我有事出去一下。”

周斯南道：“我陪你去。”

时安看了他一眼，拿着包便出了门。

周斯南跟着她，“要去哪儿我送你。”

时安停下脚步正色道：“斯南哥，你的好意我心领了。这是我们的家事，也请你不要再管了。你也看到了，小姑都这么说，外面的人会更加非议，我们真的没有必要再纠缠不清了。”

室外的阳光刺眼极了。

微风吹动着他额角的碎发，周斯南眸色沉了几分，“我们之间哪里能说断就断了？”他别开眼，“走吧。”

他们去了新海大厦。

一路上时安都没有说话，周斯南也不知道她到底要做什么。

时安捏着手机，“你在这里等我，我上去看看。”

“我陪你。”

“不用。”她想了想，“我大表哥名下的公司在这里。”

周斯南愕然，她大表哥宋时泽，他也认识。等待的时间里，他烦躁地点了一根烟。

半个小时后，时安回来了，她一脸倦色，“走吧。”

“见着了？”他问。

她摇摇头，抿着嘴角，似乎什么都不想说。

周斯南开着车，时安低着头，指尖在手机上快速地按来按去。她在给叶然发信息，将自己的发现都告诉了她，叶然让她不要担心。

时安侧身看着窗外，今天的天真蓝啊，像水洗过的一样。她没想到，这时候周斯南会陪在她身边，可是又能怎么样呢？

她和他之间，没有爱情。

香港，帆船酒店。

叶然没有想到，傅延北这么快也赶来了。

梁休宁耸耸肩，“没想到傅总也来了啊，亲自来救情敌，这感情让人感动不已。”

傅延北看着叶然，“这两天怎么样了？”

叶然把时安的发现告诉他们，“宋时泽的公司亏空，还欠了一大笔外债。”

梁休宁冷冷一笑，“我就知道是内鬼，宋时泽胆子忒肥了，回头我抽死他。你怎么知道是时家人搞的鬼？”

叶然耸耸肩，“猜的。时安小姑迫不及待地给她介绍对象。我就让时安留在家里观察，向她打听消息的人也许就是绑架时轶的人呢。”

梁休宁竖起大拇指，真是小瞧了这个女人，出了这么大的事，还能这么冷静细心。

傅延北沉思道：“宋时泽既然敢做这事，一定是做好了准备。”

梁休宁也担心，“我们得尽快找到时轶。”

傅延北见叶然不说话，问道：“怎么了？”

叶然扯了扯嘴角，凉凉地说道：“我只是没想到，亲人还会做出这样的事。”

时家几房关系并不亲厚，时轶父母去世后，早些年几房打压时轶和时安，要不是周家和梁家的帮助，两兄妹早就被打发到国外了。

傅延北宽慰她，“时轶会没事的。”

叶然侧过头，坦坦荡荡地望着他，“谢谢你。”

傅延北敛了敛眉眼，心底涩涩的。要不是为了时轶，他和她之间可能一时间都不会有交集。

可他不希望她感谢他。

站在酒店走廊里，面对着香港的美景，此刻，他们却没有心思去欣赏。

他们一直待在酒店等消息。当天夜里，周斯南突然来了。

梁休宁看到他，讽刺道：“真是热闹，一个个不请自来。”

周斯南上次被他暴打过，对他也没什么好脸色。

梁休宁嗤笑，“周少爷，您赶紧回去吧，时家的事不劳费心。”

周斯南不再搭理他，“延北，现在情况怎么样了？”

傅延北把知道的事都告诉他，周斯南突然沉默了片刻，才开口：“其实，我也猜到和小姑一家有关系。我陪时安去过宋时泽的公司，她却什么都没有和我说。”

梁休宁哼了一声，“告诉你干吗？向你求助啊？”

傅延北只好安慰道：“时安估计太担心时轶了，别放在心上。”

周斯南勾了一抹笑，“我没事。只要时轶没事就好。现在的情况你们告诉二叔了吗？”

傅延北摇摇头，“等一切尘埃落定再告诉他。”少告诉时家人，时轶就多一分安全。

第二天上午，李密来到帆船酒店，“宋时泽来香港了。”

众人脸色一变。

“狐狸终于露出尾巴了。”

李密点点头，“他是等不及了。”

“找到时轶的藏身地点了吗？”

“找到了。警方已经部署好了。”

“我们和你一起过去。”他们几个商量了一下。

李密想了想，郑重地说道：“那你们要注意安全。”

宋时泽是偷偷来的香港，自以为神不知鬼不觉，和那位老大见了面。他还是非常担心，“拿到钱就放人。”

老大抽着烟，摆摆手，“放心好了。你这个表弟骨头怎么这么硬。”

“你别乱来。”

“我就帮你稍微教训了他一下，等钱到账我们就撤。”两亿平分，这生意划得来，“怎么时家还不打钱？”

“哪能一下子筹到这么多钱？你给我做得干净点，要是被发现，我一分钱也不会给你。”

老大冷笑。不给我，你能出得了香港？

废旧的厂房里，这里平日根本没有什么人来，杂草丛生，方圆几里空旷无人。

这是第四天，时轶双眼被蒙住，双手被反捆着。这几天，他也摸清了，绑架他的人操着一口广东话，几个人轮着看守他。

第一天，他被打了一顿，之后并没有人再对他动手。

时轶凝神听着周围的声音，这是一个仓库，有前后两道门，这些人都重点守着前门。

“我要方便。”他沉声说道。

一个小弟走过来，“走走，带你去。”这些天时轶安分，他们也乐得轻松，一个个都盼着早些拿到钱。

时轶被带到仓库外，小弟解开了他的眼罩和绳子，他动了动双手。阳光刺眼，他眯起眼适应了几秒。

“动作快点！”小弟推了他一把。

时轶往前走了几步，快速地扫视着周围，手上慢悠悠地解着皮带。

小弟扫了他一眼，转过身去抽烟。

仓库里的人还在打牌，几天下来，他们在心理上渐渐放松了警惕。

时轶朝着那扇破旧的小门靠近。

小弟喊道：“喂，你快点——”

时轶停下来，假装小解，趁着小弟没注意，他快速地拉开了那扇铁门，顺手把铁锁落上。

小弟抓着门，“你别跑！”

时轶用尽力气往有居民的地方跑去。时轶这几天的体力在不停地透支，这是他唯一的机会，他只有拼命地往前跑去。

小弟气急败坏，嘶吼道：“快来人，人跑了，人跑了——”

那一拨人在后面狂吼着：“站住！”

时轶边跑边看，这地方太偏了，根本没看到人影。

终于有人追上来，一把将他压倒在地，“我让你跑！”那人用木棒狠狠地在时轶的右腿上打了几下。

时轶一声闷哼。

“脾气倒是挺硬的。”老大站在他的面前，居高临下地看着他，狠厉道，“你是找死！”

“看来是我们对你照顾太周到了。”老大动动手指。

那些小弟明白了，纷纷朝时轶身上招呼过去。

傅延北一行人赶来的时候，就看到这混乱的一幕。

警察立马出动。

小混混们和警察直接干了起来。

叶然坐立不安，也不知道时轶怎么样了。

时家二叔抱着钱箱，他还是第一次经历这样的场面，感觉在拍戏一样。

周斯南和傅延北商量好，两人决定下车。

傅延北看了一眼叶然，“你在车里不要动。”

周家和时家关系匪浅，周斯南去救时轶，在情在理，可是傅延北没有这个必要。

叶然拉住他的手，目光深深地望着他，“小心。”

傅延北勾勾嘴角，“放心，没事的。”

傅延北和周斯南已经下车了。

两个绑匪架着时轶，看来是誓死不肯放手。

傅延北和周斯南拦住小混混。

周斯南开口：“我对付那两个人，你趁机把时轶带回车上。”

“好。”

两人配合默契。

周斯南在军营里也历练过，对付两个小混混，他信心满满。

傅延北趁势抢回时轶，时轶身上满是伤，额角还流着血。傅延北问道：“有没有事？”

“死不了。”时轶咳了一下，他的五脏六腑都在疼。

“你别说话，省省力气。”傅延北加快步伐。

叶然坐立不安，几次想下去，都被时家二叔拦住了。

“叶小姐，你下去只会给他们增加负担。你冷静一点，有警察在！”时家二叔指着前方，“快看，他们回来了！”

叶然顺势看过去，只是一瞬她便呆住了。

傅延北扶着时轶往他们这边跑着，他们身后跟着几个拿着武器的小混混。

叶然嘶喊着：“小心——”可是傅延北听不到。她眼睁睁地看着那根铁棒朝着傅延北打下去。那一刻，她大脑一片空白，浑身都在颤抖。

她惊慌失措地打开车门跑过去。

傅延北躺在那儿，眼睛看着叶然，“然然——”他慢慢抬手，想要摸摸她的脸，“别哭，我不想看你哭。”

叶然抱着他，“延北，你不能出事——”

“然然，你要好好活着。”傅延北慢慢闭上了眼睛。

叶然抱着他，眼泪汹涌而至，“延北——快来人啊——”

命运又和她开了一个玩笑。

四年前也是这样，他满身是血，了无生气地躺在那儿。

傅延北和时轶都被送到了医院。时轶都是外伤，而傅延北的情况就严重了许多，脑部有瘀血，一直昏迷不醒。

叶然一直在病房里陪着他，说着学生时代的事。

时轶推门进来，静静地站在一旁。如果可以，他宁愿此时此刻昏迷不醒的人是他。

叶然的眼泪吧嗒一下掉了下来，她别过脸用袖子擦了擦，“你来了啊。”

时轶脸色苍白，说话时胸口都一抽一抽地疼。“我问过主治医生，等瘀血散了，他会醒来的。”

叶然轻轻地应了一声。

病房里陷入了沉默。

时轶轻轻叹了一口气，慢慢平复烦躁的心绪，“很抱歉，让你们担心受伤……尤其是害得他这样。”

叶然表情肃然，“谁也不想这样。今天就算不是你，他也会去救人的。”

时轶的视线定在她的脸上。这些年，叶然的心从来没有空出多余的一丁点地方。

叶然喃喃低语：“上一次车祸，他醒来后忘了我。这一次，不知道什么在等着我。”

现在她只盼着傅延北能够好起来，其他的，她不去想了。还有什么比生死更可怕的?

“我已经联系了美国的脑科医生 Frank。”

叶然没有一点力气再说话，点了点头。

时轶一言不发地走出去。

周斯南倚在墙上，冲他一笑，“你身体还没好，医生让你别乱跑。”

时轶望着他，冷哼一声，“斯南，这个世界上不是什么人都会站在原地不动。”

周斯南不慌不乱，“我是真心想和安安在一起。”

时轶重复道：“数月前你们刚刚解除婚约，你的真心来得还真快。”

“不，是我的真心反应迟钝，早就该来了，只是一直在起点。”

时轶深吸一口气，“安安和我通过电话，她很感谢你。”

“没别的话了？”

“没有。”时轶瞪了他一眼，“明天 Frank 医生会到，你接待一下。”他敛了敛神色，“我要处理一下这次的事。”

周斯南知道他现在心情不好，饱受双重伤害，其实，他未来大舅哥真的不容易。“你准备怎么处理？”

时轶沉默片刻，小姑一家想要的太多，以后就让他们彻底脱离盛世吧。

周斯南点点头，“这种人不值得你难受。”

宁城。

傅家早就乱成了一锅粥。

傅母悲伤地哭泣着，“这孩子怎么这么傻？”

明桦陪在傅母身边，“二婶，延北没事的。”

傅母想到了当年，她的丈夫带着他的小儿子回到宁城，他给那个孩子买玩具时，延北就站在对面看着。

傅延北问她：“妈妈，我是不是多余的？”

她不知道该怎么回答他，后来延北再也没有见过他的父亲。

“二婶，我相信延北能渡过这劫，一生都会平平安安的。”明桦握住她的手。

傅母擦着眼泪，“延林那边有消息了吗？”

“他应该还没有下飞机。”

傅母叹了一口气。

明桦试探地问道："虽然延北忘记了以前的事，但是看得出来，他还是很爱叶然的。"

傅母苦涩一笑，"我知道你想说什么，经历了这么多，我只是希望延北平安幸福。叶然能好好和他生活，我也不会再管了……"

"二婶，我相信明年，你就能抱上孙子了。"

傅母笑笑，那样也好。她想了想，"我得去香港。"

"好，我帮您订票。"

傅母拿起手机，拨打了一个号码。

那端接通了，声音微微紧张："喂——"

"傅千城，是我。小北现在在香港医院，昏迷不醒。"

傅千城："你说什么？怎么回事？"

傅母冷冷一笑，"我只是通知你一声。"

挂了电话，她将手机调成静音。时隔多年，她第一次给傅千城打电话，这一生，她都不会再拨这个号码了。

傅母望向窗外，喃喃自语："小北，你千万不能有事。"

叶然守了傅延北一天一夜，最后被周斯南强制要求去休息。

周斯南说："你再这样下去身体也会受不了的。"

叶然满脸憔悴，"我没事。"

周斯南又说道："Frank 已经说了，他不会有事的。"

叶然默了一会儿，幽幽道："可是醒来会有什么后遗症他也没法保证。我怕他又把我给忘了。"

周斯南敛起眉眼，"有一种可能，延北可能以后都不会想起以前的事。"

叶然淡淡一笑，"想起或者想不起又有什么关系？只要他活着就好。"他能好好地活着，她已经很感激老天了。

周斯南轻叹一声，推着她，坚决要让她去休息，"走吧，去休息。"

"斯南——"她坚持，"我不想去。"

两人纠缠间，叶然的余光突然瞥见傅延北的手指动了一下，轻微的一下。

叶然定住了，"你看延北的手动了。"

周斯南回头，“没啊。叶然你别骗我了。”

叶然大步走到床沿，试着叫着他的名字：“延北——延北——”

周斯南拧眉，“叶然，你也看到了，延北没醒。你是太久没有休息，才会出现幻觉。”

“我看见了，这不是幻觉，真的——”

“好了，叶然，你真的该去休息了。”周斯南一脸为难。

叶然喃喃低语：“我真的看到了——”

周斯南的手搭在她的肩头，“走吧，你再不走，我就叫人来了——”

“斯南，你太吵了。”这一声声音沙哑浑浊，病房里瞬间安静了，静得只有浅浅的呼吸声。

周斯南一激动，“延北，你真醒了啊！”

傅延北动了动手指，“吵死了。”

周斯南激动不已，“我去叫医生，你别乱动。”

窗外，一种不知名的花盛开着，叶然从来都没有见过这么美的花儿。

叶然站在那儿，眼睛一眨不眨地看着他。

傅延北那双眸子浅浅地落在她的身上，他忽而一笑，“老站在那儿不累？”

叶然喉咙卡着，有些紧张，一时间不敢出声，“你还记得我吗？”

傅延北表情专注而认真，半晌慢悠悠道：“这位美女很面熟。”

叶然的身子虚晃了一下，眼眶瞬间盈满了热热的液体，她死死地咬着唇角，“你先休息一下——”

傅延北终于不忍心再逗她，“然然，我和你开玩笑的。”

叶然只觉得自己好像从云端掉落，却还是踩在棉花上，她深吸一口气。

傅延北眨了眨眼，“你过来些，我眼花看不清——”

叶然抽了抽鼻子，自己真没出息，他在耍她，她还是舍不得生他的气。

傅延北拉着她的手，“我睡了多久？”

“一天了。”叶然不敢去想那天的情景，“我们都吓死了。”

傅延北抿抿嘴角，“事情都解决了吗？”

叶然点头，目光紧锁着他，心里突然萌生了一个希望。

他到底有没有想起失去的记忆？

傅延北头依旧有些眩晕，那一棒打得真是重，他的头现在还隐隐作痛。

叶然定定地对上他的眼睛，“以后你不能再做这么危险的事了。”她慢慢低下头，脸埋在他的掌心，热热的温度一直传到她的心田。

“那天你流了很多血，就像那次车祸，我只能眼睁睁地看着，什么都做不了。”

傅延北指尖颤了颤，“我不是没事吗？”

叶然没有说话，温热的液体落在他的掌心。

傅延北感觉到掌心似有一阵刺痛，“然然，以后再也不会这样了。我怎么舍得把你单独留下？”

叶然哽咽，眼底闪烁着细细碎碎的泪光，“说话算话？”

傅延北抬起另一只手轻轻顺着她的发丝，她的发质柔软，一根一根缠在他的指间，“一言为定。”

他对她承诺过很多，以前的事，他都没有做到。

以后不会了。

晚上，傅延林来到医院，一身寒气，在确定傅延北没事后，他厉声道：“这回给你休一个月，把要做的事一次性解决了。回头好好去公司上班！”

傅延北轻笑，慵懒地靠在床上，“大哥，我现在是病人。”

傅延林胃疼，真是不省心，“叶小姐，这些日子辛苦你了。”

叶然十指纠结，“傅大哥，我不辛苦。”

傅延林脸色好了很多，对傅延北说道：“二婶明天要过来，你们有个准备。”

叶然神色一紧。

傅延北开始赶人，“大哥，我没事了。”

傅延林走后，叶然的精神越发低迷，开始坐立不安。

“想什么呢？陪我说说话。”他昏迷的时候，就听她絮絮叨叨地在他耳边说话，很安心。

“你妈妈一定恨透我了。”

“不会的。我妈妈会理解的。”他怅然道。

叶然挑眉，其实说来，傅母从来都没有骂过她一句。

“然然，我后背疼，帮我挠挠——”他转身趴在床上。

叶然掀开他的衣服，后背上几道伤口已经结痂了。叶然轻轻地挠了几下，他舒服地闭上了眼睛。

“延北——”

“嗯？”

“以前的事你真的没有想起来吗？”

他默了一下，落落道：“没有。”

叶然嘀咕了一句：“电视剧和小说里不都是这样写的吗？不该啊。”

傅延北轻笑，“要不你给我一棒子？”

叶然拍了一下他的后背。

半晌，他又说道：“真的很想我恢复以前的记忆？”

叶然感慨道：“我怕你以后再想起来会后悔啊。”

傅延北背着她，嘴角噙着笑意，他只后悔明白得太晚。

叶然心里甜蜜蜜的，“延北，你爱我吗？”她加了一句，“现在的我。”

傅延北抿着嘴角，这么幼稚的问题，她怎么会问出来？

叶然轻轻拉了拉他的胳膊，他含糊地应了一声。怎么会不爱呢？

叶然笑着。

傅延北则是一脸兴味地看着她。

这样的时光真好。

有你，有我。

第二天，傅母来了，还有一个人意外出现，那就是傅延北的父亲。

傅延北身形和傅千城很像，而五官更像母亲。

傅母坐在床沿，眼圈微红。

傅延北其实也有些后怕，现在只能安慰她：“妈，我没事了。”

叶然递来纸巾，“伯母——”

傅母慢了几秒接过来，视线和叶然的在空中交会。

叶然心里七上八下的。

“这几天辛苦了。”

听到傅母这样说，叶然难以置信地瞪大了眼睛，她诚恳地道歉：“伯母，对不起——”

傅母莞尔，“傻孩子，别人谈恋爱顶多吵吵闹闹，最不济就是分手，就你们俩谈个恋爱闹得天崩地裂，以后可不能再这样了。”

雨过天晴。

不是所有的爱情都是一帆风顺的，波折过后的幸福，更是弥足珍贵。

傅千城独自坐在沙发一角，自己好像成了局外人。他面色尴尬，轻轻咳了一声，“小北——”

傅母开口：“然然，陪我过去透透气。”

叶然乖巧地同叶母出去。

傅母坐在休息区，叶然买了一罐汽水给她，“伯母，尝一尝。”

傅母轻吁了一口气，“不怪我对小北隐瞒你们的事吗？”

叶然没说话摇摇头。

“说实话，如果你不回来，我是希望韶言能够嫁给他的，韶言很爱延北。”傅母扯了扯嘴角，“现在看来，是我错了。”

“伯母——”

“我一直希望，小北能像他父亲一样出任深海的总裁。我真是糊涂了，像他父亲有什么好？延林、明桦这些年这么照顾我们母子，我还计较什么？”

窗外，阳光灿烂，碧海蓝天，真是一个好兆头。

“我听说，四年前你怀孕了？那孩子——”这个问题，傅母一直难以启齿，这时候问出来，她更是万分纠结。

“伯母，都过去了。”叶然望着远处的天空，目光一片平静。

“小笙她——”

“她是我的妹妹。伯母，不要告诉延北过去的事。”告诉他，他肯定会难受的。

傅叶笙来过，只是和他们的缘分太浅。

傅母脸上浮着忧伤，“我明白，可惜了。”

傅延北已经有很多年没有见过傅千城了。父亲这两个字于他而言，是陌生，是心酸。

傅千城局促地搓搓手，“身体怎么样了？”他看着傅延北，这是他的第一个孩子，沉稳内敛，不得不说，他很像年轻时候的自己。

“没什么大碍。劳您费心了。”

傅千城被他不痛不痒的语气弄得更加尴尬，“没事就好。以后不要再做这么危险的事了。我和你弟弟知道你受伤，一直很担心你。”

“弟弟？”傅延北疑惑道，“我母亲只有我一个儿子。”

傅千城继续说道：“你弟弟已经上高中了，他很想来看你。”

“不必了。”傅延北眸色幽深，“母亲是怕我有事才会联系你。我现在没事了，你们回去吧。”

“小北——”傅千城没有想到大儿子对他这么冷漠。

傅延北转过脸，不再看他。他和父母感情都不亲厚，母亲太过强势，而他的父亲，原谅他的不孝，一个不能认真对待婚姻的男人，他看不起。

“你走吧，带着你儿子回澳洲吧。”

傅千城倒吸一口气，“小北，我这次过来也是想和你谈些事。”

“哦？什么事？”他挑了挑眉。

傅千城无奈地抿抿嘴角，“我手里还有深海 15% 的股份，我和你母亲有过协议，在你二十六岁后，要转到你名下。”

傅延北沉思片刻，“你想清楚，给了我，你的小儿子可就什么都没有了。”

“我的积蓄也够我们在澳洲生活了。何况，深海本就是你母亲打拼起来的。”傅千城为了初恋抛弃妻子，现在年纪大了，他也有了悔意。

有些伤害已经造成，他对不起她，还有儿子。

“你走吧，你欠的人在门外。”他想用股份来还债，真是好笑。

傅千城愕然，“小北，有了这 15% 的股份，你就将拥有深海 45% 的股份。”傅延林手中有 35% 的股份，这就意味着，傅延北将成为深海最大的股东。

傅延北轻轻一笑，“那又怎样？我不稀罕。”

傅千城难以置信，失魂落魄地走出病房，心底唯一的底气都消失殆尽了。他看到她站在走廊上，和身边的女孩子不知道在说什么，嘴角浮着温婉的笑意。

傅千城一步一步走过去，逆着光，他看到她的眼角有了细纹，头上也有了点点白发。

时间不知不觉已经过了十几年了。

他和她都老了。

叶然不着痕迹地看了几眼傅千城，扬起一抹礼貌的笑容，随后说道："伯母，我进去看看延北。"

傅母点点头。

傅千城看着叶然离去的背影，"这是小北的女朋友吗？"

傅母不想搭理他，"股权转让签了？"

傅千城看到她脸上的不耐，"小北不要。"

傅母眼睛不由得睁大，不过半晌，她却笑了，"我知道了，你走吧。再见。"

"等一下——"傅千城情急之下，拉住了她的手腕。

傅母眉头紧蹙，"傅千城，请你自重。"

"我没有别的意思，这些年辛苦你了。"傅千城对她是充满愧疚的，而这份愧疚傅母看不上，甚至觉得恶心。

她一眼都不想看他，"你错了。我没有辛苦，这些都是我该做的。既然小北不要，以后我们也没有必要再联系了。"

傅千城站在原地，脸色沉如深海，背影萧瑟。年轻的时候觉得为爱疯狂没有错，等人老了，他才明白，他错了。爱情没有错，可是他做错了。

不多时，一个高瘦的男孩子走过来，他和傅延北有几分相似，"爸，谈完了吗？大哥怎么样？"

傅千城摸摸他的头，语气怅然，"他还好。"

"那你有没有和大哥提起我？"男孩眼底充满了希冀，"你有没有把我的礼物交给他？"

傅千城喉咙哽了哽，"他太累了，我还没来得及提。小天，爸有点累，咱们回去休息。"

傅天天"噢"了一声，没见到傅延北有些失望，"那我们明天来看大哥吧。"

傅千城不知道该说什么，小儿子从小将大儿子视为偶像，心心念念想来看他，可是小北心里有结，他对自己已经这样了，对小天怕是更不想见了。

这个结该怎么解呢?

傅母终于放下心中对叶然的芥蒂，两个孩子幸福比什么都重要。她和周斯南一行人先回了宁城，傅延北被叶然强行要求在医院多住一周。

众人离去的那一天，时轶来向傅延北辞行。

他坦然地朝傅延北微微一笑，“身体怎么样了？”

傅延北道：“好多了。你的伤都好了吗？”

时轶扬起眉眼，“差不多好了。”他顿了顿，“这次谢了。”

傅延北耸耸肩。

叶然坐在一旁，一时间也不知道该说什么。

时轶目光清澈，说道：“Frank 医生在脑科上有些研究，他曾经用催眠法唤醒过一位失忆的病患。”

傅延北明白他的意思，“谢谢。”

叶然也不再纠结他能不能恢复记忆，“顺其自然吧。”

时轶起身，莞尔道：“那回宁城再聚。”

叶然望着他，两人目光相视。他展开手臂，眉目平和，将她拥住，在她耳边轻声道：“要幸福。”

叶然心里一时涌上一股无奈的情绪，哑然，“你也是。”

时轶轻轻拍拍她的肩头，话语中终是带了几分凄凉，“以后我要做你们孩子的干爸。”

走了，这次离去，他和她之间以后就变了，此生再无可能。

傅延北和叶然在香港待了半个月。Frank 想尝试帮傅延北恢复记忆，这对他今后的研究也有帮助。

傅延北趁叶然不在和 Frank 聊了自己的情况。

Frank 道：“你是说，你这几年也在治疗？许镇我知道，说起来我们还是校友。”

傅延北拧眉，“我一度怀疑过他给我吃的药有问题。”

“你那里还有药吗？我化验一下。”

傅延北摇摇头，“半年前，我就不吃了。”

Frank 沉吟，“药都会有副作用。”他假设道，“也许你被催眠了。”

傅延北神色一凛，其实他有过猜测。

“现在你和你的女朋友已经在一起了，过去就当一个秘密，万一哪一天想起来，就是上帝赐予你们的礼物。”

傅延北慢慢放松神色，“如果被催眠了，还能恢复记忆吗？”

Frank 意味深长，“可以，你找他。”

傅延北抬手揉了揉眉眼，“好。”

半个月后，两人回到宁城。傅延北搬回茂苑，在他的要求之下，叶然也搬回来了。

又过了几日，傅延北去医院复查。一番检查后，他支开了叶然去见许镇。

傅延北来到许镇的科室，许镇正在给几个学生分析案例。

许镇见到他没有太多诧异，“身体怎忙样了？”

傅延北开门见山道：“有没有时间？我们聊聊。”

“好。”

两人来到医院天台，风呼呼地吹着。

许镇从口袋里拿出一盒烟，“来一根？”

“不了，戒了。”傅延北淡淡地回道，“我见到了 Frank。”

许镇把烟收回去，勾勾嘴角，“我都知道了。”

傅延北眉目紧锁，“我一直怀疑，可我不敢去想，我的失忆是不是你做的？”

许镇双手撑在栏杆上，“我很抱歉。”

傅延北脸色一变，“许镇，你爱苏韶言。”

许镇笑笑，“是啊。在美国的时候就喜欢她。明知道她喜欢你，我还是喜欢上了。”

傅延北双目阴鸷地看着他，“你就为了她，对我催眠？”

许镇的脸色有种放下的轻快，“你是不是想起来了？”

“不，我什么都没有想起来。”傅延北抬手狠狠地打了他一拳，这一拳打在他的脸上，“你疯了吗！”

许镇也不还手，任由他动手。

傅延北一拳又一拳，他心里太气了，如果然然不来找他，这一辈子或许他们就没有可能了。他的眼睛里满是血丝，用尽了力气，太恨了，最后打累了，“滚！”他不屑多看他一眼，好像对待垃圾一般。

许镇擦擦嘴角，“延北，我一直等着这一天。”当初苏韶言求他的时候，他就知道会有这么一天。

这些年，他一直活在愧疚中。

现在解脱了。

他说：“对不起。”

傅延北一把推开他，“你这个疯子。”

许镇身子踉跄，脸色寡淡，“我很抱歉。”他擦了擦嘴角的血迹，眸子里黯淡无光。

傅延北嗤笑，“律师会联系你。”

许镇不为所动，似乎什么都不在意了。

不久，许镇被撤销了心理咨询师资格，他主动辞职离开了宁城。此后，傅延北再也没有见过他。

这件事后不久，苏韶言来找了傅延北，只是傅延北没有给她机会。他欠苏韶言人情，当初是她在美国陪着他康复，可是他无法原谅她对自己做的事。

苏韶言等了他一天一夜，傅延北却始终没有见她。最后苏家人赶来把苏韶言劝回去了。

苏韶言有她的执念，他何尝没有呢?

还好，叶然还在他身边，这就够了。

这些事，他都没有告诉叶然。

傍晚，叶然陪着傅延北在茂苑散步。医生说，傅延北要适当运动，叶然每天都会陪着他走一走。夕阳的余晖洒满了小区，光芒斑斓。走了一圈后，两人回到家。

傅延北拿了两小瓶矿泉水，拧开递给她，“宁大那里怎么说？”

叶然喝了一口水，回道：“今年事情太多了，等明年吧，我得好好准备一下。”

傅延北沉思道：“你要是不想去学校，可以继续开书雕店，在深海开吧。”

叶然挑眉，“深海还有门面吗？”

“我当初不是答应给你留一间的吗？我们签了合同。”

“你不是赔钱给我了？合同作废了。”

傅延北被噎住了，回了书房拿了一份合同。

叶然接过来，待看了几行，哑然道：“我没有买过啊！”

“我送的！聘礼！”傅延北一字一顿说道，神色有些不自然。

叶然有些猝不及防，瞅着他，“什么时候开始预谋了？”

傅延北幽幽地说道：“你离开后。”

叶然忽而一笑，“那时候是不是后悔死了啊？”

那时候他就像迷路的小孩，彷徨不安，却死不悔改。

他拉过她的手，紧紧握在掌心，“以后不会让你离开了。”如果我始终无法想起我们的过去，我会用余生加倍爱你。

傅延北抱着她，“然然——”

叶然轻笑，“我在呢。”

“然然，我们生个孩子吧，生个女儿。”

叶然吓了一跳，顺手摸着他的额头，她刚想看看他，却被他抱得更紧了。

傅延北的唇寻到她的，深深地吻住她，唇齿交融，最后咬着她的耳朵，“我是认真的。”

叶然靠在他的身旁，“等你身体好了再说。”

傅延北与她十指交缠，觉得异常满足，“然然——”

她闭着眼，享受着这样的宁静。

只要相爱的人能在一起，不说话靠在一起都是幸福的。

“昏迷的时候，我知道你在我身边，想醒，可就是睁不开眼。做了一个梦，好像在一个画室里，我没穿衣服——”

叶然脸色一红，“做点有颜色的梦是正常的。”

“我好像在给别人做模特。”

叶然忍着笑意，“给谁做模特？”

“你说呢？”傅延北不满，还能有谁！“那幅画在哪儿？”真是年少冲动，他怎么会做出那样的事？

“在家啊。”

傅延北板着脸，“回去就拿回来，要是被别人看到——”他说不定会成网红。

叶然咯咯笑着，“我锁在保险柜里呢，别人看不到。”

傅延北轻轻嘘了一口气，“很奇怪，你常常出现在我的梦中，可我始终看不到你的脸。”

叶然动了动，双手捧着他的脸，“那你现在多看看。”

傅延北看得认真，眼睛一动不动，“其实我挺怕的，那棒子打下去，我不是怕死，是怕你伤心，一辈子活在负疚中。”

叶然捏了捏他的鼻子，眼圈红了，“明明知道你失忆了，还和你较劲。”

他叹一口气，抬手揉了揉她的头发，“把头发留长吧，说不定我看到长发的你，哪天就想起来了。”

“我现在已经习惯这个发型了，不想再留长发了。”

他勾了勾嘴角，“短发的话，拍婚纱照发型太少了。”

她反驳，“可以戴假发啊。”

傅延北笑着，笑容越来越深，“那就这么说定了。”

叶然觉得自己掉进了他的坑中。她瞪着他，“哪有人这样求婚的？”

“那这样呢？”他突然从口袋里拿出一枚戒指，简单素雅。

叶然怔住了，“什么时候准备的？”

“你毕业那会儿，我在伦敦一家店挑的，挑了很久，后来在角落里一眼就看中它了。”他帮她戴在手上。

戴好后，两人都轻轻嘘了一口气。

她心里酸酸甜甜的，勾了勾嘴角说了一句：“一直带在身上也不怕丢了。”

傅延北笑着，“傅太太，余生请多多关照。”

叶然的眼泪都要掉下来了，她吸吸鼻子，指尖轻抚着带着他温度的戒指。

窗外一片细碎的柔光洒进来。傅延北慢慢拉起她的手，在她戴着戒指的指上落下一吻，他藏着笑意，眼中满是幸福。

还好，他们还是圆满了。

她说："后天是十五，我们去寺里吧。"

她想他去见见傅叶笙，她要告诉傅叶笙，爸爸和妈妈在一起了。

她轻笑着，静静地注视着他，眼底一片释然，"你知道吗？天鸣寺求姻缘特别准。我来找你的时候在佛前求过。"

没有她的坚持，也许，不会有他们的未来。

第二天，又是一个周末，两人去了寺里。

叶然一进去眼角就有些泪意，她艰难地忍着，静默地请了两炷香。

傅延北从不来寺庙，对这些规矩并不懂，"有什么讲究吗？"

叶然脸色肃然，"我们对着东南西北四个方向三拜。"

傅延北总觉得今天的她有些奇怪，眼睛里好像蒙上了一层忧伤。他随她站在大院中，这时候人不多，大家排着队，一一跪拜。

很快到了他们。叶然侧首，"我们一起。"

傅延北点头。

三拜之后，两人将香插入香炉中。

青天古树，香火旺盛。

叶然静静站在那儿。

傅延北凝视着她，"怎么了？"

叶然双眸中突然闪过一道光，"没事了。"她笑着，露出一口小白牙，"我来还愿呢。"

傅延北愣怔了一下，"还要逛一逛吗？"

叶然犹豫了一下，不知道在想什么，"延北，你再进去拜一下，感谢佛祖。"

"好。"

叶然带着他来到那个没有字的牌位前，曾经被她封埋的记忆一点一点地浮现在眼前。

傅延北神色肃然，动作虔诚。

叶然痴痴望着前方，胸口阵阵钝痛，而视线更是一片模糊。她在心里念着：傅叶笙小朋友，妈妈和爸爸来看你了。你是爸爸妈妈最爱的大宝贝……

他起身，眼角的神经突突地跳动着，那是谁的牌位？

傅延北的喉咙卡住了，他的大脑已经有了预感。他的下颌绷紧，目光定定地看着她，他想问，这是他们的那个孩子吗？

她不说，他也不问了。

傅延北强忍着，心脏难受得几乎不能呼吸，“回去吧。”

回去的路上，她说：“延北，明年春天，我们来看樱花吧。”她突然想到一件事，扑哧一声笑起来。

“有什么好笑的事？”

叶然脚步轻盈，“你追我的时候，有一次带我来这里看樱花，我们刚到路口看到人挤人的场面，我就提议回学校。”

“真回去了？”

叶然点头，“回去了。”他一路沉着脸，约会就这样泡汤了，“其实你那时候真的挺幼稚，追女孩子的方法真的很笨！”

“那你还不是被我追上了？”他一脸得意。

叶然轻笑，“为此，我还专门刻了一幅樱花图送给你。”

“图呢？”傅延北问道。

“不知道被你扔哪里去了。”她耸肩，这么多年过去了，现在肯定找不到了，见他脸上露出惋惜，她笑道，“丢了没事，本就不容易保存，以后我再给你刻别的。”

傅延北心里总是有些遗憾的，他把他们的过去忘了。

从寺里回来之后，傅延北提出去青城。

叶然莞尔，“你想好了啊？”

他知道，叶家人生他的气。这回过去，他会争取他们的谅解。傅延北握住她的手，“要是伯父伯母不同意你嫁给我，你准备怎么办？”

叶然咯咯地笑着，“不同意就算了呗。”

傅延北咬牙，气得狠狠地吻着她。

叶然求饶，“我爸妈也不是那么不通情达理的人。”她抱着他，“延北，他们会祝福我们的。”

如叶然所说，傅延北再次见到叶父叶母，并没有被暴打一顿。

叶家人礼貌周道，面上对他冷冰冰的，心里还是很关心他，知道他身体好了，长辈们都舒了一口气。

老爷子倒是气哼哼地骂了一句："臭小子以后要是再欺负然然，别再进我们家门了。"

傅延北摸摸鼻子，"外公，不会了。"

两天后，傅家老爷子、老太太以及傅母，亲自来到青城。

两家长辈颇为感慨，又有种相见恨晚的无奈，兜兜转转，还是成为亲家了。一番商量后，将傅延北和叶然的婚期定在了十月底。

一切尘埃落定。

九月，傅延北和叶然去民政局领证。

两人都穿着白衬衫，照片拍得还不错，表情自然，笑容中满是幸福。

"好不真实啊。"叶然恍惚道。

傅延北笑笑，"从现在开始，你就是已婚了，傅太太。"

叶然挽住他的手，"彼此彼此，傅先生。"

领证之后就是合法同居。

两家长辈忙着准备婚礼。傅母最近精神好了很多，有什么事就和叶然商量。她原本计划给两人另外置办一处房子作为婚房，后来傅延北说还是住在茂苑，也就作罢了。

不过，傅母还是给他们添置了很多新家具。

婚床也让两人重新去买了一套。原本傅延北不想麻烦，床都睡习惯了。可是他妈妈却义正词严地说，这是规矩。照着规矩来，婚姻会一辈子幸福的。

叶然听进去了，周末拖着他去买婚床。

两人慢慢逛着家具店，看了一圈，最终看中一套白色欧式大床。

傅延北问她怎么样。

叶然点点头，"会不会有点大？"

他轻笑，"不会，我怕买小了，以后三个人睡会挤。"

叶然睨了他一眼，"你想得真远。"

傅叶莱小朋友至今没有动静呢。

这一次，他们在二楼把先前空着的房间打通做了婴儿房，装修都是粉色的。傅延北太期待能有一个女儿了。

第二天，工人过来送货。家具全部重新摆好后，傅延北请他们帮忙把一个不要的柜子抬出去。

“先生，这里面的东西也不要了？”

傅延北看了一眼，“没什么用了，不要了。”

工人查看了一下，“还有个没拆的快递。”

傅延北想起来了，好像是很久以前收到的。他刚想说不要了，却鬼使神差地拿过来拆开。

那是一个精致的长方形盒子。打开盒子，里面是一本英文书，封面泛黄，还带着一股霉味，书名是*Gone With The Wind*。

他的大脑好像不受控制了一般，有一个声音似乎在说：翻开书——翻开书——

他轻轻翻开了那本书，一个立体的画面出现了。

这是一个书雕作品，打开来竟是——一家三口。英俊的男人，温雅的女人，还有一个三四岁的小姑娘，每一个人都刻画得栩栩如生。

傅延北的手颤抖着，画面像一部老电影飞快地在脑海里闪过。

“你好，我是傅延北。”

“叶然，你做我女朋友吧？”

“然然，周末我们去看樱花？”

“然然，你别老熬夜了。”

“然然，你能不能多陪陪我？”

“你到底有没有爱过我？”

“我们分手吧——”

……

傅延北闭上了眼睛，眼眶湿润，嘴角哆嗦，“然然——”

这是当年他们在苏州旅游时，路过一家店，见很多人都在写邮件，叶然看了一会儿，闹着要给未来的他寄一份生日礼物。

“傅延北，你猜几年后，你收到它时，我们是不是像这样？”

他怎么回答的，“当然！”

她眨着眼，“话别说得太早啊。”

“先生——先生——”工人面面相觑。

傅延北克制着自己的情绪，声音哽咽，“麻烦了，帮我把柜子搬出去。”

那些人走后，傅延北一个人待在楼下，坐在那儿一动不动，目光锁定在书雕上，心中一直酸涩不堪，浓浓的亏欠蔓延至全身每一个角落，心疼得无法呼吸。

他怎么能把她忘了？

那是他最爱的女孩啊！

叶然从楼上下来，拖鞋发出清脆的声响，“延北，弄好了吗？”

傅延北倏地抬眸，望着她，将她收到自己的眼眸里，他动了动嘴角：“然然——”轻轻的两个字从他的嘴里念出来，仿佛有什么不同了，竟生出了百转千回的味道。

叶然一愣，站在台阶上，“怎么了？”

傅延北喉咙哽了哽，起身一步一步走过去，将她抱进怀里，一点一点用力抱紧。

叶然僵在那儿，慢慢地她感觉到脸上有什么温热的东西，这是他的眼泪。

“延北——”叶然不安且紧张，却期待着什么。

他的唇靠近她的耳朵，“我想起来了。”

迟了这么久，我才打开你当年送我的礼物。

对不起，久等了。

番外一

生日

当年傅延北车祸后，他便不再过生日了。今年是他和叶然相识的第十年。去年生日，叶然正怀着孕，给他买了一个蛋糕，两人简单地吃了一顿饭。

现在想想，他已经不想过生日了，怕勾起那段惨烈的回忆。

叶然九月怀孕，第二年六月中旬生下了一个儿子，起名傅叶莱，小名莱莱。

转眼到了春暖花开的三月，莱莱已经九个月了，会叫妈妈了，只是不会叫爸爸。傅延北每日下班回来，抓紧时间和儿子互动，奈何莱莱对于“爸爸”这个音始终只能喊出“papa”。

害得傅家人都打趣傅延北，让他平时对儿子温和一点。

下周日就是傅延北的生日，叶然心想，今年不能再敷衍他了，专门选了一天去给他做礼物。

深海商城地下二楼新开了一家淘吧。

叶然准备带着儿子做一套杯子，专属他们一家人的杯子。

叶然把莱莱的小推车放在一旁，傅叶莱小朋友在一边看着，伸着小手干着急。九个月大的莱莱来到一个新地方兴奋得一直咿咿呀呀直叫。

“好了，一会儿给你做，妈妈先试试。”

莱莱：“啊啊啊啊……”

叶然做好了给莱莱的杯子，杯身上有儿子萌萌的大头照，她越来越喜欢，走到莱莱身边，“这是妈妈送你的，好看不？”

莱莱：“咿呀咿呀……”

叶然说：“我们一起给爸爸做一个吧。”她抱着莱莱，一旁的老师也过来帮忙。

小家伙摸到了泥巴，肥肥的小手指捏来捏去，咧着嘴笑着。他捏得皱巴巴的，完全没有形状。

等做到最后，叶然看到三个放在一起的杯子，忍不住笑道：“小坏蛋，把妈妈做得那么丑。”

莱莱：“妈妈——”

叶然亲了他一口，“把你爸爸做得比我好看啊。”

莱莱：“papa——”

叶然：“坏东西，原来是怕爸爸，才把你爸爸做得比我好看啊。”

莱莱咯咯直笑。

傅延北晚上到家，习惯性地吻了吻叶然的脸颊，“今天莱莱乖吗？”

叶然可不会把他们今天做的事告诉他，“你儿子今天出去见到美女都不眨眼的。”

傅延北笑了，“小孩子最实诚了。”他把儿子举高。

莱莱最喜欢玩这个游戏了，玩了两三回，傅延北把他放回沙发上，小家伙叫了起来：“爸爸，来。”

傅延北激动道：“然然，莱莱会叫爸爸了。”

叶然说：“恭喜啊。”她嘀咕一句，还以为坏家伙会等到他生日那天再开口呢，这样的话，让他那天再多感动一下。

傅延北对生日没有太多感觉，生日前几天，沈贺和周斯南都问他生日怎么过。

怎么过？当然他们一家三口过了。

结了婚，这些重要的日子，兄弟都靠边站。傅延北站在窗前，看着满天的云霞，心里又有几分小悸动，今年她会给自己准备什么呢？

一连几日，叶然都没有问他有关生日的事。他小心翼翼地观察着，似乎家里也没有特别的东西出现。难道她今年真把自己的生日给忘了？毕竟现在家里又多了一个重要人物，她的心思都在小家伙身上了。

傅延北现在又不像以前那么“不要脸”，也没好意思问。

到了周日，傅延北终于开始旁敲侧击：“明天又到植树节了，一年过得真快啊。”

叶然暗暗一笑，“对啊，明天我们在院子里种树吧，带着莱莱一起去，我们一家人一起种。”

傅延北默默地应了一声，看了一眼正在吃着奶嘴的儿子，小东西面子好大啊。

第二天下午，他早早地下班回来，就看到叶然和莱莱都在院子里，一旁放着桂花树树苗，还有工具。

叶然喊道：“延北，快过来，我们要种树了。”

傅延北走过来，戴上手套，“我来挖坑。”

叶然点头。

等他们种好了树，叶然抱着莱莱，将之前定做好的牌子挂在树上，上面写着一家三口的名字。

叶然侧首望着他，“等到秋天的时候，院子里就飘满了桂花香。”

九月桂花香。

“延北，你还记得吗？我和你第一次见面的时候，就在宁大那棵桂花树下。”

“第一次见面不是你跑错到我们班教室吗？”

叶然莞尔，摇摇头，“笨！”

傅延北眼前一亮，想明白了，“原来你早就认识我了，为什么不告诉我？”

叶然挽着他的手，“怕你太得意。”她眨眨眼，眼中闪着狡黠，“回家吧。”

傅延北突然觉得今年的生日过不过都无所谓了，她在，莱莱在，他还有什么不满足的？

他抱着儿子，推开大门。

“生日快乐！”一阵齐声的祝福。

这什么情况？傅延北站在那儿傻眼了。

家里被精心装饰过，充满了生日的气氛。

他望着她，一时间喉咙微微酸涩。

叶然弯着眉眼，“生日快乐。”

傅延北喉咙哽了哽，张开左手将她揽到怀里，“谢谢。”

谢谢她的坚持，

谢谢她的爱，

谢谢她为他生了莱莱。

……

叶然也感动得眼红，十年了，很幸运，他们能收获幸福。

莱莱被父母挤着，不舒服地动来动去，嘴里嘟囔着：“吃——”他看到十层蛋糕，挥着小手臂，立马就想扑过去。

一家三口来到中间。傅延北冷静下来，清清嗓子道：“今天是个特别的日子，大家不去种树跑来给我过生日，我很感动。谢谢大家，谢谢我的老婆。”细细一听，就能发现他的声音微微颤抖。

叶然轻轻握紧他的手。

沈贺看着他们不禁感慨：“好事多磨，有情人终成眷属，你也要加油啊，斯南。”

周斯南：“……”

晚上，人都走了。叶然帮莱莱洗好澡，小家伙今天太兴奋了，平时不到十点睡不着，今天晚上八点多，他就睡着了。

叶然看着肉包包的小家伙，心软得不行。

这时候傅延北洗好澡回来，“睡着了？”

“是啊，今天玩疯了。”叶然抽出手，走到他身边拿过毛巾帮他擦头发。

等她擦好，傅延北握着她的手，两人坐一起，他抱着她，鼻子靠着她的鼻子，开口道：“然然，我很满足了。”

叶然眨眨眼，“一个生日而已，你也太容易感动了。”他的生日原本就是两人共同的创伤，过去的事都过去了，两人也都放下了那段。

“嗯，因为有你在啊。”

叶然笑着，“你等一下。”她跑得咚咚响，从床头柜的抽屉里拿出一个盒子。

傅延北目光闪烁了一下，他看着她打开盒子，看见了三个杯子。

叶然说："我和莱莱一起做的，我的最丑了。"

他拿在手上细细看着，嘴角露出一抹深深的笑意，"都很漂亮，我要珍藏一辈子。"

一家人，一辈子。

叶然倚在他的肩头，"以后等莱莱长大，我们再去做一套，早上一家人吃早餐用。"

他说："好。我们做四个。"

叶然明白，那一个是留给傅叶笙的。

她和他都没有忘。

她说："好。"

番外二

妹妹控

傅叶莱从小调皮，上了小学后，也没收敛，叶然隐隐担心这孩子是不是被宠坏了。

傅延北也同样担心，反思自己是不是教育上出了什么问题。

傅叶莱八岁时，当时他已经上学，叶然给他生了一个妹妹，起名傅知夏，也是夏天生的，何老爷子亲自起名。

做了哥哥之后，傅叶莱终于有了变化，好像一下子懂事了许多。每日放学后，一回来就要看知夏，每晚上都要给知夏讲一个故事。

叶然不禁尴尬，“还是知夏的面子大，你平时和他说一百遍都没有用。”

傅延北失笑，“男孩子成熟需要一个过程。”

知夏出生后，得尽了傅家这边的欢喜。不过小姑娘性格一点不像哥哥，倒是像极了叶然小时候，乖乖巧巧的。

等知夏开始上幼儿园，叶然和傅延北没纠结，傅叶莱倒是纠结了。

“妈妈，要是有人欺负知夏怎么办？”

“妈妈，知夏要是在幼儿园吃不饱怎么办？”

“妈妈，知夏看不到我们她会哭的！”

……

叶然抚额，“每个小朋友都要上学，知夏长大了，要学会集体生活，接触新的朋友。幼儿园有老师，你也上过，你知道的。”

傅叶莱哼哼唧唧，“幼儿园一点不好玩。”

叶然道：“谁说的？知夏可喜欢了，她上次去还不肯走了，和小朋友一起玩过家家可开心了。”

傅叶莱受伤了，默默地低下头，跑一边看鱼去了。

叶然忙着做晚饭，等傅延北下班就可以吃了。

不多时，傅延北回家，女儿咚咚咚跑过去，他抱起来亲了一口，细细问她今天做了什么。小姑娘语言清晰，把今天做的事和吃的东西一一告诉爸爸。

饭桌上，傅延北明显感觉到儿子今天有些不对劲，问道：“莱莱今天闯祸了？”

傅叶莱心更痛了，他站起来，“爸爸妈妈，我决定了。”

叶然和傅延北都看着他。

“我要陪知夏上一周幼儿园。”

叶然：“……”

傅延北：“……”

傅叶莱说：“作为哥哥，我要保护好妹妹，所以你们就放心吧，我帮你们照看知夏一周。”

傅延北低咳了一声，“先吃饭。”

接下来几天，傅叶莱都说这事，激情高昂得让傅延北和叶然都却步，不忍拒绝他了。最后叶然和傅延北稍稍退了一步，只让傅叶莱陪着女儿上了一天。

那天傅叶莱背着书包过去，一路牵着妹妹的手。

叶然觉得有点儿丢人，到了幼儿园之后，她有些不舍，女儿从今天开始就要上幼儿园了，她陪伴她的时间又少了。

傅叶莱摆摆手，“爸爸妈妈你们放心好了，有我在没问题。”

叶然拉着傅延北赶紧走了。大概是傅叶莱在，知夏也没哭。

当天中午，叶然接到老师的电话，她一阵紧张。

老师说道：“知夏妈妈，麻烦你到学校来一趟，把知夏哥哥接走吧。”

叶然听老师说完，连忙道歉：“不好意思，老师我马上就去。”

原来是班上孩子哭，傅叶莱主动给他们递纸，又安慰道：“别哭啦，哭了你们爸爸妈妈现在也不会过来的。”

哭的孩子越来越多了，老师控制不住了。

这家伙是来火上浇油的吗？最后没办法老师通知叶然过来。

傅叶莱听够了孩子的哭声，也烦了，轻轻叹口气，“妈妈，你终于来了。知夏适应得很好，明天我不用来了。”

叶然心里乐了，这样正好，还是乖乖地做你的小学生吧。

这事也成了一件趣事。

不过叶然又有些担心了，“妹控”的傅叶莱长大以后会不会对知夏管得更多啊？

她摇摇头，等他们长大再说吧。